Über dieses Buch

»Eine komische Kreation ersten Ranges, unwiderstehlich an Shakespeare und Molière heranreichend«, nannte Thomas Mann dieses Werk, das Dostojewskij zunächst selbst für sein bestes hielt. Nicht nur qualitativ trifft der Vergleich: Foma Fomitsch Opiskin, die zentrale Gestalt des 1859 erstmals erschienenen humoristischen Romans, ist die brillante russische Version von Molières ›Tartuffe‹. Offenbar wollte Dostojewskij bewußt mit dem berühmten Vorbild in Wettstreit treten, wollte es dort überbieten, wo er sich Meister wußte: in der Psychologie der Charaktere.

Foma Fomitsch, der sich auf dem Gut Stepantschikowo eingenistet hat und seine ganze Umgebung tyrannisiert, ist zwar ein unverschämter Besserwisser, Frömmler und Parasit, doch Dostojewskij leuchtet hinter diese Fassade. Früher von allen verachtet und zum Narren degradiert, enthüllt sich Fomas maßlose Selbstüberschätzung und Eigenliebe als Selbstschutz. Sein bevorzugtes Opfer, der Gutsherr und Oberst Rostanew, ist als ideales Pendant gezeichnet: Grundgütig, etwas naiv, ritterlich und über die Maßen rücksichtsvoll. Welch köstliche Szenerie sich aus dieser Paarung ergibt – und auch die übrigen Bewohner steuern ihre einmalige Typisierung bei –, läßt sich nicht beschreiben, nur genießen.

Literatur · Philosophie · Wissenschaft

Fjodor M. Dostojewskij

Das Gut Stepantschikowo und seine Bewohner

Aus den Aufzeichnungen eines Unbekannten

Deutscher Taschenbuch Verlag

Vollständige Ausgabe.
Aus dem Russischen übertragen von Marianne Kegel.
Mit einem Nachwort von Rudolf Neuhäuser,
einer Zeittafel und Literaturhinweisen.
Titel der Originalausgabe:
›Selo Stepančikovo i ego obitateli. Iz zapisok neizvestnogo.‹
(Petersburg 1859)

Von Fjodor M. Dostojewskij
sind im Deutschen Taschenbuch Verlag erschienen:
Der Idiot (2011)
Schuld und Sühne (2024)
Die Dämonen (2027)
Die Brüder Karamasow (2043)
Der Jüngling (2054)
Erniedrigte und Beleidigte (2119)
Aufzeichnungen aus einem toten Haus (2141)
Der Spieler (2081)
Drei Erzählungen (dtv zweisprachig 9054)
Der Großinquisitor (dtv zweisprachig 9174)

1. Auflage Juli 1982
2. Auflage April 1985: 11. bis 15. Tausend
Deutscher Taschenbuch Verlag GmbH & Co. KG,
München

Umschlaggestaltung: Celestino Piatti
unter Verwendung einer Zeichnung von
Alfred Kubin (© 1977 Spangenberg Verlag, München)
Gesamtherstellung: C. H. Beck'sche Buchdruckerei,
Nördlingen
Printed in Germany · ISBN 3-423-02104-7

Erster Teil

1

Einführung

Als mein Onkel, der Oberst Jegor Iljitsch Rostanew, seinen Abschied genommen hatte, zog er sich auf das ihm durch Erbschaft zugefallene Gut Stepantschikowo zurück und lebte dort so, als wäre er zeitlebens ein mit Grund und Boden verwachsener Gutsbesitzer gewesen, der niemals seine Scholle verlassen hatte. Es gibt Naturen, die eben mit allem zufrieden sind und sich schnell an alles gewöhnen; eine solche Natur hatte auch der in den Ruhestand getretene Oberst. Schwerlich hätte man sich einen Menschen vorstellen können, der friedlicher und so mit allem einverstanden gewesen wäre. Wenn es einem in den Sinn gekommen wäre, ihn ernstlich zu bitten, jemanden ein paar Werst weit auf seinen Schultern zu tragen, so hätte er es sicherlich getan. Er war so gutmütig, daß er auf die erste Bitte hin bereit war, einfach alles zu verschenken, und hätte ohne Zweifel dem ersten besten sein letztes Hemd gegeben, wenn jemand mit einer solchen Bitte an ihn herangetreten wäre. Seine äußere Erscheinung hatte etwas Martialisches; er war groß und ebenmäßig gebaut, hatte rote Backen, einen mächtigen, dunkelblonden Schnurrbart und Zähne weiß wie Elfenbein. Seine Stimme war laut und wohltönend, sein Lachen herzlich und dröhnend; er sprach in abgerissenen Sätzen und sehr schnell. Damals war er ungefähr vierzig Jahre alt und zeit seines Lebens, ich glaube, seit seinem sechzehnten Lebensjahr, Husar. Er hatte sehr jung geheiratet und seine Frau grenzenlos geliebt; aber sie war gestorben und hatte in seinem Herzen ein unauslöschliches, dankbares Andenken hinterlassen. Als er dann das Gut Stepantschikowo geerbt und sein Vermögen sich dadurch um sechshundert Seelen vermehrt hatte, nahm er seinen Abschied und siedelte – wie gesagt – aufs Land über, zusammen mit seinen Kindern: dem achtjährigen Iljuscha, dessen Geburt seiner Mutter das Leben gekostet hatte, und seiner ältesten Tochter Saschenka, einem fünfzehnjährigen Mädchen, das nach dem Tod ihrer Mutter in einem Moskauer Pensionat erzogen worden war. Aber bald sollte das Haus meines Onkels einer Arche Noah gleichen. Und das ging so zu.

Zu derselben Zeit, als ihm die Erbschaft zugefallen war und er seinen Abschied genommen hatte, wurde auch seine Mutter, die Generalin Krachotkina, wieder Witwe. Sie hatte diesen General Krachotkin ungefähr vor sechzehn Jahren in zweiter Ehe geheiratet, als mein Onkel schon Kornett war und selber schon stark ans Heiraten dachte. Damals hatte sie ihm zu seiner Heirat lange den Segen nicht geben wollen, hatte bittere Tränen vergossen, ihm Undankbarkeit, Egoismus und Unehrerbietigkeit vorgeworfen und ihm zu beweisen versucht, daß seine Besitzungen von zweihundertfünfzig Seelen schon jetzt kaum zum Unterhalt seiner Familie, das heißt seiner Mama mit ihrem ganzen Stab von armen Schützlingen, Möpsen, Spitzen, chinesischen Katzen und anderem Getier, ausreichten. Aber plötzlich, inmitten dieser Vorwürfe, diesem Wehklagen und Zetergeschrei verheiratete sie sich selber noch vor der Hochzeit ihres Sohnes ganz unerwarteterweise, obgleich sie damals schon zweiundvierzig Jahre alt war. Übrigens benutzte sie auch diese Gelegenheit, um meinem armen Onkel die Schuld zuzuschieben, indem sie versicherte, daß sie einzig und allein deshalb heirate, um sich auf ihre alten Tage eine Zufluchtsstätte zu sichern, die ihr Sohn, dieser respektlose Egoist, ihr verwehrt habe, indem er auf den unverzeihlich dreisten Gedanken gekommen sei, selber einen Hausstand zu gründen.

Nie habe ich den wahren Grund erfahren können, der einen allem Anschein nach so vernünftigen Menschen wie den verstorbenen General Krachotkin zu einer Ehe mit dieser zweiundvierzigjährigen Witwe veranlaßt haben mochte. Es ist anzunehmen, daß er Geld bei ihr vermutete. Andere wieder behaupten, daß er ganz einfach eine Pflegerin gesucht habe, da er schon damals den ganzen Bienenschwarm von Krankheiten, der in seinem Alter über ihn herfallen sollte, vorausgeahnt habe. Eines aber ist gewiß, daß der General seiner Frau während der ganzen Zeit ihres Zusammenlebens nicht die geringste Achtung entgegenbrachte, sondern bei jeder Gelegenheit mit giftigem Spott über sie herfiel und sich über sie lustig machte. Überhaupt war er ein sonderbarer Mensch. Nur halb gebildet, aber durchaus nicht auf den Kopf gefallen, begegnete er jedem mit einer gewissen Geringschätzung. Er hatte keine Grundsätze, spottete über alle und jedes und wurde im Alter und bei seiner Krankheit – eine Folge seiner früher etwas leichtsinnigen, unregelmäßigen Lebensführung – boshaft, reizbar und rücksichtslos. Während seiner Dienstzeit hatte er viel Erfolg gehabt, mußte aber dann irgendeiner faulen Sache wegen auf recht unangenehme Art und Weise seinen Abschied nehmen, entging nur mit Mühe und Not einem gerichtlichen Nachspiel und verlor dadurch seine Pension. Das verbitterte ihn endgültig. Fast ohne Mittel, nur im Besitz von hundert schon heruntergewirtschafteten Seelen, legte er nun seine Hände in den Schoß und kümmerte sich sein übriges Leben lang, also noch volle zwölf Jahre, überhaupt nicht mehr darum, wovon er lebte und wer seinen Lebensunterhalt bestritt. Trotzdem erhob er Anspruch auf allen Komfort, schränkte seine Ausgaben nicht im geringsten ein, indem er sich zum Beispiel eine Equipage hielt. Bald darauf trat bei ihm eine Lähmung beider Beine ein, und er mußte die letzten zehn Jahre seines Lebens in einem Liegestuhl verbringen, den zwei baumlange Lakaien, wenn er es wünschte, zu schaukeln hatten, um dafür nie etwas anderes als die auserlesensten Schimpfworte von ihm zu hören zu bekommen. Die Equipage, die Lakaien und den Liegestuhl bezahlte der unehrerbietige Sohn, der seiner Mutter alles bis auf die letzte Kopeke schickte, sein Gut mit Hypotheken belastete und überlastete, sich selber das Notwendigste versagte und in solche Schulden stürzte, daß er sie nach dem damaligen Stand seines Vermögens kaum je bezahlen konnte, und dem trotz allem immer noch der Ruf eines Egoisten und undankbaren Sohnes anhaftete. Aber der Onkel hatte einen solchen Charakter, daß er schließlich selber glaubte, ein Egoist zu sein, und deshalb immer mehr Geld schickte, nur um sich zu bestrafen und um kein Egoist mehr zu sein. Die Generalin verehrte ihren Mann; was ihr aber am meisten gefiel an ihm, war sein Generalsrang, und also konnte sie sich Generalin nennen lassen.

Sie bewohnte eine abgetrennte Hälfte des Hauses ganz für sich allein, wo sie während der ganzen Zeit der Halbexistenz ihres Mannes in Gesellschaft ihrer Schützlinge, einiger Klatschbasen aus der Stadt und anderer Getreuer ein schönes Leben führte. Im Städtchen spielte sie eine große Rolle. Der neueste Stadtklatsch, Einladungen zu Taufen und Hochzeiten, ein Spielchen Preference um Kopeken und die allgemeine

Achtung, die man ihrem Generalsrang entgegenbrachte, entschädigten sie voll und ganz für alle häuslichen Unannehmlichkeiten. Alle Klatschbasen der Stadt erschienen bei ihr und erstatteten Bericht. Immer und überall räumte man ihr den ersten Platz ein, kurz, sie zog aus ihrem Generalsrang alle Vorteile, die er ihr nur zu bieten vermochte. Der General kümmerte sich um dies alles nicht im geringsten, sondern machte sich nur vor allen Leuten in der rücksichtslosesten Weise über seine Frau lustig, warf zum Beispiel die Frage auf, wie er eine solche Kirchenschranze nur heiraten konnte, und niemand wagte es, ihm zu widersprechen. Nach und nach wandten sich alle seine Bekannten von ihm ab, obwohl ihm Gesellschaft unentbehrlich war; er schwatzte und stritt für sein Leben gern und mußte immer einen Zuhörer vor sich sitzen haben. Er war ein Freigeist und Atheist alten Schlages und berührte im Gespräch mit Vorliebe die höchsten Dinge.

Aber die Bewohner des Städtchens N. hatten keinen Sinn für höhere Dinge und kamen deshalb immer seltener zu ihm. Da machte er den Versuch, das tägliche Whist- und Preferencespiel in der Familie einzuführen, aber die Sache endete gewöhnlich mit solchen Wutanfällen des Generals, daß die Generalin mit ihren Schützlingen vor lauter Angst Kerzen anzünden und Bittgottesdienste lesen ließ, ihr Schicksal aus Bohnen und Karten zu erraten suchte, im Gefängnis Semmeln zu verteilen befahl und mit Zittern und Zagen die Nachmittagsstunden erwartete, wo die Whist- und Preferencepartien wieder ihren Anfang nahmen und sie für jeden Fehler Schreien, Schimpfen und Fluchen, ja beinahe Prügel einstekken mußte. Denn wenn dem General irgend etwas in die Quere kam, genierte er sich vor keinem Menschen; er kreischte wie ein Weib, fluchte wie ein Fuhrknecht und fing manchmal, nachdem er vor Wut die Karten zerrissen, auf den Fußboden geschleudert und seine Partnerinnen zum Teufel gejagt hatte, sogar vor Ärger und Zorn zu weinen an. Und dies alles vielleicht nur eines Buben wegen, den irgend jemand an Stelle einer Neun abgeworfen hatte! Schließlich mußte er wegen seiner schlechten Augen einen Vorleser haben. Da erschien Foma Fomitsch Opiskin auf der Bildfläche.

Ich muß gestehen, daß ich diese neue Persönlichkeit nicht ohne eine gewisse Feierlichkeit einzuführen vermag. Sie ist unstreitig eine der Hauptpersonen meiner Erzählung. Inwieweit sie berechtigt ist, die Aufmerksamkeit des Lesers zu fesseln, möchte ich nicht erörtern; ich finde es passender und angebrachter, über diese Frage den Leser selber entscheiden zu lassen.

Foma Fomitsch trat seine Stellung bei General Krachotkin an und erhielt dafür Kost und Wohnung – nicht weniger und nicht mehr. Woher er kam, war in geheimnisvolles Dunkel gehüllt. Ich habe mich aber eigens danach erkundigt und so wenigstens einiges über das frühere Leben dieses merkwürdigen Mannes erfahren können. Man erzählte erstens, daß er einmal irgendwo im Staatsdienst gestanden und dabei viel zu leiden gehabt habe – natürlich, weil er für »Recht und Wahrheit« eingetreten sei. Dann hieß es weiter, er habe sich späterhin in Moskau mit Literatur befaßt. Das war nicht weiter verwunderlich, denn die bodenlose Unwissenheit Foma Fomitschs bildete für eine literarische Laufbahn kein Hindernis. Aber einwandfrei fest stand nur das eine, daß ihm nirgends etwas geglückt war und er sich schließlich gezwungen gesehen hatte, die Stelle als Vorleser und Märtyrer beim General anzunehmen. Es gab keine Erniedrigung, die er nicht ertragen hätte, nur um das Brot des Generals essen zu dürfen. Allerdings hat uns Foma später, als der General gestorben und er plötzlich ganz unerwartet eine wichtige, bedeutungsvolle Persönlichkeit geworden war, zu wiederholten Malen versichert, daß er sich nur zum Possenreißer hergegeben habe, um der Freundschaft ein großmütiges Opfer zu bringen. Der General sei sein Wohltäter und ein großer, unverstandener Mensch gewesen, der nur ihm allein die verborgensten Geheimnisse seines Herzens anvertraut habe; und wenn er dann schließlich auf Verlangen des Generals sogar verschiedene Tiere nachgeahmt und allerlei lebende Bilder gestellt habe, sei es nur deshalb geschehen, um den durch Krankheit niedergedrückten Dulder und Freund zu zerstreuen und aufzuheitern. Aber die Darstellungen und Versicherungen Foma Fomitschs unterliegen, was diesen Punkt anbetrifft, doch einigem Zweifel. Trotzdem spielte dieser selbe Foma Fomitsch schon damals, als er noch Possenreißer war, in der zweiten Hälfte des Hauses, bei den Damen des Generals, eine ganz andere Rolle. Wie er das angefangen hatte, kann sich einer, der nicht Spezialist auf diesem Gebiet ist, schwerlich vorstellen. Die Generalin brachte ihm eine fast mystische Verehrung entgegen; aber weshalb eigentlich – das wußte niemand. Nach und nach übte er auf die ganze weibliche Hälfte des Generalshauses einen geradezu erstaunlichen Einfluß aus, einen Einfluß, wie ihn gewisse Iwan Jakowlewitschs und ähnliche Weise und Propheten ausgeübt haben, die im Irrenhaus von der schwärmerischen Damenwelt besucht werden. Er las ihnen seelenrettende Bücher vor, erklärte ihnen mit Tränen in den Augen die mannigfaltigen christlichen Tugenden, erzählte von seinem Leben und seinen Taten, ging zum Gottesdienst und sogar zur Frühmesse, sagte manchmal die Zukunft voraus, verstand ausgezeichnet, Träume zu deuten und – meisterhaft über den Nächsten herzuziehen. Der General erriet, was in den hinteren Zimmern seines Hauses vor sich ging, und tyrannisierte seinen Vorleser nur noch rücksichtsloser. Aber je mehr Foma zu erdulden hatte, um so größer wurde die Verehrung, die ihm die Generalin und alle ihre Hausgenossinnen entgegenbrachten.

Plötzlich aber sollte sich alles ändern. Der General starb. Sein Tod war ziemlich originell. Der einstige Freigeist und Atheist wurde auf einmal von einer ganz unglaublichen Angst befallen. Er weinte, bereute, ließ Kerzen vor den Heiligenbildern anzünden und Geistliche herbeirufen. Es wurden Bittgottesdienste gelesen und ihm die Heilige Ölung erteilt. Der Ärmste weinte und schrie, er wollte nicht sterben und bat sogar unter Tränen Foma Fomitsch um Verzeihung. Dieser Umstand setzte Foma Fomitsch vor aller Augen in ein ganz besonderes Licht. Doch kurz bevor die Generalsseele dem Generalskörper entfloh, ereignete sich noch folgendes. Die Tochter der Generalin aus erster Ehe, meine Tante Praskowja Iljinitschna, die unverheiratet geblieben war und ständig im Haus des Generals lebte, war eines der Lieblingsopfer des Generals und ihm während der Zeit seiner zehnjährigen Beinlähmung nahezu unentbehrlich geworden wegen ihrer fortwährenden Dienstbereitschaft und weil sie die einzige war, die in ihrer Einfalt und demütigen Sanftmut ihm etwas recht machen konnte. Diese trat an sein Bett heran, vergoß bittere Tränen und wollte gerade die Kissen unter dem Kopf des armen Dulders zurechtrücken, als der arme Dulder sie plötzlich bei den Haaren zu fassen bekam und wutentbrannt dreimal ganz kräftig raufte. Zehn Minuten darauf starb er. Der Oberst wurde benachrichtigt, obgleich die Generalin erklärte, daß sie ihn nicht zu sehen wünsche und lieber sterben als ihn in einem solchen Augenblick vor ihre Augen treten lassen wolle. Das Begräbnis wurde mit allem Pomp in Szene gesetzt, natürlich auf Kosten des unehrerbietigen Sohnes, den man nicht sehen wollte.

In dem heruntergewirtschafteten Dorfe Knjasewka, einem Eigentum mehrerer Gutsbesitzer, von welchem dem General hundert Seelen gehörten, prangt ein Mausoleum aus weißem Marmor, das einen bunten, lebhaften Eindruck macht durch die zahllosen Inschriften, die den Verstand, die Talente, die edlen Charaktereigenschaften, die Orden und den Generalsrang des Entschlafenen verewigen. Foma Fomitsch war an der Abfassung dieser Inschriften stark beteiligt.

Lange weigerte sich die Generalin, ehe sie ihrem ungeratenen Sohn Verzeihung gewährte. Unter Schluchzen und Kreischen erklärte sie, umgeben von dem ganzen Schwarm ihrer Möpse und Schützlinge, lieber trockenes Brot essen und es »zusammen mit ihren Tränen hinunterschlucken« und lieber mit dem Bettelstab in der Hand unter den Fenstern Almosen sammeln zu wollen, als den Bitten ihres »ungeratenen« Sohnes nachzugeben und zu ihm nach Stepantschikowo zu ziehen oder je ihren Fuß über die Schwelle seines Hauses zu setzen. Übrigens verstehen manche Damen das Wörtchen »Fuß«, in diesem Sinn gebraucht, äußerst wirkungsvoll auszusprechen. Die Generalin zum Beispiel war eine Meisterin darin, sie sprach es direkt künstlerisch aus ... Kurz, schöne Redewendungen wurden in unglaublicher Menge vergeudet. Dabei muß aber bemerkt werden, daß gleichzeitig mit diesem Zetergeschrei schon die ersten Vorbereitungen zur Übersiedlung nach Stepantschikowo getroffen wurden. Der Oberst jagte schier alle seine Pferde zu Tode, indem er fast täglich die vierzig Werst von Stepantschikowo in die Stadt zurücklegte, erhielt aber erst vierzehn Tage nach der Beerdigung des Generals die Erlaubnis, seiner beleidigten Mutter vor die Augen zu treten. Foma Fomitsch war beauftragt worden, inzwischen mit ihm zu unterhandeln. Im Verlauf dieser vierzehn Tage machte er dem »ungeratenen« Sohne wegen seines »unmenschlichen« Benehmens in beschämendster Weise die heftigsten Vorwürfe, die dem Onkel aufrichtige Tränen entlockten und ihn fast zur Verzweiflung brachten. In dieser Zeit nahm die unbegreifliche, unmenschlich despotische Macht Foma Fomitschs über meinen armen Onkel ihren Anfang. Foma erkannte sofort, was für einen Menschen er vor sich hatte, und fühlte sogleich, daß nun die Rolle des Possenreißers für ihn zu Ende sei und daß er nun selber in diesem herrenlosen Haus den Edelmann spielen könne. Damit entschädigte er sich für alles frühere Ungemach.

»Wie würde Ihnen zumute sein«, sagte Foma, »wenn Ihre eigne Mutter, die Urheberin Ihrer Lebenstage, nun wirklich zum Bettelstab greifen und, auf ihn gestützt, ihre zitternden, vom Hunger abgezehrten Hände ausstrecken würde, um Almosen zu erbitten? Wäre das nicht etwas Ungeheuerliches, erstens einmal in Anbetracht ihrer Würde als Generalin und zweitens bei all ihren Tugenden? Welche Gefühle würden über Sie hereinfluten, wenn sie nun plötzlich einmal – natürlich nur aus Versehen, aber es wäre doch immerhin möglich – unter Ihren Fenstern vorüberginge und Ihnen ihre Hand entgegenstreckte, während Sie, ihr eigner Sohn, vielleicht im selben Augenblick in einem weichen Daunenpfühl und ... nun überhaupt in Luxus versinken? Entsetzlich! Einfach entsetzlich! Aber noch entsetzlicher ist – erlauben Sie, daß ich Ihnen das ganz offen sage, Oberst –, noch entsetzlicher ist, daß Sie jetzt vor mir stehen wie ein gefühlloser Klotz, den Mund aufsperren und mit den Augen zwinkern, was sich nicht einmal gehört, während Sie bei der bloßen Vorstellung einer solchen Tatsache sich die Haare mit den Wurzeln vom Kopf ausreißen und Bäche – was sage ich! Ströme, Seen, Meere, Ozeane von Tränen vergießen müßten ...«

Kurz, Foma ließ sich von seinem Übereifer hinreißen und schwatzte den größten Unsinn zusammen. Einen solchen Ausgang nahm seine Schönrederei fast immer. Natürlich endete die ganze Sache damit, daß die Generalin mit ihren Schützlingen, Hunden, Foma Fomitsch und Fräulein Perepelizyna, ihrer Busenfreundin, Stepantschikowo endlich doch mit ihrer Gegenwart beglückte. Sie sagte, sie wolle nur einmal probeweise mit ihrem Sohn zusammenleben, um ihn auf die Ehrerbietung hin, die er ihr schuldig sei, zu prüfen. Man denke sich einmal in die Lage des Obersten hinein, während er auf seine Ehrerbietung hin geprüft wurde! Anfänglich hielt es die Generalin in ihrer Eigenschaft als tieftrauernde Witwe für ihre Pflicht, bei der Erinnerung an ihren unwiederbringlich verlorenen Gatten zwei- bis dreimal in der Woche in Verzweiflung auszubrechen, wobei aus nicht recht ersichtlichen Gründen jedesmal ausgerechnet der Oberst etwas abbekam. Oftmals, hauptsächlich wenn Besuch da war, rief die Generalin ihren Enkel, den kleinen Iljuscha, und ihre Enkelin, die fünfzehnjährige Saschenka, herein, setzte sie neben sich und sah sie lange mit traurigen, leidvollen Blicken an, als täten ihr die Kinder leid, die bei einem solchen Vater zugrunde gehen müßten; und sie seufzte tief und schwer und brach endlich, ohne ein Wort zu sagen, in geheimnisvolle Tränen aus, die dann mindestens eine Stunde lang unentwegt flossen. Und wehe dem Oberst, wenn er diesen Tränen kein Verständnis entgegenbrachte! Aber der Ärmste konnte diese Tränen niemals verstehen und platzte in seiner Harmlosigkeit zufällig gerade immer in diese tränenreichen Szenen hinein und mußte sich dann wohl oder übel meist einem Examen unterziehen. Aber das verminderte seine Ehrerbietigkeit nicht im geringsten, sondern steigerte sie im Gegenteil noch bis zum äußersten Grad! Kurz: beide, die Generalin und auch Foma Fomitsch, waren sich voll und ganz bewußt, daß die Gewitterwolke, die in Gestalt des Generals Krachotkin so viele Jahre drohend über ihrem Haupt geschwebt hatte, nun endgültig vorübergezogen war und niemals wiederkehren würde. Manchmal wiederum sank die Generalin für nichts und wieder nichts plötzlich auf den Diwan und fiel in Ohnmacht. Alles stürzte kopflos herbei. Der Oberst machte sich Vorwürfe und zitterte wie Espenlaub.

»Grausamer Sohn!« schrie die Generalin, wenn sie dann wieder zu sich kam. »Du zerreißt mir die Eingeweide ... mes entrailles, mes entrailles ...«

»Aber womit zerreiße ich Ihnen denn die Eingeweide, liebste Mama?« fragte der Oberst schüchtern.

»Er zerreißt sie mir! Er zerreißt sie mir! Und nun will er sich noch rechtfertigen! Nun sagt er mir noch Grobheiten! Grausamer Sohn! Ich sterbe! Ich sterbe!«

Natürlich war der Oberst vernichtet.

Ich weiß nicht, wie es kam, aber die Generalin wurde immer wieder lebendig. Eine halbe Stunde später erklärte dann der Oberst irgendeinem Bekannten, den er am Rockknopf festhielt, die Sache folgendermaßen: »Siehst du, mein Bester, sie ist eben eine grande dame, eine Generalin. Im Grunde ist sie eine herzensgute alte Dame, aber sie hat eben solch vornehme Gewohnheiten ... und da kann ich ungehobelter Klotz nicht mit. Jetzt ist sie böse auf mich. Ich bin doch auch schuld daran. Was ich aber eigentlich begangen habe, siehst du, Freund, das weiß ich nicht, aber gewiß habe ich ihr wieder irgend etwas nicht recht gemacht ...«

Zuweilen hielt es auch Fräulein Perepelizyna für ihre Pflicht und Schuldigkeit, dem Oberst die Leviten zu lesen.

Sie war ein ältliches Mädchen, das alle Welt anzischte, hatte keine Augenbrauen, eine falsche Haartolle, kleine stechende Augen, Lippen wie Faden so dünn und wusch sich die schmalen Hände mit Gurkenwasser.

»Das kommt nur daher, weil Sie nicht ehrerbietig genug sind, jawohl, weil Sie ein Egoist sind, jawohl, weil Sie Ihre Mutter ständig beleidigen, jawohl; sie ist an so etwas nicht gewöhnt. Sie ist eine Generalin, und Sie sind nur Oberst, jawohl!«

»Das ist Fräulein Perepelizyna«, erklärte der Oberst seinem Zuhörer weiter. »Ein vortreffliches Mädchen, hält felsenfest zu meiner Mutter! Ein seltenes Mädchen! Denke nicht etwa, daß sie hier nur aus Mitleid aufgenommen worden ist, Freund, sie ist selber die Tochter eines Oberstleutnants. Tatsache!«

Doch das war erst der Anfang. Dieselbe Generalin aber, die ihren Sohn so trefflich mit solchen Mätzchen einzuschüchtern verstand, zitterte selber wie ein Mäuschen vor dem früheren Narren ihres Gatten. Foma Fomitsch hatte sie völlig in seiner Gewalt. Sie wagte ihm nicht zu widersprechen, hörte nur mit seinen Ohren und sah nur mit seinen Augen. Einer meiner Vettern zweiten Grades, ein noch junger Mensch und verabschiedeter Husarenoffizier, der sich bis zu einem unglaublichen Grad in Schulden gestürzt und einige Zeit auf dem Gut meines Onkels zugebracht hatte, erklärte offen heraus, daß seiner felsenfesten Überzeugung nach die Generalin zu Foma Fomitsch in unerlaubten Beziehungen stehen müsse. Natürlich wies ich damals diese Behauptung mit Entrüstung als zu grob und gewöhnlich zurück. Nein, hier handelte es sich um etwas anderes, und dieses andere kann ich nur dadurch erklären, daß ich dem Leser im voraus den Charakter Foma Fomitschs vor Augen führe, so, wie ich ihn später selbst beurteilen lernte.

Man stelle sich einen ganz gewöhnlichen, unbedeutenden Menschen vor, einen Auswurf der Gesellschaft, einen ganz unnützen und widerlichen Menschen, der zu nichts zu gebrauchen, dabei aber grenzenlos eingebildet ist und nicht die geringste Begabung aufzuweisen hat, womit er wenigstens einigermaßen sein krankhaft überspanntes Selbstgefühl hätte rechtfertigen können. Ich schicke voraus: Foma Fomitsch war die Verkörperung grenzenlosester Eigenliebe, und zwar einer ganz besonderen Eigenliebe, die sich nur aus der völligen Wertlosigkeit der eigenen Person heraus entwickeln konnte. Und häufig ist es dann der Fall, daß diese Eigenliebe sich leicht beleidigt fühlt und, niedergedrückt durch frühere schwere Mißerfolge, die seit langer Zeit im Inneren gegärt haben, bei jeder Gelegenheit, bei jedem fremden Erfolg nur noch Neid und Gift erzeugt. Es braucht nicht noch erwähnt zu werden, daß sich dazu noch eine ganz unverschämte Empfindlichkeit und ein wahnsinniges Mißtrauen gesellten. Vielleicht wird man fragen: Woher stammt denn ein solches Selbstgefühl? Wie kann es bei der vollständigen Wertlosigkeit eines solchen traurigen Menschen überhaupt entstehen, der doch schon durch seine soziale Stellung wissen müßte, auf welchen Platz er gehört? Was soll man auf diese Frage antworten? Vielleicht gibt es Ausnahmen von dieser Regel, zu denen dann wahrscheinlich mein Held gehörte. Denn daß er wirklich eine Ausnahme von der Regel war, wird sich später noch klipp und klar herausstellen. Inzwischen möchte ich mir die Gegenfrage erlauben: Sind Sie wirklich überzeugt, daß alle diejenigen, die sich damit ausgesöhnt haben und es für eine Ehre und für ihr Glück halten, in einem Haus Possenreißer, geduldeter Mitbewohner und Krippenreiter zu sein – sind Sie wirklich überzeugt, daß alle jene endgültig auf jedes Selbstgefühl verzichtet haben? Woher dann der Neid, der Klatsch, die Verleumdungen, die Zuträgereien, das geheimnisvolle Getuschel in den entlegensten Winkeln Ihres Hauses, irgendwo hinter Ihrem Rücken oder gar an Ihrem eigenen Tisch? Wer weiß, vielleicht wird gerade bei diesen durch das Schicksal zu Parasiten, Hausnarren und Sklaven herabgedrückten Menschen das Selbstgefühl durch die fortwährende Erniedrigung nicht etwa erstickt, sondern im Gegenteil eben durch diese Erniedrigung, durch diesen Zwang zum Narren- und Hanswurstspielen, zum Gnadenbrotessen und durch diese ewige notgedrungene Unterwürfigkeit und Preisgabe der eigenen Persönlichkeit gerade noch mehr entfacht. Wer weiß, vielleicht ist dieses maßlos gesteigerte Ehrgefühl nur das falsche, frühzeitig verirrte Bewußtsein der eignen Menschenwürde, die durch fremdes Joch, Armut, Schmutz und Geringschätzung schon früh vergewaltigt wurde, was solch ein späterer Parasit vielleicht schon in frühester Kindheit bei seinen eignen Eltern mit ansehen mußte. Aber ich sagte schon, daß Foma Fomitsch eben doch eine Ausnahme von dieser Regel war. Und das ist Tatsache. Er war früher einmal Schriftsteller gewesen, war aber nicht anerkannt worden und infolgedessen verbittert; aber die Schriftstellerei richtet ja noch ganz andere Leute als Foma Fomitsch zugrunde – selbstverständlich nur die Schriftstellerei, der keine Anerkennung zuteil wird. Ich weiß es nicht genau, möchte aber vermuten, daß es Foma Fomitsch auch vorher schon, ehe er Schriftsteller wurde, zu nichts anderem gebracht hatte; vielleicht hatte er in anderen Berufen statt des ersehnten Lohnes ebenfalls nur Nasenstüber oder noch Schlimmeres abbekommen. Wie gesagt, ich weiß es nicht, aber ich bin der Sache später einmal nachgegangen, und so viel steht fest, daß Foma Fomitsch wirklich einmal irgendwo in Moskau einen kleinen Roman geschrieben hat, von der Art, wie sie dort in den dreißiger Jahren zu Dutzenden verbrochen wurden, etwa: »Die Befreiung Moskaus«, »Der Hetman Bur«, »Söhne der Liebe oder die Russen um das Jahr 1104« und so weiter und so weiter – Romane, die schon zu ihrer Zeit für den Witz eines Baron Brambäus ein gefundenes Fressen waren. Allerdings war das schon lange her, aber der Schlangenbiß des literarischen Ehrgeizes hinterläßt oft tiefe, unheilbare Wunden, besonders bei kleinlichen und beschränkten Leuten. Foma Fomitsch fühlte sich gleich nach seinem ersten literarischen Versuch aufs schwerste beleidigt und zurückgesetzt und schloß sich sogleich jener gewaltigen Schar der Verbitterten an, aus der dann all diese Parasiten, Hanswurste und närrischen Käuze hervorgehen. Seit jener Zeit, nehme ich an, hat sich bei ihm auch diese unheimliche Prahlsucht entwickelt, dieser Heißhunger nach Lob und Auszeichnung, nach Verehrung und Bewunderung. Schon als Possenreißer hatte er es verstanden, ein Häuflein Idioten um sich zu sammeln, die ihn andächtig bewunderten. Irgendwo und irgendwie den Vorrang zu haben, Weisheiten zu verkünden, sich aufzuspielen und in die Brust zu werfen – das war sein erstes Lebensbedürfnis. Lobten ihn die anderen nicht, fing er selber an, sich zu loben. Ich selber habe die Worte Fomas im Haus meines Onkels in Stepantschikowo, als er dort schon lange als alleiniger Herrscher und Prophet galt, mit meinen eigenen Ohren gehört: »Ich bin nur ein Fremdling unter euch«, sagte er manchmal mit geheimnisvoller Wichtigtuerei. »Meines Bleibens ist hier nicht länger! Ich beobachte nur, richte euch alles ein, gebe euch meine Anweisungen und Belehrungen, dann aber lebt wohl! Dann gehe ich nach Moskau und gebe dort eine Zeitschrift heraus. Dann werden dreißigtausend

Menschen jeden Monat meine Artikel lesen. Weithin wird dann mein Name dröhnen und dann – wehe meinen Feinden!« Dieser geniale Kopf wollte eben, während er sich noch auf seinen Ruhm vorbereitete, dessen Genuß schon im voraus auskosten. Es gehört überhaupt zu den Annehmlichkeiten, einen Lohn schon im voraus zu empfangen, um wieviel mehr noch in einem solchen Fall. Ich weiß, daß er meinem Onkel allen Ernstes versichert hat, daß er, Foma, vom Schicksal dazu auserkoren sei, eine große Tat zu vollbringen, eine Tat, zu deren Ausführung er auf die Welt berufen und durch ein übermenschliches Wesen mit Flügeln oder so etwas Ähnlichem, das ihm nachts erscheine, geradezu gezwungen werde. Und zwar solle er ein tiefgründiges, die Seelen der Menschen errettendes Werk schreiben, das »eine allgemeine Umwälzung zur Folge haben und ganz Rußland erzittern lassen würde«. Und während dann ganz Rußland unter diesem Eindruck erzittern werde, wolle er allem Ruhm verächtlich den Rücken kehren, in ein Kloster gehen und in den unterirdischen Kiewer Höhlen Tag und Nacht für das Glück des Vaterlandes beten. Und das machte einen fabelhaften Eindruck auf meinen Onkel.

Und nun stelle man sich vor, welch fernere Entwicklung dieser Foma nehmen mußte, der zeit seines Lebens unterdrückt und geknechtet und vielleicht sogar verprügelt worden war, dieser Foma mit seiner heimlichen Sinnlichkeit und Eigenliebe, Foma, der verbitterte Schriftsteller, Foma, der Possenreißer, nur um sich satt zu essen, Foma, der trotz seiner einstigen Bedeutungslosigkeit und Ohnmacht im Grund seiner Seele ein Despot war, Foma, der Prahlhans, der jede Gelegenheit frech beim Schopf faßte, Foma, der so plötzlich zu Ruhm und Ehre gekommen war und gelobt und verhätschelt wurde – dank einer halbverrückten Gönnerin und einem verblendeten Beschützer, der mit allem einverstanden war und in dessen Haus er nach so langen Irrfahrten endlich eine Zufluchtsstätte gefunden hatte. Allerdings muß ich erst eingehender den Charakter meines Onkels schildern, weil sonst die Erfolge Foma Fomitschs kaum verständlich sein würden. Indes möchte ich nur noch bemerken, daß auf Foma ausgezeichnet das Sprichwort paßte: Räumst du dem Teufel ein Eckchen ein, so nennt er das ganze Gehöft bald sein. Fürwahr, er entschädigte sich jetzt reichlich für alles Vergangene! Ein niedriger Mensch wird immer, wenn er sich selber aus dem Joch befreit hat, die Knute über andere schwingen. Foma war unterdrückt worden, drum fühlte er nun das Bedürfnis, andere zu unterdrücken; man hatte sich über ihn lustig gemacht, drum wollte er nun andere zum besten haben; er war Hausnarr gewesen, drum mußte er sich nun unbedingt seine eigenen Narren halten. Er prahlte bis zur Unmöglichkeit, spielte sich unglaublich auf, machte die unsinnigsten Ansprüche, verlangte womöglich Vogelmilch und tyrannisierte alle grenzenlos. Das ging so weit, daß brave Leute, die selber nicht Zeugen dieser Vorgänge gewesen waren, sondern dies alles nur vom Hörensagen kannten, die ganze Geschichte für ein Märchen, für einen Teufelsspuk hielten, sich bekreuzten und ausspuckten.

Doch ich wollte von meinem Onkel erzählen. Ich wiederhole, daß ohne ein näheres Eingehen auf diesen merkwürdigen Charakter die schamlose Herrschaft Foma Fomitschs in einem fremden Haus kaum verständlich sein und seine Metamorphose vom Hausnarren zur allmächtigen Persönlichkeit kaum zu begreifen sein würde. Mein Onkel war nicht nur äußerst gutmütig, sondern trotz seiner etwas derben äußeren Erscheinung sogar ein außerordentlich zartfühlender Mensch von edlen Charaktereigenschaften und erprobter Männlichkeit. Ich kann wohl kühn behaupten, daß er »männlich« war, denn wenn es eine Pflicht und Schuldigkeit zu erfüllen galt, schreckte er vor keinem Hindernis zurück. Seine Seele war rein wie die eines Kindes. Er war wirklich ein vierzigjähriges Kind, äußerst mitteilsam und immer heiter, hielt alle anderen Menschen für Engel, schob sich selber die Schuld zu, wenn andere einen Fehler begingen, schaute die guten Eigenschaften anderer immer durch ein Vergrößerungsglas an und setzte solche sogar da voraus, wo sie überhaupt nicht vorhanden sein konnten. Er war einer jener durchaus edlen Menschen, die ein so keusches Herz haben, daß sie sich schämen, bei anderen etwas Schlechtes auch nur zu vermuten, war immer gleich bei der Hand, wenn es galt, seinen Nächsten mit Tugenden auszuschmücken, freute sich über jeden fremden Erfolg, lebte so immer in einer idealen Welt und nahm, wenn ein Mißgeschick eintrat, alle Schuld auf sich. Solche Menschen halten es für ihre Lebensaufgabe, sich den Interessen anderer zu opfern. Mancher hätte meinen Onkel vielleicht kleinmütig, charakterlos und schwach genannt. Gewiß war er schwach und hatte einen etwas zu weichen Charakter, aber nicht aus Mangel an Festigkeit, sondern aus Angst zu beleidigen, grausam zu sein und aus einer grenzenlosen Hochachtung vor dem anderen, vor der ganzen Menschheit überhaupt. Übrigens zeigte er sich hauptsächlich dann charakterlos und kleinmütig, wenn es sich um seinen eigenen Vorteil handelte, den er im höchsten Grad vernachlässigte, wofür er zeit seines Lebens zum Gespött aller anderen wurde und nicht selten gerade derjenigen, denen er seinen Vorteil geopfert hatte. Niemals hätte er für möglich gehalten, daß er Feinde haben könnte, obgleich er in Wirklichkeit einige hatte, aber er bemerkte sie gar nicht. Zank und Streit im Haus fürchtete er wie ein rotes Tuch und gab deshalb lieber gleich von vornherein in allem nach und war mit allem einverstanden. Das tat er aus einer gewissen schüchternen Gutmütigkeit, aus einem fast verlegenen Zartgefühl heraus: »Es ist eben nur, daß ...« sagte er dann hastig, um alle Vorwürfe Fremder wegen seiner Nachsicht und Schwäche abzuwälzen, »es ist eben nur, daß ... daß alle zufrieden und glücklich sind!« Es braucht wohl nicht erwähnt zu werden, daß er sich jedem edlen Einfluß immer bereitwilligst unterordnete. Genauso konnte sich aber auch ein geschickter Gauner vollständig seiner bemächtigen und ihn sogar zu einer schlechten Tat verleiten, natürlich nur, wenn er diese schlechte Tat unter der Maske von etwas Edlem verborgen hatte. Mein Onkel schenkte allen Menschen außerordentlich leicht Vertrauen und mußte es dann durch manchen Irrtum büßen. Und wenn er auch nach vieler Mühe und Not endlich doch einsehen mußte, daß derjenige, der ihn betrogen hatte, ein ehrloser Mensch war, gab er doch vor allem erst sich selber die Schuld und nicht selten nur sich selber allein. Nun stelle man sich vor, wie in seinem stillen Haus plötzlich diese launenhafte, vom Alter schwachsinnig gewordene Idiotin die Herrschaft an sich riß, untrennbar vereint mit jenem anderen Idioten, ihrem Idol, die bis vor kurzem noch vor ihrem General in steter Angst geschwebt, jetzt aber nichts mehr zu befürchten hatte und nun das zwingende Bedürfnis empfand, sich für die Vergangenheit zu entschädigen – diese Idiotin, die zu achten und zu ehren mein Onkel für seine erste Pflicht hielt: nur darum, weil sie seine Mutter war.

Es fing gleich damit an, daß man ihm klarmachte, er sei ein roher, unduldsamer und ungebildeter Mensch und vor allen Dingen ein Egoist, wie er im Buche stehe. Merkwürdig war nur, daß diese verrückte Alte von der Wahrheit dessen, was sie predigte, vollkommen überzeugt war; ja ich glaube sogar, daß es auch Foma Fomitsch war, wenigstens zum Teil. Man überzeugte den Onkel davon, daß Foma Fomitsch ihm von Gott zur Rettung seiner Seele und zur Bezähmung seiner zügellosen Leidenschaften gesandt sei, daß er selber ein eingebildeter Mensch sei, der sich mit seinem Reichtum brüste und imstande sei, Foma Fomitsch jeden Bissen Brot einzeln vorzuwerfen. Der arme Onkel war auch gleich davon überzeugt, wie tief er gefallen war, und bereit, sich die Haare auszuraufen und um Verzeihung zu bitten ...

»Ich selber bin schuld daran, Freund«, pflegte er dann zu irgendeinem Bekannten zu sagen, »ich selber, und an allem! Man muß doppelt zartfühlend sein gegen einen Menschen, dem man Wohltaten erweist ... das heißt ... was sage ich da? Was für eine Wohltat erweise ich ihm denn? Da schwatze ich schon wieder lauter Unsinn! Ich erweise ihm durchaus keine Wohltat, sondern ganz im Gegenteil er mir, dadurch, daß er bei mir wohnt; ja, so ist es: er erweist mir eine Wohltat und nicht ich ihm! Und da habe ich ihm noch die paar Bissen Brot vorgeworfen! ... Das heißt, ich habe ihm eigentlich gar nichts vorgeworfen, es scheint aber doch, daß mir da irgend so etwas herausgefahren sein muß ... mir fährt leicht so etwas heraus ... Na, und dann ist es doch schließlich ein Mensch, der viel zu erdulden gehabt und sich große Verdienste erworben hat; zehn Jahre hat er, ungeachtet aller Kränkungen, seinen kranken Freund gepflegt, so etwas muß belohnt werden! Na, und dann auch wegen der Wissenschaft ... er ist doch Schriftsteller! Ein ganz hervorragender Mensch! Der hochherzigste Charakter der Welt – mit einem Wort ...«

Das Bild des hochgebildeten, unglücklichen Foma als Narren bei seinem launenhaften, grausamen Herrn erfüllte das edle Herz meines Onkels immer mit Mitleid und Empörung. Alle Eigenheiten Fomas, alle seine häßlichen Ausfälle schrieb mein Onkel nur seinen früheren Leiden, seiner Erniedrigung, seiner Verbitterung zu ... Seine zarte, edle Seele sagte ihm sofort, daß man von diesem Dulder nicht das verlangen könne, was man von einem gewöhnlichen Menschen fordern würde, und daß man ihm nicht nur verzeihen, sondern noch darüber hinaus mit sanfter Hand seine Wunde heilen, ihn aufrichten und wieder mit der Menschheit versöhnen müsse. Weil er sich aber nun einmal dieses Ziel gesteckt hatte und mit ganzer Seele darin aufging, hatte er sich gänzlich der Fähigkeit begeben, auch nur einigermaßen einzusehen, daß sein neuer

Freund ein gieriger, launenhafter Geselle, ein Egoist, ein Faulenzer und Tagedieb war – und weiter nichts. An die Gelehrsamkeit und Genialität Fomas glaubte er steif und fest. Ich vergaß noch zu sagen, daß mein Onkel vor den Worten »Wissenschaft« und »Literatur« eine äußerst naive, ganz uneigennützige Hochachtung empfand, da er selber nie etwas gelernt hatte. Das war eine seiner hauptsächlichsten und unschuldigsten Eigentümlichkeiten.

»Er schreibt an seinem Werk!« sagte er manchmal, wenn er mehrere Zimmer von Fomas Arbeitskabinett entfernt noch auf den Fußspitzen ging. »Ich weiß nicht genau, was er eigentlich schreibt«, fügte er mit stolzer und geheimnisvoller Miene hinzu, »aber sicher ist das irgend so eine Brühe ... das heißt, ich meine eine Brühe im guten Sinn. Manchem mag's ja klar sein, aber für unsereinen, Bruder, ist so etwas doch nur Hexenlatein ... Ich glaube, er schreibt über die produzierenden Kräfte oder so etwas Ähnliches, das hat er einmal gesagt. Sicher ist das etwas Politisches. Ja, sein Name wird einmal einen Klang haben! Dann werden womöglich auch wir beide noch durch ihn berühmt werden. Das hat er selber zu mir gesagt, Bruder ...«

Tatsache war, daß mein Onkel auf Fomas Befehl seinen herrlichen, dunkelblonden Vollbart abrasieren mußte. Er fand nämlich, daß mein Onkel im Vollbart wie ein Franzose aussähe, was einem Mangel an Vaterlandsliebe gleichkäme. Allmählich fing Foma auch an, sich in die Verwaltung des Gutes einzumischen und weise Ratschläge zu erteilen. Diese weisen Ratschläge aber konnten einem die Haare zu Berg stehen machen. Die Bauern merkten bald, wie die Sache stand und wer der eigentliche Herr war, und kratzten sich bedenklich hinterm Ohr. Ich selber hörte später einmal ein Gespräch Foma Fomitschs mit einigen Bauern an; ich muß allerdings gestehen, daß ich es heimlich belauschte. Foma hatte noch vorher erklärt, daß er nichts lieber tue, als sich mit den klugen russischen Bauern zu unterhalten. Und so ging er denn einmal auf die Tenne und hielt den Bauern einen Vortrag über Landwirtschaft, obgleich er selber nicht den Hafer vom Weizen unterscheiden konnte, setzte ihnen mit sanfter Stimme die heiligen Pflichten der Bauern gegen ihre Herrschaft auseinander, streifte dann leicht die Vorteile der Elektrizität und der Arbeitsteilung, wovon er natürlich ebenfalls keinen blassen Dunst hatte, setzte dann seinen Zuhörern auseinander, auf welche Weise sich die Erde um die Sonne drehe, und kam dann schließlich, ganz gerührt von seiner eignen Beredsamkeit, auf die Minister zu sprechen. Mir war das verständlich. Erzählte doch schon Puschkin von einem Vater, der seinem vierjährigen Söhnchen vorerzählt: er, sein Papachen, sei so tapfer, daß der Kaiser ihn ganz besonders liebe ... Dieser Vater brauchte eben einen Zuhörer, und wenn er auch erst vier Jahre alt war! Und auch die Bauern hörten Foma Fomitsch immer andachtsvoll zu.

»Na, wie war denn das, Väterchen, du hast wohl viel Gehalt vom Kaiser bekommen?« fragte ihn plötzlich aus der Menge der Bauern der kleine, graubärtige alte Archip – mit Beinamen »der Kurze« genannt – in der augenscheinlichen Absicht, ihm etwas Angenehmes zu sagen. Aber Foma Fomitsch fand diese Frage zu familiär, und Familiarität konnte er für den Tod nicht leiden.

»Was geht denn dich das an, du Lümmel?« gab er zur Antwort und blickte das arme Bäuerlein mit tiefster Verachtung an. »Was hältst du mir dein Mopsgesicht entgegen, soll ich vielleicht hineinspucken, wie?«

In diesem Ton pflegte Foma Fomitsch immer mit den »klugen russischen Bauern« zu verhandeln.

»Väterchen«, mischte sich ein anderer Bauer ein, »wir sind ungebildete Leute. Vielleicht bist du schon Major oder Oberst oder gar eine richtige Exzellenz, und wir wissen nicht einmal, wie wir dich anreden müssen.«

»Klotz«, wiederholte Foma Fomitsch, schon etwas besänftigt. »Zwischen Gehalt und Gehalt ist ein Unterschied, du Strohkopf! Manch einer hat Generalsrang, bekommt aber keine Kopeke, das heißt, weil eben kein Grund dafür vorliegt, weil er dem Kaiser keinen Nutzen bringt. Ich aber bekam damals, als ich beim Minister angestellt war, zwanzigtausend Rubel. Aber ich nahm das Geld einfach nicht, weil ich es für eine Ehre hielt, dem Staat zu dienen, und dann auch, weil ich genug eigenes Vermögen besaß. Ich opferte mein ganzes Gehalt für die Aufklärung aller Volksschichten im Reich und für die durch Feuersbrunst schwer geschädigten Einwohner von Kasan.«

»Was du nicht sagst! So bist du es also gewesen, der Kasan wiederaufgebaut hat?« fuhr der Bauer verwundert fort.

Die Bauern staunten überhaupt immer über Foma Fomitsch ...

»Nun ja, ich habe auch mein Scherflein dazu beigetragen«, antwortete Foma etwas ungehalten, als täte es ihm wieder leid, daß er einen solchen Menschen eines solchen Gespräches gewürdigt hatte.

Seine Gespräche mit meinem Onkel jedoch waren von anderer Art.

»Was für ein Mensch waren Sie nun früher?« sagte zum Beispiel Foma, wenn er sich nach einem reichlichen Mittagsmahl in seinem bequemen Sessel zurücklehnte, hinter dem ein Diener mit einem frischen Lindenzweig stehen und ihm die Fliegen fortwedeln mußte. »Womit hätte man Sie wohl vergleichen können, ehe ich mich Ihrer annahm? Jetzt habe ich einen Funken des göttlichen Feuers in Ihre Seele getragen, der nun darin zu glimmen beginnt. Habe ich das göttliche Feuer in Ihnen entzündet oder nicht? Antworten Sie: Trug ich den ersten Funken in Ihre Seele, ja oder nein?«

In Wirklichkeit aber wußte Foma Fomitsch selber nicht, warum er eine solche Frage stellte. Aber das Schweigen und die Verlegenheit meines Onkels reizten ihn sogleich. Er, der früher so geduldig und eingeschüchtert gewesen war, ging jetzt beim geringsten Widerspruch wie ein Pulverfaß in die Luft. Er faßte das Stillschweigen des Obersten als Beleidigung auf und bestand nun erst recht auf einer Antwort.

»Aber so antworten Sie doch: Glimmt dieser Funke in Ihrer Seele oder nicht?«

Der Oberst bog und wand sich vor Verlegenheit und wußte nicht, was er machen sollte.

»Gestatten Sie mir, Sie darauf aufmerksam zu machen, daß ich auf Ihre Antwort warte«, bemerkte Foma in beleidigtem Ton.

»Mais répondez donc, Jegoruschka«, mischte sich die Generalin ein und zuckte die Achseln.

»Ich frage: Glimmt in Ihrer Seele dieser Funke oder nicht?« wiederholte Foma verächtlich und nahm ein Stück Konfekt aus der Bonbonniere, die immer vor ihm auf dem Tisch stehen mußte. Das hatte die Generalin so angeordnet.

»Mein Gott, das weiß ich nicht, Foma«, antwortete endlich mein Onkel mit verzweifelter Miene, »es kann schon sein, daß so etwas Ähnliches ... Aber frage mich lieber nicht danach, sonst schwatze ich da irgend etwas Dummes zusammen ...«

»Schön! Also Ihrer Ansicht nach bin ich so unbedeutend, daß ich nicht einmal einer Antwort wert bin – denn das wollen

Sie doch wohl damit sagen? Nun gut, mag es sein, dann bin ich eben ein unbedeutender Mensch!«

»Aber durchaus nicht, Foma, Gott behüte! Wann hätte ich denn so etwas sagen wollen?«

»Natürlich, gerade das haben Sie sagen wollen!«

»Aber ich schwöre dir, durchaus nicht!«

»Schön! Dann bin ich also ein Lügner! Dann habe ich also, wie Sie mich eben beschuldigt haben, diesen Vorwand zum Streit absichtlich gesucht! Nun, möge zu allen bisherigen Beleidigungen auch noch diese hinzutreten – ich werde alles ertragen . . .«

»Mais mon fils«, fuhr die Generalin erschrocken auf.

»Foma Fomitsch! Liebste Mama!« rief der Oberst verzweifelt aus. »Bei Gott, ich bin doch wirklich nicht schuld daran! Vielleicht ist mir irgendein Wort aus Versehen so herausgefahren ... Aber das darfst du mir nicht übelnehmen, Foma, ich bin eben ein ungebildeter Mensch; ich fühle es ja selber, daß ich dumm bin, weiß ganz genau, daß ich manchmal Unsinn ... Ich weiß, Foma, weiß es ganz genau! Du brauchst es mir nicht erst zu sagen«, fuhr er fort und winkte mit der Hand ab. »Vierzig Jahre habe ich gelebt und habe bis jetzt, bis zu der Zeit, wo ich dich kennenlernte, immer gedacht, daß ich ein Mensch sei ... und alles an mir so, wie es sein müßte. Es ist mir ja bis jetzt noch gar nicht zum Bewußtsein gekommen, was für ein arger Sündenbock, was für ein Egoist allerersten Ranges ich bin; ich habe so viele Sünden auf mich geladen, daß ich mich wundern muß, wenn mich die Erde überhaupt noch trägt!«

»Ja, ein Egoist, das sind Sie«, bemerkte Foma Fomitsch im Brustton der Überzeugung.

»Aber das sehe ich ja alles selber ein, daß ich ein Egoist bin! Doch nein, das muß ein Ende haben! Ich will mich ändern und besser werden!«

»Gott gebe es!« schloß Foma Fomitsch die Unterhaltung mit einem frommen Seufzer und erhob sich aus seinem Lehnstuhl, um sich zu seinem Nachmittagsschläfchen zurückzuziehen. Foma Fomitsch pflegte immer nach dem Essen zu schlafen.

Ehe ich dieses Kapitel schließe, sei mir vergönnt, noch einige Worte über meine persönlichen Beziehungen zu meinem Onkel zu sagen und zu erklären, wie es kam, daß ich diesem Foma Fomitsch plötzlich Auge in Auge gegenüberstand und völlig unerwartet in diesen Strudel der wichtigsten Ereignisse hineingeriet, die sich jemals in diesem gesegneten Nest Stepantschikowo zugetragen haben. Damit beabsichtige ich, meine Einführung zu beschließen, und werde dann stracks zur Erzählung selbst übergehen.

In meiner Kindheit, als ich verwaist und mutterseelenallein auf der Welt zurückgeblieben war, nahm sich mein Onkel wie ein Vater meiner an, ließ mich auf seine Kosten erziehen und tat, mit einem Wort, so viel an mir, wie es mancher Vater an seinen eigenen Kindern nicht tut. Schon vom ersten Tag an, als er mich zu sich genommen hatte, fühlte ich mich mit ganzer Seele zu ihm hingezogen. Ich war damals zehn Jahre alt und entsinne mich, daß wir sehr bald gute Freunde wurden und uns gleich ausgezeichnet verstanden. Wir spielten zusammen mit dem Brummkreisel und entführten einer unangenehmen alten Dame, die entfernt mit uns verwandt war, ihre Morgenhaube. Diese Morgenhaube befestigte ich dann unverzüglich an dem Schwanz meines Papierdrachens und ließ sie in die Lüfte steigen. Erst viele Jahre später sah ich dann den Onkel ganz flüchtig einmal in Petersburg, als ich dort gerade meine Studien, deren Kosten er ebenfalls getragen hatte, beendete. Damals schloß ich mich ihm mit dem ganzen Feuer der Jugend an: seine edle, sanfte, gerechte und heitere Art und seine grenzenlose Naivität machten auf mich einen tiefen Eindruck und ließen ihn für jedermann anziehend erscheinen. Nachdem ich die Universität verlassen hatte, lebte ich noch einige Zeit in Petersburg, ohne mich ernstlich mit irgend etwas zu beschäftigen, war aber, wie das bei solchen Milchbärten öfter der Fall zu sein pflegt, fest davon überzeugt, daß ich in allernächster Zeit eine Menge ungeheuerlicher und großartigster Dinge vollbringen würde. Petersburg zu verlassen hatte ich aber nicht die geringste Lust. An den Onkel schrieb ich ziemlich selten, immer nur, wenn ich Geld brauchte, was er mir auch stets bereitwilligst schickte. Inzwischen hatte ich schon von einem der Gutsleute meines Onkels, der einmal in Geschäften nach Petersburg gekommen war, gehört, daß bei ihnen in Stepantschikowo wunderliche Dinge vor sich gingen. Diese ersten Gerüchte interessierten mich sehr und setzten mich in Erstaunen. Ich fing an, häufiger an den Onkel zu schreiben. Er antwortete mir stets auf eine ziemlich dunkle und merkwürdige Art, bemühte sich in jedem Brief, nur immer von den Wissenschaften zu reden, erwartete in Zukunft, was meine Gelehrsamkeit anbetrifft, unendlich viel von mir und war schon jetzt auf meine künftigen Erfolge stolz. Plötzlich aber erhielt ich nach längerem Schweigen einen recht wunderlichen Brief von ihm, der mit all seinen früheren Briefen so gar keine Ähnlichkeit hatte. Er enthielt so seltsame Andeutungen und ein solches Chaos von Widersprüchen, daß ich anfänglich kein Wort davon verstand. Ich konnte nur ersehen, daß er ihn in einer ungewöhnlichen Aufregung geschrieben haben mußte. Eines nur ging aus diesem Briefe klar hervor: der Onkel machte mir allen Ernstes den Vorschlag, ja er bat mich sogar inständig darum, so bald wie möglich sein früheres Mündel zu heiraten. Das war die Tochter eines armen Provinzialbeamten namens Jeschowikin, die auf Kosten meines Onkels in einem wissenschaftlichen Institut in Moskau eine vorzügliche Erziehung genossen hatte und jetzt Gouvernante bei seinen Kindern war. Er schrieb, sie sei unglücklich, ich aber könne ihr Glück begründen, und das sei sogar eine hochherzige Handlung von mir; dabei appellierte er an den Edelmut meines Herzens und versprach, ihr eine reiche Mitgift zu geben. Von dieser Mitgift sprach er übrigens nur ganz geheimnisvoll und ängstlich und schloß seinen Brief mit der Bitte, dies alles als strengstes Geheimnis zu betrachten. Dieser Brief setzte mich so sehr in Erstaunen, daß sich in meinem Kopf alles zu drehen anfing. Und auf welchen jungen Mann, der wie ich soeben erst der Schulbank entronnen war, hätte ein solcher Vorschlag nicht einen gewaltigen Eindruck gemacht, und wäre es nur wegen seiner romanhaften Seite gewesen? Außerdem hatte ich gehört, daß diese Gouvernante ein bildhübsches Mädchen sei. Trotzdem wußte ich nicht recht, was für einen Entschluß ich fassen sollte, schrieb aber gleich an meinen Onkel, daß ich umgehend nach Stepantschikowo kommen würde. Mein Onkel hatte mir mit dem Brief zusammen gleich das Reisegeld geschickt. Dennoch hielten mich noch allerlei Bedenken und ein gewisses, banges Gefühl in Petersburg zurück, und ich verzögerte meine Abreise noch um drei Wochen. Da traf ich zufällig einmal einen früheren Regimentskameraden meines Onkels, der eben erst aus dem Kaukasus nach Petersburg zurückgekehrt war und auf der Durchreise meinen Onkel in Stepantschikowo besucht hatte. Das war ein schon älterer, vernünftig denkender Herr und eingefleischter Junggeselle. Voller Entrüstung erzählte er mir von Foma Fomitsch und teilte mir dann noch etwas mit, wovon ich bislang keine Ahnung gehabt hatte, daß nämlich Foma Fomitsch und die

Generalin sich ausgedacht und vorgenommen hätten, den Onkel mit einem höchst sonderbaren, halbverrückten älteren Mädchen, das eine außergewöhnliche Lebensgeschichte und beinahe eine halbe Million Mitgift habe, zu verheiraten. Die Generalin habe diesem Mädchen eingeredet, mit ihr verwandt zu sein, und sie damit in ihr Haus gelockt; der Onkel sei in heller Verzweiflung, doch werde sicherlich die Sache damit enden, daß er eben die halbe Million heiraten müsse. Endlich hätten diese beiden Neunmalklugen, die Generalin und Foma Fomitsch, eine wahre Hetzjagd auf die arme, schutzlose Gouvernante der Kinder des Obersten in Szene gesetzt und wollten sie mit aller Gewalt aus dem Haus treiben, vielleicht, weil sie Angst hätten, daß sich der Oberst in sie verlieben könnte, oder weil er sich möglicherweise schon in sie verliebt habe. Diese letzten Worte machten mich stutzig. Doch auf alle meine Fragen, ob denn der Onkel wirklich schon in sie verliebt sei, konnte oder wollte mir der Erzähler keine bestimmte Antwort geben, überhaupt erzählte er nur einsilbig und fast gegen seinen Willen und vermied augenscheinlich, sich in nähere Erklärungen einzulassen. Ich wurde nachdenklich; diese Mitteilungen standen mit dem Brief meines Onkels und mit dem mir darin gemachten Vorschlag in einem gar zu krassen Widerspruch ... Ich wollte nicht länger säumen. Ich beschloß, sofort nach Stepantschikowo zu fahren, nicht nur um meinen Onkel zur Vernunft zu bringen und zu beruhigen, sondern ihn womöglich auch zu retten, das heißt, Foma Fomitsch aus dem Haus zu jagen, die gefürchtete Heirat mit der alten Jungfer zu vereiteln, um dann zu guter Letzt – da mir nach reiflicher Überlegung die Liebe meines Onkels zu jener jungen Gouvernante nur als eine bösartige Verdächtigung Foma Fomitschs erschien – dieses unglückliche, aber sicherlich sehr interessante junge Mädchen durch einen Heiratsantrag glücklich zu machen, und so weiter, und so weiter. Und bald erfüllte mich dieser Plan mit einer solchen Begeisterung, zumal da ich jung war und nichts zu tun hatte, daß all meine Bedenken plötzlich gerade in das Gegenteil umschlugen: ich brannte nur so darauf, so bald wie möglich die größten Wunder- und Heldentaten zu vollbringen. Es schien mir, als lieferte ich den Beweis einer außerordentlichen Hochherzigkeit, als opferte ich mich selber in edelster Weise auf, indem ich dieses unschuldige, reizende Geschöpf glücklich machte – kurz, ich entsinne mich, daß ich auf der ganzen Fahrt äußerst zufrieden mit mir war. Es war im Juli, hell strahlte die Sonne, ringsum dehnten sich, so weit nur die Blicke schweifen konnten, endlose Felder mit goldenem, reifendem Korn ... Ich aber war so lange hinter Petersburgs Mauern vergraben gewesen, daß es mir schien, als sähe ich sie heute zum allerersten Male, die schöne freie Gotteswelt!

2

Herr Bachtschejew

Schon näherte ich mich dem Ziel meiner Reise. Als ich durch das Städtchen B. fuhr, das nur noch zehn Werst von Stepantschikowo entfernt liegt, mußte ich ganz in der Nähe des Schlagbaumes an einer Schmiede halten lassen, weil ein Reifen am Vorderrad meines Reisewagens gesprungen war. Ihn irgendwie festzumachen, nur daß er die zehn Werst noch aushielt, konnte nicht allzu lange dauern, darum entschloß ich mich, gar nicht erst fortzugehen, sondern gleich bei der Schmiede zu warten, bis der Schmied den Schaden geheilt haben würde. Als ich aus dem Wagen gestiegen war, gewahrte ich einen dicken Herrn, der ebenso wie ich wegen einer Reparatur an seiner Kutsche zu einem unfreiwilligen Aufenthalt genötigt war. Er stand schon seit einer ganzen Stunde in dieser unerträglichen Sonnenglut, schrie und schimpfte und trieb mürrisch und ungeduldig die Schmiedegesellen, die an seinem prächtigen Wagen hantierten, zur Eile an. Gleich auf den ersten Blick kam mir dieser verärgerte Herr außerordentlich brummig vor. Er mochte wohl gegen fünfundvierzig Jahre alt sein, war von mittlerer Größe, sehr dick und pockennarbig. Seine Fettleibigkeit, das Doppelkinn und seine aufgeschwemmten Hängebacken ließen auf das behäbige Leben eines Großgrundbesitzers schließen. Seine ganze Erscheinung hatte etwas Weibisches, was einem sofort ins Auge fiel. Sein Anzug war weit, bequem und anständig, aber nicht gerade nach der neuesten Mode.

Ich begriff nicht, warum er sich auch über mich ärgerte, um so weniger, als er mich doch zum erstenmal im Leben sah und noch kein Wort mit mir gesprochen hatte. Ich fühlte das gleich, als ich aus meinem Wagen stieg, an seinem auffallend wütenden Blick. Trotzdem hatte ich die größte Lust, seine Bekanntschaft zu machen. Dem Geschwätz seiner Diener konnte ich entnehmen, daß er gerade von meinem Onkel aus Stepantschikowo kam, und ich hätte somit Gelegenheit gehabt, ihn alles mögliche zu fragen. Ich lüftete also meine Mütze und gab mir Mühe, so liebenswürdig wie nur möglich zu bemerken, wie unangenehm manchmal ein solcher Aufenthalt auf der Reise doch sei, aber der Dicke musterte mich nur unwillig mit einem unzufriedenen, mürrischen Blick vom Kopf bis zu den Füßen, brummte etwas in seinen Bart und wandte mir schwerfällig seine Hinterfront zu. Wenn auch diese Seite seiner Persönlichkeit für den Beschauer allerlei Interessantes zu bieten vermochte – eine angenehme Unterhaltung jedoch war von ihr nicht zu erwarten.

»Grischka! Was brummst du da wieder vor dich hin! Verprügeln werde ich dich!« schrie er seinen Kammerdiener an, als hätte er meine Bemerkung über die Unannehmlichkeiten eines solchen Aufenthaltes unterwegs überhaupt nicht gehört.

Dieser Grischka war ein grauhaariger Diener vom alten Schlag in langschößigem Überrock und mit einem großen, grauen Backenbart. Wie man aus den verschiedensten Anzeichen ersehen konnte, war er ebenfalls schlechter Laune und brummte ärgerlich vor sich hin. Und so kam es denn auch bald zwischen dem Herrn und dem Diener zu einer Auseinandersetzung.

»Verprügeln willst du mich? Brüll nur weiter«, knurrte Grischka anscheinend nur vor sich hin, aber doch so laut, daß wir es alle hören konnten. Dann wandte er sich unwillig ab und machte sich am Wagen zu schaffen.

»Was? Was sagst du da? ‚Brüll nur weiter?' Unterstehst du dich, auch noch grob zu werden?« schrie der Dicke und wurde dunkelrot vor Wut.

»Warum schreien Sie mich gleich so an? Man darf wohl überhaupt nichts mehr sagen?«

»Warum ich dich anschreie? Hat man so etwas gehört! Du erlaubst dir, über mich zu schimpfen, und ich soll dich nicht einmal anschreien?«

»Warum sollte ich denn schimpfen?«

»Warum du schimpfst ... Du denkst wohl, ich weiß es nicht? Das weiß ich ganz genau: du schimpfst nur deshalb, weil ich vom Mittagessen weggefahren bin – das ist alles!«

»Was geht das mich an? Meinetwegen brauchten Sie überhaupt nicht zu Mittag zu essen. Ich habe gar nicht über Sie geschimpft, ich habe nur den Schmiedegesellen hier ein paar Worte gesagt.«

»Den Schmiedegesellen ... Was hast du auf die zu schimpfen?«

»Ich schimpfe doch gar nicht über sie, doch nur über unseren Wagen.«

»Was hast du denn über unseren Wagen zu schimpfen?«

»Warum ist er entzweigegangen? Er hat nicht entzweizugehen, sondern ganz zu bleiben.«

»Als wenn du über den Wagen geschimpft hättest ... Nein, du hast über mich geschimpft und nicht über den Wagen. Er allein ist schuld und fängt auch noch zu schreien an!«

»Warum muß auch der Herr heute immer auf mich einhacken? Lassen Sie mich doch bitte in Ruhe!«

»Warum hast du den ganzen Weg wie eine Nachteule dagesessen und kein Wort gesagt? Du schwatzt doch sonst so viel!«

»Es war mir eine Fliege in die Kehle gekrochen, deshalb habe ich nichts gesagt und wie eine Nachteule dagesessen. Ich soll Ihnen wohl unterwegs noch Märchen erzählen? Da müssen Sie die Muhme Malanja auf die Reise mitnehmen, wenn Sie gern Märchen hören wollen!«

Der Dicke sperrte schon den Mund auf, um etwas zu erwidern, konnte aber augenscheinlich keine Worte finden und schwieg. Der Diener aber, zufrieden mit seiner Zungenfertigkeit und dem vor Zeugen bewiesenen Einfluß auf seinen Herrn, wandte sich nun mit doppelter Wichtigkeit wieder den Arbeitern zu und zeigte ihnen etwas.

Mein Versuch, die Bekanntschaft dieses Herrn zu machen, war mißglückt, vielleicht infolge meiner eigenen Ungeschicklichkeit; aber ein unvorhergesehener Zwischenfall sollte mir zu Hilfe kommen. Aus dem Fenster einer alten, geschlossenen Kutsche ohne Räder, die seit undenklichen Zeiten vor der Schmiede stand und täglich vergeblich darauf wartete, wieder instand gesetzt zu werden, schaute plötzlich ein verschlafenes, ungewaschenes und ungekämmtes Männergesicht heraus. Beim Anblick dieser Jammergestalt brachen die Schmiedegesellen in ein lautes Gelächter aus. Die Sache war die, daß der Mann, der jetzt aus dem Kutschfenster herausschaute, von ihnen dort eingesperrt worden war und nun nicht wieder herauskonnte. Nachdem er jetzt seinen Rausch ausgeschlafen hatte, bat er flehentlich, ihn wieder freizulassen, und verlangte schließlich, daß einer ihm sein Handwerkszeug holen solle. Das erregte bei allen Anwesenden die größte Heiterkeit.

Es gibt Naturen, die an den merkwürdigsten Dingen ihren Spaß und ihr Vergnügen haben. Die Faxen eines Betrunkenen, ein Mensch, der auf der Straße stolpert und hinfällt, zwei sich in die Haare fahrende Weiber und so weiter und so weiter rufen bei solchen Leuten aus nicht recht verständlichen Gründen stets einen gewaltigen, aber gutmütigen Heiterkeitsausbruch hervor. Der dicke Gutsbesitzer schien auch zu diesen Naturen zu gehören. Das Finstere und Mürrische in seinem Gesicht machte allmählich einem zufriedeneren und freundlicheren Ausdruck Platz, und schließlich klärten sich seine Züge ganz auf.

»Aber das ist ja Wasiljew?« fragte er interessiert. »Wie kommt denn der hierher?«

»Jawohl, das ist der Wasiljew, Barin Stepan Alexejewitsch, der Wasiljew!« rief man von allen Seiten.

»Er hat wieder einmal gebummelt, Barin«, fügte einer der Arbeiter hinzu, ein schon älterer, hochgewachsener, hagerer Mann mit strengem, pedantischem Gesichtsausdruck, der bestrebt war, als der erste unter seinen Genossen zu gelten. »Ja, gebummelt, Barin! Vorgestern ist er seinem Herrn davongelaufen, und nun versteckt er sich bei uns, treibt sich bei uns herum. Sein Stemmeisen will er haben! Na, wozu brauchst du jetzt dein Stemmeisen, du Holzkopf! Willst wohl noch dein letztes Handwerkszeug versetzen?«

»Ach, Archipuschka! Mit dem Geld ist's wie mit den Tauben: es fliegt einem zu, und schwups – ist's wieder weg! Laßt mich doch raus, um des himmlischen Schöpfers willen«, flehte Wasiljew mit schwacher, unsicherer Stimme und steckte seinen Kopf wieder zum Kutschenfenster heraus.

»Bleib du nur da drin sitzen, du Ölgötze, dir geschieht ganz recht«, versetzte Archip ungerührt. »Seit drei Tagen ist er betrunken, heute morgen in aller Frühe haben wir ihn auf der Landstraße aufgelesen. Danke deinem Schöpfer, daß wir dich hier versteckt haben! Deinem Herrn Matwej Iljitsch haben wir sagen lassen: ‚Er ist krank geworden, das Faulfieber ist bei ihm zum Ausbruch gekommen!'«

Alle fingen an zu lachen.

»Wo ist denn aber mein Stemmeisen?«

»Das hat unser Lehrling. Immer dasselbe Lied. Ein richtiger Säufer ist das, Barin Stepan Alexejewitsch.«

»Ha – ha – ha! So ein Halunke! Also das nennst du in der Stadt arbeiten: dein Handwerkszeug versetzen«, krächzte der Dicke und erstickte fast vor Lachen; er war auf einmal ganz zufrieden und in der allerbesten Laune.

»Und dabei ist er ein Tischler, wie man ihn in ganz Moskau nicht auftreiben könnte. Aber so bringt er sich nun um seinen Ruf, der Narr«, fügte er hinzu und wandte sich dabei ganz unerwarteterweise an mich. »Laß ihn heraus, Archip, vielleicht hat er was nötig!«

Man gehorchte dem Herrn. Der Nagel, mit dem die Wagentür zugerammelt war, hauptsächlich aus dem Grund, um den Spaß mitzuerleben, wenn Wasiljew erwachen würde, wurde herausgezogen, und Wasiljew trat schmutzig, zerlumpt und liederlich ins Freie. Er blinzelte wegen des grellen Sonnenlichtes, nieste und torkelte, legte dann die Hand als Schirm vor die Augen und sah sich um.

»So viel Leute, so viel Leute«, sagte er und schüttelte den Kopf. »Und alle sind nü–üchtern«, fügte er gedehnt, traurig und nachdenklich hinzu, als wenn er sich damit selber Vorwürfe machen wollte. »Na, guten Morgen, Brüder, ich wünsche euch allen einen gesegneten Morgen!«

Wieder erhob sich allgemeines Gelächter.

»Guten Morgen sagt er! Aber mach doch die Augen auf, Mensch, du bist wohl auf den Kopf gefallen? Siehst du denn nicht, wieviel von deinem Morgen noch übrig ist?«

»Das willst du mir doch nur vorlügen, Jemelja, du bist wohl diese Woche dran.«

»Nach unserer Ansicht geht es schon auf ein Uhr, aber stark!«

»Ha – ha – ha! Der hat den Mund auf dem richtigen Fleck!« rief der Dicke, schüttelte sich vor Lachen und warf mir wieder einen freundlichen Blick zu. »Schämst du dich denn gar nicht, Wasiljew?«

»Alles nur aus Kummer, Barin Stepan Alexejewitsch; nur aus Kummer«, antwortete Wasiljew ernsthaft und mit trostloser Gebärde. Er war augenscheinlich froh, daß sich ihm eine Gelegenheit bot, noch einmal von seinem Kummer zu reden.

»Was hast du denn für einen Kummer, du Narr?«

»So etwas ist noch niemals dagewesen: wir sollen alle auf Foma Fomitsch überschrieben werden.«

»Wer? Wann?« schrie der Dicke ganz außer sich.

Auch ich trat einen Schritt näher, wider Erwarten ging die Sache nun auch mich an.

»Jawohl, wir alle in Kapitonowka. Unser Herr, der Oberst – Gott möge ihn gesund erhalten –, will nämlich unser ganzes Dorf Kapitonowka, sein angestammtes Erbe, diesem Foma Fomitsch opfern; ganze siebzig Seelen will er ihm schenken. ‚Nimm sie hin, Foma', sagt er. ‚Du hast ja bis jetzt sozusagen gar nichts; du bist nicht gerade ein Großgrundbesitzer; dir gehören ja höchstens zwei Stinte im Ladogasee mit ihren Abgaben, das sind die einzigen zinspflichtigen Seelen, die dein seliger Vater dir hinterlassen hat. Denn dein Vater'«, fuhr Wasiljew mit einem gewissen boshaften Vergnügen fort, indem er jedes Wort seiner Erzählung, das Foma Fomitsch betraf, gleichsam mit Pfeffer zu bestreuen versuchte, »‚denn dein Vater war aus altadligem Geschlecht, nur wußte keiner, wer er war und woher er stammte; er hat genau wie du bei Herrschaften das Gnadenbrot gegessen und aus Barmherzigkeit in ihrer Küche sitzen dürfen. Aber jetzt, wenn ich Kapitonowka auf deinen Namen überschreiben lasse, wirst auch du Gutsbesitzer und Edelmann werden, wirst deine eigenen Leute haben und kannst dich nun auf den Ofen legen und alle Tage Feiertag machen wie die adligen Gutsbesitzer . . .'«

Aber Stepan Alexejewitsch hörte schon gar nicht mehr auf ihn. Die Wirkung, welche die Erzählung des halbbetrunkenen Wasiljew hervorgerufen hatte, war ganz außerordentlich. Der Dicke war so aufgeregt, daß ihm alles Blut zu Kopf gestiegen war; sein Doppelkinn zitterte, die Augen waren blutunterlaufen. Ich fürchtete, daß ihn jeden Augenblick der Schlag rühren werde.

»Das fehlte gerade noch!« stieß er keuchend hervor. »Diese Kanaille, dieser Parasit, dieser Foma, ein Gutsbesitzer! Pfui! Der Teufel soll sie alle miteinander holen! Und ihr da, macht schnell, daß ihr fertig werdet! Nach Hause!«

»Gestatten Sie eine Frage«, sagte ich und trat zögernd einen Schritt näher, »Sie erwähnten soeben einen gewissen Foma Fomitsch, mit dem Familiennamen heißt er, wenn ich mich nicht täusche, Opiskin. Sehen Sie, ich möchte gern . . . kurz gesagt, ich interessiere mich aus ganz besonderen Gründen für diese Persönlichkeit und möchte meinerseits nun gern wissen, inwieweit man den Worten dieses guten Mannes Glauben schenken darf, daß sein Herr, Jegor Iljitsch Rostanew, eines seiner Dörfer diesem Foma Fomitsch schenken wolle. Ich habe ein ganz besonderes Interesse daran, weil ich ...«

»Aber erlauben Sie mir, Ihnen vorerst einmal die Frage vorzulegen«, unterbrach mich der dicke Herr, »welcher Art ihr Interesse für diese ‚Persönlichkeit', wie Sie sich auszudrücken belieben, ist? Meiner Ansicht nach muß man ihn eher ein verdammtes Schwein und nicht eine Persönlichkeit nennen! Was ist denn das für eine Persönlichkeit, dieser Grindkopf! Ein Lump ist das, aber keine Persönlichkeit!«

Ich setzte ihm auseinander, daß ich mich, was eben jene »Persönlichkeit« anbeträfe, vorläufig noch in völliger Unkenntnis befände, daß aber Jegor Iljitsch Rostanew mein Onkel sei und ich selber Sergej Alexandrowitsch soundso hieße.

»Dann sind Sie also dieser junge Gelehrte? Mein Freund, Sie werden mit Spannung und Ungeduld erwartet!« rief der Dicke mit unbeschreiblicher Freude aus. »Ich komme gerade von denen aus Stepantschikowo; vom Mittagessen bin ich aufgestanden, noch ehe der Pudding kam: ich konnte einfach nicht mehr mit diesem Foma zusammen an einem Tisch sitzen! Dieses verdammten Foma wegen habe ich mich dort mit allen gezankt ... Welch unerwartetes Zusammentreffen! Sie müssen mich entschuldigen, mein Bester! Ich bin Stepan Alexejewitsch Bachtschejew und habe Sie schon als ganz kleinen Knaben gekannt ... Na, wer hätte das gedacht? Sie erlauben doch ...«

Und der Dicke umarmte und küßte mich.

Nach einigen Minuten der ersten Aufregung machte ich mich gleich daran, ihn auszufragen; die Gelegenheit war zu günstig.

»Aber wer ist denn eigentlich dieser Foma?« fragte ich. »Wie hat er nur das ganze Haus unter seine Fuchtel bringen können? Warum jagt man ihn denn nicht mit der Reitpeitsche vom Hof? Ich muß gestehen ...«

»Ihn zum Hof hinausjagen? Sie sind wohl nicht ganz bei Verstand, wie? Jegor Iljitsch wagt doch in seiner Anwesenheit nur auf den Fußspitzen zu gehen! Und als Foma einmal befohlen hatte, daß anstatt Donnerstag Mittwoch sein solle, haben sie alle bis auf den letzten Mann diesen Donnerstag für einen Mittwoch halten müssen! ‚Ich wünsche nicht, daß heute Donnerstag sei, es soll Mittwoch sein!' Folglich hatten sie in dieser Woche zweimal Mittwoch. Sie denken vielleicht, ich lüge Ihnen da etwas vor? Nicht die Spur habe ich übertrieben! Ich sage Ihnen, mein Bester, Dinge passieren da ...«

»Das hörte ich schon, aber ich muß gestehen ...«

»Gestehen, gestehen! Weiter haben Sie dazu nichts zu sagen? Was gibt es denn da zu gestehen? Fragen Sie doch lieber geradeheraus, wo der Hase im Pfeffer liegt! Die Mutter des Obersten ist ja eine ganz würdige alte Dame und obendrein noch Generalin, aber meiner Ansicht nach ist sie verrückt, wahrscheinlich aus Altersschwäche, sie wagt ja vor diesem dreimal verfluchten Foma nicht einmal zu mucksen. Und schließlich ist doch nur sie an allem schuld, denn sie hat ihn ins Haus gebracht. Ganz behext hat er sie und zu seinem willenlosen Werkzeug gemacht, obgleich sie sich Exzellenz schimpfen läßt: dafür, daß sie sich mit nahezu fünfzig Jahren dem alten General Krachotkin an den Hals geworfen hat. Na, und von der Schwester Jegor Iljitschs, der Praskowja Iljinitschna, die noch mit vierzig Jahren als alte Jungfer dort herumsitzt, will ich gar nicht reden. Die seufzt und barmt und gackert wie eine Henne; na, die hängt einem zum Hals heraus! Das einzige an ihr ist vielleicht nur, daß sie eine Dame ist. Und für nichts und wieder nichts, nur dafür, daß sie eben eine Dame ist, soll man ihr noch Achtung bezeigen. Pfui! Aber das darf ich vor Ihnen wohl gar nicht sagen, sie ist ja Ihre Tante. Die einzig Vernünftige ist noch die Alexandra Jegorowna, die Tochter des Obersten; sie ist zwar noch ein kleines Mädchen, erst sechzehn Jahre alt, aber meiner Ansicht nach gescheiter als alle anderen zusammen. Die kann Foma nicht ausstehen, es war drollig zu beobachten. Aber schließlich ist sie ja nur ein nettes, kleines Mädchen und weiter nichts. Wie kann man überhaupt vor einem solchen Menschen Respekt haben! Ein Mensch wie dieser Foma, der bei dem verstorbenen General Krachotkin als Possenreißer vegetiert hat und, um den Alten zu ergötzen, die ganze Menagerie nachahmen mußte! Hier kann man wirklich sagen: Früher hat Wanja nur Mist gekarrt, jetzt lebt er selber nach Edelmanns Art! Und diesen Narren a. D. verehrt nun der Oberst, ihr Onkel, wie seinen leiblichen Vater, setzt diesen Halunken in einen Glaskasten und fällt vor einem, dem er das Gnadenbrot gönnt, auf die Knie. Pfui!«

»Nun, Armut allein ist keine Schande ... und ... ich muß gestehen ... darf ich mir die Frage erlauben, ob er hübsch, ob er klug ist?«

»Wer? Foma? Einfach bildschön«, antwortete Bachtschejew, und seine Stimme zitterte wie in verhaltener Wut. Meine

Fragen schienen ihn zu reizen, und er fing schon an, mich etwas mißtrauisch von der Seite anzusehen. »Einfach bildschön. Hört ihr's, ihr Leute? Foma soll eine Schönheit sein! Wie alle scheußlichen Tiere zusammengenommen, so sieht er aus, mein Lieber, wenn Sie es genau wissen wollen. Wenn er wenigstens noch das Pulver erfunden hätte, wenn dieser Halunke wenigstens noch durch Klugheit und Verstand sich alle anderen unterjocht hätte, dann könnte man noch die Lippen zusammenbeißen und ihm die Sache eben um seiner Klugheit willen hingehen lassen, aber das ist es ja eben, daß nicht die Rede davon sein kann! Er muß ihnen irgendeinen Trank eingegeben haben, dieser dunkle Ehrenmann! Pfui! Schade um jedes Wort, das man über ihn verliert. Ausspucken sollte man nur und schweigen! Sie haben mich ganz in die Wolle gebracht mit Ihren Fragen, junger Mann. He, ihr da! Seid ihr denn noch nicht fertig?«

»Der Rappe muß noch beschlagen werden«, brummte Grigorij mißmutig.

»Der Rappe? Ich werde dir helfen, jetzt noch mit dem Rappen zu kommen! ... Ja, junger Herr, ich könnte Ihnen Geschichten erzählen, daß Sie Mund und Nase aufsperren und bis zum Jüngsten Tag so stehenbleiben würden. Sehen Sie, zuerst hatte ich selber Respekt vor ihm. Aber was glauben Sie? Jetzt bekenne ich es, bekenne es vor aller Welt: ich war ein Narr! Auch mich hatte er herumbekommen, dieser Alleswisser. Er weiß ja alles in- und auswendig, hat alle Wissenschaften im Kopf! Da hat er mir einmal Tropfen gegeben, denn ich bin krank, mein Bester, ernstlich krank. Sie glauben mir das vielleicht nicht, aber ich bin wirklich krank. Na, nach seinen Tropfen wäre ich damals beinahe zur Hölle gefahren. Hören Sie nur ganz ruhig zu; wenn Sie hinkommen, werden Sie sich selber von allem überzeugen. Ja, blutige Tränen wird der Oberst noch seinetwegen weinen, aber dann wird es zu spät sein. Die ganze Nachbarschaft hat ja schon den Verkehr mit ihm abgebrochen, nur wegen dieses dreimal verfluchten Foma! Er wirft ja jedem, der hinkommt, Beleidigungen an den Kopf. Von mir will ich gar nicht reden, aber selbst die höchstangesehenen Persönlichkeiten verschont er nicht. Jedem liest er die Leviten, denn jetzt hat er sich auf die Moral gelegt, dieser Schelm. ‚Ich bin ein Weiser', sagt er, ‚klüger als ihr alle, hört nur immer auf mich! Ich habe mir eine umfassende Bildung erworben', sagt er. Aber was nützt uns seine Bildung?

Darf er, nur weil er eine bessere Bildung zu haben vorgibt, alle weniger Gebildeten einfach in die Tasche stecken? Und wenn er dann mit seiner hochweisen Zunge anfängt loszuschnattern, dann geht es nur immer: ta–ta–ta, ta–ta–ta, ta–ta–ta. Eine so geschwätzige Zunge hat der, sage ich Ihnen; wenn man sie abschneiden und auf den Misthaufen werfen würde, ich glaube, sie würde noch immer tattern und tattern, bis die Raben sie gefressen hätten. Er nimmt sich einfach alles heraus und bläht sich wie ein Pfau. Er will Dinge durchsetzen, die selbst bei seinem Dickschädel zu erreichen einfach unmöglich sind. Und was für Dinge! Jetzt ist er zum Beispiel auf den Einfall gekommen, das ganze Hofgesinde Französisch lernen zu lassen, Sie mögen es glauben oder nicht! ‚Das wird ihnen recht nützlich sein', sagt er. Einem Bauern, einem Diener! Pfui! Ein verdammter Schandkerl ist das – weiter nichts! Wozu braucht denn ein Leibeigner Französisch, frage ich Sie? Schon unsereiner, wozu braucht unsereiner Französisch, wozu eigentlich? Nur um mit jungen Damen bei der Mazurka Konversation zu machen oder mit fremden Frauen zu kokettieren? Das verdirbt nur unsere Sitten; weiter nichts. Ich sage immer: Trink eine Flasche Schnaps, dann kannst du von selber alle Sprachen reden! So schätze ich sie ein, Ihre vielgepriesene, französische Sprache! Sie parlieren natürlich auch französisch: Ta–ta–ta, ta–ta–ta, matou est mari du chat!« fügte Bachtschejew hinzu und sah mich unwillig und geringschätzig an. »Sie sind doch ein kluger junger Mann, Sie haben sich doch der Gelehrsamkeit verschrieben, nicht wahr?«

»Ja . . . zum Teil . . . ich interessiere mich . . .«

»Da haben Sie sich wohl gar mit allen Wissenschaften beschäftigt?«

»Gewiß, das heißt, nein . . . Ich muß gestehen, daß ich mich augenblicklich nur auf Beobachtungen verlegt habe. Ich habe immer nur in Petersburg gesessen, jetzt aber möchte ich so schnell wie möglich zu meinem Onkel fahren . . .«

»Was zieht Sie denn so zu Ihrem Onkel? Wären Sie lieber zu Hause geblieben, wenn Sie noch ein Dach über Ihrem Kopf gehabt haben. Nein, mein Lieber, das sage ich Ihnen gleich: mit Gelehrsamkeit werden Sie dort nichts erreichen, und kein Onkel der Welt kann Ihnen dort etwas helfen. Sie werden sehr bald einen Strick um den Hals haben. Ganz abgemagert bin ich bei ihnen in diesen vierundzwanzig Stunden! Was, das glauben Sie wohl nicht, daß ich bei ihnen ganz abgemagert bin? Nein, Sie glauben es wirklich nicht, ich sehe es Ihnen an. Na, meinetwegen, wenn Sie es nicht glauben wollen, dann lassen Sie es!«

»Aber gewiß, ich bitte Sie, ich glaube Ihnen alles; nur kann ich manches noch nicht ganz begreifen ...« antwortete ich, während meine Verwirrung immer größer und größer wurde.

»Das sagen Sie so: ‚Ich glaube Ihnen', und denken dabei: Ganz traue ich dir doch nicht! Ihr macht ja immer solche Gedankenhopser, ihr Jünger der Gelehrsamkeit. Am liebsten hüpftet ihr immer auf einem Bein, um allen Leuten zu zeigen, wie gewandt ihr seid! Ich kann diese gelehrte Sippschaft nicht leiden, mein Bester, sie liegt mir wie Blei im Magen. Oft genug bin ich mit euch Petersburgern zusammengestoßen – ein liederliches Volk! Alles Freimaurer, die den Unglauben verbreiten und sich dabei nicht getrauen, ein Glas Schnaps auszutrinken, als ob der sie beißen würde – pfui! Sie haben mich ordentlich aufgebracht, junger Mann, ich mag Ihnen gar nichts mehr erzählen. Ich sehe auch gar nicht ein, warum ich Ihnen hier immer Geschichten erzählen soll, die Zunge ist mir schon ganz lahm davon. Über alle kann man doch auch nicht herziehen, mein Lieber, und außerdem ist es eine Sünde ... Aber den einen Lakaien ihres Onkels, den Widopljasow, hat er doch tatsächlich um den Verstand gebracht, dieser Foma, mit seinem gelehrten Getue! Einfach übergeschnappt ist dieser Kerl, der Widopljasow, und nur wegen Foma ...«

»Ich würde diesem Widopljasow«, mischte sich auf einmal Grigorij ein, der bis dahin ernsthaft und ehrerbietig unserm Gespräch gefolgt war, »ich würde diesem Widopljasow mit der Knute den Buckel ordentlich vollhauen lassen! Der sollte mir nur kommen! Dem würde ich seine deutschen Affereien bald austreiben! Dem würde ich so viel Hiebe überziehen lassen, daß er mit dem Zählen nicht nachkäme.«

»Schweig!« schrie ihn sein Herr an. »Halt deinen Schnabel; mit dir spricht niemand!«

»Widopljasow?« warf ich ganz verwirrt ein und wußte nicht, was ich dazu sagen sollte. »Widopljasow? Was ist das für ein sonderbarer Name?«

»Was ist denn daran sonderbar? Was haben Sie nun da wieder ausgeklügelt? Sie mit Ihrer Gelehrsamkeit!«

Da riß mir die Geduld.

»Entschuldigen Sie«, sagte ich, »aber warum sind Sie so

wütend auf mich? Was habe ich verbrochen? Ich muß Ihnen gestehen, ich habe Ihnen jetzt eine ganze halbe Stunde lang zugehört und weiß noch nicht einmal, um was es sich handelt ...«

»Aber warum fühlen Sie sich denn da beleidigt, mein Bester«, versetzte der Dicke, »dazu ist doch gar kein Grund vorhanden? Ich erzähle Ihnen dies alles nur zu Ihrem Besten. Nur dürfen Sie mir nicht übelnehmen, daß ich ein solcher Schreihals bin und eben wieder meinen Diener angefahren habe. Das ist nämlich eine Erzkanaille, mein Grischka, aber gerade deshalb mag ich ihn so gern, diesen Schuft. Das ist, offen gestanden, alles nur mein leicht erregbares Herz, was mir immer so schadet, und an alledem ist nur dieser Foma ganz allein schuld! Der richtet mich noch ganz zugrunde, darauf kann ich schwören, der bringt mich noch um. Seinetwegen brate ich nun schon zwei Stunden in dieser Sonnenglut. Ich wollte nämlich den Protopopen besuchen, während diese Narren meinen Wagen ausbessern. Ein guter Mensch, der hiesige Protopope! Und da habe ich mich nun über diesen Foma so ärgern müssen, daß mir alle Lust, den Protopopen wiederzusehen, vergangen ist. Der Teufel hole sie alle miteinander! Nicht einmal eine anständige Kneipe gibt es hier. Das sind hier alles Schurken, sage ich Ihnen, vom ersten bis zum letzten! Und wenn er nur wenigstens noch irgendeinen hohen Rang hätte«, fuhr Bachtschejew fort, indem er wieder auf Foma Fomitsch zurückkam, von dem er sich scheinbar nicht trennen konnte, »dann könnte man ihm wenigstens seinem Rang zuliebe manches nachsehen; aber er hat weder Rang noch Titel, das weiß ich zufällig ganz genau. Zwar will er ja irgendwo für ‚Recht und Wahrheit' gelitten haben, wahrscheinlich Anno dazumal, und dafür soll man ihn jetzt auch noch kniefällig verehren! Wer kann denn solch einen Teufel als Freund und Bruder betrachten! Sobald ihm nur irgend etwas nicht paßt, springt er auf und fängt ein Gezeter an: ‚Man beleidigt mich', sagt er, ‚man beleidigt mich, weil ich arm bin; man bringt mir keine Achtung entgegen!' Ohne Foma wagt man nicht, sich an den Tisch zu setzen, aber er kommt nicht und läßt sagen: ‚Man hat mich beleidigt, ich bin ein armer Erdenpilger, ich kann auch trockenes Brot essen!' Und kaum hat man sich dann an den Tisch gesetzt, da erscheint er plötzlich, und nun geht das alte Lied von neuem los: ‚Warum ist man ohne mich zu Tisch gegangen? Ich ersehe daraus, daß man mir nicht die geringste Achtung entgegenbringt!‘ Kurz, es ist eine wahre Affenkomödie! Ich habe lange geschwiegen dazu, mein Lieber! Und er glaubte, daß ich mich wie ein Hündchen vor ihm auf die Hinterpfoten setzen und Männchen machen würde: ‚Da, Kleiner, komm, friß!‘ Nein, Verehrtester, setz du dich nur auf den Bock, ich werde mich in die Kutsche setzen. Ich habe mit Jegor Iljitsch in einem Regiment gedient. Ich bin schon als Fahnenjunker abgegangen, und im vorigen Jahr kam er dann als Oberst a. D. auf mein Gut und besuchte mich. Ich habe ihm gleich gesagt: ‚Verwöhnen Sie doch diesen Foma nicht so, Sie richten sich noch zugrunde! Das wird Sie noch manche Träne kosten!‘ – ‚Nein‘, sagt er zu mir, ‚das ist ein vorzüglicher Mensch‘ – das sagt er von Foma! ‚Und dann ist er mein Freund und unterweist mich in der Moral.‘ Na, dachte ich bei mir, gegen die Moral kann man nichts machen. Wenn er schon angefangen hat, ihm Moral beizubringen, dann ist Hopfen und Malz verloren. Was glauben Sie wohl, weshalb er heute wieder Krach angefangen hat? Morgen ist Eliastag« – Herr Bachtschejew bekreuzte sich –, »da hat der kleine Kerl, der Iljuscha, das Söhnchen Ihres Onkels, seinen Geburtstag. Ich hatte mir eigentlich vorgenommen, diesen Tag noch mit ihnen zu verleben, wenigstens bis zum Mittagessen, und mir ein Spielzeug aus der Residenz kommen lassen: einen Deutschen, der, wenn man das Uhrwerk aufzieht, seiner Braut die Hand küßt, und diese wischt sich mit dem Schnupftuch eine Träne ab – ein allerliebstes Ding! Nun schenke ich es ihm aber gerade nicht, fällt mir nicht im Schlaf ein! Das liegt jetzt irgendwo bei mir im Wagen, dem Deutschen ist schon die Nase abgebrochen; lieber nehme ich es wieder mit nach Hause! Jegor Iljitsch hätte auch große Lust gehabt, diesen Tag recht festlich zu begehen, aber unserem Foma paßt das wieder einmal nicht. ‚Warum wird denn mit diesem Iljuscha soviel Aufhebens gemacht? Und mich, mich beachtet man wohl überhaupt nicht mehr?‘ So ein alberner Affe! Beneidet einen achtjährigen Knaben um seinen Geburtstag! ‚Und außerdem ist das gar nicht richtig‘, sagt er, ‚morgen ist auch mein Namenstag!‘ Und dabei ist doch morgen Eliastag und nicht Thomastag! ‚Gewiß‘, sagt er, ‚ich will aber, daß morgen mein Namenstag ist.‘ Ich hörte die ganze Szene mit an, sagte aber kein Wort dazu. Und was glauben Sie? Jetzt schleichen sie dort auf den Fußspitzen herum und beraten flüsternd, was sie tun sollen. Ob sie den Eliastag für seinen Namenstag ansehen und ob sie ihm gratulieren sollen oder nicht? Gratulieren sie ihm nicht, ist er sicher beleidigt, gratulieren sie ihm doch, dann sagt er womöglich, daß sie ihn zum besten haben. Pfui noch einmal! Dann setzten wir uns zu Tisch ... Aber hören Sie denn auch zu, junger Mann?«

»Aber gewiß höre ich zu, sogar mit ganz besonderem Vergnügen; denn durch Sie erfahre ich doch endlich einmal ... und ... ich muß gestehen ...«

»So, so, mit ganz besonderem Vergnügen! Das kennt man, dieses Vergnügen ... Oder soll das vielleicht Ironie sein, daß Sie da noch von Vergnügen reden?«

»Aber ich bitte Sie, warum sollte das Ironie sein? Ganz im Gegenteil, und außerdem bringen Sie das alles ... auf eine so originelle Art und Weise vor, daß ich nicht übel Lust hätte, mir Ihre Worte aufzuschreiben.«

»Wie denn ... was wollen Sie denn da aufschreiben?« fragte Herr Bachtschejew beinahe erschrocken und sah mich mißtrauisch an.

»Na, ich werde vielleicht auch nichts aufschreiben ... ich meinte nur so.«

»Aber Sie wollen mich doch sicherlich nur zum Schwatzen verleiten?«

»Warum sollte ich Sie denn dazu verleiten wollen?« fragte ich erstaunt.

»Ganz einfach. Sie verleiten mich jetzt dazu, und ich gutes dummes Schaf erzähle Ihnen auch alles, und das nützen Sie dann aus und verwenden es in irgendeinem Buch.«

Ich beeilte mich sogleich, Herrn Bachtschejew zu versichern, daß ich nicht zu diesen gemeingefährlichen Leuten gehöre; er aber sah mich immer noch mißtrauisch an.

»Hm, so einer sind Sie also nicht! Aber kenne ich Sie denn? Vielleicht sind Sie sogar noch schlimmer? Damit hat mir ja Foma auch schon gedroht, daß er mich beschreiben und es dann drucken lassen will.«

»Erlauben Sie mir eine Frage«, unterbrach ich ihn, hauptsächlich, um dieses Gespräch abzubrechen. »Sagen Sie, ist es wahr, daß mein Onkel wieder heiraten will?«

»Was wäre denn dabei, wenn er es wirklich wollte? Das ist doch weiter nichts. Laßt doch jeden heiraten, dem der Sinn danach steht! Das ist nicht weiter schlimm; schlimm ist nur das andere ...« setzte Herr Bachtschejew nachdenklich hinzu.

»Hm! Übrigens kann ich Ihnen darüber keine erschöpfende Auskunft erteilen, junger Mann. Es haben sich jetzt zuviel Weiber dort angesammelt, wie die Fliegen auf dem Siruptopf! Da kennt man sich wirklich nicht mehr aus, wer von ihnen heiraten will und wer nicht. Ich muß Ihnen nämlich ganz im Vertrauen sagen, mein Bester, ich kann die Weiber nicht ausstehen. Das ist doch nur fauler Zauber, daß sie auch Menschen sein sollen, in Wirklichkeit sind sie doch weiter nichts als Sünde und Schande und richten nur unser Seelenheil zugrunde. Daß Ihr Onkel aber verliebt ist wie ein sibirischer Kater, das können Sie mir glauben! Doch das werde ich jetzt nicht ausplaudern, mein Lieber, das werden Sie schon selber sehen; schlimm ist nur das eine, daß sich die Sache so lange hinzieht. Wenn du heiraten willst, so heirate! Aber er hat Angst, es Foma zu sagen. Und es seiner Alten zu sagen hat er noch viel mehr Angst. Die würde ein Mordsgeschrei im ganzen Dorf loslassen und dazu noch mit den Hinterbeinen ausschlagen. Die hält felsenfest zu Foma, und Foma hätte auch allen Grund, besorgt zu sein, denn wenn eine junge Herrin auf dem Gut einzöge, würde er wohl kaum noch zwei Stunden im Haus bleiben dürfen. Die junge Herrin würde ihn höchsteigenhändig am Kragen packen und zum Tempel hinauswerfen oder, wenn sie klug ist, ihm noch eine ganz andere Suppe einbrocken, so daß er niemals wieder eine Stelle finden könnte. Drum spinnt er jetzt mit der Alten zusammen geheime Pläne, wie er Ihren Onkel mit der anderen da verkuppeln könnte ... Aber warum unterbrechen Sie mich, junger Mann? Gerade will ich Ihnen die Hauptsache erzählen, und da unterbrechen Sie mich! Ich bin älter als Sie, das gehört sich gar nicht, einen Mann in meinen Jahren zu unterbrechen ...«

Ich entschuldigte mich.

»Zu entschuldigen brauchen Sie sich nicht. Ich will Ihnen, mein Bester, als einem gelehrten Mann nur noch zur Beurteilung unterbreiten, wie er mich heute beleidigt hat. Nun urteilen Sie einmal selber, wenn Sie ein Herz im Leib haben. Wir setzten uns also zum Mittagessen, und ich sage Ihnen, beinahe hätte er mich aufgefressen an Stelle der Mahlzeit! Ich sah es ihm gleich von vornherein an: er saß da und ärgerte sich, daß man es ordentlich in ihm knirschen hörte. Am liebsten hätte er mich in einem Löffel Wasser ersäuft, diese Giftkröte! Der Kerl hat so viel Selbstbewußtsein, daß er es gar nicht mehr in sich selber unterbringen kann. Und da kam er denn auf den Einfall, mit mir anzubinden und auch mich in der Moral zu unterweisen. Warum ich so dick wäre, fing er an. Bitte, sagen Sie es ihm! Na, und darauf ritt er nun ewig herum: warum ich nicht dünn, sondern dick wäre. Ich bitte Sie, mein Lieber, was ist das für eine Frage? Ist das etwa geistreich? Ich antwortete ihm ganz vernünftig: ‚Das hat Gott so eingerichtet, Foma Fomitsch, der eine ist dick, der andere dünn; gegen die allweise Vorsehung soll kein Sterblicher sich auflehnen!' Das war doch eine ganz vernünftige Antwort, finden Sie nicht auch? ‚Nein', sagt er, ‚du hast fünfhundert Seelen, lebst von dem Zins, den sie dir bringen, und nützt deinem Vaterland nicht das geringste. In den Dienst eintreten müßtest du und nicht nur zu Hause sitzen und Harmonium spielen.' Das ist ja richtig, wenn mir traurig zumute ist, spiele ich zu Hause immer gern auf meinem Harmonium. Ich aber antwortete ihm wieder ganz vernünftig: ‚In welchen Dienst soll ich denn eintreten, Foma Fomitsch? In was für eine Uniform kann man denn einen so dicken Kerl wie mich hineinzwängen? Und wenn ich nun wirklich wieder eine Uniform anzöge, mich mit Mühe und Not hineinpreßte und müßte dann auf einmal – niesen, da würden doch gleich alle Knöpfe abspringen, und das womöglich noch in Gegenwart meines höchsten Vorgesetzten, der es mir – Gott wolle es verhüten – vielleicht gar noch als Schabernack auslegen würde, und was dann?' Na, nun sagen Sie selber, mein Bester, habe ich damit vielleicht etwas Lächerliches gesagt? Aber nein, er hätte sich beinahe totgelacht über mich, das Ha-ha-ha und Hi-hi-hi wollte gar kein Ende nehmen. Taktgefühl besitzt er nicht die Bohne, kann ich Ihnen sagen. Und schließlich nahm er sich auch noch die Frechheit heraus und beschimpfte mich auf französisch und sagte ‚Cochon' zu mir. Na, was Cochon heißt, das weiß ich auch, so viel verstehe ich nun doch. Ach, du Schlangenmensch, dachte ich, denkst du vielleicht, daß du mir auf dem Buckel herumtanzen kannst? Ich bezwang mich aber und schwieg; dann konnte ich es aber nicht mehr aushalten, stand vom Tisch auf und sagte ihm vor der ganzen ehrenwerten Gesellschaft ganz offen ins Gesicht: ‚Ich habe Ihnen Unrecht getan, Foma Fomitsch, Ihnen, dem Wohltäter der Menschheit. Ich dachte nämlich, Sie wären ein wohlerzogener Mensch, soeben habe ich aber gesehen, daß Sie eben so ein Schwein sind wie wir alle!' Das sagte ich ihm ins Gesicht, stand vom Tisch auf und ließ meinen Pudding stehen; der Pudding wurde nämlich gerade herumgereicht. Mag sie alle miteinander der Teufel holen und den Pudding noch dazu!«

»Entschuldigen Sie«, sagte ich, nachdem ich Herrn Bachtschejews Erzählung bis zu Ende angehört hatte, »ich bin zwar in allen Punkten ganz Ihrer Ansicht, aber die Hauptsache ist doch, daß ich etwas Positives noch gar nicht weiß ... Und sehen Sie, was diesen Menschen anbetrifft, sind mir soeben ganz besondere Ideen gekommen.«

»Was sind denn das für Ideen, junger Mann, die Ihnen da gekommen sind?« fragte Herr Bachtschejew mißtrauisch.

»Sehen Sie«, fing ich etwas verwirrt an, »es ist jetzt vielleicht nicht der richtige Augenblick, aber ich will Ihnen gern meine Ideen auseinandersetzen. Sehen Sie, mir kam plötzlich der Gedanke: Vielleicht täuschen wir uns alle beide in Foma Fomitsch? Vielleicht verbirgt sich gerade hinter diesen Eigenheiten eine ganz besondere, reichbegabte Natur? Wer kann das wissen? Vielleicht ist das ein verbitterter, durch Leiden sozusagen vollständig zerschlagener Charakter, der sich nun an der ganzen Menschheit zu rächen versucht? Wie ich soeben hörte, hat er früher den Narren gespielt, vielleicht hat ihn das erniedrigt, beleidigt und zu Boden gedrückt? ... Stellen Sie sich vor: ein edler Mensch ... der sich seines Wertes bewußt ist ... und der soll plötzlich die Rolle eines Narren spielen? Und da ist er nun vielleicht der ganzen Menschheit gegenüber mißtrauisch geworden und ... und wenn man ihn nun mit der Menschheit wieder aussöhnen würde ... das heißt mit den Menschen im allgemeinen, so würde vielleicht ein ganz besonderer, möglicherweise sogar recht bemerkenswerter Charakter zutage treten und ... und ... und vielleicht ist doch etwas an diesem Menschen? Es muß doch einen Grund haben, daß ihn dort alle so anbeten?«

Ich fühlte selber, daß ich mich schrecklich verheddert hatte. Das mußte man meiner Jugend eigentlich zugute halten, aber Herr Bachtschejew verzieh es mir nicht. Ernst und streng sah er mir ins Gesicht und wurde dann plötzlich feuerrot wie ein Truthahn.

»Und dieser besondere Mensch soll Foma sein?« fragte er kurz.

»Verstehen Sie wohl: ich glaube ja selber fast nichts von alledem, was ich Ihnen soeben gesagt habe. Das sind doch gewissermaßen nur Voraussetzungen ...«

»Aber erlauben Sie einmal, junger Mann, da muß ich Sie einmal ganz neugierig fragen: Haben Sie Philosophie studiert?«

»Das heißt ... in welchem Sinn?« fragte ich erstaunt.

»Nein, in gar keinem Sinn; antworten Sie mir, junger Mann, doch ganz offen und klar und nicht in irgendeinem Sinn auf meine Frage: Haben Sie Philosophie studiert oder nicht?«

»Ich muß gestehen, ich habe die Absicht, mich damit zu beschäftigen, aber ...«

»Na, das habe ich mir gleich gedacht!« rief Herr Bachtschejew aus und ließ seiner Entrüstung freien Lauf. »Noch ehe Sie den Mund aufgetan hatten, mein Bester, habe ich sofort erraten, daß Sie sich mit Philosophie abgegeben haben müssen. Mir macht keiner ein X für ein U vor. Ich kenne mich aus! Auf drei Werst wittere ich einen Philosophen! Küssen Sie sich mit Ihrem Foma Fomitsch ab! Einen ganz besonderen Menschen haben Sie da gefunden! Pfui! Mag die ganze Welt versauern! Und ich dachte eben noch, daß Sie ein ganz vernünftiger Mensch seien, und dabei sind Sie ... Fahr vor!« schrie er seinem Kutscher zu, der schon auf den Bock der soeben fertig gewordenen Kutsche geklettert war. »Nach Hause!«

Nur mit Mühe und Not konnte ich ihn etwas beruhigen; schließlich war er wenigstens einigermaßen besänftigt, aber es dauerte lange, bis er sich entschließen konnte, seinen Zorn wieder in Wohlwollen umschlagen zu lassen. Inzwischen kletterte er in seine Kutsche, wobei ihm Grigorij und jener Archip, der dem betrunkenen Wasiljew so die Leviten gelesen hatte, behilflich waren.

»Erlauben Sie mir die Frage«, sagte ich und trat noch einmal an den Wagen heran, »werden Sie meinen Onkel nun nie mehr besuchen?«

»Ihren Onkel nicht mehr besuchen? Na, dem spucken Sie nur ruhig ins Gesicht, der Ihnen so etwas sagt. Sie denken wohl, ich bin ein Mensch von festen Grundsätzen, der bei der Stange bleibt? Das ist ja eben mein ganzer Kummer, daß ich so ein Waschlappen bin und kein Mann! Keine Woche wird vergehen, da komme ich schon wieder angekrochen. Und warum? Sehen Sie, ich weiß selber nicht warum; und doch werde ich wieder hinfahren und mich mit Foma grün und blau schlagen. Das ist ja eben mein Kummer, junger Mann! Diesen

Foma hat mir Gott der Herr zur Strafe für meine Sünden gesandt. Einen Charakter habe ich wie ein Frauenzimmer, und von Beharrlichkeit keine Spur! Ein Feigling bin ich, mein Bester, wie er im Buche steht ...«

Endlich trennten wir uns doch in aller Freundschaft, er lud mich sogar zum Mittagessen zu sich ein.

»Kommen Sie nur, mein Lieber, kommen Sie nur einmal, und essen Sie bei mir zu Mittag! Ich sage Ihnen, ich habe ein Schnäpschen, das habe ich mir extra aus Kiew kommen lassen, und dann mein Koch! Der ist in Paris gewesen. Der setzt Ihnen einen Braten und ein Fischragout vor, daß Sie sich hinterher alle zehn Finger ablecken und ihm zum Schluß eine tiefe Verbeugung machen werden, diesem Halunken! Ein ganz gebildeter Mann ist das. Ich habe ihn jetzt lange nicht verprügelt, daher ist er etwas verwöhnt ... es ist gut, daß ich mich jetzt wieder einmal daran erinnere ... Kommen Sie nur! Ich hätte Sie schon heute eingeladen, aber ich bin wie zerschlagen und total versauert, außerdem wollen meine Hinterbeine gar nicht mehr recht mitmachen. Ich bin eben ein armer, durch und durch kranker Mensch! Und das glauben Sie mir nun schon wieder nicht ... Na, leben Sie wohl, junger Mann! Ich werde jetzt mit vollen Segeln meinen Hafen ansteuern. Übrigens ist Ihr Reisewagen auch fertig. Dem Foma aber können Sie einen schönen Gruß sagen, er solle mir ja nicht einmal über den Weg laufen, das würde ein so rührendes Zusammentreffen werden, daß ...«

Aber ich konnte seine letzten Worte schon nicht mehr hören. Sein Wagen wurde von vier kräftigen Pferden plötzlich angezogen und verschwand sogleich in einer Staubwolke. Auch meine Kutsche fuhr vor; ich setzte mich hinein, und wir fuhren durch das kleine Städtchen. Sicherlich hat dieser Herr stark übertrieben, dachte ich bei mir; er war zu wütend, um noch gerecht urteilen zu können. Aber andererseits war doch alles, was er über den Onkel gesagt hat, recht bemerkenswert. Das ist nun schon der zweite, der mir gesagt hat, daß mein Onkel in dieses Mädchen verliebt sei ... Hm. Soll ich sie da nun heiraten oder nicht? Und diesmal kamen mir doch starke Bedenken.

3

Der Onkel

Ich muß gestehen, daß ich sogar ein bißchen Angst hatte, und als ich in Stepantschikowo einfuhr, kamen mir meine romantischen Träumereien höchst sonderbar, ja sogar fast albern vor. Es war ungefähr um fünf Uhr nachmittags. Der Weg führte am Park des Herrenhauses entlang. Nach langen Jahren der Trennung sah ich diesen gewaltigen Park nun wieder, in dem ich als Kind so manchen glücklichen Tag verbracht hatte und der mir dann später in den Schlafsälen der Anstalten, die sich mit meiner Bildung abmühten, so oft und so verlockend im Traum erschienen war. Ich sprang aus dem Wagen und ging quer durch den Garten auf das Herrenhaus zu. Es war mir viel daran gelegen, so unauffällig wie möglich ins Haus zu kommen, um zuvor noch allerlei Fragen und Erkundigungen anstellen und vor allen Dingen zuerst mit meinem Onkel sprechen zu können. Und das gelang mir auch. Nachdem ich die Allee mit den hundertjährigen Linden entlanggeschritten war, trat ich auf die Terrasse, deren Glastür direkt in die inneren Räume führte. Diese Terrasse war von Blumenbeeten umgeben und mit seltenen Topfpflanzen geschmückt. Hier traf ich den ersten »Alteingesessenen« von Stepantschikowo, den alten Gawrila, der mich als Kind gehegt und gepflegt hatte und jetzt der ehrwürdige Kammerdiener meines Onkels war. Der Alte hatte eine Brille auf der Nase und las mit großem Eifer in einem Heft, das er mit beiden Händen dicht vor die Augen hielt. Wir hatten uns erst vor zwei Jahren einmal in Petersburg wiedergesehen, als er meinen Onkel auf einer Reise dahin begleitet hatte. Deshalb erkannte er mich jetzt auch gleich wieder. Weinend vor Freude, stürzte er auf mich zu und küßte meine Hände, wobei ihm die Brille von der Nase fiel. Diese Anhänglichkeit des alten Mannes rührte mich sehr. Aber noch ganz unter dem Eindruck des soeben mit Herrn Bachtschejew geführten Gespräches wandte ich meine ganze Aufmerksamkeit vor allen Dingen dem verdächtigen Heft zu, das Gawrila in den Händen hielt.

»Was ist das, Gawrila? Mußt du jetzt vielleicht auch Französisch lernen?« fragte ich den Alten.

»Gewiß, junger Herr; auf meine alten Tage muß ich noch plappern lernen wie ein Papagei«, antwortete Gawrila trübsinnig.

»Und das bringt euch Foma bei?«

»Ja, junger Herr. Er muß ja ein sehr kluger Mann sein.«

»Ganz sicher, ein kluger Kopf! Gibt er euch mündlichen Unterricht?«

»Nein, nur mit diesem Heft.«

»Das du da in den Händen hältst? Ah! Französische Wörter in russischen Buchstaben – eine schlaue Erfindung! Von so einem falschen Heiligen, von so einem Narren laßt ihr euch alle an der Nase herumführen? Schämst du dich nicht, Gawrila?« rief ich aus und vergaß im ersten Augenblick all meine hochherzigen Vermutungen über Foma Fomitsch, die soeben noch Veranlassung gegeben hatten, daß Herr Bachtschejew mir auf den Kopf gekommen war.

»Aber, junger Herr«, antwortete der Alte, »wie kann er denn ein Narr sein, wenn er sogar unsere Herrschaften alle lenkt und leitet?«

»Hm. Vielleicht hast du recht, Gawrila«, murmelte ich, durch diese Bemerkung zum Schweigen gebracht. »Führ mich zu meinem Onkel!«

»Ach, liebster junger Herr! Ich darf ihm ja nicht unter die Augen treten, ich wage es nicht. Sogar vor ihm fange ich mich schon an zu fürchten. Ich sitze nur immer hier und blase Trübsal, und wenn Foma Fomitsch vorbeizugehen geruhen, verstecke ich mich schnell hinter den Büschen.«

»Aber warum fürchtest du dich denn so, Gawrila?«

»Ich habe vorhin meine Aufgabe nicht gekonnt, da wollte mich Foma Fomitsch zur Strafe niederknien lassen, und das habe ich nicht getan. Ich bin doch zu alt, junger Herr Sergej Alexandrowitsch, um solche Mätzchen noch mitzumachen. Und deshalb ist nun der Herr so zornig auf mich, weil ich Foma Fomitsch nicht gehorcht habe. ‚Siehst du denn nicht ein, Alterchen', sagte der Herr zu mir, ‚daß er sich nur deiner Bildung wegen so abmüht, nur, um dir eine bessere Aussprache beizubringen?' Und so gehe ich nun hier auf und ab und lerne Vokabeln. Heute abend will nämlich Foma Fomitsch wieder ein Examen abhalten.«

Ich hatte den Eindruck, als sähe ich in dieser Angelegenheit nicht ganz klar.

Mit diesem französischen Unterricht muß es doch irgendeine

Bewandtnis haben, dachte ich, die mir der Alte natürlich nicht erklären kann.

»Eine Frage noch, Gawrila: Wie sieht er eigentlich aus, dieser Foma Fomitsch? Ist er groß und stattlich?«

»Wer? Foma Fomitsch? Nein, junger Herr, das ist ein ganz unansehnliches, verhutzeltes Männchen!«

»Hm! Warte nur, Gawrila, das wird schon alles wieder besser werden; es wird sogar schon sehr bald besser werden, das verspreche ich dir! Aber . . . wo ist denn mein Onkel?«

»Er verhandelt hinter den Pferdeställen mit ein paar Bauern. Die Ältesten von Kapitonowka sind mit einem Anliegen zu ihm gekommen. Sie haben nämlich gehört, daß sie auf Foma Fomitschs Namen überschrieben werden sollen, und sind nun gekommen, ihn zu bitten, daß es nicht geschehen möge.«

»Aber warum verhandelt er denn hinter den Pferdeställen?«

»Er hat Angst, junger Herr, daß . . .«

Ich fand den Onkel wirklich hinter den Pferdeställen. Er stand auf einem freien Platz inmitten einer Gruppe von Bauern, die sich immer wieder vor ihm verbeugten und ihn flehentlich um etwas zu bitten schienen. Darauf setzte ihnen der Onkel mit großem Eifer irgend etwas auseinander. Ich trat hinzu und rief ihn an. Er drehte sich um, und wir fielen uns in die Arme.

Er freute sich außerordentlich über mein Kommen und geriet darüber beinahe in Begeisterung. Er umarmte mich und drückte mir die Hände . . . ganz als wäre ich sein eigener Sohn, der irgendeiner Todesgefahr entronnen und nun glücklich nach Hause zurückgekehrt sei, ganz als hätte ich durch meine Ankunft auch ihn selber aus irgendeiner Todesgefahr befreit, ihn von allen Zweifeln erlöst und lebenslängliche Freude und ewiges Glück für ihn und alle, die er liebhatte – denn allein hätte mein Onkel niemals glücklich sein mögen –, mitgebracht.

Nachdem die erste Freude vorüber war, fing er plötzlich an zu erzählen und zu erzählen, bis er bald ganz den Faden verloren hatte und gar nicht mehr aus und ein wußte. Er überschüttete mich mit Fragen und wollte mich unverzüglich seiner Familie zuführen. Wir wollten gerade gehen, aber er kehrte noch einmal zurück, um mich erst noch mit den Bauern bekannt zu machen. Ich entsinne mich, daß er dann plötzlich, ohne daß ich eigentlich wußte warum, von einem gewissen

Herrn Korowkin, einem ganz außergewöhnlichen Menschen, zu erzählen begann, den er vor drei Tagen irgendwo auf der Landstraße getroffen hatte und nun mit größter Ungeduld als Gast bei sich erwartete. Dann ließ er auch diesen Korowkin beiseite und fing wieder von irgend etwas anderem an zu reden. Ich sah mit unverhohlener Freude zu ihm auf. Auf seine überstürzten Fragen antwortete ich ihm, daß ich vorläufig nicht die Absicht hätte, in den Staatsdienst zu treten, sondern mich lieber auch fernerhin noch mit den Wissenschaften beschäftigen wollte. Sowie nur die Rede auf die Wissenschaften kam, zog mein Onkel die Augenbrauen hoch und setzte eine ungeheuer wichtige Miene auf. Als er hörte, daß ich mich in letzter Zeit hauptsächlich mit Mineralogie beschäftigt hatte, warf er den Kopf in den Nacken und blickte sich stolz um, als hätte er selber ganz allein und ohne jede fremde Hilfe die ganze Mineralogie entdeckt und beschrieben. Ich sagte schon, daß er sogar dem Wort »Wissenschaft« allein in ganz uneigennütziger Weise einen grenzenlosen Respekt entgegenbrachte, was um so uneigennütziger von ihm war, als er selber nicht den geringsten Anspruch auf irgendwelche Kenntnisse erheben konnte.

»Ach, mein Junge, es gibt doch auf der Welt wirklich Leute, die alles wissen«, sagte er einmal zu mir mit begeisterten, leuchtenden Augen. »Wenn du unter ihnen sitzt und ihnen zuhörst, weißt du genau, daß du nichts von alledem verstehst, und trotzdem lacht dir das Herz im Leibe. Warum eigentlich? Weil das Nutzen schafft, den Verstand schärft, das Allgemeinwohl fördert! Das sehe ich ein. Ich fahre jetzt schon mit der Eisenbahn, und mein kleiner Iljuscha wird vielleicht gar einmal durch die Lüfte fliegen ... Na, und dann der Handel, die Industrie ... das sind die Ströme unserer Kraft sozusagen ... das heißt ... ich möchte damit sagen ... man kann es drehen und wenden, wie man will: immer kommt ein Nutzen dabei heraus. Einen Nutzen bringt es doch stets, nicht wahr?«

Aber kehren wir zu unserem Wiedersehen zurück.

»Nun paß einmal auf, mein Junge, paß einmal auf«, fing er in seiner eiligen Art zu reden an und rieb sich die Hände, »was für einen Menschen du bald kennenlernen wirst! Ein seltener Mensch, sage ich dir, ein gelehrter Mensch, ein Mensch der Wissenschaft, ein Olympier unseres Jahrhunderts! Ist das nicht ein schöner Ausdruck: ‚ein Olympier unseres Jahrhunderts'? Den hat mir Foma beigebracht ... Warte, bald werde ich dich mit ihm bekannt machen.«

»Sprechen Sie von Foma Fomitsch, Onkel?«

»Nein, nein, mein Junge. Eben meinte ich Korowkin. Das heißt, Foma ist natürlich auch ... aber er ... Doch jetzt sprach ich eben nur von Korowkin«, fügte er hinzu und wurde jedesmal, sobald nur die Rede auf Foma Fomitsch kam, rot und verlegen, ohne daß ich wußte warum.

»Mit welchen Wissenschaften beschäftigt er sich denn, Onkel?«

»Mit den Wissenschaften, mein Junge, mit den Wissenschaften, mit den Wissenschaften überhaupt. Mit welchen nun gerade, kann ich dir nicht sagen, ich weiß eben nur, daß er sich mit den Wissenschaften beschäftigt. Was der dir über die Eisenbahnen sagen kann! Und dann hat er«, setzte der Onkel halb flüsternd hinzu und kniff das rechte Auge vielsagend zusammen, »solche ... na, du weißt schon ... ein bißchen freisinnige Ideen. Ganz besonders fiel mir das auf, als er vom Familienglück sprach ... Nur schade, daß ich so wenig davon verstand – ich hatte nämlich gar keine Zeit, sonst könnte ich dir alles wie am Schnürchen erzählen. Und bei alledem ist er ein Mensch von den edelsten Charaktereigenschaften. Ich habe ihn zu mir zu Gast gebeten und erwarte ihn stündlich.«

Inzwischen glotzten mich die Bauern mit weitaufgerissenen Mündern und großen Augen an wie ein Weltwunder.

»Hören Sie, Onkel«, unterbrach ich ihn, »ich glaube, ich habe soeben die Bauern in ihren Verhandlungen gestört. Sie haben sicher ein Anliegen. Was wollen sie denn eigentlich? Ich muß gestehen, daß ich so meine Vermutungen habe, und möchte daher gern hören, was sie wollen ...«

Der Onkel wurde plötzlich hastig und aufgeregt.

»Ach ja! Das habe ich ja ganz vergessen! Siehst du ... was soll ich nur mit ihnen anfangen? Sie bilden sich nämlich steif und fest ein – ich möchte nur wissen, wer ihnen das in den Kopf gesetzt hat –, daß ich die Absicht hätte, ganz Kapitonowka – du erinnerst dich doch noch an Kapitonowka? Wir fuhren damals immer mit meiner seligen Katja dorthin spazieren –, daß ich also die Absicht hätte, das Dorf Kapitonowka, ganze achtundsechzig Seelen, Foma Fomitsch zu schenken. Na, und nun kommen sie: ‚Wir wollen nicht von dir fort, nun und nimmermehr!'«

»So ist es also gar nicht wahr, Onkel? So wollen Sie ihm also

Kapitonowka gar nicht schenken?« rief ich fast begeistert aus.

»Ich denke nicht daran; der Gedanke ist mir nie in den Kopf gekommen. Aber von wem hast du es schon wieder gehört? Vielleicht ist mir einmal ein Wort entschlüpft, und da hat man nun gleich aus einer Mücke einen Elefanten gemacht. Aber warum können sie nur alle Foma nicht leiden? Warte nur, Sergej, ich werde dich gleich mit ihm bekannt machen«, setzte er hinzu und sah mich schüchtern an, als fühlte er im voraus, daß ich Foma Fomitschs Feind werden würde. »Ich sage dir, mein Junge, das ist ein Mensch ...«

»Wir wollen keinen anderen außer dir!« fielen plötzlich die Bauern in vollem Chor ein. »Du bist unser Vater, und wir sind deine Kinder!«

»Hören Sie, Onkel«, sagte ich, »ich habe Foma Fomitsch noch nicht gesehen, aber ... sehen Sie ... ich habe doch schon allerlei gehört. Ich will Ihnen nur gestehen, daß ich heute unterwegs Herrn Bachtschejew getroffen habe. Übrigens habe ich über die ganze Sache vorläufig meine eigenen Ideen. Jedenfalls bitte ich Sie, lieber Onkel, jetzt die Bauern zu entlassen, damit wir einmal allein, ohne Zeugen, ein paar Worte sprechen können. Ich muß gestehen, daß ich eigens deshalb hergekommen bin ...«

»Ganz recht, versteht sich«, stimmte der Onkel bei, »ganz recht! Wir entlassen jetzt die Bauern, und dann reden wir miteinander, weißt du, so ganz freundschaftlich, vertraulich und bis ins kleinste! Na«, wandte er sich dann in seiner hastigen Art wieder an die Bauern, »geht nur wieder nach Hause, Kinder! Und in Zukunft kommt ihr dann immer zu mir, wenn ihr was wollt; ganz einfach direkt zu mir, zu jeder Zeit!«

»Ach, gnädiger Herr! Du bist unser Vater, und wir sind deine Kinder! Liefere uns nicht der Willkür Foma Fomitschs aus! Darum bitten wir dich in unserem Elend!« riefen die Bauern noch einmal.

»Aber ihr Dummköpfe! Ich will euch ja gar nicht weggeben; das habe ich euch doch schon gesagt!«

»Er macht uns alle noch ganz verdreht mit seinem Unterricht, Väterchen. Die Hiesigen, heißt es, sollen alle schon ganz übergeschnappt davon sein ...«

»Hat er euch vielleicht auch Französisch beibringen wollen?« rief ich beinahe erschrocken aus.

»Nein, junger Herr, vorläufig noch nicht, Gott sei Dank!« antwortete einer der Bauern, der sich anscheinend gern reden hörte, ein Mann mit roten Haaren, einer großen Glatze auf dem Hinterkopf und einem langen, dünnen Spitzbart, der sich, wenn er sprach, immer so eifrig bewegte, als hätte er eigenes Leben in sich. »Nein, junger Herr, bis jetzt hat uns Gott noch davor bewahrt.«

»Aber was für Unterricht gibt er euch denn?«

»Er hat uns zum Beispiel gelehrt, Euer Gnaden, wenigstens haben wir das so verstanden, wir sollen einen goldenen Kasten kaufen und einen Kupfergroschen hineintun.«

»Wieso denn? Was denn für einen Kupfergroschen?«

»Serjoscha! Du irrst dich! Das ist eine Verwechslung!« rief der Onkel, feuerrot im Gesicht und in schrecklicher Verlegenheit aus. »Das haben diese Narren nicht verstanden, wie er das gemeint hat. Er hat das nur so gesagt ... das ist aber gar kein richtiger Kupfergroschen ... Wenn du das nicht verstehst, solltest du lieber schweigen«, fuhr der Onkel fort und wandte sich vorwurfsvoll an den Bauern. »Er hat es doch nur gut gemeint mit dir, du Dummkopf, und das siehst du nicht ein und beklagst dich obendrein noch!«

»Aber ich bitte Sie, Onkel, das Französische zum Beispiel?«

»Das tut er nur der Aussprache wegen, Serjoscha, einzig und allein der Aussprache wegen!« sagte der Onkel in beschwörendem Ton. »Das hat er selber gesagt: nur der Aussprache wegen ... Da ist nämlich eine ganz besondere Geschichte passiert ... das weißt du nicht und kannst es deshalb auch nicht beurteilen. Zuerst muß man einer Sache stets auf den Grund gehen, mein Junge, und erst dann kann man jemanden beschuldigen ... Es ist leicht, anderen die Schuld zu geben!«

»Aber warum laßt ihr es euch denn gefallen?« rief ich empört und wandte mich wieder an die Bauern. »Das konntet ihr ihm doch gerade ins Gesicht sagen. Ihr konntet sagen: Das geht nicht, Foma Fomitsch, und damit basta! Ihr habt doch, weiß Gott, auch einen Mund.«

»Wo ist die Maus, die der Katze die Schelle an den Hals hängt, junger Herr? ‚Ich werde dir dreckigem Bauernlümmel Reinlichkeit und Ordnung beibringen', hat er gesagt. ‚Warum hast du ein so schmutziges Hemd an?' Weil wir soviel schwitzen müssen, deshalb ist es nicht sauber! Wir können nicht alle Tage ein frisches anziehen. Reinlichkeit allein macht auch nicht selig, und am Dreck ist noch keiner zugrunde gegangen.«

»Neulich kam er mal auf die Tenne«, fing ein andrer Bauer an, groß und hager von Gestalt, der ganz zerlumpte Kleider und zerfetzte Bastschuhe trug. Anscheinend gehörte er zu den Leuten, die ewig mit irgend etwas unzufrieden sind und stets ein giftiges, gehässiges Wort auf der Zunge haben. Bis jetzt hatte er sich hinter den Rücken der anderen Bauern versteckt gehalten, finster und schweigend zugehört und die ganze Zeit über ein zweideutiges, bitteres und verschlagenes Lächeln nicht unterdrücken können. »Er kam also auf die Tenne. ‚Wißt ihr', sagt er zu uns, ‚wieviel Werst die Sonne von euch entfernt ist?' Wer soll denn das wissen? Das ist doch nichts für unsereinen, das kann doch höchstens die Herrschaft wissen! ‚Nein', sagte er, ‚du bist ein dummer Bauernlümmel und weißt nicht einmal, was dir frommt und nützlich ist. Ich aber', sagte er, ‚bin ein Astrolom! Ich kenne alle Planeten Gottes!'«

»Na, hat er euch denn dann gesagt, wieviel Werst die Sonne entfernt ist?« mischte sich der Onkel ein, der auf einmal ganz lebhaft geworden war und mir lustig zublinzelte, als wollte er sagen: Paß mal auf, was da herauskommt!

»Ja, er nannte wohl eine ungeheure Zahl«, antwortete der Bauer mürrisch, da er eine solche Frage offenbar nicht erwartet hatte.

»Na, wieviel sagte er denn, wieviel denn?«

»Das wissen doch Euer Gnaden viel besser; wir sind ungebildete Leute.«

»Natürlich weiß ich das, mein Lieber; aber hast du dir's auch gemerkt?«

»‚Das werden soundso viele Hunderte oder Tausende von Werst sein', hat er gesagt. Eine Masse Zahlen hat er genannt. Mit drei Fuhren könnte man die nicht wegfahren.«

»Das hättest du dir aber merken sollen, mein Lieber! Aber du hast wahrscheinlich gedacht: Das wird wohl nicht viel weiter als eine Werst sein, da kann man ja fast mit der Hand hinlangen. Nein, mein Bester. Siehst du, die Erde ist so 'n runder Ball – kannst du dir das vorstellen?« fuhr der Onkel fort und stellte durch eine Handbewegung in der Luft die Form der Erde anschaulich dar.

Der Bauer lächelte kläglich.

»Ja, ganz wie so 'n Ball. Und so hängt sie nun in der Luft, ohne daß sie jemand hält, und geht immer um die

Sonne herum. Die Sonne aber steht ganz fest; das kommt dir nur so vor, daß sie sich bewegt. Ja, so eine komische Geschichte ist das mit der Sonne! Und ein gewisser Kapitän Cook, ein Seefahrer, hat das alles entdeckt ... Oder wer war es denn eigentlich, der das alles entdeckt hat, zum Teufel noch mal«, setzte er flüsternd hinzu und wandte sich an mich. »Ich habe ja von allem keine Ahnung ... Weißt du denn das, wie weit die Sonne entfernt ist?«

»Aber gewiß weiß ich das, Onkel«, antwortete ich; ich war über diese ganze Szene nicht wenig verwundert. »Nur denke ich ... allerdings, ein ungebildeter Mensch ist gewissermaßen wie eine unaufgeräumte Stube, aber andererseits wieder ... Bauern in der Astronomie zu unterweisen ...«

»Richtig, richtig! Wie eine unaufgeräumte Stube!« griff der Onkel mit Begeisterung meinen Vergleich auf, der ihm außerordentlich glücklich erschien. »Ein großartiger Vergleich! Ganz wie eine unaufgeräumte Stube! Das habe ich immer gesagt ... das heißt, ich habe es nicht geradezu ausgesprochen, aber gefühlt. Hört ihr«, rief er den Bauern zu, »ein ungebildeter Mensch ist wie eine unaufgeräumte Stube, also auch so eine Art Schmutz! Und das hat euch Foma nur klarmachen wollen. Er wollte euch nur etwas Gutes beibringen – weiter nichts. Und das, ihr Leute, ist gewissermaßen auch ein Vaterlandsdienst, der Rang und Würden verdient. Da kann man einmal sehen, was es mit der Wissenschaft auf sich hat! Schon gut, schon gut, ihr Leute! Geht mit Gott, ich freue mich ... ich freue mich ... Seid nur ganz ruhig, ich werde euch nicht im Stich lassen.«

»Beschütze uns wie ein leiblicher Vater!«

»Damit uns frohe Tage beschieden sind, Väterchen!«

Und die Bauern warfen sich vor ihm auf die Knie.

»Aber nein, das ist doch Unsinn! Vor Gott und dem Zaren sollt ihr niederknien, aber nicht vor mir ... Na, nun geht nur, führt euch gut, damit ihr eine gute Behandlung auch verdient ... und alles andere noch dazu ... Weißt du«, sagte er plötzlich, zu mir gewandt, beinahe strahlend vor Freude, als die Leute kaum weggegangen waren, »das haben die Bauern zu gern, wenn man ihnen einmal ein gutes Wort gönnt, und auch ein Geschenk kann manchmal nichts schaden. Soll ich ihnen vielleicht etwas schenken, was? Wie denkst du darüber? Um deine Ankunft zu feiern ... Soll ich ihnen da nicht etwas schenken?«

»Sie sind ja, wie ich sehe, der reine Frol Silin, ein wahrer Wohltäter der Menschheit, Onkel!«

»Na, das muß man doch auch, mein Junge, das muß man doch auch, das versteht sich doch von selbst. Schon lange wollte ich ihnen was schenken«, fügte er wie zu seiner Entschuldigung hinzu. »Es kam dir wohl komisch vor, daß ich die Bauern heute so wissenschaftlich belehrt habe? Na, mein Junge, das habe ich doch nur so ... nur so aus Freude getan, weil ich dich wiedergesehen habe, mein Serjoscha! Ich wollte ganz einfach nur, daß auch er, der Bauer, einmal erfahren sollte, wie weit es noch bis zur Sonne ist, damit er einmal Mund und Nase aufsperrt. Es sieht zu ulkig aus, mein Junge, wenn sie die Mäuler so aufreißen .... Dann freue ich mich immer mit ihnen zusammen. Aber weißt du, mein Lieber, sprich drinnen im Empfangszimmer nicht davon, daß ich hier mit den Bauern verhandelt habe. Ich habe sie absichtlich hinter den Pferdeställen empfangen, damit es keiner sehen soll. Denn dort, mein Junge, wäre es ganz unmöglich gewesen: so eine kitzlige Sache, sie sind ja auch selber ganz heimlich gekommen. Ich habe es auch hauptsächlich um ihretwillen getan ...«

»Na also, Onkel, da bin ich nun!« fing ich an, um dem Gespräch eine andere Wendung zu geben und so bald wie möglich auf die Hauptsache zuzusteuern. »Ich muß gestehen, Ihr Brief hat mich so in Erstaunen versetzt, daß ich ...«

»Kein Wort darüber, mein Junge«, unterbrach mich der Onkel ganz erschrocken und fast flüsternd, »später, später wird sich das alles aufklären. Vielleicht habe ich ein Unrecht dir gegenüber begangen, vielleicht ein großes Unrecht ...«

»Was für ein Unrecht sollten Sie denn gegen mich begangen haben, Onkel?«

»Später, später, mein Junge, später! Das wird sich alles noch aufklären. Aber was für ein strammer Kerl du geworden bist! Mein lieber Junge! Wie sehnsüchtig habe ich dich erwartet! Ich mußte einmal jemanden haben, um mein Herz auszuschütten, sozusagen ... du bist ja ein gelehrter junger Mann, der einzige, den ich habe ... du und Korowkin. Doch ich muß dich darauf aufmerksam machen, daß dich hier schon alle am Wickel haben. Sieh dich vor, sei vorsichtig und auf deiner Hut!«

»Mich?« fragte ich und sah den Onkel verwundert an. Ich konnte nicht begreifen, wie mich Leute, die mir noch völlig unbekannt waren, bereits am Wickel haben konnten. »Warum denn aber mich?«

»Ja, gerade dich, mein Junge. Was soll man da machen? Foma Fomitsch ist ein bißchen ... na, und Mamachen ja auch, seinem Beispiel folgend. Überhaupt sei vorsichtig, ehrerbietig, und widersprich nicht. Aber die Hauptsache ist: sei ehrerbietig ...«

»Etwa Foma Fomitsch gegenüber, Onkel?«

»Ja, was ist da zu machen, mein Junge? Sieh, ich nehme ihn ja gar nicht in Schutz. Ganz entschieden hat er als Mensch auch seine Fehler, und gerade jetzt, in diesem Augenblick ... Ach, Serjoscha, das macht mir alles große Sorge! Wie könnte man nur alles zum Guten wenden, damit wir alle zufrieden und glücklich sind ... Denn wer ist schließlich ohne Sünde und Fehler? Auch wir sind nicht eitel Gold!«

»Aber ich bitte Sie, Onkel, sehen Sie doch nur, was er tut ...«

»Ach, mein Lieber! Das ist doch alles nur elendes Geschwätz und weiter nichts! Siehst du, da muß ich dir gleich ein Beispiel erzählen: jetzt ist er wütend auf mich, und warum? Was glaubst du wohl? ... Übrigens kann es auch sein, daß ich wirklich schuld daran bin. Aber das will ich dir lieber später erzählen ...«

»Wissen Sie, lieber Onkel, ich habe mir über diese Angelegenheit eine ganz eigene Ansicht gebildet«, unterbrach ich ihn, da ich es nicht erwarten konnte, ihm meine Ideen mitzuteilen. Wir hatten es alle beide sehr eilig. »Erstens einmal ist er doch früher hier Hausnarr gewesen, das hat ihn verbittert, zu Boden gedrückt und sein Lebensideal zerstört, und so hat sich bei ihm eine krankhafte Gehässigkeit herausgebildet, er will sich nun sozusagen an der ganzen Menschheit rächen ... Wenn man ihn nun aber wieder mit der Menschheit versöhnen, ihn gewissermaßen sich selber wiedergeben würde ...«

»Ganz richtig, das ist es!« rief der Onkel entzückt aus. »So ist es! Ein vorzüglicher Gedanke! Wir müßten uns schämen, wenn wir so herzlos wären, ihn zu verdammen! Ganz richtig! ... Ach, mein Junge, du verstehst mich, du hast mir Trost gespendet. Wenn sich nur alles zum Guten wenden würde! Weißt du, ich habe jetzt direkt Angst, drinnen bei ihnen zu erscheinen. Du bist nun angekommen, und das werde ich ganz sicherlich wieder ausbaden müssen.«

»Aber, Onkel, wenn das so ist ...« fing ich an, ganz verwirrt durch dieses Geständnis.

»Nein, nein, nein! Nicht um alles in der Welt!« rief er aus und faßte meine beiden Hände. »Du bist mein Gast, und ich will es so!«

Ich kam aus der Verwunderung gar nicht heraus.

»Aber sagen Sie mir doch, Onkel«, fing ich nachdrücklich an, »warum Sie mich eigentlich hierhergerufen haben? Was erwarten Sie von mir, und vor allen Dingen, was ist denn das für ein Unrecht, was Sie angeblich gegen mich begangen haben wollen?«

»Frage jetzt nicht danach, mein Junge! Später, später! Das wird sich später alles aufklären. Vielleicht habe ich ein großes Unrecht begangen, aber ich wollte wie ein anständiger Mensch handeln, und ... und ... du mußt sie eben heiraten! Du mußt sie heiraten, wenn nur ein Tropfen edles Blut in deinen Adern rollt«, setzte er hinzu, über und über rot von aufwallendem Gefühl, und drückte mir fest und leidenschaftlich die Hand. »Aber genug, kein Wort mehr davon! Du wirst selber bald alles erfahren. Von dir allein wird alles abhängen ... Die Hauptsache ist, daß du jetzt drinnen gefällst und Eindruck machst. Vor allen Dingen sei nur nicht verlegen!«

»Aber hören Sie, Onkel, wer ist denn jetzt alles bei Ihnen? Ich muß gestehen, ich habe mich so wenig in Gesellschaft bewegt, daß ich ...«

»Daß du ein bißchen Lampenfieber hast«, unterbrach mich der Onkel und lachte. »Aber das macht nichts! Es sind ja alles nur Verwandte. Laß dich nur nicht aus der Fassung bringen! Nur Mut, und die Hauptsache ist: Kopf hoch! Mir ist deinetwegen fast auch ein bißchen bange. Wer jetzt alles da ist, fragst du? Ja, wer ist denn eigentlich da ... Na, erstens einmal Mama«, beeilte er sich aufzuzählen. »Kannst du dich eigentlich noch auf Mama besinnen oder nicht? Wirklich eine gutmütige, hochherzige alte Dame und so anspruchslos, das muß man sagen. Sie ist ein bißchen altmodisch, aber das ist ja doch viel besser. Manchmal hat sie zwar recht wunderliche Einfälle und redet dann auch so sonderbar. Augenblicklich ist sie sehr böse auf mich, ich bin aber auch selber schuld daran; ich weiß, ich weiß, ich bin schuld daran. Na, dafür ist sie ja schließlich auch eine grande dame, wie man zu sagen pflegt, eine Generalin ... Auch ihr Mann war ein vortrefflicher

Mensch: erstens einmal war er General und dazu noch ein durch und durch gebildeter Mensch. Vermögen hat er ja nicht hinterlassen, aber dafür war er doch auch in mancher Schlacht verwundet worden – kurz, er hatte sich eben Ruhm und Achtung erworben. Und dann ist noch da das Fräulein Perepelizyna. Na, die ... ich weiß nicht recht ... sie ist in letzter Zeit immer so ... ein merkwürdiger Charakter ... aber man soll ja niemandem etwas Schlechtes nachsagen ... nun, Gott mit ihr ... Denke aber nicht etwa, daß sie so eine ist, die nur anderen Leuten zur Last fällt. Sie ist nämlich selber die Tochter eines Oberstleutnants, mein Junge! Und dazu noch Mamas Busenfreundin, mein Lieber! Dann wäre noch da meine Schwester, Praskowja Iljinitschna. Na, von der ist ja nicht viel zu sagen: eine schlichte, gute Seele. Sie geht ja manchmal ein bißchen zu sehr in ihren Plackereien auf, aber dafür hat sie auch ein prächtiges Herz! Und aufs Herz kommt es doch vor allen Dingen an ... sie ist eben eine alte Jungfer, und weißt du, ich glaube, dieser närrische Kauz, dieser Bachtschejew, macht ihr den Hof und will sich mit ihr verheiraten. Aber laß um Himmels willen kein Wort darüber verlauten, das ist strengstes Geheimnis! Na, wer ist denn sonst noch da von unseren Leuten? Von den Kindern will ich nicht weiter reden, die wirst du schon selber sehen. Iljuscha hat morgen seinen Namenstag ... Aber halt! Den hätte ich beinahe vergessen, ganze vier Wochen schon wohnt er bei uns, dieser Iwan Iwanowitsch Misintschikow. Das ist wohl ein Vetter dritten Grades von dir, glaube ich; ja, natürlich, ein Vetter dritten Grades. Er hat erst ganz kürzlich als Leutnant von den Husaren seinen Abschied genommen, ist noch ein ganz junger Mensch. Ein edler Charakter. Aber weißt du, er hat sein ganzes Vermögen durchgebracht, und ich begreife gar nicht, wie es einer fertigbringen kann, sich so in Grund und Boden zu ruinieren. Er hat nicht einmal sehr viel gehabt, und trotzdem hat er sich so hineingeritten. Er hat eben Schulden gemacht ... Jetzt wohnt er nun bei mir. Ich hatte ihn bisher noch gar nicht gekannt, er kam einfach an und stellte sich mir vor. Ein lieber, guter, friedlicher und bescheidener Mensch. Ob man je ein Wort von ihm hörte? Er sagt keinen Ton. Foma nennt ihn aus Spaß immer ‚den schweigsamen Unbekannten'. Aber das stört ihn nicht, er nimmt es nicht übel. Sonst ist Foma ganz zufrieden mit ihm, nur sagt er von Iwan, daß es nicht weit her mit ihm sei. Übrigens widerspricht ihm ja Iwan auch niemals, gibt ihm immer in allem recht. Hm! Er ist eben doch recht niedergedrückt ... Na, Gott mit ihm! Du wirst ihn ja selber sehen. Und dann sind noch ein paar Gäste aus der Stadt da: Pawel Semjonytsch Obnoskin mit seiner Mutter, ein noch junger Mann, aber ein Mensch mit ganz hervorragenden Geistesgaben. Er hat etwas so Reifes, weißt du, etwas so Sattelfestes ... ich weiß nur nicht recht, wie ich mich ausdrücken soll. Und dabei zeichnet er sich noch durch hervorragende Sittlichkeit und strengste moralische Grundsätze aus. Na, siehst du, und dann ist schließlich noch bei uns eine gewisse Tatjana Iwanowna zu Gast, auch eine weitläufige Verwandte von uns, wenn du willst. Du wirst sie aber nicht kennen. Ein nicht mehr ganz junges – das muß man schon zugeben –, aber sehr angenehmes Mädchen, und reich, sage ich dir! Die könnte zwei solcher Güter wie Stepantschikowo auf einmal kaufen. Das Geld ist ihr aber erst kürzlich zugefallen, bis dahin hat sie sich nur mit Mühe und Not durchgeschlagen. Bitte, Serjoscha, behandle sie recht vorsichtig: sie ist nämlich nicht ganz normal ... weißt du, sie hat etwas so Überschwengliches in ihrem ganzen Wesen. Na, du bist ja ein edeldenkender Mensch, du wirst das begreifen. Weißt du, sie hat viel durchgemacht. Mit Menschen, die so viel Unglück in ihrem Leben erlitten haben, muß man doppelt behutsam umgehen. Aber du darfst nun nicht etwa denken, daß sie ... Natürlich hat sie auch ihre Schwächen: sie handelt manchmal recht übereilt, redet so schrecklich schnell und sagt auch nicht immer das, was richtig ist. Das heißt, sie lügt natürlich nicht, das darfst du nicht etwa denken ... Das kommt eben alles nur aus ihrem edlen, reinen Herzen, mein Junge, das heißt, wenn sie auch wirklich einmal etwas dazulügt, so tut sie das nur aus einer gewissen hochherzigen Großzügigkeit ihres Charakters heraus – verstehst du?«

Ich hatte den Eindruck, als ob mein Onkel auf einmal schrecklich verlegen würde.

»Hören Sie, Onkel«, sagte ich, »ich habe Sie so lieb ... erlauben Sie mir deshalb die ganz offene Frage: Werden Sie eine von diesen Damen heiraten oder nicht?«

»Von wem hast du denn das gehört?« antwortete er und wurde dabei rot wie ein Schuljunge. »Siehst du, mein Lieber, das will ich dir gleich alles erklären: erstens einmal heirate ich überhaupt nicht wieder. Mamachen aber und auch meine

Schwester, hauptsächlich aber Foma Fomitsch, den Mama vergöttert – und mit Recht, mit vollem Recht, denn er hat viel für sie getan –, sie alle wollen, daß ich eben diese Tatjana Iwanowna heiraten soll, aus Vernunftgründen, das heißt, zum Wohl der ganzen Familie. Im Grund wollen sie ja nur mein Bestes – das sehe ich ja alles ein, aber trotzdem heirate ich nicht, das habe ich mir hoch und heilig geschworen. Nichtsdestoweniger habe ich ihnen noch keine bestimmte Antwort darauf gegeben, ich habe weder ja noch nein gesagt. Das geht mir dann immer so, mein Junge. Nun denken sie natürlich, ich bin mit allem einverstanden, und möchten durchaus, daß ich mich morgen zur Feier des Familienfestes erklären soll ... Und nun bin ich wegen morgen in solchen Schwulitäten, daß ich gar nicht weiß, was ich anfangen soll! Und dazu ist nun Foma Fomitsch – Gott weiß, aus was für einem Grund – jetzt auch noch wütend auf mich, und Mamachen ebenfalls. Ich muß gestehen, ich habe nur immer mit Sehnsucht auf dich und Korowkin gewartet, um jemandem einmal mein ganzes Herz ausschütten zu können, wie man so zu sagen pflegt ...«

»Kann Ihnen denn Korowkin dabei helfen, Onkel?«

»Gewiß, mein Junge, er wird mir helfen, wird mir ganz sicherlich helfen – das ist nämlich ein ganz besonderer Mensch, mit einem Wort: ein Mensch der Wissenschaft. Ich baue felsenfest auf ihn, er ist ein Mensch, der immer den Sieg auf seiner Seite hat. Und wie er über das Glück des Familienlebens zu reden versteht! Und dann muß ich gestehen, daß ich auch auf dich meine Hoffnung gesetzt und gedacht habe, daß du sie schon zur Vernunft bringen werdest. Sage doch einmal selber: gesetzt den Fall, ich wäre wirklich schuld daran – und daß ich nicht ohne Schuld bin, daß weiß ich doch selber, ich bin doch nicht ganz gefühllos – na, aber einmal könnte man mir das doch wirklich verzeihen! Wie glücklich könnten wir dann alle zusammen leben! ... Und meine Saschurka, mein Junge, die ist aber groß geworden! die wird auch bald ans Heiraten denken! Und mein kleiner Iljuscha hat sich auch recht herausgemacht. Der hat ja nun morgen seinen Namenstag. Saschurka macht mir aber doch ziemliche Sorgen, sie ist so ...«

»Wo ist denn mein Koffer, Onkel? Ich werde mich umziehen und gleich wieder erscheinen und dann ...«

»Im Zwischengeschoß, mein Junge, im Zwischengeschoß. Ich hatte schon gestern angeordnet, daß man dich, wenn du kommen solltest, gleich ins Zwischengeschoß führen sollte, damit dich erst gar niemand sähe. Selbstverständlich mußt du dich umziehen, selbstverständlich! Das ist schön, vorzüglich, ausgezeichnet! Und inzwischen kann ich unten alle ein bißchen vorbereiten. Na, mit Gott! Weißt du, mein Junge, wir müssen ganz schlau vorgehen. Man wird hier zum Talleyrand, ohne es zu wollen. Na, das macht aber nichts! Sie werden jetzt unten gleich Tee trinken. Foma Fomitsch hat es nämlich gern, wenn ihm der Tee gleich nach dem Mittagsschläfchen serviert wird, und das ist ja auch am allerbesten so, weißt du ... Na, ich gehe also, und du kommst mir dann so schnell wie möglich nach. Laß mich ja nicht so lange allein: das ist ein so ungemütliches Gefühl, mein Junge, wenn ich mit ihnen allein bin ... Aber halt, warte! Ich wollte dich doch noch um eines bitten: mach mir nur in ihrer Gegenwart keine Vorwürfe, wie du es vorhin hier getan hast – nicht wahr? Wenn du mir etwas sagen willst, so kannst du das ja später tun, kannst es mir dann, wenn wir einmal allein sind, unter vier Augen sagen. Aber bis dahin beherrsche dich etwas und warte! Siehst du, sie sind ja sowieso nicht gut auf mich zu sprechen. Sie sind wütend auf mich ...«

»Aber hören Sie, Onkel, nach allem, was ich da gehört und gesehen habe, kommt es mir vor, als ob Sie ...«

»Ein Waschlappen wären, nicht wahr? Sprich es nur ruhig aus!« unterbrach er mich ganz unerwartet. »Aber was kann man dagegen tun, mein Junge? Ich weiß das alles ja selber. Na, also, kommst du bald? Komm, bitte, so bald wie möglich!«

Nachdem ich oben angelangt war, schloß ich, eingedenk der Bitte meines Onkels, so schnell wie möglich wieder herunterzukommen, in großer Hast meinen Koffer auf. Während ich mich umzog, kam mir zum Bewußtsein, daß ich von alledem, was ich gern hatte wissen wollen, fast gar nichts erfahren hatte, obgleich ich fast eine ganze Stunde mit dem Onkel geschwatzt hatte. Das kam mir merkwürdig vor. Eines aber war mir völlig klar: der Onkel wollte nach wie vor, daß ich sie heiraten sollte, folglich waren alle entgegenlaufenden Gerüchte, nämlich, daß der Onkel selber in das betreffende junge Mädchen verliebt sei, aus der Luft gegriffen. Ich entsinne mich, daß ich mich in großer Aufregung befand. Unter anderem kam mir der Gedanke, daß ich durch meine Ankunft und mein Schweigen dem Onkel gegenüber fast das Versprechen abgelegt und mein Wort darauf gegeben hatte, mich fürs Leben zu binden. So leicht ist es nun, dachte ich bei mir, so leicht ist es nun, ein Wort zu verlieren, das einen dann später lebenslänglich an Händen und Füßen fesselt. Und dabei habe ich die Braut noch nicht einmal gesehen! Und dann dachte ich wieder: Woher kommt nur diese Feindschaft der ganzen Familie mir gegenüber? Warum sollten sie meiner Ankunft alle mit so gehässigen Blicken entgegensehen, wie mir der Onkel versichert hatte? Und was für eine merkwürdige Rolle spielte doch der Onkel selber hier in seinem eigenen Haus? Was hatte nur seine Geheimnistuerei zu bedeuten? Warum hatte er immer Angst und quälte mich so? Ich muß gestehen, daß mir das alles plötzlich ganz dumm und sinnlos vorkam, und alle meine romantischen Heldenträume waren bei dem ersten Zusammenprall mit der Wirklichkeit in ein Nichts verflüchtigt. Erst jetzt, nach dieser Unterredung mit meinem Onkel, wurde mir plötzlich klar, wie ungereimt und abenteuerlich doch sein ganzer Vorschlag war, und ich sah ein, daß eben nur ein Mensch wie mein Onkel unter solchen Umständen einen solchen Vorschlag hatte machen können. Ferner mußte ich mir eingestehen, daß auch ich ein großer Dummkopf gewesen war, indem ich, entzückt von diesem Vorschlag meines Onkels, gleich auf sein erstes Schreiben hin Hals über Kopf hierhergejagt war. Während mich solche bangen Zweifel quälten, zog ich mich so eilig um, daß ich anfänglich dem mir behilflichen Diener gar keine Aufmerksamkeit geschenkt hatte.

»Geruhen der Herr die adelaidenfarbene Krawatte umlegen zu wollen oder diese kleinkarierte hier?« fragte plötzlich der Diener und wandte sich mit einer geradezu widerlichen Unterwürfigkeit an mich.

Ich schaute ihn an und fand, daß er wirklich einiger Beachtung wert war. Ein noch junger Mensch, für einen Diener viel zu elegant gekleidet, nicht schlechter als mancher Stutzer der Gouvernementsstadt. Der kaffeebraune Frack, die weißen Beinkleider, die ausgeschnittenen Lackschuhe und die rosa Krawatte waren sichtlich nicht ohne Absicht zusammengestellt. Das alles mußte sofort von dem feinen Geschmack des jungen Gecken ein beredtes Zeugnis ablegen. Aus ebendiesem Grund war auch die Uhrkette sehr sichtbar zur Schau gestellt. Im Gesicht sah er blaß und fast etwas grünlich aus, hatte eine große, krumme lange Nase, die auffallend weiß aussah, als wäre sie aus Porzellan. Das Lächeln seiner schmalen Lippen drückte einen gewissen Weltschmerz aus, aber einen äußerst zart empfundenen Weltschmerz. Seine großen, hervorstehenden Augen sahen aus, als wären sie aus Glas, und hatten einen auffallend stumpfen Ausdruck, und doch drückten auch sie eine zarte Empfindsamkeit aus. Die zarten, feinen Ohren waren ebenfalls aus Empfindsamkeit mit Watte verstopft. Sein langes, hellblondes, spärliches Haar war in Locken gebrannt und mit Pomade beschmiert. Seine kleinen Hände waren sehr sauber und schneeweiß, als wären sie mit Rosenwasser gewaschen; an den Fingern hatte er geckenhaft lange, rosig polierte Nägel. Alles deutete auf einen verwöhnten Stutzer hin, der grober Arbeit aus dem Weg ging. Er lispelte und sprach nach neuester Mode das R nicht aus, senkte fortwährend die Augen, um sie dann wieder kokett aufzuschlagen, seufzte und schmachtete in ganz unglaublicher Weise. Außerdem hatte er sich parfümiert. Er war klein von Gestalt, schmächtig und welk und knickte beim Gehen immer ganz merkwürdig zusammen, als wollte er sich jeden Augenblick hinsetzen, was er wahrscheinlich für den Gipfel der Vornehmheit hielt – mit einem Wort, der ganze Kerl war mit zarter Empfindsamkeit, erlesenstem Geschmack und einem tief ausgeprägten Bewußtsein seiner eigenen Würde nur so durchtränkt. Besonders der letzte Umstand mißfiel mir sehr, ohne daß ich eigentlich recht wußte warum.

»Also adelaidenfarben ist diese Krawatte?« fragte ich und sah den jungen Diener streng an.

»Zu dienen, adelaidenfarben«, antwortete er, unentwegt bei seiner zarten Ausdrucksweise verharrend.

»Warum nicht agrafenfarben?«

»Nein. Eine solche Farbe gibt es doch gar nicht.«

»Warum denn nicht?«

»Weil das ein ganz unfeiner Name ist, Agrafena.«

»Wieso denn unfein? Warum denn?«

»Ganz einfach: Adelaida ist doch wenigstens ein ausländischer Name und hat dadurch einen gewissen Adel an sich, während jedes Bauernweib Agrafena heißen kann.«

»Sag doch, hast du eigentlich den Verstand verloren oder nicht?«

»Durchaus nicht; ich bin sehr wohl bei Verstand. Natürlich steht es dem Herrn frei, mich ganz nach Belieben mit Worten auszuschelten, doch möchte ich bemerken, daß mit meiner

Ausdrucksweise viele Generale und sogar einige Grafen aus der Residenz zufrieden gewesen sind.«

»Wie heißt du denn?«

»Widopljasow.«

»Ah! Du bist also Widopljasow.«

»Zu dienen.«

»Na, warte nur, mein Freund, auch dich werde ich noch besser kennenlernen.«

Und während ich nach unten ging, dachte ich bei mir: Das ist ja die reine Irrenanstalt hier!

4

Beim Tee

Der Tee wurde in dem Zimmer eingenommen, das auf die Terrasse zu ging, auf der ich vorhin Gawrila getroffen hatte. Die geheimnisvollen Andeutungen meines Onkels über den Empfang, der meiner wartete, beunruhigten mich sehr. In der Jugend hat man meist ein geradezu krankhaft empfindliches Ehrgefühl, aber dieses jugendliche Ehrgefühl wohnt nicht immer in einer Heldenbrust. Darum war es mir auch äußerst peinlich, daß ich, kaum eingetreten, vor der gerade um den Teetisch versammelten Gesellschaft plötzlich über den Teppich stolperte, ins Schwanken geriet und, obwohl ich das Gleichgewicht gerade noch bewahren konnte, doch in recht unvorhergesehener Weise mitten ins Zimmer flog. Ich war so außer mir, als hätte ich in diesem Augenblick meine ganze Karriere, meine Ehre und meinen guten Namen verspielt, blieb regungslos in der Mitte des Zimmers stehen, wurde rot wie ein Krebs und starrte die Anwesenden verständnislos an. Ich erwähne diesen an und für sich ganz nebensächlichen Vorfall nur aus dem Grund, weil er meine Stimmung für den Rest des ganzen Tages und folglich auch meine Beziehungen zu einigen der handelnden Personen meiner Erzählung außerordentlich beeinflußte. Ich versuchte, ein Kompliment zu machen, brachte aber auch das nicht zustande, wurde wieder über und über rot, stürzte schließlich auf meinen Onkel zu und ergriff seine Hände.

»Guten Tag, Onkel«, sagte ich, und die Stimme blieb mir fast im Hals stecken. Ich hatte eigentlich etwas ganz anderes, viel Geistreicheres sagen wollen, und doch hatte ich nur ganz unversehens dieses »Guten Tag!« herausgebracht.

»Guten Tag, guten Tag, mein Junge«, antwortete mein Onkel, der Mitleid mit mir hatte; »wir haben uns ja schon begrüßt. Sei nur um alles in der Welt nicht verlegen«, setzte er flüsternd hinzu, »das kann doch jedem passieren, und dabei war es gar nicht so schlimm! Du hättest doch auch der ganzen Länge nach hinfallen können. Na, jetzt aber ... Mamachen, erlauben Sie, daß ich Ihnen hier diesen jungen Mann vorstelle, er ist noch ein bißchen verlegen, aber Sie werden ihn sicherlich liebgewinnen. Mein Neffe Sergej Alexandrowitsch«, fügte er hinzu, indem er sich an alle Anwesenden wandte.

Doch bevor ich in meiner Erzählung fortfahre, möchte ich den Leser gern mit der ganzen Gesellschaft, in die ich so plötzlich hereingeplatzt war, persönlich bekannt machen. Das ist für das weitere Verständnis dieser Erzählung unumgänglich notwendig.

Die ganze Gesellschaft bestand aus mehreren Damen und nur zwei Herren, den Onkel und mich ausgenommen. Foma Fomitsch, den ich gerade so gern gesehen hätte und der – wie ich schon damals fühlte – das ganze Haus absolut beherrschte, war nicht da: er glänzte durch Abwesenheit, und es war, als wäre mit ihm aller Glanz und alles Licht aus dem Zimmer geschwunden. Alle waren finster und verstimmt. Es war ganz unmöglich, dies nicht auf den ersten Blick zu bemerken. So verwirrt und verlegen ich auch in diesem Augenblick war, sah ich doch gleich, daß zum Beispiel mein Onkel genauso verwirrt und verlegen war wie ich selber, obgleich er sich die allergrößte Mühe gab, seine Unruhe hinter einer scheinbaren Ungezwungenheit zu verbergen. Es war, als laste ein schwerer Stein auf seinem Herzen.

Der eine der im Zimmer anwesenden Herren war ein noch junger Mann von etwa fünfundzwanzig Jahren, eben jener Obnoskin, den der Onkel vorhin erwähnt und dessen Verstand und moralische Grundsätze er so gelobt hatte. Dieser Herr mißfiel mir außerordentlich; alles an ihm deutete auf einen gewissen Schick – jedoch schlechten Geschmacks – hin. Sein Anzug war bei allem Schick dennoch abgetragen und ärmlich, und sogar sein Gesicht kam mir wie abgetragen vor. Sein dürftiger hellblonder Schnurrbart und der etwas mißglückte, kurze, wallende Vollbart sollten wahrscheinlich in ihm den Menschen ohne Vorurteile, den Freigeist erkennen lassen. Er zwinkerte ununterbrochen mit den Augen, lächelte in einer gesucht boshaften Art und Weise, rekelte sich auf seinem Stuhl herum, fixierte mich alle Augenblicke mit seinem Lorgnon, wenn ich mich aber dann nach ihm umwandte, ließ er es sofort sinken, als hätte er Angst vor mir.

Der andere, ebenfalls noch ein junger Mann von vielleicht achtundzwanzig Jahren, war mein Vetter dritten Grades Misintschikow. Er war allerdings außerordentlich schweigsam. Die ganze Zeit über, während wir Tee tranken, sagte er nicht ein Wort und lachte nicht einmal mit, wenn alle anderen lachten. Aber eine Niedergeschlagenheit, die mein Onkel bei ihm beobachtet haben wollte, konnte ich durchaus nicht feststellen. Ganz im Gegenteil: der Ausdruck seiner hellbraunen Augen verriet Entschlossenheit und eine gewisse Charakterstärke. Er hatte ein sonnengebräuntes Gesicht, schwarzes Haar und war alles in allem ein hübscher Kerl. Gekleidet war er sehr anständig – allerdings auf Kosten meines Onkels, wie ich später erfuhr.

Von den Damen fiel mir vor allem Fräulein Perepelizyna auf, und zwar durch ihr außerordentlich boshaftes, fast blutleeres Gesicht. Sie saß an der Seite der Generalin, von der später noch die Rede sein wird, aber nicht etwa neben, sondern aus Ehrerbietung etwas hinter ihr, beugte sich alle Augenblicke zu ihrer Gönnerin vor und flüsterte ihr irgend etwas ins Ohr. Zwei oder drei andere bejahrte Schützlinge saßen stumm nebeneinander am Fenster und warteten bescheiden auf ihre Tasse Tee, die Augen ehrfurchtsvoll auf die Generalin gerichtet. Dann fesselte noch eine dicke, ganz aus dem Leim gegangene ältere Dame von etwa fünfzig Jahren meine Aufmerksamkeit. Sie war sehr geschmacklos und in ganz grellen Farben gekleidet, allem Anschein nach auch geschminkt und hatte fast keinen Zahn mehr im Mund, dafür aber lauter schwarze, abgebrochene Stummel. Das hinderte sie jedoch nicht, mit lauter Stimme zu kreischen, Gesichter zu schneiden, sich nach der neuesten Mode zu zieren und sogar zu kokettieren. Sie war über und über mit Ketten und Kettchen beladen und musterte mich genauso wie Monsieur Obnoskin fortwährend durch ihre Lorgnette. Es war seine Mutter. Die stille Praskowja Iljinitschna, meine Tante, goß den Tee ein. Gar zu gern hätte sie mich sicherlich nach so langer Trennungszeit in ihre Arme geschlossen und Tränen der Rührung dabei vergossen, aber sie wagte es nicht. Es war, als stünde hier alles unter Polizeiaufsicht. Neben ihr saß ein wunderhübsches, etwa fünfzehnjähriges Mädchen, das mich mit seinen schwarzen Augen unverwandt und mit kindlicher Neugier ansah, das war meine Kusine Sascha.

Endlich mußte noch eine andere, sehr auffallende Dame mehr als alle anderen ins Auge fallen. Sie war prächtig und sehr jugendlich gekleidet, obgleich sie durchaus nicht mehr so jung war, sie mochte wenigstens fünfunddreißig Jahre alt sein. Sie hatte ein hageres, blasses, vertrocknetes, aber außerordentlich lebhaftes Gesicht. Fast bei jeder Bewegung, bei jeder inneren Erregung zeigte sich eine helle Röte auf ihren blassen Wangen. Sie war ununterbrochen in Bewegung, drehte und wendete sich auf ihrem Stuhl hin und her und schien nicht imstande zu sein, auch nur einen einzigen Augenblick still zu sitzen. Sie musterte mich mit fast hungriger Neugierde, beugte sich fortwährend zu Saschenka oder einer anderen Nachbarin hinüber, um ihr etwas ins Ohr zu flüstern, worauf sie dann immer in ein harmloses, fast kindlich heiteres Gelächter ausbrach. Zu meiner größten Verwunderung schenkte aber niemand diesem exzentrischen Benehmen auch nur die geringste Beachtung, ganz als hätten alle das vorher untereinander verabredet. Ich erriet, daß dies Tatjana Iwanowna sein mußte, ebenjene Tatjana, die nach den Worten meines Onkels etwas so »Überschwengliches« in ihrem Charakter haben sollte, ihm zur Braut bestimmt worden war und der alle im Haus wegen ihres ungeheuren Reichtums die größte Hochachtung entgegenbrachten. Mir gefielen übrigens ihre blauen, sanften Augen, und wenn auch um diese Augen herum sich schon einige kleine Fältchen zeigten, so war doch ihr Blick so harmlos, heiter und gutmütig, daß es ganz besonders angenehm berührte, wenn man ihm begegnete. Auf diese Tatjana Iwanowna, die eine der hauptsächlichsten »Heldinnen« meiner Erzählung sein wird, werde ich dann noch näher eingehen; ihre Lebensgeschichte verdient wirklich einige Beachtung.

Fünf Minuten nach meinem Erscheinen im Teezimmer kam ein hübscher, kleiner Knabe aus dem Garten hereingelaufen, mein Vetter Iljuscha, der morgen seinen Namenstag feiern sollte. Seine beiden Taschen waren mit Spielzeug vollgepfropft, in den Händen trug er einen großen Brummkreisel. Ihm folgte ein großes, schlankes junges Mädchen, das etwas blaß und angegriffen, aber trotzdem bildhübsch aussah. Sie streifte alle mit einem prüfenden, mißtrauischen, fast scheuen Blick, sah mich aufmerksam an und setzte sich dann neben Tatjana Iwanowna. Ich weiß noch ganz genau, daß mir unwillkürlich das Herz schlug: ich erriet, daß es die Erzieherin sein mußte, die ... Auch entsinne ich mich, daß mir mein Onkel bei ihrem Erscheinen plötzlich einen schnellen Blick zuwarf, über und über rot wurde und sich dann schnell niederbeugte, Iljuscha auf seinen Arm nahm und ihn zu mir brachte, damit ich ihn küssen sollte. Auch entging es mir nicht, daß Frau Obnoskina zuerst meinen Onkel scharf ansah und dann mit einem sarkastischen Lächeln ihre Lorgnette auf die Erzieherin richtete. Der Onkel geriet in große Verlegenheit, und da er gar nicht mehr ein und aus wußte, wollte er Saschenka herbeirufen, um sie mit mir bekannt zu machen, diese aber erhob sich nur von ihrem Platz und machte schweigend und mit wichtiger Miene einen Knicks vor mir. Übrigens gefiel mir das außerordentlich, weil es so gut zu ihr paßte. Da konnte es auch die gute Tante Praskowja Iljinitschna nicht länger aushalten, sie stellte die Teekanne beiseite und stürzte auf mich zu, um mich zu küssen, aber ich hatte noch keine zwei Worte mit ihr sprechen können, als schon die keifende Stimme der Jungfer Perepelizyna vernehmbar wurde: »Sie haben anscheinend Mama« – die Generalin – »ganz vergessen, Praskowja Iljinitschna; Mama hat doch soeben Tee gewünscht, aber Sie haben ihr nicht eingegossen, sondern lassen Mama auch noch warten!« Da ließ mich Praskowja Iljinitschna gleich stehen und stürzte sich wieder Hals über Kopf in ihre Pflichten.

Die Generalin, die Hauptperson in diesem Kreis, vor der alle anderen nur Marionetten waren, deren Fäden sie in der Hand hielt und nach Belieben bewegte – diese Generalin war eine dürre, böse alte Dame, ganz in Trauer, böse hauptsächlich, weil sie eben alt war und auch den letzten Rest ihrer geistigen Fähigkeiten verloren hatte, mit denen sie schon früher nicht allzu reich bedacht gewesen war. Früher war sie nur launenhaft gewesen, der Titel »Generalin« aber hatte sie noch dümmer und eingebildeter gemacht. Wenn sie schlechte Laune hatte, wurde das ganze Haus zur Hölle. Sie brachte ihre Wut durch zweierlei Methoden zum Ausdruck. Die erste Methode war die des Schweigens: da tat sie tagelang ihren Mund nicht auf und schwieg hartnäckig zu allem, stieß alles von sich, was man ihr vorsetzte, und warf es sogar manchmal auf den Fußboden. Die andere Methode war dieser gerade entgegengesetzt: es war die Methode der großen Worte. Das fing gewöhnlich so an, daß die Großmutter – sie war ja doch meine Großmutter – sich in einen ganz außerordentlichen Weltschmerz vergrub, dem Untergang ihrer Besitzungen und der ganzen Welt überhaupt entgegensah, Armut und alles mögliche Elend vorausahnte, sich an ihren eigenen Prophezeiungen begeisterte, das ganze zu erwartende Unheil an den Fingern aufzuzählen begann und bei dieser Aufzählung beinahe in Verzückung und in einen gewissen heiligen Zorn hineingeriet. Dabei stellte es sich natürlich heraus, daß sie alles schon längst vorausgesehen und nur deshalb geschwiegen hatte, weil »sie in diesem Haus zum Schweigen gezwungen werde. Wenn man ihr aber wenigstens nur etwas Ehrerbietung entgegengebracht und schon früher einmal auf sie gehört hätte, dann . . .« und so weiter, und so weiter. Alles das wurde dann unverzüglich von Fräulein Perepelizyna und dem ganzen Chor der armen Schützlinge als Evangelium aufgenommen und endlich von Foma Fomitsch feierlich bestätigt. In dem Augenblick, als ich ihr vorgestellt wurde, war sie gerade schrecklich wütend, und ich glaube sogar nach der ersten Methode, nach der des Schweigens, die ganz sicher die schrecklichere von beiden war. Alle sahen sie ängstlich an. Nur Tatjana Iwanowna, der alles erlaubt war, befand sich in glänzender Stimmung. Absichtlich führte mich der Onkel mit einer gewissen Feierlichkeit sogleich zur Großmutter, die aber machte nur ein saures Gesicht und stieß in ihrer Bosheit die Tasse um.

»Ist das jener Voltigeur?« fragte sie näselnd und in singendem Ton und wandte sich nach Fräulein Perepelizyna um.

Diese dumme Frage brachte mich endgültig aus der Fassung. Es war mir völlig rätselhaft, warum sie mich einen Voltigeur nannte. Aber solche Fragen waren bei ihr noch nicht das Schlimmste. Fräulein Perepelizyna beugte sich vor und flüsterte ihr irgend etwas ins Ohr, aber die alte Dame machte eine abwehrende Handbewegung. Ich stand mit offenem Mund da und sah meinen Onkel fragend an. Alle warfen sich gegenseitig Blicke zu, und Obnoskin lächelte sogar hämisch, was mir außerordentlich mißfiel.

»Sie verspricht sich manchmal, mein Junge«, flüsterte mir der Onkel zu, der ebenfalls in Verlegenheit war. »Aber das macht nichts, sie ist nun einmal so; das kommt alles nur von ihrem guten Herzen. Und aufs Herz kommt es doch an, das ist doch die Hauptsache!«

»Ja, das Herz, das Herz!« ertönte plötzlich die helle Stimme Tatjana Iwanownas, welche die ganze Zeit über kein Auge von mir abgewandt hatte und nicht mehr ruhig auf ihrem Platz sitzen bleiben konnte. Wahrscheinlich war das im Flüsterton gesprochene Wort »Herz« doch bis an ihr Ohr gedrungen.

Aber sie sprach nicht weiter, obgleich sie allem Anschein nach noch irgend etwas sagen wollte. Ob sie nun verlegen wurde oder ob es irgend etwas anderes war, jedenfalls schwieg sie plötzlich, wurde schrecklich rot, beugte sich zu der Erzieherin hinüber, flüsterte ihr etwas ins Ohr, warf sich dann in ihren Stuhl zurück, drückte das Taschentuch an den Mund und brach in ein hysterisches Gelächter aus. Ich sah in höchster Verwunderung die anderen an, aber zu meinem größten Erstaunen blieben alle ganz ernsthaft und gaben sich den Anschein, als wäre gar nichts Besonderes vorgefallen. Da ging mir denn ein Licht auf, wie es um Tatjana Iwanowna stand. Dann bekam ich meinen Tee und konnte mich endlich ein bißchen erholen. Ich weiß nicht warum, aber ich fühlte mich plötzlich verpflichtet, mich mit den Damen in ein recht liebenswürdiges Gespräch einzulassen.

»Sie hatten vorhin ganz recht, Onkel«, fing ich an, »als sie mich davor warnten, verlegen zu werden. Ich muß ganz offen gestehen, und wozu sollte ich es auch verbergen«, fuhr ich fort und wandte mich mit dem liebenswürdigsten Lächeln an Frau Obnoskina, »daß ich mich bis auf den heutigen Tag kaum in Damengesellschaft bewegt habe. Drum hatte ich vorhin, als ich beim Eintreten dieses Pech hatte, gleich das Gefühl, daß meine unfreiwillige Pose mitten im Zimmer sehr lächerlich wirken und etwas an den ‚Tolpatsch'* erinnern mußte, nicht wahr? Sie haben doch wohl den ‚Tolpatsch' gelesen?« schloß ich, geriet immer mehr und mehr in Verwirrung, errötete nun wieder über meine Offenherzigkeit, mit der ich mich einzuschmeicheln versuchte, und warf Herrn Obnoskin, der mich immer noch spöttisch lächelnd vom Kopf bis zu den Füßen musterte, drohende Blicke zu.

»Ganz recht, ganz recht«, rief plötzlich mein Onkel außerordentlich lebhaft, der sich aufrichtig freute, daß das

* Erzählung von Pisemskij, 1850 erschienen, die in Rußland großen Erfolg hatte (Anmerkung des Übersetzers).

Gespräch nun wenigstens einigermaßen in Gang kam und ich meine Geistesgegenwart wiedererlangt hatte. »Schließlich ist ja da weiter nichts dabei, wenn jemand, wie du eben sagst, mein Junge, so leicht verlegen wird. Er ist eben verlegen geworden, da kräht später kein Hahn mehr danach. Ich aber habe bei meinem Debüt sogar gelogen – glaubst du das, mein Junge? Bei Gott, Anfisa Petrowna! Ich sage Ihnen, das ist eine ganz interessante Geschichte. Ich war gerade als Fähnrich eingetreten und nach Moskau gekommen und begab mich mit einem Empfehlungsbrief zu einer sehr angesehenen Dame, das heißt, sie war recht eingebildet, im Grunde war sie aber doch seelengut, was man auch gegen sie sagen mochte. Ich ging also hin und wurde auch empfangen. Der Salon wimmelt von Menschen, lauter große Tiere waren versammelt. Ich mache meine Verbeugung und setze mich. Gleich darauf wendet sie sich an mich mit der Frage: ‚Haben Sie auch ein Gut, mein Lieber?' Nun muß man wissen, daß ich damals nicht ein einziges Huhn mein eigen nannte – was sollte ich also antworten? Ich hätte in die Erde sinken mögen vor lauter Verlegenheit. Alle Augen waren auf mich gerichtet, na, ich war eben ein kleiner Fähnrich! Warum sagte ich nun nicht einfach: ‚Ich habe nichts'? Das wäre doch anständig gewesen, weil es der Wahrheit entsprach. Aber das brachte ich nicht übers Herz. ‚Ja', antwortete ich, ‚hundertsiebzehn Seelen.' Und warum ich nur gerade diese siebzehn noch anhängte? Wenn man schon einmal lügt, kann man doch wenigstens in runden Summen lügen, nicht wahr? Gleich darauf erfuhr sie ja doch aus meinem Empfehlungsbrief, daß ich arm wie eine Kirchenmaus war, und dazu hatte ich nun noch gelogen. Na, was sollte ich nun tun? Ich machte schleunigst, daß ich fortkam, und habe nie wieder den Fuß über ihre Schwelle gesetzt. Denn damals hatte ich ja wirklich noch gar nichts. Alles, was ich jetzt habe, sind doch nur die dreihundert Seelen vom Onkel Afansij Matwejitsch und dann noch die zweihundert Seelen nebst Kapitonowka, die ich schon früher von der Großmutter Akulina Panfilowna geerbt habe, also alles in allem fünfhundert oder mehr. Das ist ja ganz schön. Damals aber habe ich mir geschworen, nie wieder zu lügen, und lüge nun auch wirklich niemals mehr.«

»Na, an Ihrer Stelle hätte ich dem nicht so ganz abgeschworen. Weiß der Himmel, was sich noch alles ereignen kann«, bemerkte Obnoskin und lächelte spöttisch.

»Na, ja, das stimmt ja, das ist ja richtig. Der Himmel mag wissen, was sich noch alles ereignen kann«, stimmte der Onkel ganz harmlos bei.

Obnoskin brach in ein lautes Gelächter aus und warf sich in seinen Stuhl zurück; seine Mutter lächelte ebenfalls, und auch Fräulein Perepelizyna kicherte in ganz widerlicher Art und Weise. Sogar Tatjana Iwanowna fing laut an zu lachen, obgleich sie gar nicht wußte warum, und klatschte vor Vergnügen in die Hände – kurz, ich sah ganz deutlich, daß mein Onkel in seinem eignen Haus nicht für voll angesehen wurde. Nur Saschenka sah Obnoskin mit zornig funkelnden Augen unverwandt an. Die Erzieherin wurde rot und schlug die Augen nieder. Der Onkel war ganz erstaunt.

»Was habt ihr denn? Was ist denn los?« fragte er und sah uns alle verwundert an.

Die ganze Zeit über hatte mein Vetter Misintschikow etwas abseits und schweigend dabeigesessen und nicht einmal mitgelacht, wenn alle anderen lachten. Er trank eifrig seinen Tee, blickte auf das ganze Publikum wie ein Philosoph und schien nur manchmal, wahrscheinlich in einem Anfall unerträglicher Langweile, wie aus alter Gewohnheit vor sich hinpfeifen zu wollen, hielt aber stets noch rechtzeitig inne. Es fiel mir auf, daß Obnoskin, der soeben meinen Onkel zum besten gehabt und es nun wahrscheinlich auf mich abgesehen hatte, diesen Misintschikow nicht einmal anzusehen wagte. Ferner bemerkte ich, daß mein schweigsamer Vetter oft und mit sichtlicher Neugier zu mir herübersah, als läge ihm daran, genau festzustellen, was für ein Mensch ich sei.

»Ich bin überzeugt«, fing plötzlich Frau Obnoskina an zu lispeln, »ich bin völlig überzeugt, Monsieur Serge – so war doch wohl Ihr Name, nicht wahr? –, daß Sie in Ihrem Petersburg kein großer Verehrer der Damen gewesen sind. Ich weiß, es gibt dort viele, sehr viele junge Leute, die Damengesellschaft jetzt ganz meiden. Das sind meiner Ansicht nach aber alles nur Freigeister. Ich kann darin nichts anderes sehen als eben einen Hang zu diesen unverzeihlichen freisinnigen Anschauungen. Und ich muß gestehen, das nimmt mich wunder, nimmt mich wunder, junger Mann, nimmt mich einfach wunder!«

»Ich bin überhaupt nicht in Gesellschaft gegangen«, antwortete ich mit ungewöhnlichem Eifer. »Aber das ... ich denke wenigstens ... hat doch nichts auf sich ... Ich wohnte dort, das heißt, ich hatte mir dort ein Zimmer gemietet ... aber das hat ja nichts zu sagen, versichere ich Ihnen. Sicher werde ich nun Bekanntschaften machen; bis jetzt habe ich nur immer zu Hause gesessen ...«

»Er sah sich mit den Wissenschaften beschäftigt«, schaltete der Onkel ein und warf sich in die Brust.

»Ach, Onkel, Sie immer mit Ihren Wissenschaften! ... Stellen Sie sich vor«, fuhr ich mit auffallender Ungezwungenheit und einem liebenswürdigen Grinsen im Gesicht fort und wandte mich wieder an Frau Obnoskina, »mein guter Onkel ist den Wissenschaften bis zu einem solchen Grad ergeben, daß er irgendwo auf der Landstraße einen wundertätigen, praktischen Philosophen, einen gewissen Herrn Korowkin, aufgelesen hat, und das erste Wort, das er heute nach so langen Trennungsjahren zu mir sagte, war, daß er diesen phänomenalen Hexenmeister mit, ich möchte fast sagen, krampfhafter Ungeduld erwarte ... natürlich nur aus Liebe zu den Wissenschaften ...«

Und ich fing an zu kichern in der Hoffnung, daß meine geistreiche Bemerkung durch ein allgemeines Gelächter belohnt werden würde.

»Wer ist das? Von wem ist die Rede?« fragte die Generalin spitz und wandte sich an Fräulein Perepelizyna.

»Jegor Iljitsch hat Gäste eingeladen, Gelehrte; er fährt auf der Landstraße herum und liest sie dort auf«, zischte das Fräulein schadenfroh.

Der Onkel war ganz verwirrt.

»Ach ja, das habe ich ganz vergessen!« rief er aus und warf mir einen vorwurfsvollen Blick zu. »Ich erwarte Korowkin. Das ist ein Mann der Wissenschaft, ein Olympier unseres Jahrhunderts ...«

Er brach ab und verstummte. Die Generalin machte eine Handbewegung, aber so geschickt, daß sie an die Tasse stieß, die vom Tisch fiel und in Scherben ging. Das hatte eine allgemeine Aufregung zur Folge.

»So ist sie immer, wenn sie sich ärgert; sie nimmt irgend etwas her und pfeffert es einfach auf die Erde«, flüsterte mir der Onkel ganz verwirrt zu. »Aber immer nur, wenn sie sich ärgert ... Schau nicht hin, mein Junge, bemerke es gar nicht, schau nach der andern Seite ... Warum mußtest du auch von Korowkin anfangen?«

Ich hätte ohnehin nach der andern Seite gesehen, denn gerade hatte ich einen Blick der Erzieherin aufgefangen, und mir schien, als läge darin ein Vorwurf, ja sogar eine gewisse Verachtung; die Röte der Entrüstung brannte hell auf ihren blassen Wangen. Ich verstand diesen Blick und erriet, daß ich durch meinen kleinlichen, häßlichen Versuch, den Onkel lächerlich zu machen, um meine eigene Lächerlichkeit dadurch wenigstens etwas zu verwischen, in den Augen dieses jungen Mädchens nicht gerade an Achtung gewonnen hatte. Ich kann gar nicht sagen, wie sehr ich mich schämte.

»Ach, ich möchte immer nur von Petersburg mit Ihnen plaudern«, fing Anfisa Petrowna wieder an, nachdem sich der Sturm, den die zerbrochene Tasse verursacht hatte, einigermaßen gelegt hatte. »Ich denke mit wahrem Ent–zük–ken an unser Leben in dieser bezaubernden Großstadt zurück ... Wir waren damals so eng befreundet mit dem bekannten Haus – weißt du noch, Paul – des Generals Polowizyn ... Ach, was für ein bezauberndes, be–zau–bern–des Wesen war doch die Generalin! Und überhaupt, alle diese Aristokraten, diese beau monde! ... Sagen Sie, Sie kennen doch sicher auch ... Ich gestehe, daß ich Sie voller Ungeduld erwartet habe; ich hoffe, von Ihnen recht, recht viel von unsern Petersburger Freunden zu erfahren ...«

»Es tut mir sehr leid, daß ich da nicht dienen kann ... entschuldigen Sie ... Ich sagte aber schon, daß ich selten in Gesellschaft gewesen bin. Einen General Polowizyn kenne ich überhaupt nicht, nicht einmal dem Namen nach«, antwortete ich ungeduldig; mit einemmal war meine anfängliche Liebenswürdigkeit in eine außerordentlich ärgerliche und gereizte Stimmung umgeschlagen.

»Er hat sich mit Mineralogie beschäftigt«, warf stolz mein unverbesserlicher Onkel ein. »Die Mineralogie ist es doch, nicht wahr, mein Junge, die sich mit all den verschiedenen Steinen und Steinchen befaßt?«

»Ja, Onkel, mit Steinen ...«

»Hm ... Wie viele Wissenschaften gibt es doch, und alle sind nützlich! Und siehst du, mein Junge, ich wußte allen Ernstes nicht einmal, was das eigentlich ist, die Mineralogie. Ich habe nur von weitem so etwas läuten hören. In allen anderen Dingen, da geht's ja noch so mit Ach und Krach, in den Wissenschaften aber bin ich dumm; das gestehe ich ganz offen ein.«

»Sie gestehen es also ganz offen ein?« fragte Obnoskin hämisch.

»Papachen!« rief Sascha aus und sah ihren Vater vorwurfsvoll an.

»Was willst du denn, mein Herzchen? Ach Gott, ich unterbreche Sie wohl immer, Anfisa Petrowna«, entschuldigte sich der Onkel, der Saschas Ausruf falsch verstanden hatte. »Nehmen Sie mir das um Gottes willen nicht übel!«

»Oh, keine Ursache«, entgegnete Anfisa Petrowna mit süßsäuerlichem Lächeln. »Übrigens habe ich Ihrem Neffen bereits alles gesagt und möchte zum Schluß nur noch hinzufügen, Monsieur Serge – so war doch wohl Ihr Name, nicht wahr? –, daß Sie sich unbedingt bessern müssen. Ich bin überzeugt, daß die Wissenschaft, die Kunst ... die Bildhauerkunst zum Beispiel ... nun, mit einem Wort all diese hohen Ideen sozusagen auch ihre be–zau–bern–de Seite haben, aber die Damen können sie doch nie und nimmer ersetzen ... Die Frauen sind es, junger Mann, die Ihnen zu einer wahren Bildung verhelfen, die Frauen! Drum können Sie ohne sie auch ganz unmöglich auskommen, ganz unmöglich, junger Mann, ganz un–mög–lich!«

»Ganz unmöglich, ganz unmöglich!« ließ sich wieder die etwas kreischende Stimme Tatjana Iwanownas vernehmen. »Hören Sie«, fing sie mit fast kindlichem Eifer an und wurde selbstverständlich wieder rot dabei. »Hören Sie, ich möchte Sie gern etwas fragen ...«

»Was befehlen Sie?« entgegnete ich und sah sie aufmerksam an.

»Ich wollte Sie nur fragen: Bleiben Sie länger hier oder nicht?«

»Mein Gott, das weiß ich wirklich nicht, das hängt ganz von den Umständen ab ...«

»Von den Umständen! Was können denn das für Umstände sein? ... Oh, Sie närrischer Kauz! ...«

Und Tatjana Iwanowna wurde über und über rot, versteckte sich hinter ihrem Fächer, beugte sich zu der Erzieherin hinüber und fing gleich wieder an, mit ihr zu tuscheln. Dann brach sie plötzlich in lautes Gelächter aus und klatschte in die Hände.

»Warten Sie, warten Sie!« rief sie aus, kehrte sich von ihrer Vertrauten ab und wandte sich eifrig wieder an mich, als fürchte sie, daß ich fortgehen könne. »So hören Sie doch! Wissen Sie, was ich Ihnen sagen will? Sie haben schrecklich, schrecklich viel Ähnlichkeit mit einem jungen Mann, mit einem be–zau–bern–den jungen Mann ... Saschenka, Nastenka, wißt Ihr noch? Er hat schrecklich viel Ähnlichkeit mit jenem närrischen Kauz – weißt du noch, Saschenka? Wir trafen ihn einmal, als wir spazierenfuhren ... Er war zu Pferd und hatte eine weiße Weste an ... Er richtete noch sein Lorgnon auf mich, der Unverschämte! Wißt Ihr, ich zog dann den Schleier vors Gesicht, konnte aber doch nicht an mich halten, beugte mich zum Wagen hinaus und rief ihm noch zu: ‚Sie unverschämter Mensch, Sie!' Und dann warf ich mein Bukett auf den Weg ... Erinnern Sie sich nicht mehr daran, Nastenka?«

Und das mannstolle Mädchen bedeckte in höchster Erregung das Gesicht mit beiden Händen ... plötzlich aber sprang sie von ihrem Platz auf, stürzte ans Fenster, riß dort eine Rose vom Stock ab, warf sie gerade vor mich hin auf den Fußboden und lief aus dem Zimmer. Und das alles in einem einzigen Augenblick! Diesmal erregte ihr Gebaren doch einige Beachtung, obgleich die Generalin ganz wie das erstemal völlig ruhig blieb. Anfisa Petrowna zum Beispiel war zwar nicht erstaunt, machte aber plötzlich ein recht sorgenvolles Gesicht und sah ihren Sohn bekümmert an. Die jungen Damen waren rot geworden, und Paul Obnoskin stand mit einem mir damals völlig unverständlichen verärgerten Ausdruck von seinem Sitz auf und trat ans Fenster. Eben wollte mir mein Onkel ein Zeichen machen, als eine neue Persönlichkeit ins Zimmer trat und die allgemeine Aufmerksamkeit auf sich lenkte.

»Ah, da ist ja Jewgraf Larjonytsch! Du kommst wie gerufen!« rief mein Onkel in unbeschreiblicher Freude aus. »Wo kommst du her, Freund? Geradewegs aus der Stadt?«

Na, sind das aber alles Originale! Als wenn man sie mit Absicht hier zusammengesperrt hätte! dachte ich bei mir, da ich noch nicht recht verstand, was sich eigentlich vor meinen Augen abspielte. Natürlich ahnte ich nicht, daß ich diese Sammlung von Originalen durch mein Erscheinen noch um ein Exemplar bereicherte.

5

Jeschewikin

Eine unscheinbare Gestalt, die schon auf der Schwelle Verbeugungen machte, dienerte, höflich die Zähne fletschte und alle Anwesenden mit unverhohlener Neugier musterte, trat oder, besser gesagt, drängte sich ins Zimmer, obgleich die Tür sehr breit war. Ein kleiner, alter Mann mit einem pockennarbigen Gesicht, flinken Spitzbubenaugen, einer Glatze und einem unbestimmbaren, feinen Lächeln auf den ziemlich dicken Lippen. Er hatte einen alten, abgetragenen Frack an, der ihm noch dazu nicht einmal zu gehören schien. Der eine Knopf hing noch am letzten Faden, zwei oder drei andere fehlten ganz. Die zerrissenen Stiefel und die schmierige Mütze standen mit diesem schäbigen Anzug völlig in Einklang. In der Hand hatte er ein kariertes baumwollenes Schnupftuch, das von reichlicher Benutzung zeugte und mit dem er sich jetzt den Schweiß von der Stirn und von den Schläfen abwischte. Ich bemerkte, daß die Erzieherin leicht rot wurde und mir einen raschen Blick zuwarf. Mir schien sogar, als ob in diesem Blick Stolz und eine gewisse Herausforderung lägen.

»Geradewegs aus der Stadt, mein Wohltäter! Ohne alle Umwege – ebendaher, mein verehrter Gönner! Ich werde alles erzählen, gestatten Sie nur, daß ich vorerst allen meine Ehrerbietung zu Füßen lege«, sagte der eingetretene alte Mann und steuerte direkt auf die Generalin zu, blieb aber unterwegs noch einmal stehen und wandte sich wieder an meinen Onkel.

»Sie geruhten ja, von dem hervorragendsten Zug meines Charakters bereits Kenntnis zu nehmen, mein Wohltäter: ich bin ein Lump, ein waschechter Lump! Sehen Sie, wenn ich irgendwo eintrete, suchen meine Augen zuerst immer die Hauptperson des Hauses, und zu ihr lenke ich dann gleich meine Schritte, um mir gewissermaßen gleich von vornherein Gnade und Protektion zu sichern. Ich bin eben nun mal ein Lump, mein Wohltäter, ein richtiger Lump! Gestatten Sie mir, verehrteste, gnädigste Exzellenz, den Saum Ihres Kleides zu küssen, denn das goldene Händchen einer Generalin würde ich mit meinen Lippen ja doch nur beschmutzen.«

Die Generalin reichte ihm zu meiner Verwunderung ziemlich gnädig die Hand.

»Auch Ihnen, unserer Schönheit, meine untertänigste Reverenz«, fuhr er, an Fräulein Perepelizyna gewandt, fort. »Was ist da zu machen, gnädigstes Fräulein, wenn man nun einmal ein Lump ist? Schon Anno 1841 war es verbrieft und versiegelt, daß ich ein Lump bin, als ich aus dem Amt hinausflog, zur gleichen Zeit, als Walentin Ignatjitsch Tichonzew unter die Hochwohlgeborenen eingereiht und Assessor wurde.

Er hat es zum Assessor gebracht, und aus mir haben sie einen Lumpen gemacht! Aber ich bin nun einmal so offenherzig auf die Welt gekommen, daß ich aus allem kein Hehl machen kann. Was hilft's? Ich habe versucht, mich ehrlich durchs Leben zu schlagen, es ist mir danebengegangen; nun muß ich es auf andere Weise versuchen. Und Sie, Alexandra Jegorowna, wie ein Äpfelchen zum Anbeißen«, fuhr er fort, ging um den Tisch herum und steuerte auf Saschenka zu. »Erlauben Sie, daß ich auch Ihr Kleidchen küsse; ein wahrer Duft von frischen Äpfeln und anderen Herrlichkeiten strömt von Ihnen aus, verehrtes Fräuleinchen! Und unserem kleinen Helden, der morgen seinen Namenstag feiert, ebenfalls meinen untertänigsten Gruß; Pfeil und Bogen habe ich Ihnen mitgebracht, junger Herr, habe selber den ganzen Morgen daran geschnitzt, und meine Kinderchen haben mir dabei geholfen; da können wir aber nun fein zusammen schießen! Und wenn Sie erst einmal groß sind, werden Sie Soldat werden und den Türken die Köpfe abhauen – Tatjana Iwanowna ... ach, sie ist gar nicht da, meine Gönnerin. Sonst hätte ich auch den Zipfel ihres Gewandes geküßt. Praskowja Iljinitschna, unser gutes Hausmütterchen, ich kann mich nur nicht bis zu Ihnen durcharbeiten, sonst würde ich Ihnen nicht nur die Händchen, sondern auch die Füßchen küssen – jawohl! Und auch Ihnen, Anfisa Petrowna, möchte ich alle nur denkbare Hochachtung zu Füßen legen. Heute erst habe ich Gottes Segen für Sie herabgefleht, meine hochverehrte Gönnerin, kniefällig und mit Tränen in den Augen. Und auch für Ihren Herrn Sohn habe ich gebetet, daß ihm Gott Rang und Würden und Talent herniedersenden möge, ja, Talent ganz besonders! Natürlich auch Ihnen, Iwan Iwanowitsch Misintschikow, meine untertänigste Reverenz! Möge Gott Ihnen alles das schenken, was Sie selber sich wünschen! Denn unsereiner wird ja nie herausbekommen, was Sie sich eigentlich wünschen, weil Sie allzu verschwiegen sind ... Guten Tag, Nastja! Die ganze kleine Sippschaft läßt dich grüßen; sie reden den ganzen Tag nur immer von dir. Und nun noch endlich meine letzte tiefste Verbeugung – dem Hausherrn. Ich komme aus der Stadt, Euer Gnaden, geradewegs aus der Stadt. Und das ist wahrscheinlich Ihr Herr Neffe, ein Schüler aller gelehrten Fakultäten. Meine untertänigste Hochachtung, junger Herr, darf ich um Ihre Hand bitten?«

Allgemeines Gelächter ertönte. Es war klar, daß der Alte

freiwillig die Rolle des Hanswurstes übernommen hatte. Sein Kommen heiterte die ganze Gesellschaft auf. Viele verstanden seine Sarkasmen nicht einmal, doch fast ein jeder hatte etwas abbekommen. Nur die Erzieherin, die er zu meiner Verwunderung einfach Nastja nannte, war rot geworden und schaute finster drein. Ich wollte meine Hand zurückziehen, aber darauf schien der Alte nur gewartet zu haben.

»Ich habe doch nur um Ihre Hand gebeten, um sie Ihnen zu drücken, junger Herr, wenn Sie gestatten; nicht aber, um sie Ihnen zu küssen. Sie dachten wohl, ich wollte Ihnen die Hand küssen? Nein, Verehrtester, vorläufig wollte ich sie nur drükken. Sie halten mich wohl für einen herrschaftlichen Hausnarren, mein Wohltäter?« fuhr er fort und sah mich dabei spöttisch an.

»N–nein, ich bitte Sie, ich . . .«

»Na, na, mein Lieber! Aber wenn ich ein Narr bin, dann ist es ein gewisser Herr Jemand hier ebenfalls. Sie können mir ruhig einige Achtung bezeigen: ein solcher Lump, wie Sie sich vorstellen, bin ich denn doch nicht. Übrigens, meinetwegen, nennen Sie mich ruhig einen Narren. Ich bin ein Sklave, meine Frau ist eine Sklavin; wir haben nur den einen Grundsatz: schmeicheln und immer wieder schmeicheln! Das ist doch das Einfachste! Etwas fällt dabei immer ab, und wenn es nur ein Tropfen Milch für die Kinderchen ist. Honigseim, nichts als Honigseim muß man über alles streichen, dann geht alles wie geschmiert. Das vertraue ich Ihnen aber nur als tiefstes Geheimnis an, junger Herr, vielleicht können Sie es auch einmal gebrauchen. Mich hat Fortuna vor lauter Liebe aufgefressen, darum bin ich solch ein Spaßvogel geworden.«

»Hi–hi–hi! Was für ein Witzbold doch der Alte ist! Immer bringt er einen zum Lachen«, kicherte Anfisa Petrowna.

»Sehen Sie, meine hochverehrte Gönnerin, als Dummkopf schlägt man sich viel leichter durchs Leben. Hätte ich das eher gewußt, so wäre ich von frühester Kindheit an gleich unter die Dummköpfe gegangen und vielleicht ein ganz gescheiter Kerl geworden. So aber habe ich früher immer klug sein wollen und bin nun auf meine alten Tage zum Narren geworden!«

»Sagen Sie, bitte«, mischte sich Obnoskin ein, dem anscheinend die Bemerkung über das Talent gar nicht gefallen und der sich nun ganz besonders ungezwungen in seinen Sessel hineingeflegelt hatte und den Alten durch sein Glas wie ein

Insekt betrachtete: »Sagen Sie, bitte ... immer wieder vergesse ich Ihren Namen ... wie war er doch gleich? ...«

»Ach, mein Verehrtester! Mein Familienname ist ja immer noch Jeschewikin, aber was hat das zu sagen? Da sitze ich nun schon das neunte Jahr ohne Stelle und lebe nun so hin, nach dem Naturgesetz. Und Kinder, Kinder habe ich, wie Sand am Meer! Ganz wie es in dem Sprichwort heißt: Der Reiche hat die Rinder, der Arme die Kinder.«

»Na ja ... die Rinder ... lassen wir die jetzt einmal beiseite. Hören Sie, ich wollte Sie schon immer einmal fragen: Warum sehen Sie sich eigentlich immer um, wenn Sie gerade zur Tür hereingetreten sind? Das ist furchtbar komisch!«

»Warum ich mich umsehe? Weil ich immer das Gefühl habe, mein Verehrtester, als ob mich von hinten einer mit der Hand wie eine Fliege an die Wand klatschen wollte, deshalb sehe ich mich um. Ich leide nämlich an Wahnvorstellungen, mein Lieber.«

Wieder lachte alles. Die Erzieherin stand von ihrem Stuhl auf und wollte hinausgehen, setzte sich aber dann doch wieder hin. Auf ihrem Gesicht lag ein schmerzlicher, leidender Zug trotz der Röte, die auf ihren Wangen brannte.

»Weißt du eigentlich, wer das ist, mein Junge?« raunte mir der Onkel zu. »Das ist ihr Vater.«

Ich starrte den Onkel ganz entgeistert an. Der Name Jeschewikin war mir ganz entfallen. Da hatte ich mich nun als Held gefühlt, den ganzen Weg über nur von meiner Zukünftigen geträumt und die hochherzigsten Pläne für ihre Zukunft entworfen und dabei ganz und gar ihren Familiennamen vergessen oder, richtiger gesagt, ihm von vornherein nicht die geringste Beachtung geschenkt.

»Wieso denn ihr Vater?« gab ich flüsternd zur Antwort. »Ich denke, sie ist eine Waise?«

»Nein, mein Junge, das ist ihr Vater. Und weißt du, er ist ein durch und durch ehrlicher, anständiger Mensch; er trinkt nicht einmal; er macht sich nur immer selber zum Narren. Entsetzliche Armut, weißt du, acht Kinder! Und alle leben sie nur von Nastasjas Gehalt. Aus dem Dienst hat man ihn wegen seiner scharfen Zunge entlassen. Er kommt jede Woche einmal zu uns. Und stolz ist er – um keinen Preis nimmt er etwas an. Ich wollte ihm etwas schenken, wie oft schon – er nimmt es nicht. Er ist eben ganz verbittert.«

»Na, mein Freund Jewgraf Larjonytsch, was gibt es denn

Neues bei euch?« fragte der Onkel und schlug ihm derb auf die Schulter, als er merkte, daß der mißtrauische Alte schon seine Ohren spitzte, um unser Gespräch zu belauschen.

»Was es Neues gibt, mein Wohltäter? Walentin Ignatjitsch hat gestern eine Erklärung abgegeben in der Trischinschen Angelegenheit. Seine Säcke mit Mehl hatten alle nicht das vorschriftsmäßige Gewicht. Das ist jener Trischin, meine Damen, der immer so aussieht, als wollte er einen Samowar anblasen. Vielleicht geruhen Sie, sich seiner zu erinnern? Da hat nun dieser Walentin Ignatjitsch über Trischin folgendes geschrieben: ‚Wenn der mehrfach erwähnte Trischin nicht einmal die Ehre seiner eignen Nichte zu behüten verstanden hat', die ist nämlich im vergangenen Jahr mit einem Offizier durchgebrannt ... ‚wie soll er da', schreibt er, ‚staatliches Eigentum behüten können?' Das hat er in seinem Schreiben angebracht und zu den Akten gegeben – bei Gott, ich lüge nicht!«

»Pfui! Was erzählen Sie da für Geschichten«, fuhr Anfisa Petrowna auf.

»Ja, ja! Du bist zu weit gegangen, lieber Jewgraf«, pflichtete der Onkel bei. »Du wirst dich noch einmal zugrunde richten mit deiner Zunge. Du bist ein offener, ehrlicher und anständiger Mensch, das kann ich bezeugen, aber deine Zunge ist giftig. Ich wundere mich nur, wie du da mit den Deinen in Frieden leben kannst! Das müssen gute, einfache Menschen sein ...«

»Mein Vater und Gönner! Gerade die einfachen Menschen sind es, die ich am meisten fürchte«, rief der Alte mit auffallender Lebhaftigkeit aus.

Diese Antwort gefiel mir. Ich trat rasch auf Jeschewikin zu und drückte ihm kräftig die Hand. In Wirklichkeit wollte ich aber nur irgendwie gegen die Meinung der anderen Protest erheben, indem ich dem Alten ganz offen meine Achtung bezeigte. Und vielleicht, wer weiß, vielleicht wollte ich auch vor den Augen Nastasja Jewgrafownas wieder an Achtung gewinnen. Aber diese impulsive Handlung führte eigentlich zu gar nichts.

»Darf ich Sie fragen«, sagte ich und wurde dabei wie gewöhnlich rot und verlegen, »haben Sie einmal etwas von den Jesuiten gehört?«

»Nein, verehrter Herr, von denen habe ich nichts gehört, oder vielleicht nur ganz wenig ... Wie sollte ich auch! Aber wozu denn?«

»Nur so ... ich hätte Ihnen bei der Gelegenheit gleich ein Geschichtchen erzählt ... Übrigens, erinnern Sie mich später noch einmal daran. Jetzt aber seien Sie überzeugt, daß ich Sie verstehe ... und ... zu schätzen weiß ...«

Und in hilfloser Verlegenheit drückte ich ihm noch einmal die Hand.

»Aber sicher werde ich Sie daran erinnern, junger Herr, ganz bestimmt! Mit goldenen Lettern werde ich es mir ins Gedächtnis schreiben. Und Sie erlauben wohl, daß ich mir auch noch einen Knoten ins Taschentuch mache, damit ich ja daran denke.«

Und wirklich suchte er an seinem schmutzigen, mit Tabak beschmierten Taschentuch nach einer trockenen Ecke und machte einen Knoten hinein.

»Jewgraf Larjonytsch, wollen Sie nicht eine Tasse Tee trinken?« fragte Praskowja Iljinitschna.

»Sogleich, schöne Dame, sogleich, das heißt ... ich meine: Prinzessin und nicht bloß Dame! Das wäre für den Tee. Unterwegs habe ich Stepan Alexejewitsch Bachtschejew getroffen, Gnädigste! Wie der aber vergnügt war! Ich dachte schon, er ginge auf Freiersfüßen. Schmeicheln, immer schmeicheln«, raunte er mir zu, als er mit der Teetasse an mir vorüberging, blinzelte mich an und schnitt eine Grimasse. »Aber warum ist denn mein Hauptwohltäter, Foma Fomitsch, heute gar nicht zu sehen? Kommt er denn nicht zum Tee?«

Der Onkel zuckte zusammen, als hätte ihm jemand einen Stich versetzt, und blickte scheu auf die Generalin.

»Ja, ich weiß wirklich nicht«, antwortete er zögernd und in eigentümlicher Verlegenheit. »Er ist gerufen worden, aber ... Ich weiß wirklich nicht, vielleicht ist er nicht in Stimmung. Ich habe schon Widopljasow hinaufgeschickt und ... übrigens hätte ich wohl selber hingehen sollen?«

»Ich bin soeben bei ihm gewesen«, sagte Jeschewikin geheimnisvoll.

»Wirklich?« rief der Onkel erschrocken aus. »Nun, und?«

»Ich ging zuallererst zu ihm, um ihm meine Hochachtung zu bezeigen. Er sagte, daß er seinen Tee in der Einsamkeit zu trinken gedenke, und setzte dann noch hinzu, daß er seinen Hunger auch mit trockenen Brotrinden stillen könne. Ja, das sagte er.«

Diese Worte jagten meinem Onkel anscheinend einen heillosen Schrecken ein.

»Aber du hättest ihm doch zureden müssen, Jewgraf Larionytsch, hättest es ihm sagen müssen«, stammelte der Onkel endlich und warf dem Alten einen bekümmerten und vorwurfsvollen Blick zu.

»Ich sagte es ihm doch auch, ich sagte es ihm doch auch!«

»Nun, und?«

»Zuerst geruhte er, mir gar keine Antwort zu geben. Er brütete über einer mathematischen Aufgabe und wollte irgend etwas herausbekommen, worüber er sich den Kopf zu zerbrechen schien. Er zeichnete vor meinen Augen die ‚Hosen' des Pythagoras auf; das habe ich selber gesehen. Ich hatte es schon dreimal wiederholt, aber erst beim vierten Male hob er überhaupt den Kopf, und da schien er mich erst zu bemerken. ‚Ich werde nicht hinuntergehen', sagte er. ‚Da ist jetzt ein Gelehrter angekommen, neben einer solchen Leuchte ist kein Platz mehr für mich.' So geruhte er sich auszudrükken: ‚neben einer solchen Leuchte!'«

Und der Alte schielte mich spöttisch von der Seite an.

»Na, das dachte ich mir doch!« rief der Onkel aus und schlug die Hände zusammen. »Das dachte ich mir doch gleich! Mit dem ‚Gelehrten' meint er nämlich dich, Sergej. Was sollen wir nun anfangen?«

»Ich muß gestehen, Onkel«, antwortete ich und zuckte im Bewußtsein meiner Würde mit den Achseln, »meiner Ansicht nach ist das ein so lächerlicher Vorwand, daß er überhaupt keine Beachtung verdient, und ich wundere mich wirklich über Ihre Bestürzung ...«

»Ach, mein Junge, das verstehst du nicht«, rief er und winkte mir energisch mit der Hand ab.

»Sie sollten sich jetzt lieber nicht beklagen«, mischte sich plötzlich Fräulein Perepelizyna ein, »da Sie doch selber dieses Unheil erst heraufbeschworen haben, Jegor Iljitsch. Wer sich ins Wasser stürzt, darf sich nicht wundern, wenn er naß wird. Hätten Sie auf Mamachen gehört, so brauchten Sie jetzt nicht zu jammern!«

»Aber ich bitte Sie, Anna Nilowna, was habe ich denn verbrochen? Geben Sie doch der Wahrheit und dem lieben Gott die Ehre«, rief der Onkel mit flehender Stimme, als wäre er zu jeder Auseinandersetzung bereit.

»Ich bin sehr gottesfürchtig, Jegor Iljitsch; aber das kommt doch alles nur daher, weil Sie ein Egoist sind und Ihre leibliche Mutter nicht lieben«, gab Fräulein Perepelizyna mit

Würde zur Antwort. »Warum haben Sie von Anfang an ihrem Willen keine Achtung entgegengebracht? Sie ist doch Ihre Mutter. Und eine Unwahrheit kommt überhaupt nicht über meine Lippen! Ich bin die Tochter eines Oberstleutnants und nicht irgend so eine«.

Es kam mir vor, als hätte sich Fräulein Perepelizyna nur einzig und allein aus dem Grund in das Gespräch eingemischt, um uns allen und insbesondere mir, dem Neuangekommenen, kundzugeben, daß sie die Tochter eines Oberstleutnants und nicht »irgend so eine« sei.

»Das kommt alles nur daher, weil er seine eigene Mutter beleidigt«, sagte jetzt auch drohend die Generalin selber.

»Aber um Gottes willen, Mamachen, haben Sie doch Erbarmen! Wieso habe ich Sie denn beleidigt?«

»Weil du ein bodenloser Egoist bist, Jegoruschka«, fuhr die Generalin fort und geriet mehr und mehr in Aufregung hinein.

»Aber Mamachen, Mamachen! Inwiefern bin ich denn ein bodenloser Egoist?« rief der Onkel fast in Verzweiflung. »Fünf Tage, fünf ganze Tage sind Sie nun schon böse auf mich und sprechen kein Wort mit mir! Und warum? Warum? Mögen alle über mich zu Gericht sitzen, mag die ganze Welt mich richten! Aber Sie sollen endlich auch einmal meine Rechtfertigung anhören! Ich habe lange geschwiegen, Mamachen, Sie wollten mich niemals anhören, mögen jetzt fremde Leute mich hören! Anfisa Petrowna! Pawel Semjonytsch, mein guter, edler Pawel Semjonytsch! Sergej, mein Junge! Du als Unbeteiligter, ich möchte fast sagen, als Zuschauer kannst ganz unparteiisch urteilen ...«

»Seien Sie doch still, Jegor Iljitsch, seien Sie doch still!« rief Anfisa Petrowna. »Sie töten ja Mamachen geradezu!«

»Ich töte Mamachen gar nicht, Anfisa Petrowna; aber hier ist meine Brust – stoßen Sie zu!« fuhr der Onkel fort, der sich in die höchste Erregung hineingeredet hatte, wie das bei Menschen mit schwachem Charakter manchmal vorkommt, wenn ihnen endlich einmal die Geduld reißt, obgleich diese Erregung auch ebenso schnell wieder verraucht wie ein Strohfeuer. »Ich will nur sagen, Anfisa Petrowna, daß ich niemanden beleidigt habe. Und ich sage auch gleich im voraus, daß Foma Fomitsch der edelste und ehrenhafteste Mensch in der Welt ist und obendrein noch hervorragende Fähigkeiten besitzt, aber ... aber in diesem Fall ist er ebenfalls ungerecht gegen mich.«

»Hm!« machte Obnoskin, als ob er meinen Onkel nur noch mehr reizen wollte.

»Pawel Semjonytsch, mein guter, edler Pawel Semjonytsch! Glauben Sie denn wirklich, daß ich sozusagen ein gefühlloser Holzklotz bin? Ich sehe doch, begreife doch mit Tränen der Rührung, möchte ich sagen, verstehe doch, daß alle diese Mißverständnisse nur in seiner übergroßen Liebe zu mir ihren Ursprung haben. Aber bei Gott, in dieser Beziehung ist er doch ungerecht gegen mich, da können Sie sagen, was Sie wollen. Ich werde Ihnen alles erzählen. Ich werde jetzt die ganze Geschichte klar und ausführlich erzählen, Anfisa Petrowna, damit Sie sehen, wie sich die Sache verhält und ob Mama recht hat, wenn sie mir zürnt, daß ich Foma Fomitschs Willen nicht erfüllt habe. Höre auch du mich an, Serjoscha«, setzte er hinzu und wandte sich an mich, was er auch während seiner ganzen Erzählung immer wieder tat, als fürchtete er sich vor den übrigen Zuhörern und zweifelte an ihrer Zustimmung, »höre auch du mich an und entscheide, ob ich recht habe oder nicht. Siehst du, die ganze Geschichte fing so an. Vor acht Tagen – ja, wirklich, länger als acht Tage ist es noch gar nicht her – kam mein früherer Regimentskommandeur General Rusapetow mit seiner Frau und seiner Schwägerin auf der Durchreise in unsere Stadt. Sie hielten sich eine Zeitlang hier auf. Ich freute mich natürlich riesig, wollte die Gelegenheit nicht ungenutzt vorübergehen lassen, fuhr schleunigst in die Stadt, stellte mich vor und lud sie zum Mittagessen ein. Er versprach, wenn irgend möglich zu kommen. Ein hochvornehmer Mensch, sage ich dir, mit hervorragenden Charaktereigenschaften und noch dazu ein hoher Würdenträger! Seine Schwägerin hat er mit Wohltaten überhäuft, hat die arme Waise mit einem tüchtigen jungen Mann verheiratet – er ist jetzt Sachwalter in Malinowa, ein noch junger Mensch, aber mit einer Bildung, ich möchte fast sagen, mit einer Universalbildung – kurz, ein General unter Generalen! Na, da gab es selbstverständlich bei uns einen tüchtigen Rummel: Köche, Frikassees, sogar Musik hatte ich bestellt. Ich freute mich natürlich riesig und machte ein Gesicht, als ob mein Namenstag wäre. Aber darüber ärgerte sich nun Foma Fomitsch wieder, daß ich mich so freute und ein Gesicht machte, als wenn mein Namenstag wäre. Er saß bei Tisch – ich weiß noch, es wurde gerade seine Lieblingsspeise, Mehlpudding mit Sahne, herumgereicht – und sagte keinen Ton. Plötzlich aber sprang er auf:

‚Man beleidigt mich, man beleidigt mich!' – ‚Aber womit beleidigt man dich denn, Foma Fomitsch?' sagte ich. – ‚Sie vernachlässigen mich', sagte er zu mir; ‚Sie beschäftigen sich nur noch mit Generalen. Ihnen sind Generale lieber als ich.' Selbstverständlich erzähle ich dir das alles jetzt nur in aller Kürze, nur das Wesentlichste sozusagen; aber wenn du wüßtest, was er noch alles gesagt hat ... kurz, er erschütterte mich in tiefster Seele. Was sollte ich tun? Ich war natürlich ganz bedrückt, nahm mir die Sache sehr zu Herzen und schlich umher wie ein begossener Pudel. Der festliche Tag brach an. Der General ließ mir sagen, daß es ihm nicht möglich sei, und ließ sich entschuldigen, das heißt also – er kam nicht. Ich nun gleich zu Foma: ‚Na, Foma', sagte ich, ‚beruhige dich. Er kommt nicht.' Aber was glaubst du wohl? Er verzeiht mir nicht und bleibt dabei. ‚Man hat mich beleidigt', sagt er zu mir, ‚soviel steht fest.' Ich rede und rede. ‚Nein', sagt er, ‚scheren Sie sich zu Ihren Generalen. Sie lieben Ihre Generale mehr als mich. Sie haben die Bande der Freundschaft', sagt er, ‚zerrissen!' Gott im Himmel! Ich sah doch ein, warum er sich ärgerte. Ich bin doch kein Klotz, kein Schöps, kein verstockter Sünder! Gewiß hat er das nur aus übergroßer Liebe zu mir, ich möchte fast sagen, aus Eifersucht getan – das hat er auch selber zu mir gesagt! ... Er war eben auf den General eifersüchtig, fürchtete meine Freundschaft zu verlieren und wollte mich gewissermaßen auf die Probe stellen und sehen, was für ein Opfer ich für ihn zu bringen bereit wäre. ‚Nein', sagte er, ‚ich bin für Sie ganz dasselbe wie ein General, ich bin für Sie ebenfalls eine Exzellenz. Und ich werde mich erst dann wieder mit Ihnen versöhnen, wenn Sie mir genügend Achtung entgegenbringen.' – ‚Aber wodurch soll ich dir denn diese Achtung bezeigen, Foma Fomitsch?' – ‚Nennen Sie mich einen ganzen Tag lang Exzellenz', sagte er, ‚damit werden Sie mir Ihre Achtung bezeigen.' Ich fiel aus den Wolken! Stellen Sie sich meine Verwunderung vor. ‚Möge Ihnen das zur Lehre dienen', sagte er, ‚damit Sie sich künftig nicht wieder für Generale begeistern, wo es doch in Ihrer Nähe noch andere Leute gibt, die vielleicht mehr wert sind als alle Ihre Generale zusammengenommen.' Na, da konnte ich aber nicht mehr an mich halten, das muß ich sagen! Das gestehe ich ganz offen ein. ‚Foma Fomitsch', sagte ich, ‚ist denn das überhaupt möglich? Kann ich denn auf so etwas eingehen? Steht es denn in meiner Macht, habe ich das Recht, dich zum General zu befördern? Denke doch einmal darüber nach, wer die Generale zu ernennen hat. Wie kann ich denn zu dir Exzellenz sagen? Das wäre doch sozusagen ein Eingriff in die Allgewalt der staatlichen Gesetze. Ein General ist doch die höchste Zierde des Vaterlandes. Ein General hat vor dem Feind gestanden. Ein General hat sein Blut auf dem Feld der Ehre vergossen. Wie kann ich da zu dir Exzellenz sagen?' Aber er war nicht davon abzubringen, er blieb dabei! ‚Ich tue dir doch ohnehin schon alles zu Gefallen, Foma', sagte ich, ‚was du nur willst. Du hast gewünscht, daß ich mir den Vollbart abrasiere, weil du ihn nicht für patriotisch hieltest, ich habe ihn abrasiert, nur ungern, aber ich habe es getan. Und noch mehr: ich bin zu allem bereit, was du nur verlangen wirst, nur auf den Generalstitel verzichte!' – ‚Nein', sagte er, ‚ich versöhne mich mit Ihnen nur dann, wenn Sie Exzellenz zu mir sagen werden. Das wird in moralischer Hinsicht für Sie sehr nützlich sein', sagte er, ‚das wird Ihren Sinn demütigen', sagte er. Und nun will er schon seit acht Tagen, seit vollen acht Tagen nicht mehr mit mir reden und ärgert sich über jeden, der zu Besuch kommt. Von dir hat er nun gehört, daß du ein gelehrter junger Mann sein sollst – und ich bin selber schuld daran, das habe ich in meinem Eifer ausgeplaudert –, und da hat er nun gesagt, daß er nicht einen Augenblick länger im Haus bleiben werde, wenn du über die Schwelle trätest. ‚Das soll wohl heißen', sagte er, ‚daß ich für euch nicht mehr gelehrt genug bin?' Wenn er nun aber erst von Korowkin hört, dann ist der Teufel los! Nun bitte ich dich, nun gib einmal dein Urteil ab: Bin denn wirklich an alledem nur ich allein schuld? Hätte ich denn darauf eingehen sollen, ihn Exzellenz zu nennen? Kann man denn ein solches Leben überhaupt aushalten? Na, und warum hat er denn nun heute wieder den armen Bachtschejew vom Tisch weggejagt? Gewiß, Bachtschejew hat die Astronomie nicht erfunden, aber ich ebenfalls nicht und du schließlich auch nicht ... Na, das ist doch kein Grund, nicht?«

»Das kommt alles nur daher, weil du neidisch bist, Jeguruschka«, murmelte die Generalin wieder.

»Mamachen«, rief der Onkel in heller Verzweiflung, »Sie bringen mich um den Verstand! Sie sprechen nicht Ihre eigenen Gedanken aus, Sie beten nur die Ansichten anderer nach, Mamachen! Schließlich werde ich vielleicht überhaupt nicht mehr Ihr Sohn sein, sondern man wird einfach einen Klotz, einen Prellbock, einen Laternenpfahl aus mir machen!«

»Ich habe gehört, Onkel«, unterbrach ich ihn in maßlosem Staunen über seine Erzählung, »ich habe von Bachtschejew gehört – ich weiß zwar nicht, ob es wahr ist –, daß Foma Fomitsch den kleinen Iljuscha um seinen Namenstag beneidet und behauptet habe, daß morgen ebenfalls sein Namenstag sei. Ich muß gestehen, daß mich dieser charakteristische Zug dermaßen verblüfft hat, daß ich ...«

»Sein Geburtstag, mein Junge, sein Geburtstag, nicht sein Namenstag, sondern sein Geburtstag«, unterbrach mich mein Onkel in seiner hastigen Art. »Er hat sich nur anders ausgedrückt, aber es ist wirklich an dem: morgen ist sein Geburtstag. Das stimmt, mein Junge, alles, was recht ist ...«

»Morgen ist durchaus nicht sein Geburtstag«, rief Saschenka dazwischen.

»Was sagst du da, nicht sein Geburtstag?« rief der Onkel betreten aus.

»Nein, ganz und gar nicht, Papachen! Sie verdrehen jetzt einfach die Tatsachen, nur um sich selber zu täuschen und Foma Fomitsch einen Gefallen zu tun. Er hat doch erst im März seinen Geburtstag gehabt, wissen Sie noch? Wir fuhren am Tag zuvor noch ins Kloster zum Gottesdienst, und unterwegs ließ er keinen Menschen im Wagen in Ruhe. Immer jammerte und barmte er, das Kissen drücke ihm die Seite ein, und dabei kniff er alle anderen. Tantchen hat er in seiner Wut zweimal gekniffen! Und als wir dann an seinem Geburtstag zu ihm kamen und ihm gratulierten, ärgerte er sich, daß in unserem Strauß keine Kamelien waren. ‚Ich liebe doch nun einmal die Kamelien‘, sagte er, ‚weil ich eben den Geschmack der höheren Gesellschaftskreise besitze, und es ist Ihnen nur zu schade gewesen, sie für mich im Treibhaus abzuschneiden.‘ Und dann machte er den ganzen Tag ein Gesicht wie drei Tage Regenwetter und muckschte und sprach kein Wort mit uns ...«

Wie eine Bombe mitten ins Zimmer hineingeplatzt wäre, hätte sie, glaube ich, kaum eine solche Aufregung und ein solches Entsetzen hervorrufen können wie diese offene Empörung, und von wem? Von einem jungen Mädchen, dem es nicht einmal erlaubt war, in Gegenwart der Großmutter laut zu sprechen! Die Generalin, stumm vor Staunen und Entrüstung, erhob sich, richtete sich kerzengerade auf und sah ihre kühne Enkelin an, als traute sie ihren Augen nicht. Der Onkel war halb tot vor Schreck.

»Und das läßt man alles ganz ruhig zu? Man will wohl

Großmütterchen noch ganz umbringen!« keifte Fräulein Perepelizyna.

»Sascha, Sascha, besinne dich! Was fällt dir denn ein, Sascha?« schrie der Onkel und rannte von der einen zur anderen: erst zur Generalin und dann zu Saschenka, um sie zum Schweigen zu bringen.

»Ich will nicht länger schweigen, Papachen!« rief Sascha, sprang plötzlich mit blitzenden Augen von ihrem Stuhl auf und stampfte mit den Füßen, »ich will nicht länger schweigen! Wir alle haben lange genug unter diesem Foma Fomitsch gelitten, unter Ihrem scheußlichen, widerwärtigen Foma Fomitsch! Denn dieser Foma Fomitsch richtet uns nur alle zugrunde! Den lieben langen Tag wird ihm nur immer vorgebetet, daß er klug, hochherzig, edel, gelehrt, kurz ein Sammelsurium, gewissermaßen ein Potpourri aller irdischen Tugenden sei, und dieser Strohkopf, der Foma, glaubt das auch alles! Und so viel süße Speise bekommt er immer vorgesetzt, daß ein anderer sich schämen würde! Foma Fomitsch aber schlingt alles hinunter, was ihm angeboten wird, und will sogar immer noch mehr haben. Ihr werdet sehen, schließlich wird er uns selber noch alle auffressen! Und schuld daran ist nur Papa! Ich spreche es ganz offen aus und fürchte mich vor niemandem: dieser Foma ist ein ganz ekelhafter Kerl. Er ist dumm, launenhaft, unsauber, gemein und herzlos, ein Tyrann, ein Klatschfritze, ein Lügner ... Ach, augenblicklich würde ich ihn aus dem Haus jagen, aber Papa betet ihn ja an, Papa ist ja ganz vernarrt in ihn ...«

»Ah!« stieß die Generalin aus und sank ohnmächtig auf den Diwan nieder.

»Liebste Agafia Timofejewna, mein Engel«, rief Anfisa Petrowna, »nehmen Sie mein Flakon! Wasser, schnell, schnell, Wasser!«

»Wasser, Wasser!« schrie nun auch der Onkel. »Mamachen, liebstes Mamachen, beruhigen Sie sich! Auf den Knien flehe ich Sie an, beruhigen Sie sich ...«

»Bei Wasser und Brot müßte man Sie einsperren und gar nicht wieder aus dem dunklen Loch herauslassen, Sie Menschenmörderin, Sie!« geiferte, zitternd vor Wut, Fräulein Perepelizyna Saschenka an.

»Meinetwegen sperrt mich ein bei Wasser und Brot, ich fürchte mich nicht!« rief Saschenka, die sich in einen wahren Taumel der Selbstvergessenheit hineingeredet hatte. »Ich nehme nur meinen Papa in Schutz, weil er sich selber nicht zu schützen versteht! Was ist er denn überhaupt, was ist denn euer Foma Fomitsch gegen meinen Papa? Er ißt Papas Brot, und dafür will er ihn in den Staub ziehen, der Undankbare! In Stücke möchte ich ihn zerreißen, euren Foma Fomitsch! Zum Duell möchte ich ihn herausfordern und dann über den Haufen schießen, gleich aus zwei Pistolen heraus ...«

»Sascha, Sascha!« rief der Onkel verzweifelt. »Noch ein Wort – und ich bin verloren, unwiderruflich verloren.«

»Papachen!« rief Sascha, stürzte plötzlich ungestüm auf ihren Vater zu und schlang unter Tränen beide Arme fest um seinen Hals: »Mein liebes Papachen! Wie können nur Sie, mein gutes, prächtiges, lustiges und kluges Papachen, sich so zugrunde richten? Wie können Sie sich nur diesem garstigen, undankbaren Menschen unterordnen, sich zum Spielball seiner Launen und zum Gespött der anderen machen? Papachen, mein goldenes Papachen ...«

Sie schluchzte laut auf, bedeckte das Gesicht mit beiden Händen und lief aus dem Zimmer.

Es folgte ein unbeschreibliches Durcheinander. Die Generalin war aus ihrer Ohnmacht noch immer nicht zu sich gekommen. Der Onkel lag vor ihr auf den Knien und küßte ihre Hände. Fräulein Perepelizyna machte sich bei ihr zu schaffen und warf uns boshafte, triumphierende Blicke zu. Anfisa Petrowna benetzte die Schläfen der Generalin mit Wasser und brachte ihr Flakon in Anwendung. Praskowja Iljinitschna zitterte und schwamm in Tränen, Jeschewikin suchte nach einem Eckchen, in das er sich zurückziehen konnte, und die Erzieherin stand bleich und fassungslos vor Angst daneben. Nur Misintschikow war ganz der alte geblieben. Er stand auf, trat ans Fenster und sah angelegentlich hinaus, ohne der ganzen Szene auch nur die geringste Beachtung zu schenken.

Plötzlich erhob sich die Generalin vom Diwan, richtete sich kerzengerade auf und durchbohrte mich mit einem drohenden Blick.

»Hinaus!« schrie sie und stampfte mit dem Fuß.

Ich muß gestehen, daß ich eher alles andere erwartet hatte.

»Hinaus! Hinaus aus diesem Haus, hinaus! Warum ist er hierhergekommen? Er soll mir nie wieder unter die Augen treten! Hinaus!«

»Mamachen, Mamachen, was sagen Sie da! Das ist doch Serjoscha«, stammelte der Onkel und zitterte vor Angst am ganzen Leib. »Er ist doch zu uns auf Besuch gekommen, Mamachen!«

»Was für ein Serjoscha? Unsinn! Ich will nichts hören. Hinaus! Das ist Korowkin. Ich weiß es ganz genau, daß es Korowkin ist. Meine Ahnung täuscht mich nicht. Er ist gekommen, um Foma Fomitsch zu vertreiben, man hat ihn sogar eigens dazu hergerufen. Mein Herz fühlt das im voraus ... Hinaus! Elender!«

»Wenn es so steht, Onkel«, sagte ich, und die Stimme blieb mir vor gerechter Empörung fast im Hals stecken, »wenn es so steht, dann werde ich ... entschuldigen Sie mich ...«

Und ich griff nach meinem Hut.

»Sergej, Sergej, was willst du tun? ... Na, das ist aber jetzt doch ... Mamachen! Das ist doch Serjoscha! ... Sergej, ich bitte dich ...« rief der Onkel, rannte mir nach und wollte mir den Hut aus der Hand nehmen. »Du bist mein Gast, du bleibst hier, ich will es! Sieh mal, das sagt sie doch nur so«, setzte er flüsternd hinzu, »so ist sie doch nur, wenn sie sich ärgert ... Du mußt dich nur jetzt in der ersten Zeit irgendwo verstecken ... dich etwas abseits halten ... aber das macht doch nichts, das geht vorüber. Sie wird dir schon verzeihen – das versichere ich dir! Im Grund ist sie ja so gut, sie hat sich nur so hineingeredet ... Du hörst ja, sie hält dich für Korowkin, und später verzeiht sie dir dann, das kannst du mir glauben ... Was willst du denn?« schrie er Gawrila an, der soeben zitternd vor Angst ins Zimmer trat.

Gawrila kam nicht allein; ihm folgte ein etwa sechzehnjähriger Bursche vom Hausgesinde, der auffallend hübsch war und, wie ich später erfuhr, eben seiner Schönheit wegen ins Haus aufgenommen worden war. Er hieß Falalej. Er hatte ein eigenartiges Kostüm an: ein rotseidenes Hemd, das an der Halsöffnung mit Posamenten besetzt war, einen Gürtel aus Goldtressen, dazu Pluderhosen aus schwarzem Plüsch und bocklederne Stiefel mit roten Stulpen. Dieses Kostüm hatte die Generalin selber für ihn entworfen. Der Bursche schluchzte ganz jämmerlich, und aus seinen großen, blauen Augen rollte eine Träne nach der anderen.

»Was soll denn nun das wieder bedeuten?« rief der Onkel. »Was ist denn los? So rede doch, Halunke!«

»Foma Fomitsch hat uns hierher bestellt; er kommt selber gleich nach«, antwortete Gawrila bekümmert, »mich zum Examen und ihn ...«

»Und ihn?«

»Er hat getanzt«, antwortete Gawrila mit weinerlicher Stimme.

»Getanzt!« rief der Onkel mit starrem Entsetzen.

»Ge–ta–a–nzt!« heulte Falalej schluchzend.

»Die Komarinskaja?«

»Die Ko–ma–rin–ska–ja!«

»Und Foma Fomitsch hat dich dabei erwischt?«

»Er–wischt!«

»Jetzt bin ich erledigt!« rief der Onkel aus. »Das kostet mich den Kopf!« Und er fuhr mit beiden Händen nach seinem Kopf.

In diesem Augenblick trat Widopljasow ins Zimmer und meldete: »Foma Fomitsch.«

Die Tür tat sich auf, und Foma Fomitsch erschien in höchsteigener Person vor dem bestürzten Publikum.

6

Vom weißen Ochsen und von der Komarinskaja

Doch bevor ich die Ehre habe, den Leser persönlich mit dem eintretenden Foma Fomitsch bekannt zu machen, halte ich es für unumgänglich notwendig, zuvor noch ein paar Worte über Falalej zu sagen und auseinanderzusetzen, warum es so schrecklich war, daß er die Komarinskaja getanzt und Foma Fomitsch ihn bei dieser vergnüglichen Beschäftigung erwischt hatte.

Falalej war ein Bursche aus dem Hausgesinde, schon von Kind an eine Waise und das Patenkind der verstorbenen Frau meines Onkels. Mein Onkel liebte ihn sehr. Dieser Umstand allein hatte genügt, um seinen Liebling Falalej bei Foma Fomitsch verhaßt zu machen, nachdem dieser nach Stepantschikowo übergesiedelt und den Onkel völlig in seine Gewalt gebracht hatte. Aber der Bursche gefiel auch der Generalin ganz besonders, und so blieb er denn trotz der Ungnade Foma Fomitschs im Haus bei den Herrschaften: darauf bestand die Generalin selber. Foma Fomitsch mußte wohl oder übel nachgeben, bewahrte aber diese »Beleidigung« in seinem Herzen – er faßte ja alles als eine persönliche Beleidigung auf – und suchte sich nun dafür bei jeder passenden Gelegenheit an meinem armen Onkel zu rächen, der doch wirklich nichts dafür konnte.

Falalej war wirklich ein auffallend hübscher Bursche. Er hatte ein Mädchengesicht, das Gesicht einer Schönheit vom Lande. Die Generalin zog ihn vor und verhätschelte ihn, behandelte ihn wie ein hübsches, seltenes Spielzeug, und es war schwer zu sagen, wen sie mehr liebte: ihr kleines kraushaariges Schoßhündchen Ami oder diesen Falalej. Daß sein Kostüm ihre eigenste Erfindung war, hatte ich schon erwähnt. Die jungen Damen schenkten ihm Pomade, und sonntags mußte ihm der Friseur Kusma Locken brennen. Dieser Bursche war ein merkwürdiges Geschöpf. Man konnte ihn zwar nicht gerade einen völligen Idioten oder Blödsinnigen nennen, aber er war so naiv und dermaßen einfältig und offenherzig, daß man ihn manchmal wirklich für schwachsinnig halten konnte. Hatte er einmal irgendeinen Traum gehabt, so lief er gleich zur Herrschaft, um ihn zu erzählen. Oft mischte er sich sogar in ihr Gespräch, ohne sich darum zu kümmern, daß er sie unterbrach. Und dann wieder erzählte er ihnen alle möglichen Dinge, die ein anderer unter keinen Umständen der Herrschaft erzählt hätte. Er vergoß die aufrichtigsten Tränen, wenn seine Herrin, die Generalin, in Ohnmacht fiel oder wenn gar zu sehr auf seinen Herrn geschimpft wurde. Er fühlte jedes Unglück mit. Manchmal ging er auf die Generalin zu, küßte ihr die Hand und bat, daß sie ihm nicht böse sein möchte – und die Generalin verzieh ihm dann immer großmütig alle seine Dreistigkeiten. Er war äußerst empfindsam, gutmütig, sanft wie ein Lämmlein und heiter wie ein glückliches Kind. Bei Tisch fiel immer etwas für ihn ab.

Er stand immer hinter dem Stuhl der Generalin und naschte für sein Leben gern Zucker. Gab man ihm dann ein Stück, so zerbiß er es knirschend mit seinen starken, milchweißen Zähnen, und eine unbeschreibliche Glückseligkeit strahlte aus seinen lustigen, blauen Augen und aus seinem ganzen, hübschen Gesicht.

Foma Fomitsch grollte lange. Als er aber dann endlich einsah, daß ihm seine Wut nichts nützte, zog er es vor, Falalejs Wohltäter zu werden. Nachdem er zuerst meinem Onkel eine Strafpredigt gehalten hatte, daß dieser sich um die Bildung seines Hausgesindes gar nicht kümmere, ging er unverzüglich daran, den armen Jungen in der Moral, im guten Ton und im Französischen zu unterweisen.

»Wie!« rief er aus, gewissermaßen um seinen ausgefallenen Gedanken in Schutz zu nehmen – einen Gedanken, auf den übrigens nicht nur Foma Fomitsch allein, sondern noch andere Leute verfallen sind, was der Schreiber dieser Zeilen selbst bezeugen kann. »Wie! Da ist er immer um seine Herrin herum, wenn diese aber einmal nicht daran dächte, daß er kein Französisch versteht, und zum Beispiel zu ihm sagen würde: ‚Donneh moa mon muschuar', so muß er sich auch in einem solchen Fall zurechtfinden und sie bedienen können.«

Aber es stellte sich heraus, daß es nicht nur ein Ding der Unmöglichkeit war, Falalej Französisch beizubringen, sondern daß auch der Koch Andron, dessen Onkel, nachdem er sich lange in uneigennütziger Weise abgemüht hatte, ihm das russische Alphabet beizubringen, die Sache bereits als hoffnungslos aufgesteckt und die Fibel auf das Regal zurückgestellt hatte. Falalej war für Büchergelehrsamkeit dermaßen unempfänglich, daß auch nicht ein Atom an ihm hängen blieb. Und nicht genug damit: die Sache sollte auch noch ein Nachspiel haben. Das Hausgesinde fing an, Falalej mit dem Spitznamen »der Franzose« zu necken, und der alte Gawrila, der verdienstvolle Kammerdiener meines Onkels, erdreistete sich sogar, offenkundig den Nutzen der Erlernung der französischen Sprache in Abrede zu stellen. Das wurde Foma Fomitsch hinterbracht, und in seinem Zorn zwang dieser nun den aufrührerischen Gawrila, zur Strafe selber Französisch zu lernen. So hing also die ganze Sache mit dem französischen Unterricht zusammen, der Herrn Bachtschejew so in Aufregung versetzt hatte.

Was nun den Unterricht im guten Ton anbelangte, so waren die Erfolge hier beinahe noch trostloser: es war und blieb Foma unmöglich, Falalej nach seinem Geschmack umzumodeln, und obgleich er es ihm wiederholt verboten hatte, kam Falalej doch immer wieder morgens zu Foma Fomitsch, um ihm seine Träume zu erzählen, was dieser im höchsten Grad unpassend und familiär fand. Falalej aber blieb hartnäckig Falalej. Natürlich war es wieder mein Onkel, der für alles in erster Linie büßen mußte.

»Wissen Sie auch, wissen Sie auch, was er sich heute wieder geleistet hat?« rief Foma eines Tages aus und hatte sich, um eine größere Wirkung zu erzielen, gerade die Zeit ausgesucht, wo alle unten versammelt waren. »Da können Sie einmal sehen, Oberst, wohin Ihr systematischer Schlendrian schließlich führt. Heute hat er ein Stück Pastete hinuntergeschlungen, das Sie ihm bei Tisch gegeben haben, und wissen Sie, was er dann gesagt hat? Komm einmal hierher, komm einmal her, du ungehobelter Klotz, komm einmal her, du Narr, du rotbäckige Fratze!«

Falalej trat heulend näher und wischte sich mit beiden Fäusten die Tränen aus den Augen.

»Was hast du gesagt, als du die Pastete hinuntergeschlungen hattest? Wiederhole es hier vor allen!«

Falalej gab keine Antwort und vergoß nur bittere Tränen.

»Dann werde ich es für dich sagen. Du hast dir auf deinen in ganz unpassender Weise vollgestopften Bauch geklopft und hast gesagt: ‚Ich habe mich jetzt an Pastete so vollgefressen wie Martyn an Seife.' Ich bitte Sie, Oberst, darf man denn so etwas überhaupt in einer gebildeten und nun gar in der höchsten Gesellschaft sagen? Hast du das gesagt oder nicht? Sprich!«

»Ja–ja–a«, stammelte Falalej schluchzend.

»Schön; nun sag mir einmal: kann denn dieser Martyn überhaupt Seife essen? Hast du schon einmal einen solchen Martyn gesehen, der Seife gegessen hat? Rede, gib mir eine Vorstellung von diesem berühmten Martyn!«

Schweigen.

»Ich fragte dich soeben«, bestand Foma Fomitsch auf seiner Frage, »wer dieser Martyn ist? Ich möchte ihn einmal sehen, möchte seine Bekanntschaft machen. Nun, wer ist das? Ein Registrator, ein Astronom, ein Dichter, ein Zeughauswärter, ein Leibeigener? Irgend etwas muß er doch sein. Antworte!«

»Ein Leib–eig–ner«, antwortete schließlich Falalej immer noch unter Tränen.

»Wessen? Wer ist denn sein Herr?«

Doch Falalej konnte nicht sagen, wer der Herr dieses Martyn sei. Selbstverständlich endete die Sache damit, daß Foma wütend aus dem Zimmer lief und schrie, man habe ihn beleidigt, daß die Generalin in Ohnmacht fiel und daß der Onkel die Stunde seiner Geburt verfluchte, alle um Verzeihung bat und den ganzen übrigen Tag in seinem eigenen Haus nur noch auf den Fußspitzen zu gehen wagte.

Ausgerechnet mußte dazu noch hinzukommen, daß gleich am nächsten Morgen nach der Geschichte mit Martyn und der Seife Falalej, als er Foma Fomitsch den Tee aufs Zimmer brachte und diesen Martyn und seinen ganzen gestrigen Kummer schon längst wieder vergessen hatte, Foma Fomitsch ganz harmlos erzählte, daß er heute nacht vom weißen Ochsen geträumt habe. Das hatte gerade noch gefehlt! Foma Fomitsch geriet in eine ganz unbeschreibliche Wut, ließ sofort meinen Onkel rufen und fing an, ihn wegen des ganz unpassenden Traumes, den sein, des Obersten, Falalej gehabt hatte, gehörig herunterzuputzen. Diesmal wurden strenge Maßnahmen getroffen. Falalej wurde bestraft, er mußte in der Ecke knien. Ferner wurde ihm aufs strengste untersagt, derartige rohe, bäuerische Träume zu träumen.

»Ich bin nicht nur darüber empört«, sagte Foma, »daß er überhaupt auf den Gedanken gekommen ist und es gewagt hat, mit seinen Träumen und noch dazu mit diesem weißen Ochsen zu mir zu kommen, sondern hauptsächlich auch darüber – und das müssen Sie doch selber zugeben, Oberst –, weil dieser weiße Ochse doch wieder nur ein Beweis der Roheit, Unwissenheit und bäuerischen Gesinnung Ihres ungehobelten Falalej ist. Womit man sich am Tag beschäftigt, davon träumt man des Nachts. Habe ich es nicht gleich gesagt, daß niemals etwas aus ihm werden wird und daß man ihn gar nicht hier oben bei der Herrschaft behalten dürfte? Niemals, niemals werden Sie so eine einfältige, gemeine Volksseele zu etwas Höherem, Poetischem entwickeln können! Kannst du denn nicht«, fuhr er fort und wandte sich an Falalej, »von etwas Vornehmerem, Zarterem, Edlerem träumen, von irgendeiner Szene aus der vornehmen Gesellschaft zum Beispiel, vielleicht von ein paar Herren, die Karten spielen, oder von Damen, die in einem schönen Garten spazierengehen?«

Und Falalej versprach, gleich von der nächsten Nacht an nur noch von Herren und Damen, die in einem schönen Garten spazierengehen, träumen zu wollen. Und als er sich dann schlafen legte, flehte er den lieben Gott unter Tränen inständig darum an und dachte lange darüber nach, wie er es anfangen solle, nicht wieder von diesem verdammten weißen Ochsen zu träumen. Aber die Hoffnungen der Menschen sind trügerisch. Als er am nächsten Morgen aufwachte, wurde er sich mit Schrecken bewußt, daß er wiederum die ganze Nacht von diesem verhaßten weißen Ochsen und auch nicht von einer einzigen im Garten lustwandelnden Dame geträumt hatte. Das hatte wiederum ganz merkwürdige Folgen. Foma Fomitsch erklärte mit aller Entschiedenheit, daß er einen solchen Zufall, eine derartige Wiederholung ein und desselben

Traumes gar nicht für möglich halte, sondern daß Falalej das mit Absicht tue, wahrscheinlich auf Anstiften irgendeines Hausgenossen oder möglicherweise gar des Obersten selber, nur um ihn, Foma Fomitsch, zu ärgern. Wieder kam es zu einem großen Geschrei, Vorwürfen und Tränen. Die Generalin wurde gegen Abend regelrecht krank vor Aufregung, und alle im Haus ließen die Köpfe hängen. Es blieb nur noch der einzige Hoffnungsschimmer, daß Falalej in der nächsten, das heißt also in der dritten Nacht nun unbedingt von einer Szene aus der höheren Gesellschaft träumen werde. Wie groß aber war die allgemeine Entrüstung, als Falalej die ganze Woche lang jede Nacht, die Gott werden ließ, immer nur vom weißen Ochsen träumte und von nichts anderem als nur vom weißen Ochsen. An eine Szene aus der höheren Gesellschaft war gar nicht mehr zu denken.

Das merkwürdigste aber bei der ganzen Sache war, daß Falalej auch nicht ein einziges Mal auf den Gedanken kam, zu lügen und einfach zu sagen, daß er nicht den weißen Ochsen, sondern meinetwegen eine Kutsche mit schönen Damen und Foma Fomitsch zwischen ihnen gesehen hätte, um so mehr, als man ihm eine solche Lüge in der großen Notlage, in der er sich befand, nicht einmal als eine so große Sünde hätte anrechnen können. Aber Falalej war so offen und ehrlich, daß er einfach nicht lügen konnte, selbst wenn er es gewollt hätte. Darum suchten ihn auch die anderen gar nicht erst auf diesen Gedanken zu bringen, denn alle wußten, daß er sich noch im selben Augenblick verraten und Foma Fomitsch ihn dann beim Lügen erwischen würde. Was sollte man tun? Die Lage meines Onkels wurde nahezu unerträglich. So viel stand fest, an Falalej war Hopfen und Malz verloren. Der arme Bursche wurde ordentlich mager vor Kummer. Die Haushälterin Malanja behauptete, er sei behext, und bespritzte ihn aus einem Winkel mit kaltem Wasser. An dieser zweckdienlichen Behandlung beteiligte sich auch die mitleidige Praskowja Iljinitschna. Aber auch dies half nichts. Es half eben alles nichts!

»Wenn sie doch der Teufel holen möchte, diese dreimal verfluchte Bestie«, sagte Falalej. »Jede Nacht träume ich nun davon. Abends bete ich immer: ‚Nur nicht vom weißen Ochsen träumen, nur nicht vom weißen Ochsen träumen!‘ Und doch ist er da, ist immer wieder da, diese verfluchte Bestie, und pflanzt sich vor mir auf, riesengroß, mit solchen Hörnern und einer ganz stumpfen Schnauze, hu–u–u!«

Der Onkel war in heller Verzweiflung. Zum Glück schien Foma Fomitsch plötzlich den weißen Ochsen ganz vergessen zu haben. Allerdings glaubte keiner recht daran, daß Foma Fomitsch eine so wichtige Angelegenheit überhaupt vergessen könne. Vielmehr vermuteten alle voller Angst, daß er den weißen Ochsen vorläufig nur auf Vorrat beiseite gelegt habe, um ihn dann bei der ersten besten Gelegenheit wieder ins Treffen führen zu können. In der Folge stellte es sich aber heraus, daß es Foma Fomitsch die ganze Zeit über gar nicht nach weißen Ochsen zumute war; eine andere Angelegenheit und andere Sorgen nahmen ihn ganz in Anspruch, und andere Pläne wälzten sich in seinem fruchtbaren, gedankenschweren Haupt. Deshalb ließ er auch Falalej endlich wieder aufatmen. Und mit Falalej zusammen atmeten auch alle anderen auf. Der Bursche wurde wieder heiter und vergaß sogar alles, was vorgefallen war, auch der weiße Ochse fing an, sich seltener und seltener in seinen Träumen zu zeigen, obgleich er doch hie und da seine phantastische Existenz noch einmal in Erinnerung brachte. Kurz, es wäre alles ganz gut und schön gewesen, wenn es auf der Welt nicht die Komarinskaja gegeben hätte.

Ich muß hier die Bemerkung einschalten, daß Falalej ein vorzüglicher Tänzer war; das war seine hauptsächlichste Begabung, ich möchte fast sagen, eine Art Berufung. Er tanzte mit Leidenschaft, mit unverwüstlicher Lust und liebte vor allem die Komarinskaja. Nicht etwa, daß ihm die leichtsinnigen, in jeder Hinsicht unverständlichen Streiche dieses liederlichen Bauern so gefallen hätten, nein, er tanzte die Komarinskaja einzig und allein deshalb, weil es für ihn ein Ding der Unmöglichkeit war, diese Musik zu hören und nicht danach zu tanzen. Manchmal versammelten sich des Abends an einem möglichst abgelegenen Platz des herrschaftlichen Grundstücks und so weit wie möglich von Foma Fomitsch entfernt zwei, drei Diener, die Kutscher, der Gärtner, der Geige spielte, und auch einige Damen des Hausgesindes im Kreis. Dann wurde Musik gemacht, getanzt, und zu guter Letzt trat auch die Komarinskaja feierlichst in ihre Rechte. Das Orchester bestand aus zwei Balalaiken, einer Gitarre, einer Geige und einem Tamburin, das der Vorreiter Mitjuschka vorzüglich zu schlagen verstand. Man hätte nur sehen müssen, was da mit Falalej geschah! Er tanzte, tanzte bis zur Bewußtlosigkeit und bis seine letzten Kräfte erschöpft waren, angefeuert durch die Zurufe und das Gelächter der Zuschauer. Er kreischte, juchzte, lachte, klatschte in die Hände und tanzte, wie von einer fremden, geheimnisvollen Macht, der er nicht widerstehen konnte, mit fortgerissen, und war eifrig bemüht, das immer schneller werdende Tempo der kecken Melodie einzuhalten, indem er mit den Hacken im Takt auf den Boden stampfte. Das waren für ihn Augenblicke der höchsten Wonne, und alles wäre ganz gut und schön gewesen, wenn das Gerücht von der Komarinskaja nicht endlich auch bis zu Foma Fomitsch vorgedrungen wäre.

Foma Fomitsch fiel vor Entrüstung beinahe in Ohnmacht und ließ sogleich den Oberst rufen.

»Ich möchte nur das eine von Ihnen wissen, Oberst«, fing Foma an, »ob Sie sich geschworen haben, diesen unglücklichen Idioten vollständig verkommen zu lassen oder nicht? Ist das erstere der Fall, so ziehe ich sofort meine Hände zurück, haben Sie aber nicht diese Absicht, so werde ich ...«

»Ja, was ist denn los? Was ist denn geschehen?« fragte der Onkel ganz erschrocken.

»Wie können Sie nur so fragen! Wissen Sie denn nicht, daß er die Komarinskaja getanzt hat?«

»Na ja, und was ist dabei?«

»Was dabei ist?« kreischte Foma. »Und das sagen Sie, als sein Herr und in gewissem Sinn sogar als sein Vater? Ja, haben Sie denn nach alledem überhaupt eine einigermaßen klare Vorstellung davon, was diese Komarinskaja eigentlich ist? Wissen Sie denn nicht, daß dieses Lied einen ganz verabscheuungswürdigen Bauern besingt, der in seiner Betrunkenheit eine höchst unmoralische Handlung ausführen will? Wissen Sie nicht, was dieser sittenlose Rohling in Absicht hat? Er hat die heiligsten Bande zerrissen, hat sie sozusagen mit seinen Bauernstiefeln, die nur den Boden einer Schenke glatt zu stampfen gewohnt sind, in Grund und Boden getreten. Sehen Sie denn nicht ein, daß Sie mit Ihrer Antwort meine heiligsten Gefühle verletzt haben? Sehen Sie denn nicht ein, daß Sie mich mit Ihrer Antwort persönlich beleidigen? Sehen Sie das ein oder nicht?«

»Aber, Foma ... das ist doch nur so ein Lied, Foma ...«

»Nur ein Lied! Und Sie schämen sich nicht einmal, mir einzugestehen, daß Sie dieses Lied kennen – Sie, ein Glied der vornehmsten Gesellschaft! Sie als Vater wohlgeborener, unschuldiger Kinder und obendrein noch als Oberst! Nur ein

Lied! Ich bin überzeugt, daß diesem Lied eine wirkliche Begebenheit zugrunde liegt. Nur ein Lied! Welcher anständige Mensch könnte denn überhaupt, ohne vor Scham zu vergehen, zugeben, daß er dieses Lied kennt, daß er es irgendwo, wenn auch nur flüchtig, einmal gehört hat? Welch anständiger Mensch könnte das, ich bitte Sie, welcher?«

»Na, du kennst es doch auch, Foma, wenn du so darüber sprichst«, antwortete der bestürzte Onkel in seiner Herzenseinfalt.

»Wie? Ich soll es kennen? Ich ... ich ... was soll das heißen? Sie haben mich beleidigt!« schrie Foma und sprang vom Stuhl auf. Die Worte blieben ihm vor Wut im Hals stekken. Eine so schlagfertige Antwort hatte er nicht erwartet.

Ich möchte Fomas Wut nicht weiter schildern. Der Oberst wurde wegen seiner völlig unpassenden und ungeschickten Antwort mit Schimpf und Schande aus dem Gesichtskreis des Hüters der Sittlichkeit verbannt. Seit dieser Zeit hatte sich Foma Fomitsch geschworen, Falalej am Ort des Verbrechens selbst, während er die Komarinskaja tanzen würde, persönlich zu erwischen. Und so schlich er sich eines Abends, da alle glaubten, daß er beschäftigt sei, heimlich in den Garten, ging in großem Bogen um den Gemüsegarten herum und versteckte sich hinter den Hanfstauden, von wo aus man von weitem den Platz sehen konnte, auf dem gewöhnlich getanzt wurde. Hier lauerte er dem armen Falalej auf wie ein Jäger dem Wild und malte sich mit Wonne aus, was für eine Szene er dem ganzen Haus und insbesondere dem Oberst machen würde, wenn sein Anschlag gelingen sollte. Und endlich wurden seine unermüdlichen Bemühungen von Erfolg gekrönt: er erwischte ihn dabei, wie er die Komarinskaja tanzte!

Nach alledem wird es verständlich erscheinen, daß mein Onkel sich die Haare raufte, als er den weinenden Falalej vor sich sah und hörte, daß Widopljasow Foma Fomitsch anmeldete, der nun unerwartet, und gerade in einem so fatalen Augenblick in höchsteigner Person auf der Bildfläche erscheinen sollte.

7

Foma Fomitsch

Mit brennender Neugier sah ich mir diesen Herrn genauer an. Ganz mit Recht hatte ihn Gawrila ein verhutzeltes Männchen genannt. Foma war klein von Gestalt, hatte weißblonde Augenbrauen und Wimpern, graumeliertes Haar, eine krumme Nase und das ganze Gesicht voller Runzeln und Fältchen. Am Kinn hatte er eine große Warze. Er mochte gegen fünfzig Jahre alt sein. Er kam ganz leise und mit gemessenen Schritten herein und hielt die Augen zu Boden gesenkt. Aber auf seinem Gesicht und überhaupt in seiner ganzen pedantischen Erscheinung spiegelte sich das unverschämteste Selbstbewußtsein. Zu meiner größten Verwunderung erschien er im Schlafrock – allerdings war es einer nach ausländischem Schnitt, aber doch immerhin ein Schlafrock – und noch dazu in Pantoffeln. Den Hemdkragen, der durch keine Krawatte zusammengehalten war, hatte er à l'enfant zurückgeschlagen, was ihm ein auffallend dummes Aussehen verlieh. Er schritt auf einen freien Sessel zu, rückte ihn an den Tisch heran und setzte sich hin, ohne auch nur ein Wort zu sagen. Der Trubel und die ganze Aufregung, die soeben noch geherrscht hatten, legten sich augenblicklich. Es wurde so still, daß man eine Fliege durchs Zimmer fliegen hören konnte. Die Generalin saß ruhig und sanft da wie ein Lamm. Die ganze sklavische Ergebenheit, welche diese arme, geistesschwache alte Dame ihrem Foma Fomitsch entgegenbrachte, trat klar zutage. Sie konnte sich an ihrem Abgott gar nicht sattsehen und verschlang ihn förmlich mit den Augen. Fräulein Perepelizyna lächelte hämisch und rieb sich die Hände, während die arme Praskowja Iljinitschna vor Angst merklich zitterte. Der Onkel machte sich eifrig um den Eingetretenen zu schaffen.

»Tee, Schwesterchen, Tee! Und recht süß, Schwesterchen; Foma Fomitsch trinkt nach seinem Mittagsschläfchen den Tee immer gern recht süß. Nicht wahr, Foma, du möchtest den Tee ganz süß haben?«

»Mir ist jetzt nicht nach Ihrem Tee zumute«, sagte Foma langsam und mit Würde und machte mit bekümmerter Miene eine wegwerfende Handbewegung. »Das ist wohl auch Ihre einzige Sorge, daß ich den Tee süß gereicht bekomme.«

Diese Worte und überhaupt das ganze durch seine pedantische Wichtigtuerei unendlich lächerliche Auftreten Foma Fomitschs erregten mein Interesse im höchsten Grad. Ich war begierig zu sehen, wie weit dieser eingebildete Mensch in seiner Frechheit gehen und ob er denn wirklich alle Anstandsregeln außer acht lassen werde.

»Foma«, rief der Onkel, »hier stelle ich dir meinen Neffen Sergej Alexandrowitsch vor. Er ist soeben angekommen.«

Foma maß meinen Onkel vom Kopf bis zu den Füßen.

»Ich wundere mich, daß es Ihnen solchen Spaß macht, mich immer systematisch zu unterbrechen, Oberst«, sagte er nach einem bedeutsamen Schweigen, ohne mir auch nur die geringste Beachtung zu schenken. »Man redet mit Ihnen über eine wichtige Angelegenheit, und Sie schwatzen ... Gott weiß was ... Haben Sie Falalej gesehen?«

»Ja, Foma ...«

»So, Sie haben ihn gesehen. Nun, ich werde Ihnen diesen Menschen noch einmal zeigen, damit Sie ihn auch genau sehen sollen. Damit Sie sich über Ihr Produkt freuen können ... ich meine, über Ihr Produkt im geistigen Sinne – Komm einmal hierher, du Idiot! Komm her, du holländische Fratze! Nun, hörst du nicht? Komm, brauchst dich nicht zu fürchten!«

Falalej trat schluchzend näher, riß den Mund auf und würgte die Tränen hinunter. Foma Fomitsch betrachtete ihn mit Schadenfreude.

»Ich habe ihn mit Absicht eine holländische Fratze genannt, Pawel Semjonytsch«, bemerkte er, lehnte sich bequem in seinen Sessel zurück und wandte sich leicht zu dem neben ihm sitzenden Obnoskin. »Ich finde überhaupt, wissen Sie, daß es in jedem Fall unangebracht ist, einen Ausdruck zu mildern. Wahrheit muß immer Wahrheit bleiben. Und Schmutz bleibt immer Schmutz, womit Sie ihn auch zudecken mögen. Was hilft also alles Beschönigen? Man täuscht nur sich selber und andere Leute. Nur in dem beschränkten Schädel eines Gesellschaftsmenschen konnte das Bedürfnis nach solch einer sinnlosen Anstandsregel entstehen. Sagen Sie – jetzt rufe ich Sie als Schiedsrichter an –, finden Sie an dieser Fratze etwas Schönes? Ich verstehe unter schön doch etwas Hohes, Edles, Erhabenes und nicht nur ein rotbäckiges Lärvchen.«

Foma Fomitsch sprach leise, gemessen und mit einer gewissen erhabenen Gleichgültigkeit.

»Was ich Schönes an ihm finde?« antwortete Obnoskin in

frechem, nachlässigem Ton. »Mir scheint, das ist nur ein anständiges Stück Roastbeef und weiter nichts ...«

»Trat heute vor den Spiegel und sah hinein«, fuhr Foma fort, indem er durch Auslassen des Fürwortes »ich« seiner Rede einen würdigen Nachdruck verlieh. »Halte mich durchaus nicht für eine Schönheit, kam aber doch unwillkürlich zu dem Schluß, daß in diesem grauen Auge etwas liegt, was mich von so einem Falalej unterscheidet. Das ist der Gedanke, das ist das Leben, das ist der Geist in diesem Auge! Will durchaus kein Loblied auf mich singen. Rede nur ganz im allgemeinen von meinen Standesgenossen. Und nun, wie denken Sie: kann denn in diesem lebendigen Fleischklumpen überhaupt nur ein Stückchen, nur eine Spur von einer Seele zu finden sein? Nein, und in der Tat, beobachten Sie einmal, Pawel Semjonytsch, was diese Leute, denen doch alle Gedanken und Ideale völlig abgehen und die sich immer nur von Rindfleisch nähren, was diese Leute immer für eine widerlich frische Gesichtsfarbe haben, eine rote und geradezu dumme frische Gesichtsfarbe. Wollen Sie einmal einen Beweis von der Höhe seines Gedankenschwunges haben? He, du Prachtexemplar! Komm einmal näher, damit wir uns an deinem Anblick ergötzen können. Was reißt du denn den Mund auf? Willst wohl einen Walfisch verschlingen? Bist du schön? Antworte: bist du schön?«

»Ich ... bin ... schö–ön!« antwortete Falalej mit unterdrücktem Schluchzen.

Obnoskin krümmte sich vor Lachen. Ich fühlte, daß ich anfing, vor Wut zu zittern.

»Haben Sie gehört?« fuhr Foma fort und wandte sich triumphierend wieder an Obnoskin. »Aber hören Sie nur weiter. Ich bin eigens dazu heruntergekommen, um ihn zu vernehmen. Sehen Sie, Pawel Semjonytsch, es gibt nämlich Leute, denen es Vergnügen macht, diesen erbärmlichen Idioten ganz zu verderben und zugrunde zu richten. Möglicherweise bin ich ein zu strenger Richter und täusche mich; aber aus mir spricht die Liebe zur Menschheit. Soeben hat er den unanständigsten aller Tänze getanzt. Und darum kümmert sich hier kein Mensch. Aber hören Sie selbst. Antworte: Was hast du soeben getan? Antworte! Antworte, ohne zu säumen! Hörst du?«

»Ich ... habe ... ge–tanzt ...« antwortete Falalej, nur mit Mühe das Schluchzen unterdrückend.

»Was hast du getanzt? Welchen Tanz? Antworte!«

»Die Komarinskaja!«

»Die Komarinskaja? Was ist denn das, die Komarinskaja? Ist das ein Mann, ein Ort, ein Tanz? Kann ich mir das etwa aus deiner Antwort zusammenreimen? Gib mir doch einmal ein klares Bild, was eigentlich diese Komarinskaja ist?«

»Ein Bauer ...«

»Ein Bauer? Weiter nichts als ein Bauer? Das wundert mich. Das muß aber ein merkwürdiger Bauer sein! Wahrscheinlich irgendein ganz berühmter Bauer, wenn man ihn durch ein Gedicht, durch einen Tanz verewigt hat. Nun, antworte doch!«

Seine Mitmenschen zu quälen war Foma ein Lebensbedürfnis. Er spielte mit seinem Opfer wie die Katze mit der Maus, doch Falalej schwieg, schluchzte und hatte seine Fragen überhaupt nicht verstanden.

»Antworte!« bestand Foma Fomitsch auf seiner Frage. »Ich habe dich gefragt: Was ist das für ein Bauer? So rede doch ... Gehört er einer Herrschaft, einem Kloster, dem Staat, ist es ein freier Bauer oder ein leibeigener? Es gibt doch viele Bauern ...«

»Einem Kloster ...«

»So, so, er gehört also einem Kloster. Haben Sie das gehört, Pawel Semjonytsch? Eine neue historische Tatsache: der Bauer aus Komarinskaja gehörte einem Kloster! Hm ... Nun, und was hat denn nun dieser Klosterbauer getan? Für welche Heldentaten wird er denn besungen und durch einen Tanz verherrlicht?«

Die Frage war kitzlig, und da sie an Falalej gerichtet war, sogar gefährlich.

»Aber ... Sie wollen doch nicht ...« warf Obnoskin ein, nachdem er einen Blick auf seine Mutter geworfen hatte, die bereits anfing, ganz eigentümlich auf dem Diwan hin und her zu rücken.

Aber was half's? Foma Fomitschs Launen galten als Gesetz.

»Aber so hören Sie doch, Onkel, wenn Sie diesem Esel nicht Ruhe gebieten, so wird er ... Sie hören ja, wo er hinaus will ... Falalej wird irgend etwas Schlimmes sagen, ich versichere Sie ...« flüsterte ich dem Onkel zu, der ganz den Kopf verloren hatte und nicht mehr wußte, was er tun oder lassen sollte.

»Aber Foma, du solltest doch lieber ...« fing er an. »Hier stelle ich dir meinen Neffen vor, Foma, der junge Mann beschäftigt sich mit Mineralogie ...«

»Ich muß Sie doch bitten, Oberst, mich nicht mit Ihrer Mineralogie zu unterbrechen, von der Sie, wie ich bestimmt weiß, keinen blassen Schimmer haben und andere möglicherweise auch nicht. Ich bin kein Kind mehr. Er soll mir antworten, daß dieser Bauer, anstatt für das Wohl seiner Familie zu sorgen, sich vollgetrunken, in der Schenke seinen Halbpelz verpfändet hat und total betrunken auf die Straße hinausgelaufen ist. Das ist bekanntlich der ganze Inhalt dieses Liedes, also eine Verherrlichung der Trunksucht. Sie brauchen keine Angst zu haben, er weiß ja nun, was er mir zur Antwort geben muß. Nun, antworte: Was tat dieser Bauer? Ich habe es dir ja soeben vorgesagt, habe es dir in den Mund gelegt. Aber ich will es noch einmal von dir selber hören: Was er getan hat? Wodurch ist er berühmt geworden? Womit hat er sich so unsterblichen Ruhm erworben, daß ihn die Troubadours besingen? Nun?«

Der arme Falalej sah sich hilflos um, und da er nicht wußte, was er sagen sollte, machte er den Mund auf und wieder zu wie eine Karausche, die man aus dem Wasser auf den Sand gezogen hat.

»Ich schäme mich ... es zu sagen ...« stotterte er endlich in letzter Verzweiflung.

»Was? Du schämst dich, es zu sagen?« rief Foma triumphierend aus. »Auf diese Antwort habe ich nur gewartet, Oberst! Du schämst dich, es zu sagen, aber es zu tun, schämst du dich nicht? Das ist das moralische Unkraut, das Sie gesät haben, das nun aufgegangen ist und das Sie jetzt noch – begießen! Aber es ist ja schade um jedes Wort, das man darüber verliert. Geh jetzt in die Küche, Falalej! Ich kann dir jetzt nichts sagen, aus Rücksicht gegen die Anwesenden, aber du wirst heute noch, heute noch streng und hart bestraft werden. Geschieht das aber nicht, solltest du auch dieses Mal wieder mir vorgezogen werden, so bleib meinetwegen hier, erquicke auch deine Herrschaft noch mit der Komarinskaja, ich werde dann sofort das Haus verlassen! Genug! Ich habe gesprochen! Geh!«

»Na, mir scheint, Sie gehen da doch etwas zu streng vor ...« brummte Obnoskin.

»Richtig, richtig, ganz recht!« rief der Onkel aus, brach aber plötzlich ab und verstummte. Foma hatte ihm einen finsteren Blick zugeworfen.

»Bei so etwas wundere ich mich immer, Pawel Semjonytsch«, fuhr er fort, »was alle unsere zeitgenössischen Schriftsteller, Dichter, Gelehrten und Denker eigentlich tun. Warum lenken sie nicht auch einmal ihre Aufmerksamkeit darauf, was für Lieder das russische Volk singt und nach welchen Liedern das russische Volk tanzt? Was haben denn all diese Leute wie Puschkin, Lermontow und Borosdna bisher eigentlich getan? Das Volk tanzt nach wie vor die Komarinskaja, diese Apotheose der Trunksucht, sie aber besingen irgendein zartes Blümelein. Warum schreiben sie nicht sittlichere Lieder für den Volksgebrauch und werfen diese Blumengedichte nun endlich einmal über den Haufen? Das ist doch eine soziale Frage! Mögen sie meinetwegen einen Bauern schildern, aber einen veredelten Bauern, sozusagen einen Landmann und nicht einen Bauern. Mögen sie einen solchen Weisen vom Land doch einmal in seiner ganzen Schlichtheit schildern, meinetwegen sogar in Bastschuhen, auch das würde ich noch hinnehmen, aber ausgestattet mit Tugenden, um die ihn – das kann ich wohl kühn behaupten – selbst ein berühmter Mann wie Alexander der Große beneiden könnte. Ich kenne Rußland, und Rußland kennt mich: darum sage ich das. Mögen sie uns diesen Bauern schildern, wie er meinetwegen schon mit grauem Haar sich noch für seine Familie abmüht, in einer dumpfen Hütte haust, meinetwegen auch Hunger leidet, aber zufrieden ist, nicht murrt, seine Armut segnet und dem Gold der Begüterten gleichgültig gegenübersteht! Möge der Reiche an sein Gewissen schlagen und ihm sein Gold bringen, mögen bei dieser Gelegenheit die Tugenden des Bauern mit denjenigen seines Herrn, der womöglich gar noch ein hoher Würdenträger ist, zu einer himmlischen Harmonie verschmelzen. Ein Landmann und ein hoher Würdenträger, so fern einer dem andern auf der Stufenleiter der menschlichen Gesellschaft, vereinigen sich endlich in der Tugend – welch idealer Gedanke! Aber was müssen wir statt dessen mit ansehen? Auf der einen Seite zarte Blumengedichte – auf der anderen einen Bauern, der betrunken aus der Schenke stürzt und in schamlosem Zustand auf der Straße herumläuft. Nun, sagen Sie mir, wo bleibt da die Poesie? Woran soll man sich da erfreuen? Wo bleibt da der Verstand, die Grazie, die Sittlichkeit? Ich kann mich nur darüber wundern!«

»Hundert Rubel möchte ich dir für diese Worte geben, Foma Fomitsch«, sagte Jeschewikin mit verzückter Miene. »Keinen grindigen Teufel kriegt er von mir«, flüsterte er mir leise zu. »Schmeicheln, immer nur schmeicheln!«

»Nun ja ... das haben Sie ja ganz nett gesagt«, brummte Obnoskin.

»Richtig, richtig, ganz recht!« rief der Onkel aus, der mit tiefster Andacht zugehört hatte und mich triumphierend ansah.

»Was für ein interessantes Thema da angeschnitten worden ist«, flüsterte er mir zu und rieb sich die Hände. »Ein vielseitiges Gespräch, weiß der Teufel! Foma Fomitsch, hier ist mein Neffe«, fügte er laut und von Begeisterung hingerissen hinzu. »Er hat sich auch mit Literatur beschäftigt, ich möchte ihn dir vorstellen.«

Wiederum schenkte Foma Fomitsch den Worten meines Onkels nicht die geringste Beachtung.

»Stellen Sie mich um Gottes willen nicht noch einmal vor. Ich bitte Sie darum«, flüsterte ich dem Onkel mit entschlossener Miene zu.

»Iwan Iwanytsch!« fing plötzlich Foma wieder an, wandte sich an Misintschikow und sah ihn scharf an. »Was ist denn Ihre Meinung über das, was wir soeben besprochen haben?«

»Meine Meinung? Mich fragen Sie?« versetzte erstaunt Misintschikow, und mit einem Ausdruck, als hätte man ihn soeben aus dem Schlaf geweckt.

»Ja, Sie. Ich frage Sie deshalb, weil ich den größten Wert lege auf die Meinung wirklich intelligenter Menschen und nicht irgendwelcher zweifelhafter Klüglinge, deren ganze Klugheit nur darin besteht, daß man sie ununterbrochen als kluge Köpfe ausschreit, als sogenannte Gelehrte, und manchmal sogar eigens kommen läßt, um sie wie in einer Jahrmarktsbude oder so ähnlich zur Schau zu stellen.«

Der Stein sollte natürlich direkt in meinen Garten fliegen. Und es bestand kein Zweifel, daß Foma Fomitsch, der mir scheinbar nicht die geringste Beachtung schenkte, diesen ganzen Vortrag über Literatur nur allein meinetwegen gehalten hatte, um mich, den »Petersburger Gelehrten und Klügling«, von allem Anfang an zu blenden, niederzuschmettern und mundtot zu machen. Ich wenigstens zweifelte nicht daran.

»Wenn Sie meine Meinung wissen wollen, so bin ich ... ich

bin ganz Ihrer Meinung«, antwortete Misintschikow verschlafen und widerwillig.

»Sie sind immer und ewig meiner Meinung! Es kann einem beinahe schlecht davon werden«, bemerkte Foma. »Ich sage Ihnen ganz offen, Pawel Semjonytsch«, fuhr er nach einigem Stillschweigen fort und wandte sich wieder an Obnoskin, »wenn ich wirklich unseren unsterblichen Karamsin verehre, so tue ich es nicht etwa wegen seiner ‚Statthalterin Marfa' oder wegen des ‚Alten und neuen Rußlands', sondern nur deswegen, weil er ‚Frol Silin' geschrieben hat, dieses erhabene Epos! Das ist doch ein wahrhaft nationales Werk und wird bis in alle Ewigkeiten lebendig bleiben. Wirklich, ein großartiges Werk!«

»Richtig, richtig, ganz recht! Ein erhabenes Epos! Dieser Frol Silin war solch ein wohltätiger Mensch! Ich erinnere mich: ich habe es einmal gelesen. Er kaufte zwei Mädchen los und sah dann zum Himmel empor und weinte. Ein erhabener Zug«, bestätigte mein Onkel, strahlend vor Vergnügen.

Der arme Onkel! Er konnte es sich nun einmal nicht verkneifen und mußte sich in jedes gelehrte Gespräch mit einmischen. Foma lächelte boshaft, sagte aber kein Wort.

»Übrigens wird auch jetzt recht interessant geschrieben«, mischte sich Anfisa Petrowna vorsichtig ein. »Denken Sie zum Beispiel an die ‚Geheimnisse von Brüssel'.«

»Darüber werde ich kein Wort verlieren«, erwiderte Foma in fast mitleidigem Ton. »Da habe ich kürzlich einmal eines dieser modernen Gedichte gelesen ... Na, und was war es? Ein Blumengedicht, weiter nichts! Wenn Sie wollen, gefällt mir von den Modernsten noch am besten der ‚Kopist', der hat wenigstens eine gewandte Feder!«

»Der ‚Kopist'?« rief Anfisa Petrowna aus. »Das ist doch jener, der an die Zeitung Briefe schreibt? Ach, wie entzükkend der schreibt! Er spielt nur so mit den Worten!«

»Ganz recht, er spielt nur so mit den Worten. Er spielt gewissermaßen mit der ganzen Feder. Eine ganz auffallende Gewandtheit der Feder!«

»Ja, aber er ist ein Pedant«, warf Obnoskin nachlässig ein.

»Ein Pedant, ein Pedant, das gebe ich zu, aber ein liebenswürdiger Pedant, ein anmutiger Pedant! Allerdings hält keine seiner Ideen einer gründlicheren Kritik stand, aber man läßt sich eben durch seine Gewandtheit mit fortreißen. Leere Worte macht er – das gebe ich zu, aber in liebenswürdiger, in anmutiger Art und Weise. Erinnern Sie sich zum Beispiel, wie er in einem literarischen Artikel erwähnt, daß auch er Güter besitzt?«

»Güter?« griff sogleich der Onkel auf. »Das ist schön. In welchem Gouvernement denn?«

Foma hielt inne, sah den Onkel scharf an und fuhr dann im selben Ton fort: »Nun, sagen Sie mir, was hat das für einen Sinn, wozu muß ich als Leser wissen, daß er Güter besitzt? Wenn er welche hat – kann man ihm ja dazu gratulieren! Aber wie reizend, wie scherzhaft er das anbrachte. Er sprüht von Witz, sein Geist sprudelt nur so, schäumt über. So muß man schreiben! Ich glaube, genauso würde ich auch schreiben, wenn ich mich dazu entschließen könnte, für Zeitungen zu schreiben . . .«

»Aber ganz gewiß, und sicher noch viel besser«, warf Jeschewikin ehrerbietig ein.

»Es ist sogar etwas Melodisches in seinem Stil«, pflichtete der Onkel bei.

Da riß Foma Fomitsch endlich die Geduld.

»Oberst«, sagte er, »dürfte ich Sie vielleicht bitten, natürlich so zartfühlend wie nur möglich, uns nicht immer zu stören, damit wir unser Gespräch in Ruhe zu Ende führen können. Sie können über solche Dinge nicht urteilen, das ist ganz unmöglich. Also haben Sie die Güte und unterbrechen Sie nicht fortwährend unsere nette literarische Plauderei. Beschäftigen Sie sich mit der Wirtschaft, trinken Sie Ihren Tee, aber . . . lassen Sie die Literatur in Frieden! Sie wird daran nicht zugrunde gehen, das versichere ich Ihnen.«

Das setzte aller Frechheit die Krone auf! Ich wußte nicht, was ich dazu sagen sollte.

»Aber das hast du doch selber einmal gesagt, Foma, daß da etwas Melodisches darin liegt«, stammelte der Onkel bekümmert und verlegen.

»Gewiß. Aber ich habe es aus meiner Sachkenntnis heraus gesagt und an einer Stelle, wo es angebracht war; und Sie?«

»Ja, wir haben es mit Verstand gesagt«, bestätigte Jeschewikin, der Foma Fomitsch immer den Hof machte. »Verstand haben wir ein wenig, und den müssen wir doch in Anwendung bringen; er reicht ja beinahe für zwei Ministerposten aus, aber nein, auch mit einem dritten würden wir noch fertig werden . . . ja, ja, so viel Verstand haben wir!«

»Na, dann habe ich eben wieder was Dummes gesagt«, schloß der Onkel und lächelte in seiner gutmütigen Art.

»Sie geben es wenigstens selber zu«, erwiderte Foma.

»Aber das macht doch nichts, Foma, ich nehme das doch nicht übel. Ich weiß, daß du mich manchmal von etwas zurückhalten willst wie ein Freund, wie ein Verwandter, wie ein Bruder. Das habe ich dir ja selber erlaubt, dich sogar darum gebeten. Das ist ganz gescheit, ganz richtig! Es ist ja doch nur zu meinem Besten. Ich danke dir und werde es mir eine Lehre sein lassen.«

Meine Geduld war erschöpft. Alles, was ich bisher von Foma Fomitsch gehört hatte, war mir immer übertrieben vorgekommen. Nun aber, als ich das alles tatsächlich mit eigenen Augen sah, kannte mein Erstaunen keine Grenzen. Ich traute meinen Ohren kaum, eine solche Dreistigkeit, eine solche unverschämte Anmaßung auf der einen Seite und eine solche freiwillige Knechtschaft, eine solche leichtgläubige Gutherzigkeit auf der anderen Seite – das war mir unverständlich. Übrigens war auch mein Onkel über diese Frechheit betroffen. Das konnte man ihm ansehen ... Ich brannte nur so darauf, irgendwie mit Foma anzubinden, mich mit ihm herumzuschlagen, ihm Grobheiten an den Kopf zu werfen, mit einem Schlag alles aufs Spiel zu setzen – mochte dann kommen, was da wollte! Dieser Gedanke berauschte mich ordentlich. Ich suchte nach einer Gelegenheit und zerdrückte vor lauter Erwartung sogar die Krempe meines Hutes. Aber die Gelegenheit bot sich nicht: Foma wollte mich ganz entschieden nicht bemerken.

»Du hast ganz recht, Foma, ganz recht«, fuhr der Onkel fort und bemühte sich mit allen Kräften, den unangenehmen Eindruck des vorhergegangenen Gespräches zu verwischen oder wenigstens einigermaßen abzuschwächen. »Du sprichst da nur eine Wahrheit aus, Foma. Ich danke dir dafür. Man muß eine Sache verstehen, und erst dann kann man darüber ein Urteil fällen. Ich sehe mein Unrecht ein. Ich bin schon mehrmals dadurch in die Klemme geraten. Stell dir vor, Sergej, ich habe sogar einmal ein Examen abgehalten ... Ihr lacht? Na, paßt mal auf! Ich habe bei Gott ein Examen abgehalten, wahrhaftig! Ich wurde einmal von irgendeiner Anstalt aufgefordert, ihrem Examen beizuwohnen, und man wies mir einen Platz dicht neben den Prüfenden an, gewissermaßen um mich zu ehren oder weil der Platz gerade frei war.

Ich muß gestehen, mir wurde himmelangst zumute, eine heillose Furcht überkam mich, denn ich hatte doch von den Wissenschaften überhaupt keine Ahnung. Aber was sollte ich tun? Jetzt werden sie dir gleich auf den Zahn fühlen, dachte ich. Na, aber dann taten sie es doch nicht, und alles ging ausgezeichnet. Ich stellte sogar selber einige Fragen, fragte zum Beispiel: Wer war Noah? Überhaupt antworteten die Schüler vorzüglich. Dann wurde gefrühstückt und auf das Blühen und Gedeihen der Anstalt Sekt getrunken. Eine ganz vortreffliche Anstalt war das.«

Foma Fomitsch und Obnoskin schüttelten sich vor Lachen.

»Ja, ich mußte dann selber lachen«, rief der Onkel und stimmte gutmütig in ihr Gelächter ein, als freute er sich, daß alle so lustig waren. »Nein, Foma, was einem nicht alles passieren kann! Nun will ich euch einen Spaß machen und erzählen, wie ich einmal tüchtig hereingefallen bin ... Stelle dir vor, Sergej, wir standen damals in Krasnogorsk ...«

»Gestatten Sie mir eine Frage, Oberst: Ist das eine lange Geschichte, die Sie da erzählen wollen?« unterbrach ihn Foma.

»Ach, Foma! Das ist eine wundervolle Geschichte. Totlachen kann man sich darüber. Höre nur zu: die Geschichte ist wirklich gut, bei Gott, ausgezeichnet. Also ich erzähle jetzt, wie ich hereingefallen bin.«

»Ich höre Ihre Geschichten immer mit Vergnügen an, wenn sie wirklich so sind«, sagte Obnoskin gähnend.

»Da müssen wir also wohl oder übel zuhören«, entschied Foma.

»Aber paß einmal auf, Foma, bei Gott, die Geschichte ist hübsch. Ich werde also erzählen, wie ich einmal hereingefallen bin, Anfisa Petrowna. Höre auch du zu, Sergej, es ist sogar ganz lehrreich. Wir standen also damals in Krasnogorsk«, fing der Onkel strahlend vor Vergnügen an, sprach furchtbar schnell und hastig und erging sich in zahllosen einleitenden Sätzen, wie er es immer tat, wenn er etwas zur Unterhaltung seiner Gäste beitragen wollte. »Wir waren gerade erst angekommen, und ich ging gleich am selben Abend noch ins Theater. Es war da eine ganz hervorragende Schauspielerin, die Kuropatkina. Sie ist dann später mit dem Stabsrittmeister Swerkow auf und davon gegangen, und zwar mitten in einem Stück, so daß sie den Vorhang herunterlassen mußten ... Das heißt, dieser Swerkow war auch eine Bestie, besoff sich und spielte Karten ... Nicht etwa, daß er ein Saufbold gewesen wäre, nur so, um sich mit seinen Kameraden auf angenehme Art und Weise die Zeit zu vertreiben. Und wenn er dann einmal richtig ins Saufen kam, dann vergaß er aber auch alles: wo er wohnte, in welchem Reich er lebte, wie er hieß – kurz, einfach alles, alles! Im Grund war er aber ein prächtiger Junge ... Na, ich sitze also im Theater. In der Pause stehe ich auf und stoße da zufällig auf einen früheren Kameraden, Kornouchow. Ein einzigartiger Mensch, sage ich euch. Ganze sechs Jahre hatten wir uns nicht gesehen. Na, er war im Feld gewesen, hatte die ganze Brust voller Orden, jetzt ist er, wie ich kürzlich gehört habe, sogar Wirklicher Staatsrat geworden. Er ist nämlich in den Staatsdienst übergetreten und hat es zu hohen Ehren gebracht ... Na, wir freuen uns selbstverständlich riesig. Sprechen von diesem und jenem. Neben uns aber in der Loge sitzen drei Damen, und die eine davon, die ganz links sitzt, ist ein solches Scheusal, wie es die Welt kaum zum zweitenmal hervorbringen kann ... Später erfuhr ich, daß sie eine vorzügliche Gattin und Mutter war, die ihren Mann sehr glücklich machte ... Na, aber ich Esel frage einfach Kornouchow: ‚Sag mal, Bruder, weißt du nicht, wer diese Vogelscheuche da ist?' – ‚Welche denn?' – ‚Die da.' – ‚Das ist meine Kusine.' – Teufel noch mal! Stellt euch nur meine Lage vor! Natürlich wollte ich gleich die Scharte wieder auswetzen. ‚Nicht doch', sagte ich zu ihm, ‚die meine ich ja gar nicht. Wo hast du denn deine Augen? Natürlich die rechts; wer ist das?' – ‚Das ist meine Schwester.' – Alle guten Geister! Und dabei war diese Schwester ausgerechnet noch das reinste Rosaröschen, ein allerliebstes Ding und so niedlich aufgeputzt: mit Broschen, Handschuhchen und Armbändern, kurz, wie ein Engelchen saß sie da. Sie hat dann später einen prächtigen jungen Mann namens Pychtin geheiratet, mit dem war sie auf und davon gegangen und hatte sich heimlich trauen lassen; na, jetzt ist aber alles wieder im Lot. Sie leben in glänzenden Verhältnissen, und ihre Eltern können sich gar nicht genug über sie freuen ... Na also, um mit meiner Geschichte fortzufahren: ‚Nein!' rufe ich ihm zu und wußte nicht, wohin ich mich verkriechen sollte, ‚die doch nicht! Ich meine natürlich die in der Mitte! Wer ist denn das?' – ‚Die in der Mitte meinst du? Na, Bruder, das ist meine Frau' ... Unter uns gesagt: ein Frauchen zum Anbeißen! Ich hätte sie mit Haut und Haaren aufessen mögen, so gefiel sie mir ... ‚Na', sage ich, ‚hast du schon einmal einen

Esel gesehen? Hier steht einer vor dir, und da ist mein Kopf, hau ihn ab, du brauchst kein Mitleid mit mir zu haben.' Er lachte. Nach dem Theater machte er mich mit seinen Damen bekannt und hatte ihnen offenbar die ganze Geschichte erzählt, der Halunke! Was haben wir da gelacht! Ich muß gestehen, ich habe nie wieder einen so lustigen Abend verlebt. Siehst du, Foma, so kann man manchmal hereinfallen! Ha – ha – ha – ha!«

Aber vergebens lachte mein armer Onkel, vergeblich sah er sich mit seinen lustigen, gutmütigen Augen rings im Kreis um – Totenstille war die Antwort auf seine lustige Geschichte. Foma Fomitsch hüllte sich in finsteres Schweigen, und alle anderen folgten seinem Beispiel. Nur Obnoskin lächelte leise in Erwartung der Rüge, die dem Onkel bevorstand. Der Onkel wurde verlegen und errötete. Das war es, was Foma gewünscht hatte.

»Sind Sie nun fertig?« fragte er endlich und wandte sich würdevoll an den verlegenen Erzähler.

»Ja, Foma.«

»Und freuen Sie sich nun?«

»Wieso denn freuen, Foma?« antwortete der arme Onkel bekümmert.

»Ist Ihnen nun leichter? Sind Sie nun zufrieden, daß Sie die angenehme literarische Plauderei Ihrer Freunde gestört haben, indem Sie sie unterbrachen, um Ihren kleinlichen Ehrgeiz zu befriedigen?«

»Aber so höre doch auf, Foma! Ich wollte euch doch nur alle ein bißchen aufheitern, du aber . . .«

»Aufheitern?« rief Foma aus, der auf einmal außerordentlich lebhaft wurde. »Sie können einen doch höchstens wehmütig stimmen, aber nicht aufheitern! Aufheitern! Wissen Sie auch, daß Ihre Geschichte beinahe unmoralisch ist? Gar nicht davon zu reden, daß sie unpassend war – das versteht sich von selbst . . . Sie haben soeben mit einer seltenen Gefühlsroheit erklärt, daß Sie sich über eine unschuldige, edle Dame, noch dazu aus adligem Geschlecht, lustig gemacht haben, und nur einzig und allein aus dem Grund, weil sie nicht die Ehre hatte, Ihnen zu gefallen. Und auch uns, auch uns wollten Sie verleiten mitzulachen, das heißt, wir sollten Ihnen zustimmen, sollten Ihr rohes, ungehöriges Betragen gutheißen, und das alles nur deshalb, weil Sie der Herr dieses Hauses sind. Es steht Ihnen frei, Oberst, Sie können sich meinetwegen

Krippenreiter, Speichellecker und Spießgesellen zusammensuchen. Sie können sie sich sogar aus weiter Ferne kommen lassen und dadurch Ihren Anhang verstärken, allen anderen redlichen, offenen und edlen Seelen zum Schaden; aber Foma Opiskin wird nun und nimmerdar Ihr Schmeichler, Ihr Speichellecker, Ihr Gnadenbrotesser sein! Wenn Sie mir auch sonst keinen Glauben schenken, dessen aber können Sie versichert sein ...«

»Aber Foma! Du hast mich nur nicht verstanden, Foma!«

»Nein, Oberst, ich habe Sie schon lange durchschaut, ich kenne Sie in- und auswendig. In Ihrem Innern nagt eine grenzenlose Eigenliebe; Sie machen Ansprüche auf einen Scharfsinn, der für Sie ganz unerreichbar ist, und vergessen dabei, daß ebendiese Ansprüche Ihren Scharfsinn stumpf erscheinen lassen. Sie ...«

»Aber so hör doch auf, Foma, um Gottes willen! Denke doch an die Anwesenden ...«

»Es ist schon traurig genug, Oberst, so etwas mit ansehen zu müssen, und hat man es einmal gesehen, kann man unmöglich schweigen. Ich bin arm und lebe bei Ihrer Mutter. Da könnten die Leute ja denken, daß ich mich durch mein Schweigen bei Ihnen einschmeicheln wollte! Aber ich will nicht, daß irgend so ein Milchbart mich für einen Schmarotzer hält. Vielleicht habe ich vorhin, als ich hier eintrat, mit Absicht meine redliche Offenherzigkeit übertrieben und mich gezwungen gesehen, sie absichtlich bis zur Grobheit zu steigern, eben nur darum, weil Sie mich in eine solche Lage gebracht haben. Sie sehen gar zu hochmütig auf mich herab, Oberst. Man könnte mich ja beinahe für Ihren Sklaven, Ihren Untergebenen halten! Es macht Ihnen anscheinend Vergnügen, mich vor unbekannten Leuten zu demütigen, während ich doch mit Ihnen auf gleicher Stufe stehe, hören Sie, auf gleicher Stufe in jeder Hinsicht! Vielleicht erweise ich Ihnen sogar einen Dienst dadurch, daß ich bei Ihnen lebe – und nicht etwa Sie mir. Man drückt mich herab, folglich muß ich mich selber loben, das ist nur natürlich. Ich darf nicht schweigen, ich muß reden, muß unverzüglich Protest einlegen und erkläre Ihnen hiermit ganz offen und ehrlich, daß Sie bis zu einem ganz unglaublichen Grad neidisch sind! Sie sehen zum Beispiel, daß ein Mensch in einem einfachen, freundschaftlichen Gespräch, ohne es selber zu wollen, seine Kenntnisse, seine Belesenheit, seinen Geschmack offenbart, und schon ärgern Sie sich und können es nicht ertragen: ‚Warte, jetzt will auch ich einmal meine Kenntnisse und meinen Geschmack zeigen!' Aber haben Sie denn überhaupt Geschmack, mit Verlaub zu sagen? Sie verstehen vom Schönen ungefähr so viel – entschuldigen Sie, wenn ich Ihnen das ganz offen sage, Oberst – wie der Ochse vom Rindfleisch. Das klingt vielleicht etwas schroff und grob, das muß ich selber zugeben, aber es ist wenigstens offenherzig und der Wahrheit entsprechend. So etwas werden Sie von denen, die Ihnen nur nach dem Mund reden, niemals zu hören bekommen, Oberst!«

»Aber Foma! . . .«

»Da heißt es nun gleich: ‚Aber Foma!' Gewiß, die Wahrheit ist kein Daunenpfühl. Na, schön, wir werden später noch darauf zurückkommen, jetzt aber erlauben Sie auch mir einmal, die Anwesenden ein wenig aufzuheitern. Sie können doch nicht immer nur allein die Hauptrolle spielen. Pawel Semjonytsch! Haben Sie dieses Meerungeheuer in Menschengestalt schon gesehen? Ich beobachte ihn schon lange. Sehen Sie ihn nur einmal an: auffressen möchte er mich bei lebendigem Leibe mit Haut und Haaren!«

Er meinte Gawrila. Der alte Diener stand an der Tür und schaute wirklich tiefbekümmert zu, wie sein Herr heruntergeputzt wurde.

»Auch ich möchte Sie durch einen Schwank ergötzen, Pawel Semjonytsch! He, du alte Krähe, komm einmal her! Aber so haben Sie doch die Güte näherzutreten, Gawrila Ignatjitsch! Sehen Sie, Pawel Semjonytsch, da ist hier der Gawrila, der muß jetzt zur Strafe für seine Grobheit Französisch lernen. Ich bin der reinste Orpheus und mildere hier die Sitten, zwar nicht durch meine Lieder, sondern mittels der französischen Sprache. Na, du Franzose, Mußjö Schematon – er kann es nämlich nicht leiden, wenn man ihn Mußjö Schematon nennt –, kannst du deine Lektion?«

»Ich habe sie gelernt«, antwortete Gawrila und ließ den Kopf hängen.

»Nun: parleh–wu fransseh?«

»Wui, mußjö, schö lö parl ön pö . . .«

Ich weiß nicht, war das klägliche Gesicht Gawrilas beim Aussprechen dieser französischen Phrase die Ursache oder hatten alle Fomas Wunsch, daß sie lachen sollten, erraten, jedenfalls brach die ganze Gesellschaft in ein schallendes Gelächter aus, sobald Gawrila nur den Mund auftat. Sogar die

Generalin geruhte mitzulachen. Anfisa Petrowna hatte sich gegen die Diwanlehne zurückgeworfen, kreischte laut auf und hielt den Fächer vor den Mund. Am lächerlichsten aber kam ihnen vor, daß Gawrila, als er sah, welche Wendung das Examen nahm, seine Entrüstung nicht mehr zurückhalten konnte, ausspuckte und vorwurfsvoll sagte: »Eine solche Schande muß ich nun auf meine alten Tage noch erleben!«

Foma Fomitsch fuhr auf.

»Wie? Was hast du soeben gesagt? Fällt es dir etwa ein, grob zu werden?«

»Nein, Foma Fomitsch«, antwortete Gawrila mit Würde. »Meine Worte sind keine Grobheit, und mir als Leibeigenem kommt es auch nicht zu, dir, einem geborenen Herrn, Grobheiten zu sagen. Aber jeder Mensch ist nach dem Bilde Gottes geschaffen und trägt sein Bild, sein Ebenbild an sich. Ich bin schon dreiundsechzig Jahre alt. Mein Vater konnte sich noch an Pugatschew, die Geißel Gottes, erinnern, denn Pugatschew hat meinen Großvater an den Galgen knüpfen lassen zusammen mit seinem Herrn Matwej Nikititsch – Gott schenke ihm den ewigen Frieden! – ,wofür dann mein Vater von dem seligen Herrn Afanasij Matwejewitsch vor allen übrigen Dienern ausgezeichnet wurde; er diente ihm lange Jahre als Kammerdiener und starb als Haushofmeister. Ich aber, Barin Foma Fomitsch, habe, obgleich ich herrschaftlicher Leibeigener bin, doch eine solche Schande wie heute zeit meines Lebens noch nicht erfahren.«

Bei den letzten Worten breitete Gawrila die Arme aus und senkte den Kopf. Der Onkel war seinen Worten mit großer Unruhe gefolgt.

»Schon gut, schon gut, Gawrila«, rief er aus. »Wozu die vielen Worte! Schon gut!«

»Das macht nichts, das macht nichts«, sagte Foma, der ein wenig blaß geworden war und gezwungen lächelte. »Mag er nur reden, das sind ja doch nur die Früchte Ihrer . . .«

»Ich werde alles sagen«, fuhr Gawrila ungewöhnlich lebhaft fort. »Nichts werde ich verbergen! Die Hände kann man mir fesseln, aber die Zunge bleibt frei. Ich weiß, daß ich vor dir, Foma Fomitsch, nur eine elende Kreatur, mit einem Wort, ein Sklave bin, aber auch ich habe ein Gefühl für Beleidigungen. Zur Dienstleistung und Unterwürfigkeit bin ich dir für alle Zeit verpflichtet, weil ich als Unfreier geboren bin und jeden Befehl in Furcht und Zittern erfüllen muß.

Wenn du in deinem Zimmer sitzt und ein Buch schreibst, darf ich keinen Zudringlichen zu dir hereinlassen, das ist meine wirkliche Pflicht. Und alles, was mit meinem Dienst zusammenhängt, will ich gern und freudig tun. Nicht aber, daß ich auf meine alten Tage noch wie ein Ausländer bellen und mich zum Gespött der Leute machen soll! Ich mag gar nicht mehr in die Gesindestube hineingehen, gleich heißt es immer: ‚Da ist der Franzose, der Franzose!' Nein, Barin Foma Fomitsch, nicht nur ich Dummkopf allein, alle guten Leute stecken schon die Köpfe zusammen und sagen einstimmig, daß Ihr jetzt ein böser, böser Mensch geworden seid und daß unser Herr Euch gegenüber nur ein hilfloses Kind ist, und wenn Ihr auch immerhin von Geburt ein Jeneralssohn seid und es vielleicht auch selber gar bis zum Jeneral gebracht habt, so seid Ihr doch ein schlechter Mensch, eine richtige Furie, sozusagen.«

Gawrila war zu Ende. Ich war außer mir vor Entzücken. Foma Fomitsch saß bleich vor Wut inmitten der allgemeinen Bestürzung da und schien den unerwarteten Angriff Gawrilas noch gar nicht fassen zu können. Es war, als ob er sogar in diesem Augenblick überlegte, bis zu welchem Grad er seine Wut äußern sollte. Endlich kam sein Zorn zum Durchbruch.

»Wie? Er wagt, mich zu beschimpfen – mich! Das ist offener Aufruhr!« keifte Foma und sprang von seinem Stuhl auf.

Die Generalin folgte seinem Beispiel, sprang ebenfalls auf und schlug die Hände zusammen. Alles schrie durcheinander. Der Onkel beförderte den verbrecherischen Gawrila so schnell wie möglich aus dem Zimmer.

»Legt ihn in Fesseln, in Fesseln!« schrie die Generalin. »Gleich schickst du ihn in die Stadt und gibst ihn unter die Soldaten, Jegoruschka! Tust du das nicht, so verweigere ich dir meinen Segen! Laß ihm gleich einen Klotz an die Füße legen, und schicke ihn unter die Soldaten!«

»Wie?« schrie Foma. »Dieser Sklave, dieser Chaldäer, dieser Hamlet! Er hat es gewagt, mich zu beschimpfen? Er, er, dieser Putzlappen für meine Stiefel! Er wagt es, mich eine Furie zu nennen?«

Da trat ich in aller Entschlossenheit vor.

»Ich muß gestehen, daß ich in diesem Fall ganz derselben Ansicht bin wie Gawrila«, sagte ich zitternd vor Erregung und sah Foma Fomitsch gerade ins Auge.

Dieser Schritt verblüffte ihn im ersten Augenblick so sehr, daß er seinen Ohren nicht zu trauen schien.

»Was soll denn das nun wieder heißen?« schrie er endlich, stürzte auf mich zu und durchbohrte mich fast mit seinen kleinen, blutunterlaufenen Augen. »Wer bist du denn eigentlich?«

»Foma Fomitsch ...« fing der Onkel, der ganz den Kopf verloren hatte, an, »das ist doch Serjoscha, mein Neffe ...«

»Wohl der Gelehrte!« brüllte Foma. »Das soll er doch wohl sein, ein Gelehrter? Liberté – égalité – fraternité! Journal des débats! Nein, mein Freund, uns kannst du nichts vormachen! Du hast das Pulver auch nicht erfunden! Wir sind doch hier nicht in Petersburg! Uns machst du nichts vor! Ich spucke auf dein Journal des débats! Du nennst es: débats, für uns ist das aber weiter nichts als ein fauler Zauber! Ein Gelehrter! Ich habe siebenmal mehr vergessen, als du überhaupt weißt! Da kannst du sehen, was für ein ‚Gelehrter' du bist!«

Und hätte man ihn nicht zurückgehalten, so wäre er sicher mit beiden Fäusten auf mich losgegangen.

»Er ist ja betrunken«, sagte ich und sah mich erstaunt im Kreis um.

»Wer? Ich?« schrie Foma, und seine Stimme hatte einen ganz fremden Klang.

»Ja, Sie.«

»Betrunken?«

»Ja, betrunken.«

Das konnte Foma nicht ertragen. Er kreischte auf, als sollte er bei lebendigem Leib aufgespießt werden, und stürzte aus dem Zimmer. Die Generalin wollte anscheinend zuerst in Ohnmacht fallen, hielt es aber dann für richtiger, Foma Fomitsch nachzulaufen. Alle anderen rannten hinter ihr her und zu guter Letzt auch mein Onkel. Als ich wieder einigermaßen zur Besinnung kam und mich umsah, erblickte ich nur noch Jeschewikin im Zimmer. Er lächelte und rieb sich die Hände.

»Sie wollten mir vorhin etwas von den Jesuiten erzählen«, sagte er mit schmeichlerischer Stimme.

»Was?« fragte ich, da ich absolut nicht wußte, was er wollte.

»Sie versprachen vorhin, mir etwas von den Jesuiten zu erzählen, wahrscheinlich eine Anekdote ...«

Ich lief auf die Terrasse hinaus und von da in den Garten. In meinem Kopf drehte sich alles ...

8

Die Liebeserklärung

Eine Viertelstunde ungefähr irrte ich im Garten herum, aufgeregt und äußerst unzufrieden mit mir selber und überlegte hin und her, was ich nun anfangen sollte. Die Sonne wollte gerade untergehen. Plötzlich stand ich am Kreuzweg einer dunklen Allee – Nastenka gegenüber. Sie hatte Tränen in den Augen und hielt das Taschentuch in der Hand, um sie abzuwischen.

»Ich suchte Sie«, sagte sie zu mir.

»Und ich Sie ebenfalls«, antwortete ich. »Sagen Sie, bin ich eigentlich hier in einer Irrenanstalt oder nicht?«

»Durchaus nicht«, sagte sie beleidigt und sah mich streng an.

»Ja, was geht dann in aller Welt hier vor? Geben Sie mir um Gottes willen einen guten Rat! Wohin ist denn mein Onkel jetzt gegangen? Kann ich zu ihm gehen? Ich freue mich wirklich, daß ich Sie getroffen habe; vielleicht können Sie mir doch einige Ratschläge geben.«

»Nein, gehen Sie jetzt lieber nicht dorthin. Ich bin soeben von dort fortgegangen.«

»Aber wo sind sie denn alle?«

»Das weiß der liebe Himmel! Vielleicht sind sie wieder alle in den Gemüsegarten gelaufen«, sagte sie in gereiztem Ton.

»In was für einen Gemüsegarten denn?«

»Das war erst vorige Woche, da machte Foma Fomitsch ein großes Geschrei: er wolle nicht länger mehr hier im Haus bleiben, und lief dann plötzlich in den Gemüsegarten, holte sich einen Spaten aus dem Schuppen und fing an, die Beete umzugraben. Wir wunderten uns alle und dachten: Am Ende ist er verrückt geworden? Er aber sagte: ‚Seht, damit mir niemand den Vorwurf machen kann, daß ich mein Brot hier umsonst esse, werde ich die Erde umgraben und jedes Stück Brot, das ich hier gegessen habe, abarbeiten und dann meiner Wege gehen. Soweit habt ihr mich glücklich gebracht!' Da fingen alle an zu weinen – es fehlte nicht viel, so wären sie vor ihm auf die Knie gefallen – und wollten ihm den Spaten aus der Hand nehmen, er aber grub und grub, alle Rüben hat er zuschanden gegraben. Hat man ihm damals Zugeständnisse gemacht, so wird er es jetzt vielleicht zum zweitenmal versuchen. Ihm ist alles zuzutrauen.«

»Und Sie ... Sie erzählen das so kaltblütig!« rief ich in höchster Entrüstung aus.

Sie sah mich mit blitzenden Augen an.

»Verzeihen Sie mir; ich weiß gar nicht mehr, was ich sage! Hören Sie, ist Ihnen bekannt, warum ich hierhergekommen bin?«

»N – nein«, erwiderte sie errötend, und eine peinliche Empfindung spiegelte sich auf ihrem reizenden Gesichtchen.

»Verzeihen Sie«, fuhr ich fort, »ich habe ganz den Kopf verloren. Ich fühle, daß ich nicht in dieser Weise hätte anfangen dürfen, darüber zu sprechen ... und noch dazu mit Ihnen ... Aber gleichviel! Meiner Ansicht nach ist Aufrichtigkeit in solchen Fällen immer das beste. Ich muß gestehen ... das heißt ... ich wollte sagen ... Sind Sie von den Absichten meines Onkels unterrichtet? Er hat mir befohlen, um Ihre Hand anzuhalten ...«

»Ach, was für ein Unsinn! Sprechen Sie nicht davon, ich bitte Sie!« sagte sie, mich hastig unterbrechend, und wurde über und über rot.

Ich war wie aus den Wolken gefallen.

»Warum soll denn das Unsinn sein? Er hat es doch an mich geschrieben?«

»So hat er es Ihnen also doch geschrieben?« fragte sie lebhaft. »Ach, was für ein Mensch ist das! Wie konnte er mir da versprechen, daß er es nicht schreiben werde! Was für ein Unsinn, mein Gott, was für ein Unsinn ist das!«

»Entschuldigen Sie«, stammelte ich und wußte nicht, was ich sagen sollte, »vielleicht war das ungeschickt von mir und plump ... aber nach dieser Szene eben! Stellen Sie sich doch vor: um uns herum geht ja Gott weiß was alles vor ...«

»Ach, um Gottes willen, entschuldigen Sie sich nicht noch! Sie können glauben, daß es mir ohnehin schon peinlich genug ist, das zu hören, und dabei wollte ich doch selber gern mit Ihnen darüber sprechen, um etwas zu erfahren ... Ach, wie peinlich! So hat er also doch an Sie geschrieben? Und das fürchtete ich ja am allermeisten! Mein Gott, was ist er doch für ein Mensch! Und Sie haben das auch für Ernst gehalten und sind gleich Hals über Kopf hierhergereist? Das hatte ja gerade noch gefehlt!«

Sie machte aus ihrem Ärger durchaus kein Hehl. Meine Lage war nicht gerade beneidenswert.

»Ich muß gestehen ... ich hatte das nicht erwartet ...«

stotterte ich in höchster Verlegenheit. »Eine solche Wendung ... ich glaubte, im Gegenteil ...«

»Ah, Sie haben wirklich geglaubt ...?« fragte sie mit leichter Ironie und biß sich auf die Lippen. »Aber wissen Sie, zeigen Sie mir doch bitte einmal den Brief, den er an Sie geschrieben hat.«

»Mit dem größten Vergnügen.«

»Und nicht wahr, Sie nehmen mir das nicht übel und fühlen sich nicht etwa dadurch beleidigt; es gibt ohnehin schon genug Kummer auf der Welt«, sagte sie in bittendem Ton, während ein spöttisches Lächeln flüchtig über ihre reizenden Lippen huschte.

»Aber ich bitte Sie, halten Sie mich doch nicht für so einfältig«, rief ich leidenschaftlich aus. »Aber vielleicht haben Sie irgendwelche Vorurteile gegen mich? Vielleicht hat mich jemand schlechtgemacht? Vielleicht gar – weil ich heute doch so ungünstig abgeschnitten habe? Aber das hat doch nichts auf sich – ich bitte Sie! Ich sehe ja selber ein, was für eine einfältige Rolle ich jetzt vor Ihnen spiele. Lachen Sie mich aber bitte nicht aus! Ich weiß nicht einmal, was ich eigentlich rede ... Aber das kommt alles nur von diesem verwünschten Alter von zweiundzwanzig Jahren!«

»Aber mein Gott, das hat doch damit nichts zu tun!«

»Das hätte damit nichts zu tun? Gewiß; wer zweiundzwanzig Jahre alt ist, dem steht das gewissermaßen auf der Stirn geschrieben, wie mir zum Beispiel, als ich vorhin mitten ins Zimmer hineinstolperte, oder so, wie ich jetzt vor Ihnen stehe ... Ein verwünschtes Alter!«

»Aber nein, nein!« erwiderte Nastenka, die sich das Lachen kaum verbeißen konnte. »Ich bin überzeugt, daß Sie ein guter, lieber, kluger Mensch sind, und wirklich, ich sage das in aller Aufrichtigkeit. Aber ... Sie sind nur ein bißchen zu ehrgeizig. Doch das kann man sich ja noch abgewöhnen.«

»Ich glaube, daß ich nur so viel Ehrgeiz besitze, als nötig ist.«

»Nein. Warum sind Sie denn eben so verlegen geworden, aus welchem Grund denn? Doch nur, weil Sie beim Eintreten gestolpert sind ... Und was für ein Recht hatten Sie, Ihren guten, Ihren hochherzigen Onkel, der Ihnen soviel Gutes getan hat, lächerlich zu machen? Warum wollten Sie den Spott auf ihn abwälzen, nachdem Sie sich selber lächerlich gemacht haben? Das war häßlich und schlecht von Ihnen. Das macht

Ihnen keine Ehre, und ich muß ganz offen gestehen, Sie waren mir in jenem Augenblick sehr zuwider, daß Sie's nur wissen!«

»Sie haben ganz recht! Ich war ein Dummkopf. Sogar noch mehr, ich habe eine Gemeinheit begangen. Sie haben es bemerkt – und das soll meine Strafe sein. Schelten Sie mich aus, lachen Sie über mich, aber hören Sie mich an: vielleicht ändern Sie doch noch einmal Ihre Ansicht über mich«, setzte ich, von einem eigenartigen Gefühl hingerissen, hinzu. »Sie kennen mich jetzt noch so wenig, aber dann, wenn Sie mich besser kennen werden, dann ... vielleicht ...«

»Um Gottes willen, sprechen Sie nicht mehr davon«, rief Nastenka in sichtlicher Ungeduld.

»Gut, gut, lassen wir das! Aber ... wo darf ich Sie einmal wiedersehen?«

»Wie meinen Sie das?«

»Aber das kann doch nicht sein, daß wir hier das letzte Wort miteinander gesprochen haben, Nastasja Jewgrafowna? Geben Sie mir um Himmels willen Ort und Zeit an, wo ich Sie wiedersehen kann, womöglich heute noch. Es wird jetzt schon dunkel. Nun dann, wenn es irgend geht, morgen früh, so zeitig wie möglich; ich werde mich eigens recht früh wecken lassen. Wissen Sie, hinten am Teich ist ein Pavillon. Ich weiß es noch ganz genau und kenne auch den Weg. Ich habe ja als Junge hier gewohnt.«

»Ein Rendezvous? Aber wozu denn? Wir können doch auch so miteinander reden, wie eben jetzt?«

»Aber ich weiß doch jetzt noch nichts, Nastasja Jewgrafowna. Ich will doch erst alles vom Onkel in Erfahrung bringen. Er muß mir doch endlich alles erzählen, und dann kann ich Ihnen vielleicht etwas sehr Wichtiges mitteilen ...«

»Nein, nein! Das ist gar nicht nötig, gar nicht nötig!« rief Nastenka. »Wir wollen ein für allemal damit ein Ende machen, damit wir nicht wieder darüber zu sprechen brauchen. Und nach jenem Gartenhaus würden Sie ganz vergeblich wandern; ich versichere Ihnen, ich werde ganz bestimmt nicht dorthin kommen. Schlagen Sie sich bitte diesen ganzen Unfug aus dem Kopf – ich bitte Sie allen Ernstes darum ...«

»Nun, dann kommt mir aber das Benehmen meines Onkels einfach wahnsinnig vor«, rief ich in einer Anwandlung grenzenlosen Ärgers. »Warum hat er mich dann hierhergerufen? ... Aber, hören Sie, was ist denn das für ein Lärm?«

Wir waren in die Nähe des Hauses gekommen. Aus den

offenen Fenstern ertönte Kreischen und ein ganz eigentümliches Geschrei.

»Mein Gott«, sagte sie erbleichend, »schon wieder. Das habe ich doch geahnt.«

»Das haben Sie geahnt? Noch eine Frage, Nastasja Jewgrafowna. Ich habe freilich kein Recht dazu, möchte es aber in Hinsicht auf das allgemeine Wohl doch wagen, Ihnen auch noch diese letzte Frage zu stellen. Sagen Sie – ich werde es tief in meiner Brust vergraben –, sagen Sie mir ganz offen: ist mein Onkel in Sie verliebt?«

»Ach! schlagen Sie sich doch bitte diesen ganzen Unsinn aus dem Kopf, ein für allemal!« rief sie aus und errötete vor Zorn. »Nun fangen Sie auch noch davon an! Wenn er in mich verliebt wäre, würde er mich doch nicht mit Ihnen verheiraten wollen«, setzte sie mit einem bitteren Lächeln hinzu. »Und wie kommen Sie nur, wie kommen Sie nur darauf? Sehen Sie denn wirklich nicht, worum es sich hier handelt? Hören Sie das Geschrei?«

»Aber ... das ist doch Foma Fomitsch ...«

»Ja gewiß, Foma Fomitsch; aber jetzt handelt es sich um mich, denn die da drinnen sagen dasselbe wie Sie, ganz denselben Unsinn: sie argwöhnen, daß er in mich verliebt sei. Und weil ich arm und unbedeutend bin und man mich deshalb ungestraft mit Schmutz bewerfen kann und weil sie ihn gern mit der anderen verheiraten möchten, deshalb verlangen sie, daß er mich sicherheitshalber aus dem Haus jagen soll, zurück zu meinem Vater. Wenn Sie ihm aber davon anfangen, gerät er immer ganz außer sich: er möchte dann immer am liebsten alles in Stücke reißen, sogar Foma Fomitsch. Und deswegen schreien sie jetzt auch wieder so, ich fühle es, daß es sich darum handelt.«

»So ist das also alles wahr? So wird er also wirklich diese Tatjana heiraten?«

»Was für eine Tatjana denn?«

»Na, diese verrückte Schraube.«

»Sie ist durchaus nicht verrückt! Sie hat ein sehr gutes Herz. Sie haben kein Recht, so zu sprechen. Sie hat ein edles Gemüt, viel edler als manche andere. Dafür, daß sie unglücklich ist, kann sie doch nicht.«

»Verzeihen Sie. Nehmen wir also an, Sie haben recht; irren Sie aber auch nicht in dem hauptsächlichsten Punkt? Sagen Sie, wie käme es dann, daß ihr Vater hier so gut aufgenommen wird, wie ich soeben bemerkt habe? Wenn man wirklich so wütend auf Sie wäre, wie Sie mir jetzt gesagt haben, und Sie aus dem Haus treiben möchte, dann würde man doch auch Ihren Vater diese Wut fühlen lassen und ihn nicht so freundlich empfangen.«

»Aber sehen Sie denn nicht, was mein Vater für mich tut? Er macht sich zum Narren vor ihnen. Man empfängt ihn nur deshalb, weil es ihm gelungen ist, sich bei Foma Fomitsch einzuschmeicheln. Und weil Foma Fomitsch selber einmal Hausnarr gewesen ist, ist es ihm schmeichelhaft, jetzt seinen eigenen Narren zu haben. Und für wen, glauben Sie wohl, tut das mein Vater? Das tut er nur für mich, für mich ganz allein! Er selber hat das nicht nötig, seinetwegen kriecht er vor keinem Menschen. Und wenn er sich auch vor aller Augen lächerlich macht, so ist er doch ein edler Mensch, der edelste Mensch in der Welt! Er ist der Ansicht – Gott weiß warum, nicht etwa deshalb, weil ich hier ein gutes Gehalt bekomme, dessen kann ich Sie versichern ... er ist der Ansicht, daß es das beste für mich wäre, hierzubleiben, in diesem Haus. Aber jetzt habe ich ihn endlich vom Gegenteil überzeugt. Ich habe in aller Entschiedenheit an ihn geschrieben. Er ist hierhergekommen, um mich abzuholen. Wenn es zum äußersten kommen sollte, gleich morgen. Denn die Sache ist nun einmal bis auf die Spitze getrieben: auffressen möchten sie mich am liebsten bei lebendigem Leib, und ich weiß ganz genau, daß das ganze Geschrei jetzt da drinnen wieder einzig und allein meinetwegen vor sich geht. Meinetwegen quälen sie ihn bis aufs Blut, meinetwegen richten sie ihn noch zugrunde! Er aber ist wie ein Vater, hören Sie, sogar noch mehr als mein leiblicher Vater! Ich darf nicht länger zögern. Ich weiß mehr als alle anderen. Morgen, morgen noch gehe ich fort! Wer weiß, vielleicht wird dadurch seine Heirat mit Tatjana Iwanowna noch hinausgeschoben, und wäre es nur für kurze Zeit ... Ich habe Ihnen jetzt alles erzählt. Sagen Sie es ihm wieder, denn ich kann jetzt nicht einmal mehr mit ihm sprechen: sie sind wie die Spione hinter mir her, hauptsächlich diese Perepelizyna. Sagen Sie ihm, daß er sich meinetwegen keine Sorgen machen soll, daß ich lieber trockenes Brot essen und in dem armseligen Winkel bei meinem Vater wohnen will, als hier ständig die Ursache seiner Qualen zu sein. Ich bin arm und muß eben in ärmlichen Verhältnissen leben. Aber, mein Gott! Was für ein Lärm! Was für ein Geschrei! Was geht nur da vor? Nein, komme, was will, ich muß jetzt dorthin gehen! Ich werde ihnen alles offen ins Gesicht sagen, ich selber, was auch geschehen mag! Das muß ich tun! Leben Sie wohl!«

Sie lief davon. Ich blieb auf demselben Fleck stehen und war mir durchaus bewußt, wie lächerlich die Rolle gewesen war, die ich soeben hatte spielen müssen. Wie sich das alles noch lösen sollte, war mir schleierhaft. Das arme Mädchen tat mir leid, und für meinen Onkel fürchtete ich das Schlimmste. Plötzlich stand Gawrila vor mir. Er hielt immer noch sein Heft in der Hand.

»Wollen Sie bitte zu Ihrem Herrn Onkel kommen!« sagte er mit trauriger Stimme.

Ich fuhr aus meinen Träumen auf.

»Zu meinem Onkel? Wo ist er denn? Was ist mit ihm?«

»Im Teezimmer. Dort, wo Sie vorhin Tee getrunken haben.«

»Wer ist denn bei ihm?«

»Er ist allein. Er erwartet Sie.«

»Wen? Mich?«

»Er hat auch nach Foma Fomitsch geschickt. Unsere guten Tage sind nun vorbei«, setzte er seufzend hinzu.

»Nach Foma Fomitsch? Hm! Und die anderen? Wo ist die Generalin?«

»In ihren Gemächern. Sie fiel in Ohnmacht, und jetzt liegt sie teilnahmslos da und weint.«

Während wir uns so unterhielten, waren wir bis zur Terrasse gekommen. Draußen war es fast schon dunkel. Und wirklich, der Onkel war ganz allein in jenem Zimmer, wo mein Zusammenstoß mit Foma Fomitsch stattgefunden hatte, und ging mit großen Schritten auf und ab. Auf dem Tisch brannten bereits die Kerzen. Als er mich sah, eilte er auf mich zu und drückte mir kräftig beide Hände. Er sah blaß aus und atmete schwer. Seine Hände bebten, und von Zeit zu Zeit lief ein nervöses Zittern über seinen ganzen Körper.

9

»Euer Exzellenz«

»Mein Freund! Nun ist alles zu Ende, alles entschieden!« sagte er leise und in tragischem Ton.

»Onkel«, sagte ich, »ich hörte soeben ein solches Geschrei?«

»Freilich, mein Junge, freilich; es hat ein großes Geschrei gegeben. Mamachen fiel in Ohnmacht, und da rannten dann alle kopflos durcheinander. Aber ich bin fest entschlossen und bestehe auf meinem Willen. Ich fürchte mich jetzt vor niemandem mehr, Serjoscha. Ich will ihnen beweisen, daß auch ich Charakter besitze – und ich werde es ihnen beweisen. Deshalb habe ich dich auch rufen lassen, damit du mir helfen sollst, es ihnen zu beweisen ... Das Herz blutet mir, Serjoscha ... aber ich muß es tun, es ist meine Pflicht, mit aller Strenge vorzugehen. Gerechtigkeit kennt keinen Pardon.«

»Aber was ist denn geschehen, Onkel?«

»Ich werde mich von Foma trennen«, erwiderte mein Onkel in entschiedenem Ton.

»Onkel«, rief ich entzückt aus, »auf einen besseren Einfall konnten Sie wirklich nicht kommen! Und wenn ich Ihnen bei diesem Entschluß irgendwie behilflich sein kann, so stehe ich Ihnen auf immer und ewig zur Verfügung!«

»Ich danke dir, mein Junge, ich danke dir. Aber es ist bereits alles entschieden. Ich warte nur noch auf Foma, soeben habe ich nach ihm geschickt. Entweder er oder ich! Wir müssen uns trennen. Entweder verläßt Foma noch morgen dieses Haus, oder ich werfe alles hin, das schwöre ich dir, und trete wieder bei den Husaren ein. Sie werden mich schon nehmen und mir wieder eine Division geben. Fort mit diesem ewigen Trödel! Jetzt soll ein neues Leben anfangen! Wozu hast du da noch das französische Heft?« brüllte er ingrimmig Gawrila an. »Weg damit! Verbrenne es, tritt es mit Füßen, reiß es in Fetzen! Ich bin dein Herr, und ich befehle dir, nicht Französisch zu lernen. Du wirst, du darfst mir den Gehorsam nicht verweigern, denn ich bin dein Herr und nicht Foma Fomitsch!«

»Gelobt sei Jesus Christus!« murmelte Gawrila vor sich hin. Die Sache schien ernst zu werden.

»Mein Freund«, fuhr der Onkel tiefbewegt fort, »sie verlangen Unmögliches von mir! Urteile selber, du stehst jetzt zwischen mir und ihnen als unparteiischer Schiedsrichter. Du weißt, du weißt nicht, was sie von mir gefordert, ganz offiziell von mir gefordert und offen ausgesprochen haben. Aber das wäre gegen alle Nächstenliebe, gegen jede vornehme Gesinnung, gegen meine Ehre ... Ich werde dir alles erzählen, aber zuvor ...«

»Ich weiß schon alles, Onkel«, rief ich, ihn unterbrechend,

aus. »Ich habe alles erraten ... Ich sprach soeben mit Nastasja Jewgrafowna.«

»Kein Wort jetzt davon, mein Junge, kein Wort!« unterbrach er mich hastig und beinahe erschrocken. »Ich werde dir dann selber alles erzählen, inzwischen aber ... Was ist?« rief er dem eintretenden Widopljasow entgegen. »Wo ist Foma Fomitsch?«

Widopljasow erschien mit der Meldung, daß Foma Fomitsch nicht herunterzukommen wünschten, die Forderung zu erscheinen höchst ungehörig fänden und sich dadurch sehr beleidigt zu fühlen geruhten.

»Bring ihn her! Zerr ihn herbei! Her mit ihm! Schlepp ihn mit Gewalt herbei!« schrie mein Onkel und stampfte mit dem Fuß auf.

Widopljasow, der seinen Herrn noch nie so zornig gesehen hatte, trat ganz erschrocken den Rückzug an. Ich war einfach starr.

Da muß doch etwas sehr Wichtiges vorliegen, dachte ich bei mir, das einen Menschen von solch einem Charakter in einen derartigen Zorn versetzen und zu solchen Entschlüssen zwingen kann.

Schweigend ging mein Onkel einige Augenblicke im Zimmer auf und ab, als kämpfe er mit sich selber.

»Übrigens zerreiß das Heft lieber nicht«, sagte er endlich zu Gawrila. »Warte noch damit, und bleib jetzt hier, vielleicht kann ich dich noch brauchen. Mein Freund«, setzte er hinzu und wandte sich an mich, »ich glaube, ich habe doch soeben etwas zu sehr geschrien. Man muß alles mit Würde tun, als ganzer Mann, ohne zu schreien und zu beleidigen. Das ist das einzig Richtige. Weißt du was, Serjoscha, wäre es nicht besser, du gingest so lange hinaus? Dir ist das doch sicher ganz gleichgültig. Ich erzähle es dir dann ja sowieso, nicht wahr? Wie denkst du darüber? Tue es mir zuliebe, ich bitte dich darum.«

»Sie fürchten sich, Onkel? Sie bereuen es?« fragte ich und sah ihn scharf an.

»Nein, nein, mein Junge, ich bereue es gar nicht«, rief er mit doppelter Lebhaftigkeit. »Auch fürchte ich mich jetzt durchaus nicht mehr. Ich habe ganz bestimmte Maßnahmen getroffen, die allerbestimmtesten. Du weißt nicht, du kannst dir gar nicht vorstellen, was sie von mir gefordert haben. Kann ich denn überhaupt in so etwas einwilligen? Nein, ich werde es ihnen zeigen! Ich habe das Joch abgeschüttelt und werde es ihnen beweisen. Einmal muß ich es ihnen doch klarmachen. Aber weißt du, mein Junge, ich bereue eigentlich, daß ich dich habe rufen lassen: vielleicht wird es Foma doch recht peinlich sein, wenn du dabei bist, sozusagen als Zeuge seiner Erniedrigung. Siehst du, ich möchte ihn auf eine anständige Art und Weise, ohne jede Beleidigung, aus dem Haus weisen. Aber sieh, das sage ich doch nur so, daß ich es ohne Beleidigung tun will. Und wenn ich noch so honigsüße Reden führe, mein Junge, die Sache an sich ist und bleibt doch immer beleidigend. Ich bin ein Grobian, habe keine Bildung, womöglich fährt mir aus Dummheit irgend etwas heraus, was mir dann selber wieder leid tun würde. Immerhin hat er doch auch für mich viel getan ... Geh, mein Junge ... Aber da bringen sie ihn schon, sie bringen ihn her. Serjoscha, ich bitte dich, geh! Ich erzähle dir alles später. Geh fort, um Christi willen!«

Und der Onkel schob mich auf die Terrasse hinaus, gerade in dem Augenblick, als Foma eintrat. Aber ich muß zu meiner Schande gestehen, daß ich nicht fortging, sondern absichtlich auf der Terrasse blieb, wo es ganz dunkel war, so daß man mich vom Zimmer aus kaum sehen konnte. Ich hatte die Absicht zu horchen.

Ich will meine Handlungsweise durchaus nicht rechtfertigen, aber ich kann wohl kühn behaupten, daß die halbe Stunde, die ich dort auf der Terrasse stand, ohne aus der Haut zu fahren, mir eigentlich wie die Heldentat irgendeines Großmärtyrers angerechnet werden müßte. Von meinem Posten aus konnte ich alles nicht nur sehr gut hören, sondern auch sehen: die Tür hatte eine große Glasscheibe. Nun bitte ich, sich einmal Foma Fomitsch vorzustellen, dem *befohlen* worden war zu erscheinen, und noch dazu unter Androhung von Gewalt, falls er sich weigern würde.

»War diese Drohung für meine Ohren bestimmt, Oberst?« wütete Foma, als er ins Zimmer trat. »Hat man mir die Wahrheit berichtet?«

»Gewiß, Foma, gewiß, beruhige dich nur«, antwortete mein Onkel tapfer. »Setz dich, wir wollen einmal ernsthaft miteinander reden, ganz freundschaftlich und brüderlich. Nimm Platz, Foma.«

Foma Fomitsch ließ sich feierlich auf einen Sessel nieder. Der Onkel ging mit schnellen, ungleichmäßigen Schritten im

Zimmer auf und ab, sichtlich bemüht, einen Anfang für seine Auseinandersetzung zu finden.

»Auf ganz brüderliche Art«, wiederholte er. »Du verstehst mich, Foma, du bist kein kleines Kind mehr und ich auch nicht – kurz, wir sind beide schon in den Jahren ... Hm! Siehst du, Foma, wir stimmen in manchen Punkten nicht überein ... ja, das ist es, in manchen Punkten. Und deshalb, Foma, wäre es da nicht besser, lieber Freund, wenn wir uns trennten? Ich bin überzeugt, daß du ein edler Mensch bist, nur immer mein Bestes im Auge hast und darum ... Aber wozu lange Reden halten? Foma, ich werde ewig dein Freund sein, das schwöre ich dir bei allen Heiligen! Hier sind fünfzehntausend Rubel, das ist alles, was ich aufbringen konnte, lieber Freund. Ich habe meine letzten Kröten zusammengescharrt, habe sogar meine Angehörigen beraubt. Nimm es getrost! Es ist meine Pflicht, ich muß dich sicherstellen. Es sind fast alles Kassenscheine und nur ganz wenig bares Geld. Nimm es getrost! Du wirst dadurch noch lange nicht zu meinem Schuldner, denn niemals könnte ich dir das vergelten, was du alles an mir getan hast. Ja, ja, das ist ganz sicher; das fühle ich, obgleich unsere Ansichten in den Hauptpunkten jetzt auseinandergehen. Morgen oder übermorgen ... oder wann es dir recht ist ... trennen wir uns dann. Zieh in unser Städtchen, Foma, es ist ja nur zehn Werst entfernt. Da ist hinter der Kirche, gleich in der ersten Seitengasse, ein kleines Häuschen mit grünen Fensterläden, ein ganz entzückendes Häuschen. Es gehört der Witwe des früheren Popen und ist ganz wie geschaffen für dich. Sie will es verkaufen. Ich werde es dir kaufen, noch über diese Summe hinaus. Dort siedle dich an, ganz in unserer Nähe. Beschäftige dich mit der Literatur, mit den Wissenschaften, erwirb dir Ruhm und Ehre ... Die Beamten sind dort alle sehr anständige, entgegenkommende und uneigennützige Menschen. Der Protopope ist ein gelehrter Mann. Feiertags kannst du dann immer zu uns zu Gast kommen – und wir werden wie im Paradies leben! Bist du einverstanden?«

Unter solchen mildernden Umständen will man also Foma aus dem Haus jagen, dachte ich, und von dem Geld hat mir der Onkel auch nichts gesagt.

Lange Zeit herrschte das tiefste Schweigen. Foma saß wie betäubt in seinem Sessel und blickte starr meinen Onkel an, der sich bei diesem Schweigen und unter diesem Blick anscheinend höchst unbehaglich fühlte.

»Geld?« sagte endlich Foma mit künstlich schwacher Stimme. »Wo ist es? Wo ist das Geld? Geben Sie es her, geben Sie es augenblicklich her!«

»Hier ist es, Foma. Meine letzten Kröten. Gerade fünfzehntausend. Es ist alles, was ich habe. Es sind Banknoten und Kassenscheine – nun, du wirst schon sehen . . . Hier!«

»Gawrila, nimm dieses Geld«, sagte Foma kurz. »Vielleicht kann es dir auf deine alten Tage noch Nutzen bringen. – Oder nein!« schrie er plötzlich auf, fing dabei in ganz eigentümlicher Weise an zu kreischen und sprang von seinem Sessel auf. »Nein, gib es mir wieder zurück! Gib mir das Geld, Gawrila! Gib es her! Gib es her! Gib mir diese Millionen, damit ich sie mit Füßen trete, gib sie her, damit ich sie in Stücke reiße, bespeie, in alle vier Winde zerstreue, mit Schmutz und Schande bedecke . . . Mir, mir bietet man Geld an! Loskaufen will man mich, damit ich dieses Haus verlasse! Kann ich meinen Ohren trauen? Mußte ich diesen Gipfel aller Schmach noch erleben? Da, hier sind sie, Ihre Millionen! Sehen Sie: da . . . da . . . da und da! Sehen Sie, so handelt Foma Fomitsch, wenn Sie das bisher noch nicht gewußt haben sollten, Oberst!«

Und Foma streute alle Scheine des Geldpäckchens einzeln im Zimmer umher. Es war auffallend, daß er nicht eine einzige Banknote zerriß oder bespie, wie er sich soeben noch gebrüstet hatte, daß er es tun werde, sondern er zerknüllte sie nur ein bißchen, und auch das noch recht vorsichtig. Gawrila beeilte sich, das Geld vom Fußboden aufzulesen, um es dann, wenn Foma hinausgegangen wäre, gewissenhaft seinem Herrn wiederzugeben.

Diese Handlungsweise Fomas löste bei meinem Onkel einen wahren Starrkrampf aus. Stumm, fassungslos und mit offenem Mund stand er nun seinerseits vor Foma. Dieser hatte inzwischen wieder auf seinem Lehnstuhl Platz genommen und keuchte, als befände er sich in unbeschreiblicher Aufregung.

»Du bist ein erhabener Mensch, Foma!« rief der Onkel endlich, nachdem er wieder zur Besinnung gekommen war. »Du bist der edelste Mensch auf dieser ganzen Welt!«

»Das weiß ich«, antwortete Foma mit schwacher Stimme, doch mit unbeschreiblicher Würde.

»Foma, verzeihe mir! Ich habe mich wie ein Schuft gegen dich benommen.«

»Ja, das haben Sie«, pflichtete Foma bei.

»Foma! Nicht über deinen Edelmut wundere ich mich«, fuhr der Onkel in Begeisterung fort, »sondern darüber, daß ich dermaßen roh, blind und gemein habe sein können, dir Geld unter solchen Bedingungen anzubieten. Aber in einem Punkt irrst du dich doch, Foma: ich wollte dich nicht loskaufen, dich nicht etwa dafür bezahlen, daß du das Haus verließest, sondern ich wollte ganz einfach, daß auch du etwas Geld haben solltest, damit du nicht in Not kämest, wenn du von mir fortgingest. Das schwöre ich dir! Auf den Knien, auf den Knien möchte ich dich um Verzeihung bitten, Foma, und wenn du willst, werde ich augenblicklich vor dir niederknien ... du brauchst es nur zu sagen.«

»Mir ist an Ihrem Kniefall nichts gelegen, Oberst ...«

»Aber, mein Gott! Foma! Bedenke doch: ich war aufgebracht, vor den Kopf gestoßen, ich war ganz außer mir ... Aber so rate mir doch, sage mir, womit, womit ich diese Kränkung wiedergutmachen kann? Belehre mich, sprich dich aus ...«

»Nichts, nichts in der Welt kann diese Kränkung wiedergutmachen, Oberst! Morgen noch werde ich vor der Schwelle dieses Hauses den Staub von meinen Füßen schütteln.«

Und Foma erhob sich langsam von seinem Sessel. Der Onkel stürzte entsetzt auf ihn zu und nötigte ihn zum Sitzenbleiben.

»Nein, Foma, du wirst nicht fortgehen, das versichere ich dir!« rief der Onkel aus. »Den Staub von den Füßen zu schütteln, davon kann gar nicht die Rede sein, Foma! Du darfst nicht fort von hier, oder ich laufe dir nach bis ans Ende der Welt und laufe so lange hinter dir her, bis du mir verziehen hast ... Das schwöre ich dir, Foma! Das tue ich.«

»Ihnen verzeihen? Sehen Sie Ihre Schuld denn ein?« sagte Foma. »Begreifen Sie auch das Unrecht, das Sie mir angetan haben? Ist Ihnen klar, daß Sie sich sogar dadurch an mir vergangen haben, daß Sie mir hier das tägliche Brot gewährten? Begreifen Sie, daß Sie jetzt in diesem Augenblick jedes einzelne Stückchen Brot mit Gift übergossen haben, das ich bisher in Ihrem Haus genossen? Jedes Stückchen, jeden Bissen dieses Brotes, das ich bei Ihnen verzehrt habe, werfen Sie mir jetzt vor und machen mir klar, daß ich in diesem Haus wie ein Sklave, wie ein Lakai, wie ein Putzlappen Ihrer Lackstiefel angesehen wurde. Und dabei habe ich in meiner Herzenseinfalt bis zu diesem Augenblick immer geglaubt, daß ich diesem

Haus als Freund, als Bruder angehöre. Haben Sie mir nicht selber, haben Sie mir nicht selber mit Ihren falschen Redensarten tausendmal diese Brüderschaft versichert? Warum haben Sie mir heimtückisch dieses Netz gestellt, in das ich Tor mich verfangen habe? Warum haben Sie mir im Dunkel der Nacht diese Wolfsgrube gegraben, in die Sie mich jetzt noch selber hineinstoßen? Warum haben Sie mich nicht schon früher mit einem Schlag, mit einem Keulenschlag zu Boden geschmettert? Warum haben Sie mir nicht von allem Anfang an den Hals umgedreht wie einem Hahn, dafür ... nun, meinetwegen, zum Beispiel nur dafür, daß er eben keine Eier legt? Ja, so ist es doch! Ich halte diesen Vergleich aufrecht, Oberst, obgleich er aus dem Provinzleben gegriffen ist und durch seinen trivialen Ton an die zeitgenössische Literatur erinnert. Ich halte ihn aufrecht, weil er die ganze Sinnlosigkeit Ihrer Beschuldigungen klar vor Augen treten läßt, denn ich habe mir Ihnen gegenüber nichts anderes zuschulden kommen lassen als besagter Hahn, der eben auch nur dadurch, daß er keine Eier legen konnte, den Unwillen seines wenig scharfsinnigen Besitzers erregte. Ich bitte Sie, Oberst! Bezahlt man denn einen Freund oder Bruder mit Geld – und noch dazu wofür? Denn das ist doch die Hauptsache: dieses Wofür! ‚Ich bin in deiner Schuld, vielgeliebter Bruder', sagen Sie, ‚du hast mir sogar das Leben gerettet; hier hast du ein paar Judassilberlinge, aber nun, marsch fort, aus meinen Augen!' Wie naiv! Wie roh Sie gegen mich verfahren sind! Sie dachten, ich dürste nach Ihrem Geld, während ich nur paradiesische Gefühle: Ihr Wohlergehen zu fördern, genährt habe. Oh, wie haben Sie mir das Herz zerfleischt! Mit meinen edelsten Gefühlen haben Sie gespielt wie ein Knabe mit einem leblosen Stück Holz! Aber ich habe das geahnt, Oberst, habe das schon lange, lange geahnt – und deshalb blieb mir Ihr Brot auch immer in der Kehle stecken, deshalb wollte es mich immer ersticken! Deshalb lasteten Ihre Daunendecken wie ein Alb auf mir, statt mich wohlig zu umfangen! Deshalb schmeckte mir all Ihr Zucker und Ihre Konfitüren immer nur nach Pfeffer und nicht nach Süßigkeiten! Nein, Oberst! Leben Sie allein, seien Sie glücklich allein, und lassen Sie Foma Fomitsch mit dem Bündel auf dem Rücken seinen Dornenpfad dahinziehen! So mußte es kommen, Oberst.«

»Nein, Foma, nein! Das wird, das kann nicht sein!« stöhnte der Onkel, vollständig vernichtet.

»Doch, Oberst, doch! So wird es kommen, weil es so kommen mußte. Noch morgen gehe ich von Ihnen fort. Streuen Sie Ihre Millionen hin, legen Sie sie hin, Ihre Banknoten, eine an die andere, den ganzen langen Weg bis Moskau – stolz und verächtlich werde ich über Ihr Geld hinwegschreiten. Dieser Fuß hier, Oberst, wird Ihre Banknoten zerstampfen und in den Schmutz treten, und Foma Opiskin wird das Bewußtsein des eigenen Seelenadels genügen, um satt zu sein. Ich habe es gesagt und bewiesen! Leben Sie wohl, Oberst! Le–ben – Sie – wohl, Oberst!«

Und Foma machte abermals Anstalten, sich von seinem Sessel zu erheben.

»Verzeihe mir, Foma, verzeihe mir! Vergiß es!« rief der Onkel in flehendem Ton.

»Verzeihen? Was liegt Ihnen denn an meiner Verzeihung? Nun gut, nehmen wir an, daß ich Ihnen verzeihe? Ich bin ja ein Christ und darf gar nicht anders handeln, auch habe ich Ihnen beinahe schon alles verziehen. Aber urteilen Sie doch selber: wäre es denn überhaupt irgendwie mit einer gesunden Vernunft und einer anständigen Gesinnung zu vereinen, wenn ich jetzt auch nur eine Minute noch länger in Ihrem Haus bliebe? Sie haben mich doch hinausgejagt.«

»Aber gewiß, Foma, das ist zu vereinen! Ich versichere dir, es ist zu vereinen!«

»Das soll zu vereinen sein! Sind wir denn jetzt noch einander gleich? Begreifen Sie denn nicht, daß ich Sie sozusagen durch meinen Edelmut erdrückt habe und Sie sich durch Ihre niedrige Handlungsweise selber herabgewürdigt haben? Sie sind in den Staub gesunken, und ich bin emporgehoben worden. Wo bleibt da die Gleichheit? Und ist denn eine Freundschaft ohne diese Gleichheit überhaupt denkbar? Ich sage dies, und ein aufrichtiger Schmerzenslaut entringt sich meiner Brust, nicht etwa um mich triumphierend über Sie zu erheben, wie Sie vielleicht denken . . .«

»Und auch meiner Brust entringt sich ein Schmerzenslaut, Foma, das versichere ich dir . . .«

»Und das ist nun derselbe Mensch«, fuhr Foma fort und ging in einen salbungsvollen Tonfall über, »um dessentwillen ich so manche Nacht kein Auge zugetan? Wie oft habe ich mich nicht in schlaflosen Nächten von meinem Lager erhoben, die Kerze angezündet und zu mir gesagt: Jetzt ruht er friedlich und verläßt sich auf dich. Du aber schlafe nicht, Foma, sondern wache für ihn; vielleicht kann dein Geist doch noch etwas zum Wohl dieses Menschen ersinnen. So dachte Foma Fomitsch in seinen schlaflosen Nächten, Oberst! Und so hat er es ihm gelohnt, dieser Oberst! Doch genug, genug!«

»Aber ich werde mir deine Freundschaft wieder verdienen, Foma, ich werde sie mir wieder verdienen – das schwöre ich dir!«

»Verdienen? Wer leistet mir dafür Gewähr? Als Christ verzeihe ich Ihnen und werde Sie auch wieder lieben, als Mensch aber, als edler Mensch, muß ich Sie wohl oder übel verachten. Das ist meine Pflicht, das muß ich um der Sittlichkeit willen tun, weil Sie – ich wiederhole es noch einmal – sich selber entehrt haben, ich aber habe dabei die edelste Tat vollbracht. Und wer von Ihresgleichen würde sich wohl je zu einer solchen Tat aufschwingen können? Wer von Ihnen würde eine so beträchtliche Geldsumme zurückweisen, auf welche der arme, von allen verachtete Foma aus Liebe zu seiner Seelengröße verzichtet hat? Nein, Oberst, um wieder mit mir auf einer Stufe zu stehen, müssen Sie vorerst eine ganze Reihe von Heldentaten vollbringen. Aber was für Heldentaten können Sie denn ausführen, wenn Sie es nicht einmal fertigbringen, ‚Sie' zu mir zu sagen wie zu einem Gleichgestellten, sondern mich immer noch duzen müssen wie einen Diener? ...«

»Aber Foma, ich habe doch aus Freundschaft du zu dir gesagt«, klagte der Onkel. »Ich wußte doch nicht, daß es dir unangenehm ist ... Mein Gott! Wenn ich es nur gewußt hätte ...«

»Sie«, fuhr Foma fort, »Sie, der Sie mir nicht einmal die geringste, die nichtigste Bitte erfüllen konnten oder, besser gesagt, nicht erfüllen wollten, als ich Sie bat, mich wie einen General ‚Euer Exzellenz' zu nennen!«

»Aber Foma, das wäre doch sozusagen ein Eingriff in höhere Befugnisse, Foma.«

»Ein Eingriff in höhere Befugnisse? Da haben Sie nun eine Romanphrase auswendig gelernt und wiederholen sie fortwährend wie ein Papagei. Aber wissen Sie auch, daß Sie mich durch Ihre Weigerung, ‚Exzellenz' zu mir zu sagen, geschändet und entehrt haben? Entehrt, weil Sie meine Gründe nicht verstanden und mich als einen launenhaften Toren hingestellt haben, der reif fürs Irrenhaus ist. Weiß ich denn nicht ganz allein, daß ich mich lächerlich machen würde, wenn ich mich wirklich ‚Exzellenz' nennen ließe, ich, der ich doch alle diese

Würden und jedwede weltliche Größe verachte, die an sich ganz wertlos sind, wenn sie nicht durch die Tugend verklärt werden? Nicht für eine Million würde ich den Generalsrang annehmen, wenn ich nicht auch die Tugenden besäße. Und Sie hielten mich für einen Wahnsinnigen! Nur zu Ihrem Nutz und Frommen opferte ich meine Eigenliebe und ließ es zu, daß *Sie, Sie,* mich für einen Wahnsinnigen halten konnten, Sie und Ihre *Gelehrten.* Einzig und allein nur deshalb, um Ihren Verstand zu erleuchten, Ihren Sinn für Moral zu entfalten, das Strahlenlicht neuer Ideen über Sie auszugießen, nur deshalb entschloß ich mich, von Ihnen die Anrede ‚Exzellenz' zu fordern. Ich wollte nämlich, daß Sie fürderhin nicht die Generale für die höchsten Leuchten auf unserem Erdenball halten sollten, wollte Ihnen beweisen, daß ein Titel ohne Seelengröße Schall und Rauch ist und daß Sie somit gar keine Ursache hatten, sich über die Ankunft Ihres Generals zu freuen, zumal auch in Ihrer Nähe Leute leben, die vom Glanz der Tugend bestrahlt werden. Aber Sie haben sich ja stets mit Ihrem Titel als Oberst so vor mir gebrüstet, daß es Ihnen nun schwerfällt, ‚Exzellenz' zu mir zu sagen. Das ist der ganze Grund! Da ist der wahre Grund zu suchen und nicht in irgendeinem ‚Eingreifen in höhere Befugnisse'! Der ganze Grund ist nur der, daß Sie Oberst sind und ich nur Foma ...«

»Nein, Foma, nein! Ich versichere dir, daß das nicht der Fall ist. Du bist ein Gelehrter, bist nicht nur so ein Foma schlechthin ... ich verehre dich ...«

»Sie verehren mich? Schön! So sagen Sie mir nun, wenn Sie mich verehren, bin ich Ihrer Ansicht nach des Generalsranges würdig oder nicht? Antworten Sie mir unverzüglich und mit aller Bestimmtheit: Bin ich seiner würdig oder nicht? Ich will Ihren Verstand, Ihre geistige Entwicklung auf die Probe stellen.«

»Du bist seiner würdig wegen deiner Ehrenhaftigkeit, deiner Selbstlosigkeit, wegen deines Verstandes und wegen deiner hochherzigen Seelengröße«, antwortete der Onkel stolz.

»Wenn ich aber dieses Ranges würdig bin, warum nennen Sie mich dann nicht ‚Exzellenz'?«

»Meinetwegen, Foma, ich werde dich so nennen ...«

»Das verlange ich auch! Ich fordere es jetzt von Ihnen, Oberst, ich bestehe darauf und verlange es. Ich sehe, wie schwer es Ihnen fällt, und gerade darum verlange ich es. Dieses Opfer Ihrerseits wird der erste Schritt zu jenen Heldentaten sein, von denen Sie – vergessen Sie das nicht – erst eine ganze Reihe vollbringen müssen, ehe Sie wieder mit mir auf gleicher Stufe stehen. Sie müssen sich selber besiegen, und erst dann werde ich an Ihre Aufrichtigkeit glauben ...«

»Schon von morgen an werde ich dich ‚Exzellenz' nennen, Foma.«

»Nein, nicht erst morgen, Oberst, morgen versteht sich das von selbst. Ich verlange, daß Sie jetzt, augenblicklich mich ‚Exzellenz' nennen!«

»Gewiß, Foma, ich bin bereit ... Nur wie soll ich denn das machen, jetzt gleich, so ohne weiteres, Foma?«

»Warum denn nicht jetzt gleich? Schämen Sie sich etwa? Das wäre für mich eine Beleidigung, wenn Sie sich schämten.«

»Nun, meinetwegen, Foma, ich bin ja bereit ... ich bin sogar stolz darauf ... Nur wie kann ich denn, Foma ... wie kann ich denn so ohne weiteres zu dir sagen: ‚Guten Tag, Exzellenz!' Das geht doch nicht ...«

»Nein, nicht ‚Guten Tag, Exzellenz'! In diesem Ton liegt schon wieder eine Beleidigung. Das klingt wie ein Scherz, wie eine Posse! Ich gestatte aber nicht, daß man solche Scherze mit mir treibt. Kommen Sie zur Besinnung, Oberst, augenblicklich zur Besinnung! Schlagen Sie einen anderen Ton an!«

»Meinst du das im Ernst, Foma?«

»Erstens heißt es nicht ‚du', Jegor Iljitsch, sondern ‚Sie' – vergessen Sie das nicht –, und dann bin ich für Sie nicht Foma, sondern Foma Fomitsch.«

»Aber gewiß, Foma Fomitsch, mit Vergnügen! Bei Gott, mit dem allergrößten Vergnügen ... Aber was soll ich denn nun sagen?«

»Es fällt Ihnen anscheinend schwer, Ihren Worten ‚Exzellenz' hinzuzufügen – das ist begreiflich. Sie hätten es mir nur schon eher eingestehen sollen! Es ist sogar verzeihlich, wenn jemand nicht ein Urheber eigener Ideen ist, um mich höflich auszudrücken. Nun, ich werde Ihnen helfen, wenn Sie kein Urheber eigener Ideen sind. Sprechen Sie mir nach: ‚Exzellenz'!«

»Na, Exzellenz.«

»Nein, nicht: ‚Na, Exzellenz', sondern einfach: ‚Exzellenz'! Ich habe Ihnen schon einmal gesagt, Oberst, schlagen Sie einen anderen Ton an! Auch hoffe ich, daß Sie sich nicht beleidigt fühlen werden, wenn ich Ihnen den Vorschlag mache, sich leicht zu verbeugen und dabei gleichzeitig den Oberkörper etwas nach vorn zu neigen, um dadurch Ihre Ehrerbietung zu bezeigen und die Bereitwilligkeit, sogleich zu fliegen sozusagen, um meine Aufträge auszuführen. Ich habe selber in Generalskreisen verkehrt und kenne das ... Nun also: ‚Exzellenz'!«

»Exzellenz ...«

»Wie unaussprechlich freue ich mich, daß ich nun endlich einmal Gelegenheit habe, Sie um Verzeihung zu bitten, daß ich nicht gleich auf den ersten Blick den Seelenadel Eurer Exzellenz erkannt habe. Ich erlaube mir zu versichern, daß ich in Zukunft meine schwachen Kräfte niemals schonen werde, wenn es sich um das Wohl der Allgemeinheit handelt ... Nun, das ist vorläufig genug für Sie!«

Der arme Onkel! Wort für Wort, Satz für Satz mußte er den ganzen Unsinn nachbeten! Ich stand da und wurde rot, als wäre es meine Schuld. Die Wut schnürte mir die Kehle zu.

»Nun, fühlen Sie jetzt nicht«, fuhr der Peiniger fort, »daß Ihnen leichter ums Herz geworden ist, als wenn ein Engel in Ihre Seele herabgeschwebt wäre? Fühlen Sie die Anwesenheit dieses Engels? Antworten Sie mir!«

»Ja, Foma, ich fühle mich jetzt wirklich leichter«, antwortete der Onkel.

»Als wäre Ihr Herz, nachdem Sie sich nun selber besiegt haben, sozusagen mit Öl gesalbt worden?«

»Ja, Foma, gewiß, wie mit Butter beschmiert!«

»Wieso denn mit Butter? Hm ... Von Butter habe ich übrigens gar nicht mit Ihnen gesprochen... Nun, gleichviel! Sehen Sie, was das ausmacht, wenn man seine Pflicht erfüllt! Sie müssen sich selber überwinden. Sie sind selbstsüchtig, außerordentlich selbstsüchtig.«

»Ja, Foma, ich bin selbstsüchtig, das sehe ich ein«, antwortete der Onkel mit einem Seufzer.

»Sie sind ein Egoist, ein lichtscheuer Egoist ...«

»Ich bin ein Egoist, das ist wahr, Foma, ich sehe es ein. Seitdem ich dich kenne, ist mir auch das klar geworden.«

»Ich spreche jetzt wie ein Vater, wie eine liebevolle Mutter zu Ihnen ... Sie stoßen alle von sich ab und vergessen, daß ein freundliches Kalb, wie es im Sprichwort heißt, an zwei Müttern saugt.«

»Das ist wahr, Foma.«

»Sie sind plump. Sie drängen sich auf so täppische Art und Weise in die Herzen anderer Menschen ein, lenken so selbstsüchtig die Aufmerksamkeit aller immer nur auf sich allein, daß ein anständiger Mensch am liebsten meilenweit von Ihnen fortlaufen möchte.«

Wieder seufzte der Onkel tief.

»Seien Sie doch zarter, aufmerksamer, liebevoller gegen andere! Vergessen Sie sich selber um anderer willen, dann werden andere auch Ihrer gedenken! Leben und leben lassen – das ist mein Leitmotiv! Dulde und hoffe, bete und arbeite – das sind Wahrheiten, die ich mit einem Schlag der ganzen Menschheit einhämmern möchte. Eifern auch Sie dem nach, dann werde ich als erster Ihnen mein Herz erschließen, werde mich an Ihrer Brust ausweinen ... wenn es nötig sein sollte ... Von Ihnen aber hört man immer nur: ‚Ich‘ und immer wieder ‚ich und meine Herrlichkeit‘! Und diese Ihre ‚Herrlichkeit‘ hängt einem dann nachgerade zum Hals heraus, mit Verlaub zu sagen.«

»Wie er zu reden versteht!« murmelte Gawrila andächtig.

»Das ist ja alles richtig, Foma, ich fühle es auch«, bestätigte der Onkel ganz gerührt. »Aber das ist doch nicht alles meine Schuld. Ich bin nun einmal so erzogen worden und habe immer nur unter Soldaten gelebt. Ich schwöre dir, Foma, auch ich hatte ein empfindsames Gemüt. Als ich von meinem Regiment Abschied nahm, da fingen meine Husaren beinahe an zu weinen und sagten, daß sie einen solchen Kommandeur wie mich wohl nie wieder bekommen würden ... Und damals dachte ich auch, ich sei vielleicht doch kein so ganz verlorener Mensch.«

»Wieder ein Zug von Egoismus! Wieder ertappe ich Sie bei Ihrer Selbstsucht! Sie werfen sich in die Brust und machen mir noch so ganz beiläufig die Tränen Ihrer Husaren zum Vorwurf. Warum brüste denn ich mich nicht mit den Tränen anderer? Und ich hätte doch allen Grund dazu, wahrlich, den hätte ich!«

»Das ist mir nur so herausgerutscht, Foma, ich dachte an die schöne alte Zeit, und da konnte ich es nicht für mich behalten.«

»Die schöne Zeit fällt nicht vom Himmel, wir schaffen sie uns selber, sie liegt in unserem eigenen Herzen verborgen, Jegor Iljitsch. Warum bin ich denn immer glücklich und zufrieden, trotz all meinen Leiden? Warum bewahre ich denn meinen Seelenfrieden und falle niemandem lästig, ausgenommen vielleicht jenen Dummköpfen und sogenannten Gelehrten, die ich nicht schone und auch nicht schonen will? Ich kann die Dummköpfe nun einmal nicht leiden! Und was sind diese ‚Gelehrten' denn eigentlich? ‚Menschen der Wissenschaft!' Aber ihre ganze Wissenschaft ist weiter nichts als aufgeblasene Prahlerei! Nun was hat *er* denn vorhin gesagt? Bringen Sie ihn einmal her! Bringen Sie alle Gelehrten hierher! Ich kann alles widerlegen; alle ihre Sätze kann ich widerlegen! Und von dem Seelenadel will ich gleich gar nicht reden ...«

»Allerdings, Foma, allerdings! Wer könnte das bezweifeln?«

»Vorhin zum Beispiel habe ich Verstand, Talent, eine kolossale Belesenheit sowie meine Kenntnis des Menschenherzens und der zeitgenössischen Literatur an den Tag gelegt und in geradezu glänzender Weise gezeigt und bewiesen, wie ein talentvoller Mensch sogar aus irgendeiner Komarinskaja ein erhabenes Gesprächsthema entwickeln kann. Und der Erfolg? Hat auch nur einer von ihnen mich gebührend zu würdigen verstanden? Nein, sie wandten sich ab. Ich bin überzeugt, daß Ihr Neffe bereits gesagt hat, ich wisse nichts. Und doch hat möglicherweise ein Machiavelli, ein Mercadante in eigener Person vor ihm gesessen, dessen einzige Schuld ist, arm und unbekannt zu sein ... Nein, das wollen wir ihnen nicht so durchgehen lassen ... Und dann hörte ich noch von einem Korowkin? Was ist denn das wieder für ein Esel?«

»Das ist ein kluger Mensch, Foma, ein Mann der Wissenschaft ... Ich erwarte ihn; das wird aber nun sicherlich ein richtiger Gelehrter sein, Foma.«

»Hm. Ich zweifle daran. Wahrscheinlich irgend so ein moderner Esel, der mit Büchern beladen ankommt. Sie haben alle keine Seele, Oberst, kein Herz! Was nützt mir aber alle Gelehrsamkeit, wenn die Tugend fehlt?«

»Nein, Foma, nein! Wie er vom Familienglück gesprochen hat! Das Herz lacht einem nur so im Leibe dabei, Foma!«

»Hm! Wir werden ja sehen. Wir werden auch diesen Korowkin examinieren. Aber jetzt genug«, schloß Foma und erhob sich aus seinem Sessel. »Ich kann Ihnen noch nicht vollständig verzeihen, Oberst; Sie haben mich bis aufs Blut gekränkt; aber ich werde beten, und vielleicht senkt Gott dann den Frieden in mein beleidigtes Herz herab. Morgen wollen wir noch einmal darüber sprechen, aber jetzt erlauben Sie wohl, daß ich mich entferne. Ich bin müde und schwach geworden ...«

»Ach, Foma!« rief der Onkel besorgt. »Das mußte ja auch deine Kräfte mitnehmen! Weißt du, was? Willst du dich nicht ein bißchen stärken, etwas zu dir nehmen? Ich werde gleich etwas bestellen.«

»Etwas zu mir nehmen? Ha – ha – ha! Etwas zu mir nehmen!« gab Foma mit verächtlichem Lachen zur Antwort. »Zuerst wird man mit Gift getränkt und dann noch gefragt, ob man nicht etwas zu sich nehmen will. Die Wunden des Herzens wollen Sie heilen mit eingemachten Pilzen und Apfelkompott! Was sind Sie doch für ein erbärmlicher Materialist, Oberst!«

»Ach, Foma, ich habe das doch, bei Gott, nur gut gemeint ...«

»Nun, schön. Lassen wir das. Ich ziehe mich jetzt zurück, Sie aber gehen unverzüglich zu Ihrer armen Mutter, fallen vor ihr auf die Knie, schluchzen, weinen und bitten um Verzeihung – das ist Ihre Pflicht und Schuldigkeit!«

»Ach, Foma, die ganze Zeit über habe ich schon daran gedacht, sogar jetzt, während ich mit dir sprach, dachte ich daran. Ich bin bereit, sogar die ganze Nacht vor ihr auf den Knien zu liegen. Aber bedenke doch, Foma, was man von mir verlangt! Das ist doch ungerechtfertigt, das ist doch grausam, Foma! Sei doch auch hierin großmütig, mache mich voll und ganz glücklich, denke darüber nach und entscheide, und dann ... dann ... ich schwöre dir ...«

»Nein, Jegor Iljitsch, nein, das ist nicht meine Sache«, entgegnete Foma. »Sie wissen, daß ich mich in diese Angelegenheit niemals einmische, das heißt, Sie sind wohl überzeugt, daß ich der Urheber von alledem bin, aber ich versichere Ihnen, daß ich mich gleich von Anfang an von dieser ganzen Sache vollkommen ferngehalten habe. Das ist einzig und allein nur der Wille Ihrer Mutter, sie aber will, das versteht sich wohl von selbst, nur Ihr Bestes ... Gehen Sie, eilen Sie, fliegen Sie zu ihr hin, und machen Sie das Geschehene durch Ihren Gehorsam wieder gut ... Lasset die Sonne nicht untergehen über euerm Zorn! Ich aber ... ich aber werde die ganze Nacht für Sie beten! Ich weiß schon lange nicht mehr, was Schlaf ist, Jegor Iljitsch! Leben Sie wohl! Auch dir verzeihe ich, Alter«, fügte er hinzu und wandte sich an Gawrila.

»Ich weiß, daß du nicht mit Bewußtsein gefehlt hast. Verzeihe auch du mir, wenn ich dich gekränkt habe ... Lebt wohl, lebt wohl, lebt alle wohl, und der Segen des Herrn sei mit euch! ...«

Foma ging hinaus. Ich stürzte sofort ins Zimmer.

»Du hast gehorcht?« rief mein Onkel.

»Ja, Onkel, ich habe gehorcht! Und Sie, Sie haben es über sich gebracht, ‚Exzellenz' zu ihm zu sagen?«

»Was sollte ich denn tun, mein Junge? Ich bin sogar stolz darauf ... Das ist noch gar nichts gegen seine gewaltige Heldentat: was für ein edler, was für ein uneigennütziger, was für ein erhabener Mensch das ist! Sergej, du hast es ja selber gehört ... Wie ich nur überhaupt auf den Einfall mit diesem Geld gekommen bin, das verstehe ich einfach nicht! Mein Freund, ich habe mich hinreißen lassen, ich war wütend, ich verstand ihn nicht, verdächtigte und beschuldigte ihn ... aber nein! Er konnte ja gar nicht mein Gegner sein; das sehe ich jetzt selber ein ... Und erinnerst du dich, was für einen edlen Ausdruck seine Züge annahmen, als er das Geld von sich stieß?«

»Meinetwegen, Onkel, seien Sie stolz auf was und bis zu welchem Grad es Ihnen Spaß macht, ich aber reise ab. Meine Geduld ist zu Ende. Ich frage Sie zum letztenmal: Sagen Sie, was verlangen Sie eigentlich von mir? Warum haben Sie mich hierhergerufen, und was erwarten Sie von mir? Wenn wirklich alles zu Ende ist und ich Ihnen nichts mehr nützen kann, dann reise ich eben ab. Ich kann solche Szenen nicht ertragen! Heute noch reise ich ab!«

»Mein Junge ...« ereiferte sich der Onkel in seiner hastigen Art, »warte nur noch zwei Minuten. Ich will jetzt nur noch schnell zu Mamachen gehn ... Ich muß das dort aus der Welt schaffen ... Es ist eine wichtige, große, folgenschwere Sache! Geh inzwischen auf dein Zimmer. Hier, Gawrila wird dich ins Sommerhäuschen führen. Kennst du das Sommerhäuschen? Es liegt mitten im Garten. Ich habe bereits alle Anordnungen getroffen, auch dein Koffer ist schon hinübergeschafft worden. Ich werde jetzt dorthin gehen, um Verzeihung bitten, in jener Angelegenheit einen Entschluß fassen – ich weiß jetzt ganz genau, was ich zu tun habe – und dann augenblicklich zu dir kommen, werde dir alles, alles bis auf die letzten Nebensächlichkeiten erzählen und mein ganzes Herz vor dir ausschütten. Und ... und ... und dann werden vielleicht auch noch einmal für uns glückliche Tage kommen! Zwei Minuten noch, Sergej, nur zwei Minuten noch.«

Er drückte mir die Hand und lief davon. Es war nichts zu machen; ich mußte mich von Gawrila in mein neues Quartier geleiten lassen.

10

Misintschikow

Das Sommerhäuschen, wohin mich Gawrila führte, hieß nach alter Gewohnheit immer noch »der neue Flügel«, obgleich es schon vor Jahren, noch von den früheren Besitzern des Gutes erbaut worden war. Es war ein nettes, kleines Häuschen ganz aus Holz, das, einige Schritte von dem alten Haus entfernt, mitten im Garten lag. Auf drei Seiten war es von hohen, alten Linden umgeben, deren Äste das Dach beschatteten. Alle vier Zimmer dieses Häuschens waren nett eingerichtet und zur Aufnahme von Gästen bestimmt. Als ich das mir zugewiesene Zimmer betrat, wohin man auch schon meinen Koffer gebracht hatte, erblickte ich auf dem Nachttischchen neben dem Bett einen Bogen Schreibpapier, der mit musterhafter Schönschrift in verschiedenen Schriftarten vollgeschrieben und mit Girlanden, Randverzierungen und Schnörkeln geschmückt war. Die Anfangsbuchstaben und die Girlanden waren mit bunten Farben ausgemalt. Alles zusammen machte den Eindruck einer vorzüglichen kalligraphischen Arbeit. Den ersten Worten, die ich las, entnahm ich, daß es ein an mich gerichtetes Bittgesuch war, in dem ich mit »erlauchter Wohltäter« angeredet wurde. Die Überschrift lautete: »Widopljasows Klagegesang.« Doch so sehr ich auch meine Aufmerksamkeit anstrengte, um wenigstens etwas von der ganzen Schreiberei erfassen zu können – alle meine Bemühungen blieben erfolglos: es war der blühendste Blödsinn, in hochtrabendem Bedientenstil geschrieben. Ich erriet nur so viel, daß Widopljasow sich in einer bedauernswerten Lage befand, mich um Beistand bat, in irgendeiner Sache »von wegen meiner Bildung« große Hoffnungen auf mich setzte und mich am Schluß bat, bei meinem Onkel für ihn einzutreten und ihn »kraft meiner Geistesmaschinerie« zu beeinflussen, wie es am Schluß dieser Epistel wörtlich hieß. Ich hatte noch nicht zu Ende gelesen, als die Tür aufging und Misintschikow ins Zimmer trat.

»Ich hoffe, daß Sie mir erlauben werden, Ihre nähere Bekanntschaft zu machen«, sagte er ungezwungen, aber außerordentlich höflich und reichte mir die Hand. »Ich habe bisher noch keine zwei Worte mit Ihnen wechseln können, und doch regte sich in mir gleich, als ich Sie sah, der Wunsch, Sie näher kennenzulernen.«

Ich antwortete ihm sogleich, daß ich mich ebenfalls außerordentlich freue und so weiter, obgleich ich mich in einer ganz üblen Gemütsverfassung befand. Wir setzten uns.

»Was haben Sie denn da?« fragte er mit einem Blick auf den Papierbogen, den ich noch in der Hand hielt. »Das ist doch nicht etwa ‚Widopljasows Klagegesang'? Wahrhaftig! Ich dachte mir schon, daß sich Widopljasow auch an Sie heranmachen würde. Mir hat er genau dasselbe Blatt überreicht, ganz denselben Klagegesang. Auf Sie hat er schon lange gewartet und wahrscheinlich alles schon vorher fertig gemacht. Aber wundern Sie sich nicht darüber: es geht hier ziemlich verrückt zu, und es gibt wirklich immer etwas zum Lachen.«

»Nur zum Lachen?«

»Na, soll man vielleicht darüber weinen? Wenn Sie wollen, erzähle ich Ihnen Widopljasows Lebensgeschichte, und ich bin sicher, daß Sie lachen werden.«

»Ich muß gestehen, daß es mir jetzt durchaus nicht um diesen Widopljasow zu tun ist«, gab ich ärgerlich zur Antwort.

Es war mir klar, daß sowohl der Besuch Herrn Misintschikows als auch sein liebenswürdiges Gespräch in einer ganz besonderen Absicht von ihm herbeigeführt worden war und daß mich dieser Herr Misintschikow einfach für irgend etwas brauchte. Bisher hatte er finster und schweigend dagesessen; jetzt aber war er auf einmal ganz heiter, lachte und war sogar bereit, lange Geschichten zu erzählen. Es war auf den ersten Blick ersichtlich, daß dieser Mensch sich ganz in der Gewalt hatte und anscheinend ein Menschenkenner war.

»Dieser verfluchte Foma!« rief ich aus und schlug wütend mit der Faust auf den Tisch. »Ich bin fest überzeugt, daß er die Quelle alles Übels in diesem Haus ist und seine Hand überall im Spiele hat. Dieser verdammte Kerl!«

»Sie haben sich offenbar schon sehr über ihn geärgert«, bemerkte Misintschikow.

»Und wie ich mich über ihn geärgert habe!« rief ich aus und geriet plötzlich in Wut. »Allerdings habe ich mich vorhin zu sehr hinreißen lassen und dadurch jedem das Recht gegeben, mich abfällig zu beurteilen. Ich weiß ganz genau, daß ich über das erlaubte Ziel hinausgeschossen bin und in jeder Hinsicht schlecht abgeschnitten habe. Darauf brauchte man mich aber meiner Ansicht nach nicht noch besonders hinzuweisen ... Ich weiß sehr wohl, daß man sich in anständiger Gesellschaft nicht so benimmt, aber sagen Sie doch selber: konnte man so etwas noch ruhig mit ansehen? Das ist ja das reinste Irrenhaus hier, wenn Sie das noch nicht wissen! Und ... und ... dann ... ich reise eben einfach ab, und damit basta.«

»Rauchen Sie?« fragte Misintschikow in aller Seelenruhe.

»Ja.«

»Dann werden Sie wohl nichts dagegen haben, wenn ich mir eine Zigarette anzünde. Drüben ist es nämlich verboten, ich bin schon ganz melancholisch geworden deshalb. Ich gebe Ihnen völlig recht«, fuhr er fort und zündete sich eine Zigarette an, »hier ist es wirklich wie in einem Irrenhaus. Aber seien Sie überzeugt, daß ich mir niemals erlauben würde, über Sie zu Gericht zu sitzen, und zwar aus dem einfachen Grund, weil ich an Ihrer Stelle vielleicht in doppelte und dreifache Wut geraten und ebenso wie Sie aus der Haut gefahren wäre.«

»Warum taten Sie es dann nicht, wenn Sie sich ebenfalls geärgert haben? Im Gegenteil! Ich entsinne mich sehr wohl, daß Sie ganz kaltblütig blieben, und ich muß gestehen, daß es mir sehr sonderbar vorkam, daß Sie meinen armen Onkel nicht in Schutz nahmen, der doch immer bereit ist, Gutes zu tun ... allen und jedem.«

»Sie haben recht: er hat vielen Leuten Gutes getan. Ihn aber in Schutz zu nehmen, halte ich für völlig zwecklos: erstens würde es Ihrem Onkel durchaus nichts nützen und ihn im Gegenteil nur noch mehr herabwürdigen, und zweitens würde man mich spätestens morgen aus dem Haus jagen. Aber ich sage Ihnen ganz offen: meine Verhältnisse sind derart, daß ich auf die hiesige Gastfreundschaft den größten Wert legen muß.«

»Ich erhebe durchaus keinen Anspruch auf eine offene Darlegung Ihrer Verhältnisse ... Doch hätte ich Sie gern nach etwas gefragt, da Sie doch nun schon volle vier Wochen hier leben ...«

»Bitte, fragen Sie gefälligst, ich stehe Ihnen gern zu

Diensten«, gab Misintschikow bereitwillig zur Antwort und rückte mit seinem Stuhl näher heran.

»Können Sie mir zum Beispiel dafür eine Erklärung geben: Soeben hat Foma Fomitsch auf fünfzehntausend Rubel verzichtet, die er bereits in den Händen hatte – das habe ich mit eigenen Augen gesehen.«

»Wieso? Wie ist das möglich?« rief Misintschikow aus. »Erzählen Sie doch bitte!«

Ich erzählte ihm alles, verschwieg aber die ganze Sache mit der »Exzellenz«. Misintschikow hörte mit gespannter Neugier zu, und sein Gesicht nahm einen beinahe verklärten Ausdruck an, als ich auf die fünfzehntausend Rubel zu sprechen kam.

»Sehr geschickt«, sagte er, nachdem er die Geschichte angehört hatte. »Das hätte ich von Foma gar nicht erwartet.«

»Immerhin hat er das Geld zurückgewiesen. Wie ist das zu erklären? Sollte er das wirklich aus Gesinnungstüchtigkeit getan haben?«

»Er hat die fünfzehntausend Rubel jetzt zurückgewiesen, um später dreißigtausend zu erhalten. Übrigens, wissen Sie, was?« fuhr er nach einigem Nachdenken fort, »ich zweifle doch daran, daß es Foma aus Berechnung getan hat. Er ist ein unpraktischer Mensch, gewissermaßen auch ein Dichter auf seine eigene Art. Fünfzehntausend Rubel ... Hm! Sehen Sie: er hätte vielleicht das Geld gar zu gern genommen, konnte aber der Versuchung nicht widerstehen, diese Szene vorzumimen und sich ein Air zu geben. Ich sage Ihnen, er ist ein ganz erbärmlicher Kerl, ein sentimentaler Schmachtlappen, weiter nichts, und das alles nur aus einer unbegrenzten Eigenliebe heraus.«

Misintschikow war förmlich aufgebracht. Man konnte es ihm ansehen, daß er sich ärgerte, fast als wenn er neidisch wäre. Ich beobachtete ihn neugierig.

»Hm. Man muß auf große Umwälzungen gefaßt sein«, fügte er nachdenklich hinzu. »Jetzt ist Jegor Iljitsch bereit, Foma anzubeten. Kann man's wissen, vielleicht heiratet er sie nun gar noch aus lauter Rührung«, murmelte er vor sich hin.

»So denken Sie also, daß die abscheuliche, unnatürliche Heirat mit dieser verdrehten Schraube nun wirklich zustande kommt?«

Misintschikow sah mich prüfend an.

»Diese Schurken!« rief ich jähzornig.

»Nun, sie haben doch für ihren Plan einen ganz annehmbaren Grund; sie behaupten, er müsse etwas für die Familie tun.«

»Als ob er nicht schon genug für sie getan hätte!« rief ich unwillig aus. »Und auch Sie, auch Sie können noch behaupten, daß das ein Grund sei, dieses läppische Frauenzimmer zu heiraten?«

»Gewiß, ich bin auch Ihrer Ansicht, daß sie ein läppisches Frauenzimmer ist, doch ... Hm! Es ist aber schön, daß Sie Ihren Onkel so liebhaben, mir tut er ja auch leid ... obgleich man mit ihrem Geld das Gut herrlich abrunden könnte. Übrigens haben sie ja auch noch andere Gründe. Sie befürchten nämlich, daß Jegor Iljitsch die Gouvernante heiraten könnte ... erinnern Sie sich, es war doch noch ein so interessantes junges Mädchen da?«

»Aber wäre denn das wirklich ... wäre das wirklich anzunehmen?« fragte ich erregt. »Das scheint mir doch alles nur Verleumdung zu sein. Sagen Sie mir das doch, um Gottes willen, das interessiert mich brennend ...«

»Na, er ist bis über die Ohren in sie verliebt. Nur sucht er es selbstverständlich zu verbergen.«

»Zu verbergen? Sie glauben, daß er es zu verbergen sucht? Na, und sie? Liebt sie ihn denn?«

»Sehr wahrscheinlich, daß auch sie ihn liebt. Übrigens brächte ihr diese Heirat allerlei Vorteile, denn sie ist sehr arm.«

»Doch was für Beweise haben Sie dann für Ihre Annahme, daß die beiden sich lieben?«

»Das sieht ja ein Blinder im Finstern! Außerdem haben sie anscheinend heimliche Zusammenkünfte. Es wird sogar behauptet, daß sie in unerlaubten Beziehungen zueinander stünden. Nur erzählen Sie das bitte nicht weiter. Ich sage Ihnen das nur unter dem Siegel der Verschwiegenheit.«

»Wie kann man nur so etwas glauben!« rief ich aus. »Und Sie, Sie geben zu, daß Sie das glauben?«

»Sicher glaube ich es natürlich nicht, ich bin nicht dabeigewesen. Immerhin kann es aber doch recht gut möglich sein.«

»Wie könnte so etwas möglich sein? Denken Sie doch an die vornehme Gesinnung, an die Ehrenhaftigkeit meines Onkels!«

»Gewiß; und doch kann man sich hinreißen lassen mit der festen Absicht, später durch eine legitime Ehe alles wiedergutzumachen. Das kommt doch häufig vor. Übrigens sage ich nochmals, daß ich für die völlige Glaubwürdigkeit dieser Nachrichten nicht einstehe, um so weniger, als man das junge Mädchen hier schon zur Genüge in den Schmutz gezogen hat. Wurde doch sogar schon von ihr behauptet, daß sie auch mit Widopljasow ein Verhältnis habe.«

»Na, da sehen Sie es!« rief ich aus. »Mit Widopljasow! Ist so etwas möglich? Ist das nicht ekelhaft, so etwas auch nur mit anzuhören? Glauben Sie vielleicht auch daran?«

»Ich sagte Ihnen ja schon, daß ich auch das erste nicht bestimmt glaube«, antwortete Misintschikow ruhig, »und außerdem wäre ja auch das zweite möglich. Es ist alles möglich auf dieser Welt. Ich bin aber nicht dabeigewesen und meine, daß mich die ganze Sache nichts angeht. Da Sie aber, wie ich sehe, an dieser Geschichte so großen Anteil nehmen, halte ich es für meine Pflicht hinzuzufügen, daß in der Tat, was das Verhältnis mit Widopljasow anbetrifft, die Wahrscheinlichkeit nur gering ist. Das sind alles nur Machenschaften dieser Anna Nilowna, dieser Perepelizyna; sie hat aus Neid diese Gerüchte in die Welt gesetzt, weil sie sich früher selber einmal eingebildet hat, daß Jegor Iljitsch sie heiraten werde – bei Gott, das hat sie! Wahrscheinlich nur auf Grund dessen, daß sie die Tochter eines Oberstleutnants ist. Jetzt hat sie ziemlich die Hoffnung aufgegeben, knirscht aber innerlich vor Wut. So, ich glaube, daß ich Ihnen über diese Angelegenheit jetzt alles berichtet habe, und ich muß gestehen, daß mir dieser ganze Klatsch zum Hals heraushängt, um so mehr, als wir dadurch nur unsere kostbare Zeit verlieren. Denn sehen Sie, ich bin nämlich mit einer kleinen Bitte zu Ihnen gekommen.«

»Mit einer Bitte? Sprechen Sie; alles, was ich tun kann, um Ihnen nützlich zu sein . . .«

»Ich danke Ihnen und hoffe auch, daß mein Anliegen Sie interessieren wird, weil ich gesehen habe, daß Sie Ihren Onkel sehr lieben und großen Anteil an seinem Geschick nehmen, was diese Heirat anbetrifft. Aber ehe ich diese Bitte ausspreche, muß ich, um ganz sicherzugehen, noch eine andere Bitte an Sie richten.«

»Und das wäre?«

»Das wäre folgende: ob Sie nun meine Hauptbitte erfüllen werden oder auch nicht, jedenfalls möchte ich doch, ehe ich Ihnen diese vortrage, Sie ergebenst um den großen Gefallen bitten, mir Ihr Ehrenwort als Edelmann und anständiger

Mensch zu geben, daß alles, was Sie von mir hören werden, als tiefstes Geheimnis unter uns bleibt, daß Sie unter keinen Umständen und wem gegenüber es auch immer sei, dieses Geheimnis verraten und auch selber nicht von den Ideen Gebrauch machen werden, die ich Ihnen jetzt notwendigerweise mitteilen muß. Sind Sie damit einverstanden?«

Diese Vorrede kam mir recht feierlich vor. Ich gab ihm mein Wort.

»Nun, und?« fragte ich.

»Die Sache ist im Grund ganz einfach«, fing Misintschikow an. »Sehen Sie, ich habe die Absicht, Tatjana Iwanowna zu entführen und zu heiraten; kurz, so eine Sache à la Gretna-Green, Sie verstehen mich doch?«

Ich sah Herrn Misintschikow starr an und konnte eine Zeitlang kein Wort hervorbringen.

»Ich muß gestehen, das geht über meinen Horizont«, sagte ich endlich, »und da ich außerdem annahm«, fuhr ich fort, »daß ich es mit einem vernünftigen Menschen zu tun hätte, kann ich meinerseits kaum annehmen ...«

»Sie nehmen an und können auch wieder nicht annehmen«, unterbrach mich Misintschikow, »das soll doch ganz einfach wohl so viel heißen, daß ich dumm bin und mein Vorhaben ebenfalls, nicht wahr?«

»Durchaus nicht, aber ...«

»O bitte, tun Sie sich bei Ihren Ausdrücken keinen Zwang an. Machen Sie sich daraus kein Gewissen. Sie tun mir sogar einen außerordentlichen Gefallen damit, denn wir kommen so viel schneller zum Ziel. Übrigens gebe ich selber zu, daß dies alles auf den ersten Blick wirklich etwas sonderbar erscheinen muß. Aber ich erlaube mir, Ihnen zu versichern, daß mein Plan keineswegs dumm, sondern sogar im höchsten Grad vernünftig ist, und wenn Sie die Liebenswürdigkeit haben werden, die näheren Umstände anzuhören ...«

»O bitte! Ich bin sehr begierig, Näheres zu hören.«

»Übrigens ist da gar nicht viel zu erzählen. Sehen Sie! Ich bin in Schulden geraten und besitze augenblicklich nicht eine Kopeke. Außerdem habe ich noch eine Schwester, ein junges Mädchen von neunzehn Jahren, sie ist Waise, müssen Sie wissen, völlig mittellos und lebt bei fremden Leuten. Und daran trage teilweise ich die Schuld. Wir hatten zusammen vierzig Seelen geerbt. Um dieselbe Zeit mußte ich nun ausgerechnet auch zum Fähnrich befördert werden. Na, zu Anfang verpfändete ich diese Erbschaft nur, dann aber brachte ich sie bald endgültig durch. Ich lebte unsinnig drauflos, wollte überall den Ton angeben und den großen Herrn herauskehren, ich spielte und trank, kurz, führte ein unsinniges Leben; ich schäme mich, wenn ich nur daran denke. Jetzt bin ich zur Besinnung gekommen und werde nun meine Lebensweise vollständig ändern. Zu diesem Zweck brauche ich aber unbedingt wenigstens hunderttausend Rubel. Und da ich mir in der Armee nichts verdienen kann und selber keinerlei Fähigkeiten und fast gar keine Kenntnisse besitze, stehen mir selbstverständlich nur zwei Wege offen: entweder muß ich das Geld stehlen oder eine reiche Frau heiraten. Ich kam hier an, fast keine Stiefel mehr an den Füßen und zu Fuß, nicht etwa in einem Wagen. Meine Schwester hatte mir ihre letzten drei Rubel gegeben, als ich von Moskau wegging. Hier sah ich nun diese Tatjana Iwanowna, und gleich schoß mir dieser Gedanke durch den Kopf. Unverzüglich faßte ich den Entschluß, mich selber zum Opfer zu bringen und sie zu heiraten. Sie müssen zugeben, daß dies alles weiter nichts als eine vernünftige Berechnung ist. Außerdem tue ich es ja in erster Linie für meine Schwester ... nun, allerdings auch für mich.«

»Aber erlauben Sie! Sie wollen also Tatjana Iwanowna einen formellen Heiratsantrag machen?«

»Der Himmel soll mich davor bewahren! Ich würde ja augenblicklich von hier weggejagt werden, und auch sie würde mir einen Korb geben. Wenn ich ihr aber eine Entführung, eine Flucht vorschlage, so wird sie gleich Feuer und Flamme sein. Das ist es ja eben: es muß vor allem etwas Romantisches, etwas Theatralisches dabeisein. Natürlich muß alles bald mit einer gesetzlichen Ehe enden. Wenn ich sie nur erst hier herausgelockt hätte!«

»Wie können Sie aber so fest davon überzeugt sein, daß sie unfehlbar mit Ihnen auf und davongehen wird?«

»Oh, darüber machen Sie sich keine Sorge! Da könnte ich Gift drauf nehmen. Darauf baut sich ja gerade dieser ganze Plan auf, daß Tatjana Iwanowna die Eigenschaft besitzt, mit jedem ersten besten, mit jedem, dem es nur einfällt, sich mit ihr einzulassen, eine Liebelei anzufangen. Darum habe ich Ihnen ja auch vorsichtshalber erst das Ehrenwort abgenommen, damit Sie nicht etwa selber von meiner Idee Gebrauch machen. Sie werden doch sicherlich einsehen, daß es geradezu ein Frevel sein würde, wenn ich diese Gelegenheit nicht beim

Schopf fassen wollte, noch dazu, wie die Verhältnisse eben jetzt für mich liegen.«

»So ist sie also wirklich ganz verrrückt ... Ach, entschuldigen Sie!« setzte ich hinzu, als ich mir meiner Unhöflichkeit plötzlich bewußt wurde. »Da Sie ja jetzt Absichten auf diese Dame haben, so ...«

»Aber bitte, tun Sie sich keinen Zwang an, ich bat Sie ja schon einmal darum. Sie fragen, ob sie wirklich ganz verrückt sei? Was soll ich Ihnen darauf antworten? Vollständig verrückt ist sie natürlich nicht, sonst säße sie ja wohl in einem Irrenhaus; außerdem kann ich auch ihre Liebestollheit nicht gerade als einen ausgesprochenen Irrsinn ansehen. Sie ist und bleibt trotz allem doch immer ein anständiges Mädchen. Sehen Sie, bis vor einem Jahr noch lebte sie in schrecklicher Armut, stand von Kindesbeinen an unter dem Joch ihrer ‚Wohltäterinnen'. Sie hat ein außergewöhnlich empfindsames Herz; um ihre Hand hat niemals einer angehalten – nun, Sie verstehen: Träume, Wünsche, Hoffnungen, eine Glut des Herzens, die sie immer unterdrücken mußte, dazu die fortwährenden Schikanen ihrer ‚Wohltäterinnen' – all das mußte ja eine empfindsame Seele in Verwirrung bringen. Und auf einmal fällt ihr dieser Reichtum in den Schoß. Sie müssen doch selber zugeben, daß das mancher anderen auch den Kopf verdreht hätte! Selbstverständlich wurde sie auf einmal eine gesuchte Persönlichkeit, man machte ihr den Hof, und alle ihre Hoffnungen lebten wieder auf. Sie erzählte doch vorhin von jenem Gecken in der weißen Weste: diese Geschichte ist Tatsache und hat sich buchstäblich so zugetragen, wie sie erzählt hat. Aus dieser Tatsache allein können Sie auf alles andere schließen. Mit Seufzern, Briefchen und Gedichten ist sie sofort zu gewinnen, und wenn Sie zu allem noch eine Strickleiter, eine spanische Serenade oder irgendeinen ähnlichen Unsinn hinzufügen, können Sie mit ihr machen, was Sie wollen. Ich habe bereits eine Probe gemacht und auch sofort eine heimliche Zusammenkunft erreicht. Übrigens habe ich aber vorläufig meine Bemühungen eingestellt, bis der rechte Augenblick kommt. In den nächsten vier Tagen aber muß ich sie nun unbedingt entführen. Tags zuvor fange ich dann mit Schmeicheln und Seufzen an; auch spiele ich etwas Gitarre und singe dazu. In der Nacht ein Rendezvous im Pavillon, beim Morgengrauen steht dann der Wagen vor der Tür, ich locke sie heraus, wir steigen ein und fahren ab. Sie sehen, es ist keinerlei

Gefahr dabei, sie ist ja volljährig, und außerdem ist es doch ihr freier Wille. Und wenn sie erst einmal mit mir durchgebrannt ist, so bedeutet das doch wohl so viel, daß sie sich mir gegenüber verpflichtet hat. Ich werde sie zu einer vornehmen, aber armen Familie bringen – hier ganz in der Nähe, nur vierzig Werst entfernt –, die sie bis zur Hochzeit bei sich behalten und niemanden zu ihr lassen wird. Indes werde ich keine Zeit verlieren, und nach drei Tagen werden wir Hochzeit halten, das wird zu ermöglichen sein. Selbstverständlich brauche ich vor allem Geld, aber ich habe mir ausgerechnet, daß ich für das ganze Intermezzo kaum mehr als fünfhundert Rubel brauche, und hoffe dabei stark auf Jegor Iljitsch; er wird mir das Geld geben, natürlich ohne zu wissen, worum es sich handelt. Haben Sie jetzt alles verstanden?«

»Gewiß«, sagte ich, und wirklich war mir nun endlich alles klargeworden, »aber sagen Sie, wie kann denn ich Ihnen dabei nützlich sein?«

»Oh, in sehr vielem, ich bitte Sie! Sonst hätte ich Sie schon nicht mit meiner Bitte behelligt. Ich sagte Ihnen ja schon, daß ich eine ehrbare, aber arme Familie in Aussicht habe. Sie können mir sowohl hier als auch dort helfen und zu guter Letzt noch mein Trauzeuge sein. Ich muß ganz offen gestehen, daß ich ohne Ihre Hilfe nicht freie Hand habe.«

»Noch eine Frage: Warum hielten Sie denn gerade mich für würdig, Ihr Vertrauter zu werden, mich, den Sie doch kaum kennen, da ich ja doch erst vor ein paar Stunden hier eingetroffen bin?«

»Ihre Frage«, antwortete Misintschikow mit dem liebenswürdigsten Lächeln, »Ihre Frage macht mir, offen gestanden, großes Vergnügen, denn sie bietet mir Gelegenheit, Ihnen meine Hochachtung auszusprechen.«

»Oh, zuviel Ehre!«

»Nein, sehen Sie, ich habe Sie vorhin ein wenig studiert. Zugegeben, Sie sind ein Hitzkopf und ... und ... na und eben noch sehr jung. Eines aber weiß ich ganz genau: wenn Sie mir einmal Ihr Wort gegeben haben, niemandem etwas zu erzählen, so werden Sie es ganz sicher auch halten. Sie sind doch nicht Obnoskin. Das war also das erste. Zweitens sind Sie ein ehrlicher Mensch und würden meine Idee niemals für sich selber ausnützen, ausgenommen natürlich für den Fall, daß Sie sich mit mir in freundschaftlichen Verhandlungen darüber auseinandergesetzt hätten. In diesem Fall wäre ich vielleicht auch bereit, Ihnen meine Idee, das heißt Tatjana Iwanowna, abzutreten und Ihnen dann eifrigst bei der Entführung behilflich zu sein, natürlich nur unter der Bedingung, unmittelbar vier Wochen nach Ihrer Hochzeit fünfzigtausend Rubel von Ihnen zu erhalten, worüber Sie mir selbstverständlich im voraus eine Sicherheit in Form einer Schuldverschreibung einhändigen müßten, meinetwegen ohne Prozente.«

»Wie?« rief ich aus. »Jetzt bieten Sie das Mädchen schon mir an?«

»Natürlich kann ich sie Ihnen abtreten, wenn Sie es sich noch einmal überlegen wollen und es gern möchten. Allerdings würde ich dabei verlieren, aber ... die Idee gehört ja mir, und für eine Idee bekommt man doch Geld. Und endlich der dritte Grund, warum ich gerade Sie gebeten habe, ist der, daß ich einfach keine andere Wahl hatte. Und noch länger zu zögern ist unmöglich, wenn man die hiesigen Verhältnisse in Betracht zieht. Zudem steht noch die Fastenzeit zu Mariä Himmelfahrt vor der Tür, wo keine Trauungen stattfinden. Ich hoffe, daß Sie mich jetzt ganz verstanden haben?«

»Vollkommen, und ich verspreche Ihnen noch einmal, Ihr Geheimnis unversehrt in tiefster Brust zu bewahren. Aber Ihr Helfershelfer kann ich in dieser Angelegenheit nicht sein und halte es für meine Pflicht, Sie von vornherein darüber aufzuklären.«

»Aber warum denn nicht?«

»Da fragen Sie noch?« rief ich aus und ließ endlich allen Gefühlen, die sich in mir angesammelt hatten, freien Lauf. »Begreifen Sie denn wirklich nicht, daß eine solche Handlungsweise geradezu unehrenhaft ist? Nehmen wir an, Ihre Rechnung, die sich auf die Unklugheit und unglückliche Veranlagung dieses Mädchens aufbaut, wäre völlig richtig – müßte aber nicht gerade das Sie als anständigen Menschen davon abhalten? Sie haben doch eben selber gesagt, daß sie, wenn sie sich auch lächerlich macht, doch immerhin Anspruch auf Achtung erheben kann. Und nun wollen Sie auf einmal ihr Unglück ausnützen, um ihr hunderttausend Rubel abzunehmen? Und sicherlich würden Sie ihr auch kein wahrer Gatte sein, der seine Pflichten ihr gegenüber erfüllt: Sie würden sie unfehlbar im Stich lassen ... Das ist eine so unedle Handlungsweise, daß ich überhaupt nicht begreife – verzeihen Sie, wenn ich das ganz offen sage –, wie Sie sich haben entschließen können, mich um meinen Beistand zu bitten!«

»Alle Wetter! Sind das aber romantische Ansichten!« rief Misintschikow aus und sah mich mit ungeheucheltem Erstaunen an. »Übrigens sind es nicht einmal die romantischen Ansichten – Sie scheinen einfach nicht begriffen zu haben, worum es sich hier handelt. Sie behaupten, das wäre unedel gehandelt, und dabei sind doch alle Vorteile nicht auf meiner, sondern auf ihrer Seite . . . Bedenken Sie doch nur!«

»Gewiß, wenn man die Sache von Ihrem Gesichtspunkt aus betrachtet, kommt womöglich noch heraus, daß Sie die großmütigste Tat begehen, wenn Sie Tatjana Iwanowna heiraten«, antwortete ich mit sarkastischem Lächeln.

»Das wäre es wohl nicht? Aber so ist es doch wirklich! Das ist doch tatsächlich eine höchst großmütige Tat!« rief Misintschikow aus, der nun seinerseits in Aufregung geriet. »Bedenken Sie doch: erstens einmal opfere ich mich selber und willige ein, ihr Mann zu werden – Sie glauben wohl, das koste mich nichts? Zweitens werde ich nur hunderttausend Rubel von ihr nehmen, obgleich sie mehrere solche Tausende besitzt, und habe mir mein Wort darauf gegeben, daß ich zeit meines Lebens nicht eine Kopeke mehr von ihr annehmen werde, wenn ich es auch könnte; das ist doch auch etwas wert. Und dann überlegen Sie sich noch zu guter Letzt: kann sie denn überhaupt so in Ruhe ihr Leben genießen? Damit sie in Ruhe ihr Leben genießen könnte, müßte man ihr vorerst das Geld wegnehmen und sie in einer Irrenanstalt unterbringen, denn sie muß ja jeden Augenblick gewärtig sein, daß sie irgendeinem Tagedieb, Schwindler oder Spekulanten mit Spitzbärtchen und Schnurrbärtchen, Gitarre und Serenade, einem Menschen wie diesem Obnoskin meinetwegen in die Hände fällt, der sie verführt, heiratet, gründlich ausraubt und dann irgendwo auf der Landstraße sitzen läßt. Sehen Sie, hier ist sie doch zum Beispiel in einem ehrenwerten Haus, und doch hält man sie auch hier nur aus dem einen Grund fest, weil man auf ihr Geld spekuliert. Vor solchen Zufälligkeiten muß man sie bewahren, retten. Wenn sie nun mit mir verheiratet wäre, das sehen Sie doch wohl ein, würden alle diese Gefahren verschwinden. Dann stehe ich dafür ein, daß kein Unheil mehr an sie herantritt. In der ersten Zeit werde ich sie in Moskau bei einer ehrenvollen, aber armen Familie einquartieren, nicht bei jener Familie, von der ich Ihnen soeben sprach, nein, wieder bei einer anderen Familie. Meine Schwester wird beständig um sie sein, sie wird immer ein sorgsames Auge auf sie haben. Von ihrem Geld bleiben ihr dann immer noch zweihundertfünfzig- bis dreihunderttausend Rubel: davon kann sie doch, wissen Sie, ganz schön leben! Alle Vergnügungen sollen ihr geboten werden, alle Zerstreuungen: Bälle, Maskeraden, Konzerte. Sie kann meinetwegen auch von Liebeleien träumen, nur werde ich mich in dieser Hinsicht natürlich sichern: träumen mag sie, soviel sie will, nur darf sie diese Träume niemals in Taten umsetzen. Jetzt kann sie zum Beispiel jeder beleidigen, dann aber kein Mensch mehr; dann ist sie meine Frau, Frau Misintschikowa, und ich werde meinen Namen nicht mit Schimpf und Schande bedecken lassen! Und das sollte nicht auch in die Waagschale fallen? Selbstverständlich werde ich mit ihr nicht zusammenleben. Sie wird in Moskau wohnen und ich irgendwo in Petersburg. Das gebe ich ganz offen zu, denn Ihnen möchte ich doch die ganze Sache klar darstellen. Aber was tut das, daß wir getrennt leben? Stellen Sie sich das einmal vor, sehen Sie sich einmal ihren Charakter an: hat sie etwa die Fähigkeiten, als Frau mit einem Mann zusammenzuleben? Ist eine Beständigkeit bei ihrem Charakter überhaupt möglich? Sie ist doch das leichtsinnigste Geschöpf der Welt! Fortwährende Abwechslung ist für sie Lebensbedingung. Sie bringt es fertig, schon am nächsten Tag zu vergessen, daß sie geheiratet hat und Ehefrau geworden ist. Am Ende würde ich sie nur unglücklich machen, wenn ich mit ihr zusammenleben und strengste Erfüllung ihrer Pflichten von ihr verlangen wollte. Selbstverständlich werde ich einmal im Jahr oder auch öfter zu ihr kommen, und nicht nur wegen des Geldes, das versichere ich Ihnen. Ich sagte ja schon, daß ich von ihr nur hunderttausend Rubel nehme, und dabei bleibe ich! Was das Geld anbetrifft, so handle ich an ihr im höchsten Grad ehrenhaft. Wenn ich sie dann auf zwei oder drei Tage besuchen werde, wird ihr das sogar Spaß machen und durchaus nicht langweilig werden. Ich werde dann mit ihr lachen, ihr Geschichten erzählen, sie auf den Ball führen, den Verliebten spielen, ihr nette Geschenke machen, Romanzen singen, ein Schoßhündchen kaufen, endlich in romantischer Weise von ihr Abschied nehmen und einen verliebten Briefwechsel mit ihr führen. Und sie wird von einem solchen romantischen, verliebten und lustigen Gatten einfach entzückt sein! Meiner Meinung nach ist das das einzig Richtige; so sollten es alle Ehemänner tun. Denn Ehemänner sind ja den Frauen nur lieb und wert, wenn sie nicht da sind, und wenn ich dieses mein System in Anwendung bringe, werde ich zeit meines Lebens Tatjana Iwanownas Herz in süßester Weise besitzen. Was sollte sie sich weiter wünschen? Sagen Sie doch selber: das ist doch das Paradies auf Erden!«

Ich hatte schweigend und voller Verwunderung zugehört und sah ein, daß es unmöglich war, mit Herrn Misintschikow zu diskutieren. Er war von der Rechtschaffenheit und Herrlichkeit seines Planes fanatisch überzeugt und sprach von ihm mit der Begeisterung eines Erfinders. Aber es blieb noch ein heikler Punkt übrig, dessen Erörterung nicht zu umgehen war.

»Haben Sie aber auch daran gedacht«, sagte ich, »daß sie schon fast die Braut meines Onkels ist? Wenn Sie sie entführen, fügen Sie ihm damit eine schwere Beleidigung zu, denn Sie nehmen ihm die Braut fast am Tag der Hochzeit weg und leihen sich zur Ausführung dieser Heldentat von ihm obendrein noch das Geld!«

»Darauf habe ich nur gewartet, um Ihnen das widerlegen zu können!« rief Misintschikow eifrig aus. »Seien Sie unbesorgt, auch diesen Einwand habe ich vorausgesehen. Denn erstens einmal, und das ist die Hauptsache, hat der Onkel ihr noch gar keinen Heiratsantrag gemacht, folglich brauchte ich nicht einmal Kenntnis davon zu haben, daß man sie ihm zur Braut bestimmt hat. Außerdem bitte ich zu beachten, daß ich mir dieses Unternehmen schon vor drei Wochen ausgedacht habe, als ich von diesen Absichten noch keine Ahnung hatte. Das rechtfertigt mich in moralischer Beziehung völlig vor ihnen, und streng genommen bin nicht ich es, sondern er, der dem anderen die Braut vor der Nase wegschnappen will, mit der ich überdies schon – vergessen Sie auch das nicht – ein nächtliches Stelldichein im Pavillon hatte. Und dann erlauben Sie: waren Sie nicht noch soeben aufs tiefste entrüstet, daß Ihr Onkel gezwungen werden sollte, diese Tatjana Iwanowna zu heiraten? Und nun auf einmal treten Sie für diese Heirat ein und sprechen von beleidigter Familienehre? Ich erweise doch Ihrem Onkel ganz im Gegenteil den allergrößten Gefallen: ich bin sein rettender Engel – das sollten Sie doch einsehen! Nur mit größtem Widerwillen sieht er dieser Heirat entgegen und liebt obendrein noch eine andere. Und was für eine Frau wäre diese Tatjana Iwanowna für ihn? Auch sie würde unglücklich durch ihn werden, denn wohl oder übel müßte man ihr doch dann engere Grenzen ziehen, damit sie wenigstens jungen Herren keine Rosen mehr zuwirft. Wenn ich sie aber bei Nacht entführe, wird keine Generalin, kein Foma Fomitsch der Welt mehr diese Heirat zustande bringen. Denn eine Braut zurückzuholen, die kurz vor der Hochzeit davongelaufen ist, wäre doch wahrlich eine Schande. Ist das nicht ein Freundschaftsdienst, eine Wohltat für Jegor Iljitsch?«

Ich muß gestehen, daß diese Schlußfolgerung auf mich einen gewaltigen Eindruck machte.

»Wenn er ihr aber nun morgen einen Antrag machen sollte?« sagte ich. »Dann wäre es doch schon zu spät: dann wäre sie doch offiziell seine Braut.«

»Natürlich wäre es dann zu spät. Deshalb müssen eben Anstalten getroffen werden, daß das nicht geschieht. Wozu habe ich denn um Ihren Beistand gebeten? Für mich allein wäre es zu schwierig, aber zu zweit werden wir die Sache schon drehen und durchsetzen, daß Jegor Iljitsch ihr keinen Antrag macht. Das muß mit allen Mitteln verhindert werden, und wenn man im äußersten Fall Foma Fomitsch verprügeln müßte, um dadurch die allgemeine Aufmerksamkeit abzulenken, damit ihnen nicht mehr nach Hochzeitmachen zumute ist. Das sage ich natürlich nur für den äußersten Notfall und gewissermaßen nur als Beispiel. Und in dieser Hinsicht setze ich meine Hoffnung auf Sie.«

»Und nun noch eine, die letzte Frage: Haben Sie außer mir niemanden in Ihr Vorhaben eingeweiht?«

Misintschikow kratzte sich hinterm Ohr und schnitt eine säuerliche Grimasse.

»Ich muß gestehen«, erwiderte er, »diese Frage ist für mich schlimmer als die bitterste Pille. Das ist ja eben gerade der Haken, daß ich meinen Plan schon verraten habe ... kurz, ein ganz borniertes Hornvieh bin ich gewesen! Und wem glauben Sie wohl, daß ich mich anvertraut habe? Wem? Obnoskin! Ich glaube es jetzt beinahe selber nicht mehr. Ich verstehe einfach nicht, wie das gekommen ist. Er drückte sich immer hier herum, ich kannte ihn noch nicht genauer, und als dann dieser leuchtende Gedanke über mich kam, war ich natürlich wie im Fieber, und da ich mir schon damals im klaren darüber war, daß ich einen Helfershelfer brauchen würde, wandte ich mich an Obnoskin ... Unverzeihlich, ganz unverzeihlich!«

»Nun, und was sagte denn Obnoskin dazu?«

»Er war gleich Feuer und Flamme und zu allem bereit, am nächsten Tag aber, frühmorgens, war er verschwunden. Nach drei Tagen erschien er dann wieder auf der Bildfläche, zusammen mit seiner Mutter. Mit mir sprach er kein Wort, machte sogar stets einen großen Bogen um mich, als hätte er Angst vor mir. Ich wußte natürlich gleich, was das zu bedeuten hatte. Seine Mutter aber ist ein ganz durchtriebenes, mit allen Hunden gehetztes Frauenzimmer. Ich habe sie schon früher gekannt. Natürlich hat er ihr alles erzählt. Ich warte stillschweigend ab, sie aber spionieren und spionieren, und so ist denn die Lage jetzt äußerst gespannt ... Darum habe ich es auch so eilig.«

»Was fürchten Sie denn von ihnen?«

»Viel können sie allerdings nicht ausrichten. Daß sie aber etwas im Schild führen, das ist ganz sicher. Geld werden sie fordern für ihr Schweigen und ihre Hilfe, darauf bin ich schon gefaßt ... Viel werde ich ihnen freilich nicht geben können und will es auch gar nicht – das habe ich mir schon vorgenommen, mehr als dreitausend keinesfalls! Urteilen Sie doch selber: dreitausend den Obnoskins, fünfhundert für die Hochzeit, denn dem Onkel muß ich doch unverzüglich die ganze Summe zurückerstatten, dazu noch alte Schulden, na, und meiner Schwester muß ich doch auch etwas, wenigstens etwas geben. Was bleibt mir da von den hunderttausend Rubel übrig? Das ist verheerend ... Übrigens sind die Obnoskins vorhin weggefahren.«

»Sie sind weggefahren?« fragte ich neugierig.

»Gleich nach dem Tee. Der Teufel mag sie holen! Sie werden sehen: morgen sind sie schon wieder da. Nun also, wie ist's, sind Sie einverstanden?«

»Ich muß gestehen«, erwiderte ich in höchster Verlegenheit, »ich weiß nicht recht, was ich sagen soll. Das ist eine kitzlige Sache ... Natürlich werde ich Ihr Geheimnis wahren, ich bin nicht Obnoskin, aber ... ich glaube, Sie dürfen keine Hoffnungen auf mich setzen.«

»Ich sehe«, sagte Misintschikow und stand von seinem Stuhl auf, »daß Sie sich noch nicht genügend über Foma Fomitsch und die Generalin geärgert haben und daß Sie doch, wenn Sie auch Ihren guten, edlen Onkel lieben, noch nicht hinreichend begriffen haben, wie sehr man ihn hier quält. Sie sind eben noch ein Neuling hier ... Aber Geduld! Halten Sie sich nur morgen noch hier auf, schauen Sie sich die Dinge an, und schon am Abend werden Sie mir Ihre Zustimmung geben. Sonst ist nämlich Ihr Onkel rettungslos verloren – sehen Sie das nicht ein? Man wird ihn unbedingt zwingen, Tatjana Iwanowna zu heiraten. Vergessen Sie nicht, daß er ihr möglicherweise schon morgen einen Antrag machen wird. Und dann wird es zu spät sein; heute hätten wir uns entschließen müssen.«

»Wirklich, ich wünsche Ihnen allen Erfolg, aber helfen ... ich weiß nicht recht ...«

»Weiß schon, weiß schon! Warten wir also bis morgen«, entschied Misintschikow mit spöttischem Lächeln. »La nuit porte conseil. Auf Wiedersehen! Ich werde morgen in der Frühe zu Ihnen kommen, überlegen Sie sich die Sache noch einmal ...«

Er wandte sich um, ging hinaus und pfiff irgend etwas vor sich hin.

Ich folgte ihm fast unmittelbar auf dem Fuß, um etwas frische Luft zu schöpfen. Der Mond war noch nicht aufgegangen. Die Nacht war dunkel, die Luft warm und schwül. Die Blätter an den Bäumen regten und rührten sich nicht. Trotz meiner entsetzlichen Müdigkeit hatte ich das Bedürfnis, spazierenzulaufen, mich zu zerstreuen und mit meinen Gedanken ins reine zu kommen, aber ich war noch keine zehn Schritte gegangen, als ich plötzlich die Stimme meines Onkels vernahm. Er stieg mit jemand anderem die Stufen zum Sommerhäuschen hinan und redete außerordentlich lebhaft. Ich kehrte sofort um und rief ihn an. Der Onkel war in Widopljasows Begleitung gekommen.

11

Wunder über Wunder

»Onkel«, sagte ich, »endlich! Ich habe schon lange auf Sie gewartet!«

»Ich wollte mich auch schon losmachen, mein Junge, und zu dir kommen. Laß mich nur erst die Sache mit Widopljasow zu Ende bringen, dann können wir uns gründlich aussprechen. Ich habe dir viel zu erzählen.«

»Wie? Nun wollen Sie erst wieder mit Widopljasow verhandeln? Lassen Sie ihn doch laufen, Onkel!«

»Das dauert höchstens fünf bis zehn Minuten, Sergej, und dann gehöre ich ganz dir. Du siehst doch: es ist eine wichtige Angelegenheit.«

»Der kommt Ihnen doch sicher nur mit irgendeiner Dummheit«, sagte ich ärgerlich.

»Was soll ich dir sagen, mein Bester? Muß dieser Mensch auch gerade jetzt mit seinem Kleinkram zu mir kommen? Konntest du denn nicht eine andere Zeit finden, lieber Grigorij, um deine Klagen anzubringen? Nun, was kann ich für dich tun? Hab du doch wenigstens Mitleid mit mir, mein Lieber! Ihr saugt mir ja sozusagen das Mark aus den Knochen und freßt mich noch bei lebendigem Leib auf! Es ist nicht mehr zum Aushalten mit ihnen, Serjoscha!«

Und der Onkel rang in heller Verzweiflung die Hände.

»Was ist denn das für eine wichtige Angelegenheit, die keinen Aufschub verträgt? Ich habe so dringend mit Ihnen zu sprechen, Onkel ...«

»Ach, mein Junge, sie schreien ja ohnehin schon immer, daß ich mich nicht um die sittliche Verfassung meiner Leute kümmere. Wenn er sich nun womöglich morgen über mich beklagt, daß ich ihn nicht angehört hätte, dann ...«

Und der Onkel rang wieder die Hände.

»Nun, dann fertigen Sie ihn so schnell wie möglich ab. Meinetwegen kann ich Ihnen ja helfen. Wir wollen hineingehen. Um was handelt es sich eigentlich? Was will er denn?« fragte ich, als wir ins Zimmer getreten waren.

»Siehst du, mein Junge, ihm gefällt sein Familienname nicht; er bittet, ihn ändern zu dürfen. Was sagst du dazu?«

»Sein Familienname? Wieso denn? ... Na, erlauben Sie, Onkel, bevor ich zuhöre, was er selber sagen wird, möchte ich doch bemerken, daß solche Wunderlichkeiten nur in Ihrem Haus vorkommen können«, sagte ich und breitete vor Verwunderung die Arme aus.

»Ach, mein Bester! So die Arme ausbreiten, das kann ich auch. Nur ist damit dem Schaden nicht abgeholfen«, sagte der Onkel ärgerlich. »Geh, sprich du einmal mit ihm, versuche es! Seit zwei Monaten schon läßt er mich damit nicht mehr in Ruhe ...«

»Es ist ein unzutreffender Familienname«, ließ sich jetzt Widopljasow vernehmen.

»Unzutreffend? Wieso denn?« fragte ich erstaunt.

»Ja. Es steckt so etwas Gewöhnliches darin.«

»Warum soll denn da etwas Gewöhnliches drin stecken? Wie soll man ihn denn abändern? Wer ändert denn überhaupt seinen Familiennamen?«

»Ich bitte Sie, wer hat denn auch einen solchen Familiennamen?«

»Ich muß ja zugeben, daß dein Familienname etwas sonderbar ist«, fuhr ich in maßloser Verwunderung fort. »Aber was ist denn da zu machen? Hat dein Vater denn nicht auch diesen Namen geführt?«

»Wahrlich, eben durch meinen Vater ist dieses Unheil über mich gekommen, daß ich auf ewig Qualen zu erdulden habe, sintemalen es mir durch meinen Namen beschieden ist, allerlei Gespött dahinzunehmen, was wiederum verschiedentlichen Kummer im Gefolge hat«, antwortete Widopljasow.

»Ich möchte wetten, Onkel, daß hinter alledem nur wieder Foma Fomitsch steckt!« rief ich ärgerlich aus.

»Nein, nein, mein Junge, nein, nein! Du täuschst dich. Allerdings tut Foma viel Gutes für ihn. Er hat ihn als Sekretär zu sich genommen, und darin besteht jetzt seine ganze Tätigkeit. Selbstverständlich hat er sich mit seiner Entwicklung beschäftigt, hat ihn mit edler Gesinnung erfüllt, so daß in mancher Beziehung eine wahre Erleuchtung über ihn gekommen ist... Siehst du, ich werde dir alles erzählen...«

»Das ist wahrhaftiglich so«, unterbrach ihn Widopljasow, »daß Foma Fomitsch faktisch mein Wohltäter sind, und dieweil sie faktisch mein Wohltäter sind, haben sie mir auch meine Nichtigkeit zu verstehen gegeben: was für einen Wurm ich sozusagen auf dieser Erdenwelt darstelle, so daß ich durch Ihro Gnaden zum erstenmal mein Geschick erkannt habe.«

»Siehst du, Serjoscha, siehst du, die Sache ist so«, fuhr der Onkel in seiner eiligen Art fort. »Er hat anfänglich in Moskau gelebt, fast von frühester Kindheit an, und dort bei einem Schreiblehrer in Diensten gestanden. Du solltest einmal sehen, wie er bei ihm schreiben gelernt hat: mit bunten Farben und mit Gold, und ringsum, weißt du, malt er dann noch lauter Amorköpfchen – kurz, ganz wie ein Künstler. Iljuscha hat bei ihm Unterricht, ich zahle ihm anderthalb Rubel für die Stunde. Diesen Preis hat Foma selber festgesetzt. Und dann fährt er noch zu den benachbarten Gutsbesitzern, zu drei

Familien, dort bekommt er es auch bezahlt. Du siehst ja, wie gut er sich anzieht! Außerdem macht er noch Gedichte.«

»Gedichte? Das hat gerade noch gefehlt!«

»Gedichte, mein Junge, Gedichte. Denke nicht etwa, daß ich Spaß mache, wirkliche Gedichte, Versifikationen sozusagen. Weißt du, die alle möglichen Gegenstände betreffen. Über jeden Gegenstand macht er gleich immer ein Gedicht. Ein wirkliches Talent! Zu Mamachens Geburtstag hatte er eine Ode verfaßt, daß wir alle Mund und Nase aufsperrten: sogar aus der Mythologie kam etwas darin vor, und die Musen schwebten herbei, und sogar jene, weißt du ... wie heißt sie doch gleich? ... kam auch drin vor. Und das alles in diesen runden Formen – kurz, es war alles in Reimen verfaßt. Foma hatte es durchgesehen. Na, ich habe schließlich nichts dagegen. Ich freue mich sogar meinerseits noch darüber. Mag er dichten, soviel er will, wenn er nur sonst keine Dummheiten macht! – Siehst du, lieber Grigorij, ich spreche wie ein Vater über dich. Foma hörte davon, sah sich seine Gedichte an, munterte ihn auf und ernannte ihn zu seinem Vorleser und Schreiber, kurz, er bemühte sich, ihn weiter auszubilden. Das ist nur die Wahrheit, wenn er sagt, daß Foma sein Wohltäter ist. Und dadurch, weißt du, hat sich nun in seinem Kopf so eine noble Romantik und ein Gefühl der Unabhängigkeit entwickelt – Foma hat mir alles auseinandergesetzt, aber ich habe es, bei Gott, schon wieder vergessen. Doch muß ich gestehen, ich hatte, schon ehe Foma hierherkam, die Absicht, ihn freizugeben. Man schämt sich ja gewissermaßen, weißt du ... Doch Foma ist dagegen und behauptet, er brauche ihn. Er liebt ihn sehr, und außerdem sagt er noch, es gereiche mir als Herrn zu einer großen Ehre, wenn sich unter meinen Leibeigenen Dichter befänden. Das hätte es einmal irgendwo bei Baronen oder Fürsten gegeben, und das wäre en grand. Na, meinetwegen kann es ja en grand sein, wenn es nun einmal en grand sein soll! Ich habe ordentlichen Respekt vor ihm bekommen, mein Junge, glaubst du das? ... Nur wie er sich benimmt, das weiß der liebe Himmel! Das schlimmste ist, daß er, seit er Gedichte macht, die Nase gar so hoch trägt und mit dem übrigen Gesinde gar nicht mehr reden will. – Nimm mir das nicht übel, Grigorij, aber ich sage das wie ein Vater zu dir. – Vorigen Winter hatte er sich verlobt. Da ist hier unter dem Hausgesinde ein junges Ding, die Matronja, ein hübsches Mädchen, weißt du, und dabei anständig, fleißig und immer vergnügt. Und nun will er sie auf einmal nicht mehr. Ich will nicht, und damit basta. Ist einfach zurückgetreten. Bildet er sich bereits schon soviel ein oder will er erst berühmt werden, um dann noch an anderen Türen anklopfen zu können? . . .«

»Insonderheit auf den Rat Foma Fomitschs hin«, warf Widopljasow ein, »weil Foma Fomitsch faktisch mein Wohltäter sind . . .«

»Na, ohne Foma Fomitsch scheint ja hier überhaupt nichts möglich zu sein«, rief ich unwillkürlich aus.

»Aber, mein Junge, darum handelt es sich ja nicht«, unterbrach mich hastig der Onkel. »Siehst du: jetzt lassen sie ihn überhaupt nicht mehr in Ruhe. Das Mädchen nämlich ist nicht auf den Mund gefallen und resolut; sie hetzt alle gegen ihn auf. Sie necken und hänseln ihn ununterbrochen, und sogar die kleinen Kinder auf dem Hof halten ihn zum Narren . . .«

»Und dieses rühret allzumal von jener Matronja her«, bemerkte Widopljasow, »dieweil jene Matronja faktisch eine dumme Gans ist. Und sintemalen sie faktisch eine dumme Gans ist, ist sie auch ihrem Charakter nach ein Weibsbild ohne Maß und Verstand. Und so ist es mir beschieden, ihretwegen viel Leids zu erfahren auf dieser Welt.«

»Ach, Grigorij, das habe ich dir doch gleich gesagt«, fuhr der Onkel fort und sah Widopljasow vorwurfsvoll an. »Siehst du, Sergej, da haben sie nun ein gemeines Wort ausfindig gemacht, das sich auf seinen Namen reimt. Und nun kommt er zu mir und beklagt sich und bittet, ob es nicht möglich wäre, seinen Namen irgendwie zu ändern, er habe schon lange unter dem unedlen Klang dieses Namens gelitten . . .«

»Es ist kein veredelter Familienname«, warf Widopljasow ein.

»Nun, sei jetzt einmal still, Grigorij! Foma hat diese Namensänderung auch gutgeheißen . . . das heißt, er hat sie nicht gerade gutgeheißen, aber er hat folgendes in Erwägung gezogen, siehst du: wenn nämlich seine Gedichte womöglich einmal gedruckt werden, was er, Foma, in Absicht hat, so könnte ihm ein solcher Name vielleicht gar schaden – und das ist doch auch wahr, nicht?«

»Er will also seine Gedichte drucken lassen, Onkel?«

»Gewiß, mein Junge. Das ist schon beschlossen worden – und zwar auf meine Kosten. Auf dem Titelblatt wird stehen: Leibeigener des Herrn Soundso, und im Vorwort wird sich der Dichter bei Foma für die ihm geschenkte Bildung bedanken.

Das ganze Werk soll Foma gewidmet werden. Foma selber wird ein Vorwort dazu schreiben. Nun stell dir einmal vor, wenn da auf dem Titelblatt stünde: ‚Widopljasows Werke' ...«

»Widopljasows Klagegesang«, verbesserte Widopljasow.

»Na, siehst du, es heißt sogar Klagegesang! Was ist das nun für ein Name: Widopljasow? Der verletzt ja geradezu das Zartgefühl, sagt Foma. Und diese Kritiker, so heißt es doch immer, sind so garstige Spötter ... Dieser Brambäus zum Beispiel ... Denen ist doch nichts heilig. Die würden sich gleich über seinen Namen lustig machen und ihm übel mitspielen, nicht wahr? Da sage ich nun: mag er doch meinetwegen einen beliebigen Namen auf seinen Gedichtband schreiben, ein Pseudonym oder wie man so etwas nennt (ich weiß es nicht genau, jedenfalls war es etwas auf ‚nym'). Aber nein, er sagt: ‚Befehlen Sie dem Hofgesinde, daß ich auch hier und auf ewig und immerdar mit einem neuen Namen benannt werde, damit, meinem Talent entsprechend, auch mein Familienname veredelt werde ...'«

»Ich wette, daß Sie Ihre Zustimmung gegeben haben, Onkel.«

»Um mich mit ihnen nicht herumzustreiten, lieber Serjoscha, habe ich ja und amen dazu gesagt. Weißt du, es war damals gerade so ein Mißverständnis zwischen mir und Foma. Na, seit der Zeit vergeht aber auch nicht eine Woche, ohne daß er nicht mit einem neuen Familiennamen angelaufen käme, und zwar wählt er sich immer nur ganz zartsinnige aus, wie: Oleandrow, Tulpanow ... Weißt du noch, Grigorij, zuerst batest du doch darum, dich ‚Treulich' nennen zu dürfen, Grigorij Treulich. Dann aber gefiel dir dieser Name selber nicht mehr, weil irgendein Spottvogel ‚Abscheulich' darauf gereimt hatte. Du beklagtest dich, und der Spottvogel wurde bestraft. Vierzehn Tage lang hast du dann über einem neuen Familiennamen gebrütet – und wie viele hast du nicht in die engere Wahl gezogen! bis du dir endlich wieder einen ausgedacht hattest und zu mir kamst mit der Bitte, man möchte dich ‚Ulan' nennen. Na, sage doch selber, mein Lieber, kann es denn einen dümmeren Namen geben als Ulan? Aber ich war auch damit einverstanden und gab zum zweitenmal den Befehl, daß dein Name geändert werde, und zwar diesmal in Ulan. Ich tat das nur deshalb, mein Junge«, setzte der Onkel hinzu und wandte sich an mich, »um mir die Sache endlich einmal vom Hals zu schaffen. Drei Tage lang hießest du nun also Ulan. Alle Wände und Fensterbretter im Pavillon hast du verdorben, weil du überall mit Bleistift ‚Ulan' hingeschmiert hast. Ich habe alles neu anstreichen lassen müssen. Und ein ganzes Buch holländisches Papier wurde verschwendet, um deine Unterschrift zu üben: ‚Ulan – Probeschrift, Ulan – Probeschrift'. Na, endlich wurde auch dieser Name vom Mißgeschick ereilt. Man hatte dir wieder einen Reim angehängt – Dummrian. ‚Ich will mich nicht Dummrian schimpfen lassen!' Und wieder mußte der Name geändert werden. Welchen Namen wähltest du dann? Ich weiß es schon nicht mehr ...«

»Tanzew«, antwortete Widopljasow. »Wenn es mir nun einmal beschieden ist, durch meinen Namen einen Tänzer darzustellen, so soll dieser Name wenigstens durch seinen ausländischen Ursprung veredelt sein: Tanzew.«

»Ach ja, Tanzew. Auch damit war ich einverstanden, lieber Sergej. Aber nun haben sie auch auf diesen Namen wieder einen Reim gefunden, und noch dazu einen, den man gar nicht in den Mund nehmen kann. Da kommt er nun heute und hat sich wieder etwas Neues ausgedacht. Ich möchte wetten, daß er wieder einen neuen Namen in petto hat. Ja oder nein, Grigorij, gestehe es nur!«

»In der Tat, ich wollte Ihnen schon seit längerer Zeit einen neuen Namen zu Füßen legen, einen veredelten Namen.«

»Und der wäre?«

»Eßbuketow.«

»Aber schämst du dich nicht, schämst du dich nicht, Grigorij? Deinen Familiennamen von einer Pomadenbüchse abzuleiten! Und dabei willst du ein gescheiter Mensch sein? Und wie lange magst du nicht darüber nachgegrübelt haben! Das hast du wohl auf einer Parfümflasche gelesen?«

»Aber ich bitte Sie, Onkel«, sagte ich halblaut zu ihm, »der Kerl ist doch einfach verrückt, komplett verrückt!«

»Was soll ich aber machen, mein Junge?« antwortete mir der Onkel ebenfalls flüsternd. »Rings um uns her wird behauptet, daß er klug sei und daß dies alles nur eine Betätigung seiner edlen Fähigkeiten sei ...«

»Aber so machen Sie sich doch von ihm los, um Gottes willen!«

»Hör mal, Grigorij! Ich habe jetzt gar keine Zeit, mein Lieber, ich bitte dich!« fing der Onkel mit fast flehender

Stimme an, als hätte er sogar vor Widopljasow Angst. »Das mußt du doch selber einsehen, ich kann mich doch jetzt hier nicht mit deinen Klagen befassen! Du sagst also, daß du wieder beleidigt worden wärest? Nun gut, ich gebe dir mein Wort, daß ich morgen alles in Ordnung bringen werde, jetzt aber geh mit Gott . . . Halt! Was macht Foma Fomitsch?«

»Haben sich schlafen gelegt. Sagten, wenn jemand nach ihnen fragen sollte, zu antworten, daß sie beabsichtigten, die ganze lange Nacht im Gebet zu verbringen.«

»Hm! Na, geh nur, mein Lieber, geh! – Siehst du, Serjoscha, er ist immer um Foma herum, daß ich sogar vor ihm Angst habe. Deshalb kann ihn ja auch das Hofgesinde nicht leiden, weil er alles Foma hinterbringt. Jetzt ist er fortgegangen. Wer weiß, ob er nicht morgen petzen wird. Aber ich habe jetzt alles ins reine gebracht, mein Junge, ich bin jetzt ganz ruhig . . . Und nun bin ich in aller Eile zu dir gekommen. Endlich bin ich wieder bei dir!« sagte er herzlich und drückte mir die Hand. »Und ich dachte schon, mein Junge, daß du ernstlich böse geworden und unfehlbar auf und davon geflogen wärest. Ich habe dich sogar bewachen lassen. Na, Gott sei Dank, jetzt ist ja alles vorüber! Aber vorhin, mit Gawrila, das war eine Sache! Und dann Falalej und auch noch du – das ging Schlag auf Schlag! Na, Gott sei Dank, Gott sei Dank! Jetzt kann ich mich endlich einmal mit dir gründlich aussprechen. Mein ganzes Herz werde ich dir ausschütten. Du darfst nicht abreisen, Serjoscha. Ich habe ja nur dich allein, nur dich und Korowkin . . .«

»Aber erlauben Sie, Onkel: was haben Sie denn nun eigentlich ins reine gebracht? Und worauf soll ich denn hier noch länger warten, nach dem, was vorgefallen ist? Ich muß gestehen, der ganze Kopf dreht sich mir einfach von alledem . . .«

»Glaubst du etwa, daß mein Kopf noch auf dem richtigen Fleck steht? Der tanzt schon seit einem halben Jahr nur noch Walzer, mein Brummschädel, da! Na, aber Gott sei Dank! Jetzt habe ich alles ins reine gebracht. Erstens einmal haben sie mir verziehen, ganz und gar verziehen, unter verschiedenen Bedingungen natürlich, aber ich brauche jetzt fast nichts mehr zu fürchten. Und meiner kleinen Sascha haben sie auch alles verziehen. Diese Sascha, diese Sascha! Wie sie vorhin . . . ein richtiger kleiner Heißsporn! Sie hat sich ja ein bißchen hinreißen lassen, aber das goldene Gemüt! Ich bin stolz auf das Mädchen, Serjoscha! Gott der Herr segne und behüte sie!

Und auch dir haben sie verziehen, und weißt du sogar wie? Du kannst tun und lassen, was du willst, darfst durch alle Zimmer, durch den ganzen Garten gehen und sogar, wenn Gäste da sind, dabeisein – mit einem Wort, alles, was du willst, aber nur unter der einen Bedingung, daß du morgen in Mamachens und Foma Fomitschs Gegenwart kein Wort sprichst – das heißt buchstäblich nicht ein Wort, nicht eine Silbe, das ist die unerläßliche Bedingung; und ich habe es auch schon in deinem Namen versprochen –, sondern nur zuhörst, was die Erwachsenen ... das heißt, ich wollte sagen, was die anderen reden. Sie meinten, du seist noch zu jung. Das darfst du nicht übelnehmen, Serjoscha, du bist ja auch wirklich noch sehr jung ... Das sagt auch Anna Nilowna ...«

Freilich war ich noch sehr jung und bewies das auch auf der Stelle, indem ich über diese beleidigenden Bedingungen vor Entrüstung nur so überschäumte.

»Hören Sie, Onkel«, schrie ich beinahe außer Atem, »sagen Sie mir nur das eine, und beruhigen Sie mich: bin ich hier in ein richtiges Irrenhaus geraten oder nicht?«

»Siehst du, mein Junge, gleich bist du wieder mit einer Kritik zur Hand! Du hast dich eben nicht in der Gewalt«, antwortete der Onkel betrübt. »Du bist hier durchaus nicht in einer Irrenanstalt, man ist nur eben auf beiden Seiten so in die Wolle geraten. Aber du mußt mir doch recht geben, mein Junge? Wie hast du dich denn aufgeführt? Weißt du auch, daß du ihm Grobheiten an den Kopf geworfen hast – ihm, einem Mann, der doch sozusagen in einem würdigen Alter steht?«

»Solche Leute haben kein würdiges Alter, Onkel.«

»Da bist du doch ein bißchen übers Ziel hinausgeschossen, mein Bester! Das ist eine etwas zu freisinnige Anschauungsweise ... Ich bin selber, mein Junge, vernünftigen freisinnigen Ideen durchaus nicht abhold, das aber geht doch etwas zu weit, das heißt, ich wundere mich über dich, Sergej.«

»Seien Sie nicht böse, Onkel, ich sehe meine Schuld ein, aber nur Ihnen gegenüber. Was aber Ihren Foma Fomitsch anbelangt ...«

»Nun sagst du schon wieder *Ihren* Foma Fomitsch! Ach, Sergej, mein Junge, du darfst nicht so streng über ihn urteilen; er ist ein Misanthrop – weiter nichts, ein kränklicher Mensch. Man darf nicht so strenge Forderungen an ihn stellen. Dafür ist er ein edler Mensch, der edelste Mensch von allen hier auf Erden! Du bist ja vorhin selber Zeuge gewesen, er hat einfach geglänzt! Na, und wenn er nun wirklich einmal ein bißchen Hokuspokus macht, darf man es nicht weiter beachten. Bei wem käme denn das nicht auch einmal vor?«

»Aber ich bitte Sie, Onkel, ganz im Gegenteil: bei wem käme so etwas überhaupt vor?«

»Ach, immer nur reitest du darauf herum! Gutmütigkeit besitzest du wenig, Serjoscha; du kannst nicht verzeihen.«

»Na gut, Onkel, gut. Lassen wir das jetzt. Sagen Sie: haben Sie Nastasja Jewgrafowna gesehen?«

»Ach, mein Junge, um sie handelt es sich ja gerade. Aber vor allem, Serjoscha, noch das Wichtigste: wir haben beschlossen, Foma morgen alle zum Geburtstag zu gratulieren, denn er hat morgen wirklich Geburtstag. Sascha ist ja ein gutes Mädchen, aber darin täuscht sie sich. Und so wollen wir nun alle zu ihm hinziehen, die ganze Gesellschaft, noch vor der Frühmesse, recht zeitig. Iljuscha wird ihm ein Gedicht aufsagen, daß ihm das Herz wie Butter schmelzen wird, kurz, wir wollen ihm auf jede Weise schmeicheln. Ach, wenn doch auch du, Serjoscha, zusammen mit uns allen, ihn beglückwünschen möchtest! Dann würde er dir sicher alles vergeben. Und wie schön wäre es doch, wenn ihr euch aussöhnen würdet! Vergiß die Kränkung, Serjoscha, schau! du hast ihn doch selber beleidigt ... Er ist ein so über alle Maßen verdienstvoller Mensch!«

»Onkel! Onkel!« rief ich aus, da mich meine letzte Geduld zu verlassen drohte, »ich will von einer wichtigen Angelegenheit mit Ihnen sprechen, und Sie ... Wissen Sie denn auch, wiederhole ich noch einmal, wissen Sie auch, was mit Nastasja Jewgrafowna vorgeht?«

»Wie sollte ich das nicht wissen, mein Junge? Aber was schreist du denn so? Ihretwegen fing ja vorhin die ganze Geschichte dort drüben an. Übrigens hat das nicht erst vorhin angefangen, sondern schon vor längerer Zeit. Ich wollte nur nicht früher mit dir darüber sprechen, um dir nicht gleich einen Schrecken einzujagen. Denn sie wollten sie ganz einfach aus dem Haus jagen und verlangten von mir, daß ich sie wegschicken sollte. Nun kannst du dir meine Lage vorstellen ... Na, aber Gott sei Dank! Jetzt habe ich das alles ins reine gebracht. Siehst du – ich will dir jetzt alles gestehen, sie hatten nämlich gedacht, daß ich selber in sie verliebt wäre und sie heiraten wollte, kurz, daß ich mit offnen Augen ins Unglück rennen würde. Denn daß das tatsächlich ein Unglück für mich wäre, das haben sie mir soeben dort auseinandergesetzt ... Und deshalb nun, eben um mich zu retten, hatten sie beschlossen, sie aus dem Haus zu jagen. Vor allem Mamachen, hauptsächlich aber auch Anna Nilowna. Foma schweigt sich vorläufig noch aus. Jetzt aber habe ich sie alle überzeugt, und ich will dir ganz offen sagen: ich habe bereits erklärt, daß du der offizielle Bräutigam Nastasjas und nur aus diesem Grund hierhergekommen seist. Na, das hat sie denn teilweise beruhigt, und sie bleibt nun hier, das heißt, ganz bestimmt ist es noch nicht, sondern vorläufig nur probeweise, aber immerhin bleibt sie nun doch im Haus. Auch du bist in der allgemeinen Achtung gestiegen, nachdem ich erklärt habe, daß du dich verloben willst. Wenigstens Mamachen scheint sich jetzt ganz beruhigt zu haben. Nur Anna Nilowna brummt immer noch. Ich weiß wirklich nicht, was ich mir noch ausdenken soll, um es ihr recht zu machen. Und was will sie nur eigentlich, bei Licht besehen, diese Anna Nilowna?«

»Da irren Sie sich aber, Onkel, da irren Sie sich aber – und wie! Wissen Sie, daß Nastasja Jewgrafowna morgen von hier wegfährt, wenn sie nicht heute schon abgefahren ist? Wissen Sie, daß ihr Vater heute nur deshalb hierhergekommen ist, um sie abzuholen? Wissen Sie, daß alles schon beschlossene Sache ist, so daß sie es mir heute sogar persönlich mitgeteilt und mir aufgetragen hat, Ihnen Grüße zu bestellen? Wissen Sie das oder nicht?«

Der Onkel blieb so, wie er war, wie angewurzelt und mit offenem Mund vor mir stehen. Es schien mir, als ob er zitterte, und ein Stöhnen entrang sich seiner Brust.

Um keine Minute Zeit zu verlieren, erzählte ich ihm schnell meine ganze Unterredung mit Nastasja, von meinem Antrag und ihrer entschiedenen Absage, von ihrem Zorn auf den Onkel, daß er gewagt habe, mich durch einen Brief herbeizurufen, erklärte ihm, daß sie durch ihr Weggehen ihn vor einer Ehe mit Tatjana Iwanowna zu retten hoffe – kurz, ich verbarg nichts vor ihm, sondern trug ganz im Gegenteil alles das, was bei diesen Mitteilungen unangenehm war, noch in besonders grellen Farben auf. Ich wollte den Onkel aufrütteln, daß er sich endlich zu entscheidenden Maßnahmen aufraffen sollte – und ich hatte meinen Zweck erreicht. Er schrie auf und griff sich an den Kopf.

»Wo ist sie? Weißt du das? Wo ist sie jetzt?« stammelte

er endlich, ganz blaß vor Schreck. »Und ich Tor kam ganz ruhig hierher und glaubte, daß nun alles in bester Ordnung sei«, fügte er verzweifelt hinzu.

»Wo sie jetzt ist, weiß ich nicht. Vorhin aber, als die Schreierei losging, wollte sie zu Ihnen gehen und ganz offen in Gegenwart aller ihre Absicht kundgeben. Wahrscheinlich hat man sie nicht hineingelassen.«

»Das hätte gerade noch gefehlt, daß man sie hineingelassen hätte! Mein Gott, was hätte sie da angerichtet! Ach, dieses heiße, dieses stolze Köpfchen! Und wo sie nur hingehen will, wohin? Wohin? Und du, du bist mir auch einer! Warum hat sie dir einen Korb gegeben? Das ist doch Unsinn! Du mußtest ihr doch gefallen! Warum hast du ihr denn nicht gefallen? Aber so antworte doch, um Gottes willen, was stehst du denn so hölzern da!«

»Ich bitte Sie, Onkel, wie kann man denn nur solche Fragen stellen!«

»Aber das ist ja ganz unmöglich! Du mußt sie doch heiraten! Warum habe ich dich denn eigens aus Petersburg hierhergerufen? Du mußt sie glücklich machen! Sie wollen sie jetzt aus dem Haus jagen, wenn sie aber dann deine Frau und mithin meine Nichte ist, wird man sie nicht mehr wegjagen können. Und wohin könnte sie denn gehen? Was sollte aus ihr werden? Will sie sich als Gouvernante durchs Leben schlagen? Das wäre doch Blödsinn, Blödsinn! Als Gouvernante! Wovon will sie denn zu Hause leben, bis sie eine Stelle findet? Der Alte hat ja schon ihrer neun auf dem Hals, sie haben ja selber nichts zu brechen und zu beißen! Und von mir würde sie nicht eine Kopeke annehmen, wenn sie wegen dieser schmutzigen Klatschgeschichte aus dem Haus ginge, sie nicht und ihr Vater ebenfalls nicht! Aber wie kann sie denn überhaupt auf solche Weise von hier fortgehen wollen! Das wäre ja entsetzlich! Und einen Skandal würde das geben – das weiß ich genau. Und ihr Gehalt ist durch die Bedürfnisse ihrer Familie schon lange im voraus verschlungen; sie erhält ja doch alle. Nun, gesetzt den Fall, ich empfehle sie als Gouvernante und finde irgendeine ehrbare und anständige Familie ... Aber zum Teufel noch einmal, wo findet man sie denn, diese anständigen, wirklich anständigen Leute? Na, angenommen, es gäbe solche und sogar viele, um Gott nicht zu erzürnen, aber es ist doch immerhin ein Risiko, mein Junge, kann man sich denn auf die Menschen verlassen?

Und dazu ist so ein armer Mensch doch immer noch mißtrauisch, glaubt immer, daß er sein Brot und jedes freundliche Wort mit einer Demütigung bezahlen muß. Man wird sie beleidigen; sie ist sehr stolz, und dann ... ja, was soll dann werden? Und ganz abgesehen von allem, wenn sich nun gar irgendein elender Verführer an sie heranmachen würde! Sie würde ihn ja ordentlich abfahren lassen – das weiß ich genau, das würde sie tun. Aber trotzdem würde er sie doch beleidigen, dieser Schuft! Und etwas wird dabei immer an ihr haften bleiben, ein Schatten, ein Verdacht wird auf sie fallen, und was soll dann aus ihr werden? ... Der Kopf droht mir zu zerspringen! Großer Gott, großer Gott!«

»Onkel, erlauben Sie mir nur eine Frage«, sagte ich feierlich. »Nehmen Sie es mir bitte nicht übel. Sie werden einsehen, daß von der Antwort auf diese Frage vieles abhängt. Ich habe sogar gewissermaßen ein Recht darauf, von Ihnen eine Antwort zu verlangen, Onkel!«

»Und das wäre? Was wäre denn das für eine Frage?«

»Sagen Sie mir offen und ehrlich, ganz als ob Sie vor Gott selber stünden, haben Sie nicht das Gefühl, daß Sie selber ein wenig in Nastasja Jewgrafowna verliebt sind und Sie gern heiraten möchten? Denken Sie doch einmal darüber nach: gerade deshalb will man sie nämlich aus dem Haus jagen.«

Der Onkel machte eine höchst entschiedene Gebärde krampfhaftester Ungeduld.

»Ich? Verliebt? In sie? Aber die haben ja alle Tollkraut gegessen oder sich gegen mich verschworen! Warum hätte ich dich denn sonst herbestellt, wenn nicht in der Absicht, ihnen allen zu beweisen, daß sie nicht recht bei Trost sind! Warum sollte ich sie denn dann mit dir verheiraten wollen? Ich? Verliebt? In sie? Übergeschnappt sind sie alle miteinander, und weiter nichts!«

»Wenn es so steht, Onkel, so erlauben Sie mir wohl, daß ich ganz offen mit Ihnen darüber spreche. Ich erkläre Ihnen feierlich, daß ich in dieser Annahme durchaus nichts Schlechtes finden kann. Ganz im Gegenteil: Sie würden sie nur glücklich machen, wenn Sie sie wirklich so liebhätten, und ... und das gebe Gott! Möge Gott Ihre Liebe und Ihren Entschluß stärken!«

»Aber ich bitte dich, was redest du nur da?« rief der Onkel fast erschrocken aus. »Ich wundere mich, wie du das so kaltlächelnd aussprechen kannst ... und ... und du bist überhaupt immer schnell fertig mit dem Wort – diesen Charakterzug habe ich gleich an dir bemerkt. Ist das nicht unsinnig, was du da zusammenredest? Sag doch selber, wie kann ich sie denn heiraten, wenn ich in ihr meine Tochter sehe und weiter nichts? Ich würde mich sogar schämen und es für eine Sünde halten, wenn ich etwas anderes in ihr sähe. Ich bin ein alter Mann und sie – eine eben aufblühende Knospe. Das hat mir Foma auch zu verstehen gegeben und in ganz denselben Ausdrücken. Ich empfinde in meinem Herzen väterliche Liebe für sie, und du kommst mir gleich mit dem Heiraten! Sie würde mir vielleicht aus Dankbarkeit nicht einmal einen Korb geben, würde mich aber dann doch immer verachten dafür, daß ich ihre Dankbarkeit ausgenutzt habe. Ich würde sie unglücklich machen und ihre Zuneigung verlieren. Und eher möchte ich mein Leben für sie hingeben, für dieses liebe, liebe Mädchen. Ich habe sie genauso lieb wie meine Sascha, sogar noch mehr, das sage ich dir ganz offen. Sascha ist meine wirkliche Tochter, dem Gesetz nach; diese aber habe ich durch meine Liebe zu meiner Tochter gemacht. Ich habe sie aus ihrer Armut herausgerissen und erziehen lassen. Auch Katja, mein verstorbener Engel, hat sie sehr liebgehabt und sie mir sterbend wie eine Tochter ans Herz gelegt. Ich habe ihr eine gute Erziehung zuteil werden lassen: sie hat Französisch sprechen gelernt und Klavier spielen und Bücher lesen und alles andere ... Was für ein reizendes Lächeln sie hat! Hast du das nicht bemerkt, Serjoscha? Es sieht so aus, als wollte sie einen auslachen, aber das tut sie gar nicht, sie meint es im Gegenteil nur gut ... Siehst du, und da habe ich nun geglaubt, wenn du kämst und ihr einen Antrag machtest, so würden sie alle davon überzeugt sein, daß ich selber keine Absichten auf sie habe, und würden dann endlich einmal aufhören, so schmutzige Verdächtigungen über sie zu verbreiten. Und dann würde sie in aller Ruhe und allem Frieden bei uns bleiben, und wie glücklich wären wir dann alle! Ihr seid beide meine Kinder, beide gewissermaßen Waisen, seid beide unter meiner Obhut groß geworden ... und ich habe euch alle beide so sehr, sehr lieb! Mein ganzes Leben möchte ich euch weihen, mich niemals, niemals von euch trennen und immer mit euch zusammenbleiben! Ach, wie glücklich könnten wir dann zusammen sein! Und warum sind nur alle Menschen so böse und ärgern sich gegenseitig und hassen einander? Man müßte sie einmal alle hernehmen und ihnen alles klarmachen! Man müßte ihnen einmal die ganze reine Wahrheit offen darlegen! Großer Gott im Himmel!«

»Gewiß, Onkel, das ist ja alles ganz richtig, aber es ist doch nun einmal Tatsache, daß sie mir einen Korb gegeben hat.«

»Einen Korb? Hm ... Weißt du, mir schwante schon so etwas, als ob sie dir einen Korb geben würde«, sagte er nachdenklich. »Aber nein!« rief er aus. »Ich glaube es nicht! Es ist unmöglich! Dann hätte sich ja wieder alles zerschlagen? Du hast es wahrscheinlich recht unvorsichtig angefangen, hast sie womöglich beleidigt oder gar mit Komplimenten zu überreden gesucht ... Erzähle mir noch einmal, Sergej, wie es gewesen ist ...«

Ich wiederholte alles noch einmal bis auf die kleinsten Einzelheiten. Als ich bis an jene Stelle gekommen war, wo Nastasja die Hoffnung aussprach, durch ihre Abreise den Onkel vor einer Ehe mit Tatjana Iwanowna zu retten, lächelte dieser bitter.

»Mich retten?« sagte er. »Jawohl, bis morgen früh.«

»Aber Sie wollen damit doch nicht etwa sagen, Onkel, daß Sie Tatjana Iwanowna nun wirklich heiraten wollen?« rief ich ganz erschrocken aus.

»Womit hätte ich es denn wohl sonst erkauft, daß Nastasja morgen nicht aus dem Haus gejagt wird? Morgen schon werde ich meinen Antrag machen, ich habe es fest versprochen.«

»Und dazu haben Sie sich entschließen können, Onkel?«

»Was sollte ich tun, mein Junge, was sollte ich tun? Es zerreißt mir das Herz, aber ich habe mich doch entschlossen. Morgen halte ich um sie an; die Hochzeit soll dann nach ihrem Beschluß in aller Stille gefeiert werden, nur im engsten Familienkreis, mein Junge, und das ist auch besser so, nur im engsten Kreis. Dich wollte ich bitten, mein Brautführer zu sein. Ich habe das ihnen gegenüber schon erwähnt, damit sie dich nicht etwa vorher noch aus dem Haus jagen. Was blieb mir anderes übrig, mein Junge? Sie behaupten, der Kinder wegen dürfte ich mir diese reiche Heirat nicht entgehen lassen. Und was tut man nicht alles für seine Kinder? Man dreht das Unterste zuoberst und stellt sich auf den Kopf, und das um so mehr, weil es ja im Grund auch ganz in der Ordnung ist, daß man für seine Kinder sorgt. Ich muß doch wenigstens etwas für meine Familie tun. Ich will doch nicht immer nur müßig hier herumsitzen.«

»Aber Onkel, sie ist doch halb verrückt«, rief ich selbstvergessen aus. Das Herz krampfte sich mir vor Schmerz zusammen.

»Na, nun soll sie auch noch verrückt sein! Sie ist durchaus nicht verrückt, sie hat eben nur, weißt du, viel durchgemacht in ihrem Leben ... Aber was hilft es, mein Junge? Ich wäre natürlich auch froh, wenn sie vernünftiger wäre ... Übrigens, was gibt es nicht auch für Menschen unter jenen, die ganz bei Verstand sind? Und wenn du wüßtest, wie gutmütig und edel sie ist!«

»Großer Gott! Jetzt hat er sich mit dem Gedanken schon ausgesöhnt«, sagte ich in heller Verzweiflung.

»Bleibt mir denn etwas anderes übrig, als mich mit dem Gedanken auszusöhnen? Es ist ja doch nur zu meinem Besten, daß sie sich so bemühen, und zu guter Letzt hätte es doch – das fühle ich im voraus – früher oder später keinen anderen Ausweg mehr für mich gegeben; sie hätten mich einfach gezwungen, Tatjana Iwanowna zu heiraten. Da tue ich es doch besser gleich, als daß ich mich deswegen erst lange mit ihnen herumzanke. Ich will dir alles ganz offen sagen, Serjoscha: ich bin sogar in gewisser Beziehung ganz froh darüber. Hat man sich einmal entschieden, dann ist es auch wirklich entschieden; wenigstens hat man sich die Last von den Schultern gewälzt und kann wieder ruhig aufatmen. Als ich vorhin hierherkam, war ich fast ganz beruhigt. Wahrscheinlich will es mein Schicksal so! Und die Hauptsache, die ich dabei herausgeschlagen habe, ist doch, daß Nastasja bei uns bleiben wird. Nur unter dieser Bedingung habe ich meine Einwilligung gegeben. Und nun will sie selber davonlaufen! Aber das wird nicht geschehen!« rief der Onkel und stampfte mit dem Fuß auf. »Höre, Sergej«, fügte er mit entschiedener Miene hinzu, »warte hier auf mich, und geh nicht fort; ich werde im Augenblick wieder hiersein!«

»Wo gehen Sie hin, Onkel?«

»Vielleicht sehe ich sie, Sergej; und dann wird sich alles aufklären, glaube mir, alles, alles wird sich aufklären, und ... und ... du wirst sie heiraten, ich gebe dir mein Wort darauf!«

Der Onkel verließ hastig das Zimmer und ging noch tiefer in den Garten hinein und nicht ins Haus zurück. Ich verfolgte ihn vom Fenster aus mit den Augen.

12

Die Katastrophe

Ich blieb allein zurück. Meine Lage war unerträglich. Ich hatte mir einen Korb geholt, und trotzdem wollte mich der Onkel beinahe mit Gewalt verheiraten. Meine Gedanken irrten und schwirrten im Kreise. Misintschikow und sein Vorhaben gingen mir nicht aus dem Sinn. Was sich auch immer ereignen mochte, der Onkel mußte gerettet werden. Ich dachte sogar daran, Misintschikow aufzusuchen und ihm alles zu erzählen. Aber wohin war nur der Onkel gegangen? Er hatte doch selber gesagt, daß er Nastasja aufsuchen wolle, und war dabei in Richtung Garten davongegangen? Der Gedanke an die heimlichen Zusammenkünfte schoß mir durch den Kopf, und ein unangenehmes Gefühl preßte mir das Herz zusammen. Ich dachte an Misintschikows Worte über die heimlichen Beziehungen der beiden ... Aber nachdem ich einen Augenblick darüber nachgedacht hatte, warf ich diesen Verdacht entrüstet beiseite. Der Onkel war nicht imstande, jemanden zu hintergehen, das war offensichtlich. Meine Unruhe wuchs von Minute zu Minute. Unbewußt lief ich die Stufen hinunter und schritt tiefer in den Garten hinein, dieselbe Allee entlang, in der mein Onkel verschwunden war. Der Mond war soeben aufgegangen. Ich kannte den Garten ganz genau und fürchtete nicht, mich zu verirren. Als ich bis an den alten Pavillon gekommen war, der einsam am Ufer des schlammigen, grün verwachsenen Teiches stand, blieb ich plötzlich wie angewurzelt stehen: ich hatte im Pavillon Stimmen gehört. Ich kann gar nicht beschreiben, was für ein eigenartig ärgerliches Gefühl mich beschlich. Ich war überzeugt, daß dort der Onkel mit Nastasja zusammen war und beschwichtigte mein Gewissen für alle Fälle damit, daß ich in meinem früheren Schritt ruhig weiterging und nicht etwa versuchte, mich heranzuschleichen. Plötzlich hörte ich ganz deutlich das Geräusch von Küssen, dann ein leidenschaftliches Geflüster und gleich darauf – den durchdringenden Schrei einer weiblichen Stimme. Im selben Augenblick stürzte eine weibliche Gestalt in weißem Kleid aus dem Pavillon heraus und huschte wie eine Schwalbe an mir vorbei. Es schien mir sogar, als hätte sie ihr Gesicht mit beiden Händen bedeckt, um nicht erkannt zu werden; wahrscheinlich hatte man mich vom Pavillon aus bemerkt. Aber wie groß war mein Erstaunen, als ich in dem der erschrockenen Dame auf dem Fuß folgenden Kavalier – Obnoskin erkannte, Obnoskin, der nach Misintschikows Behauptung schon längst weggefahren sein sollte! Und auch Obnoskin seinerseits wurde außerordentlich verlegen, als er mich sah: seine sonstige Dreistigkeit war wie weggeblasen.

»Verzeihen Sie, aber ... ich hatte nicht erwartet, Sie hier zu treffen«, brachte er endlich lächelnd und stotternd hervor.

»Und ich Sie auch nicht«, erwiderte ich spöttisch, »um so weniger, da ich gehört habe, daß Sie weggefahren wären.«

»Nein ... das war so ... ich habe Mama ein Stück begleitet. Aber darf ich mich an Sie als an den ehrenhaftesten Menschen dieser Welt mit einer Bitte wenden?«

»Und das wäre?«

»Es gibt im Leben Augenblicke – und das werden Sie selber zugeben –, da ein wirklich ehrenhafter Mensch sich gezwungen sieht, die ganze Ehrenhaftigkeit eines anderen, gleichfalls ehrenhaften Menschen anzurufen ... Ich hoffe, daß Sie mich verstanden haben ...«

»Geben Sie diese Hoffnung auf, denn ich habe absolut nichts verstanden.«

»Haben Sie die Dame gesehen, die mit mir zusammen im Pavillon gewesen ist?«

»Gesehen wohl, aber nicht erkannt.«

»Ah, Sie haben sie also nicht erkannt ... Diese Dame werde ich in Kürze meine Frau nennen.«

»Meinen herzlichsten Glückwunsch! Aber womit kann ich Ihnen nützlich sein?«

»Nur damit, daß Sie es als tiefstes Geheimnis bewahren, daß Sie mich mit dieser Dame zusammen gesehen haben.«

Wer kann das nur gewesen sein? dachte ich. Doch nicht etwa ...

»Ich weiß wirklich nicht ...« antwortete ich. »Ich hoffe, Sie werden entschuldigen, daß ich Ihnen mein Wort nicht geben kann.«

»Aber um Himmels willen, ich bitte Sie darum«, flehte Obnoskin. »Versetzen Sie sich doch in meine Lage! Es ist noch ein Geheimnis. Vielleicht werden Sie auch einmal Bräutigam sein, dann werde auch ich meinerseits ...«

»Pst! Es kommt jemand!«

»Wo?«

Und wirklich huschte, etwa dreißig Schritt von uns entfernt, kaum bemerkbar der Schatten eines Vorübergehenden an uns vorbei.

»Das ... das war ganz bestimmt Foma Fomitsch«, flüsterte Obnoskin und zitterte am ganzen Leib. »Ich kenne ihn am Gang. Mein Gott! Und da, auf der anderen Seite, wieder Schritte! Hören Sie nur! Leben Sie wohl! Ich danke Ihnen und ... bitte Sie inständig ...«

Obnoskin verschwand. Im selben Augenblick stand mein Onkel vor mir, wie aus der Erde gewachsen.

»Bist du es?« rief er mich an. »Es ist alles verloren, Serjoscha, es ist alles verloren!«

Ich bemerkte, daß auch er am ganzen Leib zitterte.

»Aber was ist denn verloren, Onkel?«

»Komm!« sagte er atemlos, packte mich fest an der Hand und zog mich mit sich fort. Den ganzen Weg bis zum Sommerhäuschen sprach er kein Wort und ließ auch mich nicht sprechen. Ich erwartete etwas Außergewöhnliches und hatte mich darin auch nicht getäuscht. Als wir in mein Zimmer eingetreten waren, wäre er beinahe ohnmächtig zu Boden gesunken. Er war bleich wie ein Toter. Ich benetzte sofort sein Gesicht mit Wasser. Da ist sicherlich etwas ganz Schreckliches geschehen, dachte ich, wenn ein Mensch wie er in Ohnmacht fällt!

»Onkel, was ist mit Ihnen?« fragte ich endlich.

»Es ist alles verloren, Serjoscha! Foma hat mich im Garten mit Nastasja getroffen, gerade in dem Augenblick, als ich ihr einen Kuß gab.«

»Sie haben ihr einen Kuß gegeben? Im Garten?« rief ich aus und blickte den Onkel erstaunt an.

»Im Garten, mein Junge. Gott führte uns in Versuchung. Ich war dorthin gegangen, um sie unverzüglich zu sehen. Ich wollte mich mit ihr aussprechen, sie zur Vernunft bringen, das heißt, was dich anbetrifft. Sie aber hatte schon eine ganze Stunde auf mich gewartet, dort bei der zerbrochenen Bank hinter dem Teich ... Sie kommt oft dorthin, wenn sie mit mir sprechen will.«

»Oft, Onkel?«

»Oft, mein Junge! In letzter Zeit sind wir fast jede Nacht dort zusammengetroffen. Nun haben sie uns sicherlich nachspioniert – ich weiß schon, daß sie uns nachspürten, und weiß auch, daß hauptsächlich Anna Nilowna am Werk war. Darum haben wir eine Zeitlang mit unseren Zusammenkünften ausgesetzt, vier Tage hatten wir uns nicht getroffen, heute aber war es unumgänglich. Du siehst doch selber, wie notwendig es war: wie hätte ich denn sonst mit ihr sprechen können? Ich ging also hin in der Hoffnung, sie dort vorzufinden, und sie hatte schon eine ganze Stunde dort gesessen und auf mich gewartet. Auch sie hatte mir etwas Wichtiges mitzuteilen ...«

»Mein Gott, wie unvorsichtig! Sie wußten aber doch, daß man Ihnen auflauerte.«

»Aber das war doch ein ganz besonderer Fall, Serjoscha! Wir mußten uns doch gegenseitig so viel mitteilen! Am Tag wage ich sie nicht einmal anzusehen: sie blickt in die eine Ecke und ich in die andere, ganz absichtlich, als bemerkte ich nicht einmal, daß sie überhaupt da ist. Nachts aber treffen wir uns dann und sprechen uns aus ...«

»Nun, und was geschah, Onkel?«

»Ich hatte noch keine zwei Worte mit ihr sprechen können, weißt du – das Herz klopfte mir so, und die Tränen standen mir in den Augen; ich wollte sie aber doch überreden, daß sie dich heiraten solle – da sagte sie gleich zu mir: ‚Also lieben Sie mich gewiß nicht – Sie merken ja auch nichts!' Und plötzlich warf sie sich an meine Brust, schlang ihre Arme um mich und weinte und schluchzte. ‚Ich liebe nur Sie, nur Sie allein', sagte sie, ‚und werde keinen anderen heiraten! Ich liebe Sie schon lange. Aber auch Sie werde ich nicht heiraten, sondern morgen noch hier wegfahren und in ein Kloster gehen!'«

»Großer Gott! Das hat sie wirklich gesagt? Und was geschah dann weiter, Onkel, was weiter?«

»Ich blickte auf, und – vor uns stand Foma Fomitsch! Wo war er nur so plötzlich hergekommen? Er kann doch unmöglich hinter den Büschen gelauert haben, bis wir diese Sünde begingen?«

»So ein Schuft!«

»Ich war halb tot vor Schreck. Nastasja lief davon, aber Foma Fomitsch ging schweigend an uns vorüber und drohte nur mit dem Finger. Begreifst du wohl, Sergej, was das morgen für einen Spektakel geben wird?«

»Na, wie sollte ich das nicht begreifen!«

»Begreifst du auch«, rief er verzweifelt und sprang von seinem Stuhl auf, »begreifst du auch, daß sie Nastasja nun verderben, beschimpfen und entehren werden? Sie suchen doch nur nach einem Vorwand, um sie mit Schimpf und Schande bedecken und dafür aus dem Haus jagen zu können. Und jetzt haben sie nun einen Vorwand gefunden. Haben sie doch schon immer behauptet, daß sie mit mir in unerlaubten Beziehungen stünde. Sie haben sogar behauptet, diese gemeine Bande, daß sie mit Widopljasow ein Verhältnis habe. Und dies alles hat Anna Nilowna unter die Leute gebracht. Was soll jetzt nur werden? Was wird morgen geschehen? Womöglich erzählt es Foma weiter?«

»Er wird es unbedingt weitererzählen, Onkel.«

»Wenn er es aber erzählt, wenn er es wirklich erzählen sollte ...« murmelte er vor sich hin, biß sich auf die Lippen und ballte die Fäuste. »Aber nein! Ich glaube es nicht. Er wird es nicht erzählen. Er wird einsehen ... Er ist doch ein Mensch von höchst edler Gesinnung. Er wird sie schonen ...«

»Ob er sie nun schont oder nicht«, sagte ich mit großer Entschiedenheit, »jedenfalls ist es nun Ihre Pflicht, Nastasja Jewgrafowna noch morgen einen Heiratsantrag zu machen.«

Der Onkel sah mich starr an.

»Begreifen Sie denn nicht, Onkel, daß Sie das Mädchen um ihre Ehre bringen, wenn diese Geschichte unter die Leute kommt? Sehen Sie denn nicht ein, daß Sie diesem Übel so schnell wie möglich zuvorkommen müssen? Stolz und kühn müssen Sie allen ins Auge schauen, offenkundig um ihre Hand anhalten, alle ihre Vernunftgründe verächtlich zurückweisen und Foma Fomitsch zu Pulver zermalmen, wenn er auch nur ein Wort gegen sie zu sagen wagt.«

»Mein Freund!« rief der Onkel aus. »Daran habe ich soeben auch schon gedacht, als ich hierherkam.«

»Und haben Sie sich entschlossen?«

»Unwiderruflich. Ich hatte mich schon entschieden, ehe ich anfing, dir alles zu erzählen.«

»Bravo, Onkel!«

Und ich fiel ihm um den Hals.

Wir sprachen noch lange zusammen. Ich legte ihm noch einmal alle Gründe dar, die ganze unerbittliche Notwendigkeit, Nastasja zu heiraten, was er übrigens viel besser als ich selber begriff. Aber die Lust, mich reden zu hören, war nun einmal in mir erwacht. Außerdem freute ich mich für den Onkel. Jetzt trieb ihn die Pflicht, sonst hätte er sich wohl niemals dazu aufgerafft. Seine Pflicht und Schuldigkeit aber ging ihm über alles. Doch ganz abgesehen davon, konnte ich mir absolut nicht vorstellen, wie er die Sache in die Wege leiten wollte. Ich wußte und glaubte blindlings, daß mein Onkel an dem, was er einmal für seine Pflicht erkannt hatte, nun auch unbedingt festhalten würde, und doch kamen mir wieder Bedenken, ob er auch genügend Kräfte besitzen würde, sich gegen seine Hausgenossen aufzulehnen. Und deshalb gab ich mir auch alle Mühe, ihn aufzuhetzen und zu beeinflussen, und machte mich mit dem ganzen Feuereifer meiner Jugend an dieses Werk.

»Um so mehr, um so mehr müssen Sie es tun«, sagte ich, »als jetzt alle Würfel gefallen und auch Ihre letzten Zweifel behoben sind! Es ist etwas geschehen, was Sie nicht erwartet haben, obgleich es alle anderen in Wirklichkeit gesehen und noch vor Ihnen bemerkt haben: Nastasja Jewgrafowna liebt Sie! Werden Sie etwa zulassen«, rief ich aus, »daß diese reine Liebe sich für sie in Schande und Schmach verwandle?«

»Nie und nimmermehr! Aber, mein Junge, ist es denn überhaupt möglich, daß ich zu guter Letzt noch so glücklich werden soll?« rief der Onkel aus und fiel mir um den Hals. »Und wie hat sie sich nur in mich verlieben können? Warum nur, aus welchem Grund? Ich glaube doch, ich habe gar nicht so etwas an mir ... Ich bin doch ein alter Mann in ihren Augen. Das hätte ich nicht erwartet! Mein Engel, mein Engel ... Hör mal, Serjoscha, du fragtest mich doch vorhin, ob ich in sie verliebt wäre. Hattest du da vielleicht schon irgendeine Ahnung?«

»Ich hatte nur gesehen, Onkel, daß Sie Nastasja Jewgrafowna so liebhaben, wie man einen Menschen gar nicht lieber haben kann, und noch dazu, ohne es selber zu wissen. Ich bitte Sie! Sie lassen mich eigens aus Petersburg hierherkommen und wollen mich mit ihr verheiraten, und das alles nur deshalb, damit sie Ihre Nichte werden soll und Sie sie immer um sich haben können ...«

»Und du ... du verzeihst mir, Sergej?«

»Ach, Onkel ...«

Und wieder umarmte er mich.

»Sehen Sie sich vor, Onkel, alle sind gegen Sie. Sie müssen das Joch abschütteln und ihnen entgegentreten, und zwar gleich morgen.«

»Ja, ja ... morgen«, wiederholte er ein bißchen nachdenklich. »Und weißt du, wir wollen die Sache in durchaus männlicher Weise, beseelt von wahrhaft edler Gesinnung und mit

Charakterfestigkeit anfassen ... ja, ganz besonders mit Charakterfestigkeit!«

»Verzagen Sie nicht, Onkel!«

»Ich verzage nicht, Serjoscha! Nur eines: ich weiß nicht recht, wie ich es anfangen soll und wie ich vorgehen muß.«

»Denken Sie jetzt nicht darüber nach, Onkel. Der morgige Tag wird alles entscheiden. Für heute beruhigen Sie sich! Je mehr man darüber nachsinnt, um so schlimmer wird es. Und wenn Foma wirklich anfängt auszuplaudern, dann jagen Sie ihn sofort zum Haus hinaus oder zermalmen ihn zu Pulver!«

»Wäre das alles nicht auch möglich, ohne daß ich ihn fortjagte? Ich habe folgendes beschlossen, mein Junge: morgen ganz früh, noch ehe es Tag wird, gehe ich zu ihm hin und erzähle ihm alles ganz so, wie ich es dir soeben erzählt habe. Es kann ja gar nicht sein, daß er mir kein Verständnis entgegenbringt, er ist ja ein so edler Mensch, der edelste Mensch von der Welt. Aber etwas beunruhigt mich noch sehr: wenn nun Mamachen Tatjana Iwanowna heute schon auf den morgen bevorstehenden Antrag vorbereitet hat? Das wäre doch einfach schrecklich!«

»Lassen Sie sich wegen Tatjana Iwanowna keine grauen Haare wachsen, Onkel!«

Und ich erzählte ihm mein Erlebnis mit Obnoskin vor dem Pavillon. Der Onkel war außerordentlich erstaunt. Misintschikow aber erwähnte ich mit keinem Wort.

»Eine überspannte Person! Wirklich eine überspannte Person!« rief er aus. »Das arme Mädchen! Da machen sich nun solche Halunken an sie heran und wollen sich ihre Einfalt zunutze machen. Und es war wirklich Obnoskin? Aber war denn der nicht weggefahren? Sonderbar, höchst sonderbar! Ich bin ganz starr, Serjoscha ... Das muß ich morgen gleich untersuchen und meine Maßregeln treffen ... Aber weißt du es auch ganz genau, daß es Tatjana Iwanowna gewesen ist?«

Ich antwortete ihm, ich hätte zwar das Gesicht nicht sehen können, sei aber doch aus gewissen Gründen fest davon überzeugt, daß es Tatjana Iwanowna gewesen sei.

»Hm! Vielleicht war es nur ein Schäferstündchen mit irgendeinem Hausmädchen, und du hast geglaubt, daß es Tatjana Iwanowna sei. War es nicht etwa Dascha, die Gärtnerstochter? Das ist ein leichtfertiges Ding. Sie ist schon dafür bekannt, darum sage ich es auch nur, weil es schon bekannt ist.

Anna Nilowna ist dem auf die Spur gekommen ... Aber nein, das kann ja nicht sein! Er hat ja zu dir gesagt, daß er sie heiraten will. Sonderbar, sonderbar!«

Endlich trennten wir uns. Ich umarmte meinen Onkel und wünschte ihm alles Gute.

»Morgen, morgen«, wiederholte er noch einmal, »wird sich alles entscheiden. Noch ehe du aufstehst, wird sich alles entschieden haben. Ich werde zu Foma hingehen und ganz ritterlich mit ihm verhandeln, werde ihm wie einem leiblichen Bruder mein ganzes Herz bis in seine innersten Falten offen darlegen. Leb wohl, Serjoscha! Leg dich hin, du wirst müde sein. Ich werde ja sicherlich die ganze Nacht kein Auge zutun können.«

Er ging hinaus. Todmüde und grenzenlos erschöpft legte ich mich sogleich schlafen. Das war ein schwerer Tag gewesen! Meine Nerven waren aufs äußerste angespannt, und ehe ich endlich einschlafen konnte, fuhr ich noch mehrmals in die Höhe und wachte immer wieder auf.

Aber so merkwürdig auch diese Eindrücke waren, die nun beim Einschlafen alle noch einmal auf mich einstürmten, so war doch alles nichts gegen die originelle Art und Weise, mit der ich am anderen Morgen aus diesem Schlaf geweckt werden sollte.

Zweiter und letzter Teil

1

Die Verfolgung

Ich schlief fest und traumlos. Plötzlich fühlte ich, wie sich eine zentnerschwere Last auf meine Beine legte. Ich schrie auf und erwachte. Es war schon Tag; die Sonne schien hell ins Zimmer. Auf meinem Bett oder, besser gesagt, auf meinen Beinen saß – Herr Bachtschejew.

Es war nicht daran zu zweifeln: er war es wirklich. Nachdem ich meine Beine mit Müh und Not wieder frei gemacht hatte, richtete ich mich im Bett auf und starrte ihn mit der stupiden Verwunderung eines eben erst aufgewachten Menschen an.

»Da sitzt er nun da und stiert mich an!« rief der Dicke aus. »Warum fressen Sie mich denn so auf mit Ihren Blicken? Stehen Sie auf, Freundchen, stehen Sie auf! Seit einer halben Stunde wecke ich Sie schon. So machen Sie doch endlich einmal Ihre Augen auf!«

»Was ist denn los? Wieviel Uhr ist es denn?«

»Es ist noch nicht spät, Freundchen, aber unsere Fewronja hat auch nicht gewartet, bis es hell wurde, sondern hat sich auf und davon gemacht. Stehen Sie auf, schnell, wir wollen ihr nachjagen!«

»Was für eine Fewronja denn?«

»Na, unsere Wonne, die Rappelköpfige! Auf und davon! Noch vor Tagesgrauen ist sie einfach durchgebrannt. Und ich bin nur auf einen Augenblick zu Ihnen hereingekommen, Freundchen, eben nur, um Sie aufzuwecken, und nun muß ich mich zwei volle Stunden hier mit Ihnen herumplagen. Stehen Sie auf, Freundchen! Der Onkel wartet auf Sie. Da haben sie sich nun auf diesen Festtag gefreut«, fügte er gereizt und etwas schadenfroh hinzu.

»Aber von wem oder was sprechen Sie denn eigentlich?« fragte ich ungeduldig, obgleich ich schon anfing zu erraten, was geschehen war. »Doch nicht etwa von Tatjana Iwanowna?«

»Na, von wem denn sonst? Natürlich nur von ihr. Ich habe es doch gleich gesagt, habe alle gewarnt – aber keiner wollte auf mich hören. Da hat sie euch eben eine nette Feiertagsüberraschung bereitet. Sie ist nun einmal liebestoll, und Gott Amor hat ihr den Kopf noch vollends verdreht. Pfui! Und wissen Sie, mit wem sie auf und davon ist, mit wem? Mit diesem Kerl, dem Spitzbart!«

»Also doch mit Misintschikow!«

»Pfui Teufel! So reiben Sie sich doch endlich den Schlaf aus den Augen und werden Sie wenigstens jetzt einmal nüchtern, wo der große Festtag des Herrn anbricht! Sie müssen gestern abend ordentlich gezecht haben, wenn Sie jetzt noch nicht bei klarem Verstand sind! Mit Misintschikow! Mit Obnoskin ist sie auf und davon gegangen und nicht mit Misintschikow! Iwan Iwanowitsch Misintschikow ist doch ein anständiger Mensch und wird sich gleich mit uns an die Verfolgung machen.«

»Was sagen Sie da?« rief ich und fuhr in meinem Bett hoch. »Mit Obnoskin? Ist das Tatsache?«

»Pfui, Sie ekelhafter Mensch!« erwiderte der Dicke und sprang von seinem Platz auf. »Ich komme zu ihm und will ihm wie einem gebildeten Menschen den Fall klarlegen, und er zweifelt noch daran! Na, Freundchen, wenn Sie noch mitkommen wollen, so stehen Sie schnell auf, und fahren Sie in Ihre Hosen, ich habe es nun wirklich satt, mir Ihretwegen den Mund in Fransen zu reden. Ich habe ohnehin schon zuviel kostbare Zeit bei Ihnen verloren!«

Und tief entrüstet verließ er das Zimmer.

Äußerst betroffen durch diese Nachricht, sprang ich aus dem Bett, zog mich schleunigst an und eilte ins Herrenhaus hinüber. Ich glaubte, den Onkel im Hause anzutreffen, wo offenbar noch alles schlief und kein Mensch von dem Vorfall etwas zu ahnen schien. Leise stieg ich die Vordertreppe hinauf und stieß im Hausflur auf Nastasja. Sie schien nur in aller Eile etwas übergeworfen zu haben, so etwas wie einen Frisiermantel oder Morgenrock. Ihr Haar war in Unordnung, man sah, daß sie eben erst aus dem Bett gesprungen war und offenbar im Hausflur auf irgend jemanden wartete.

»Sagen Sie, ist es wahr, daß Tatjana Iwanowna mit Obnoskin durchgegangen ist?« fragte sie hastig und mit stockender Stimme. Sie sah bleich und erschrocken aus.

»Es soll wahr sein. Ich suche den Onkel; wir wollen ihnen nachsetzen.«

»Oh, bringen Sie sie zurück, bringen Sie sie zurück, so schnell wie möglich! Sie ist verloren, wenn Sie sie nicht zurückholen.«

»Wo ist der Onkel?«

»Wahrscheinlich in den Pferdeställen; der Wagen wird eben angespannt. Ich habe hier auf ihn gewartet. Hören Sie, sagen Sie ihm doch von mir, daß ich unbedingt heute noch von hier wegfahren will; ich bin jetzt fest entschlossen. Mein Vater wird mich mitnehmen. Wenn es irgend möglich ist, fahre ich jetzt gleich fort. Nun ist alles vorbei, alles!«

Und indem sie das sagte, sah sie mich an, als wäre sie selber eine Verlorene, und brach plötzlich in Tränen aus. Es schien, als wäre sie von einem Weinkrampf befallen.

»Beruhigen Sie sich«, flehte ich sie an, »es wird sich noch alles zum besten wenden ... Sie werden sehen ... Was haben Sie denn, Nastasja Jewgrafowna?«

»Ich ... ich weiß nicht ... was mit mir ist«, sagte sie mit erstickter Stimme und drückte mir unbewußt beide Hände. »Sagen Sie ihm ...«

In diesem Augenblick hörten wir rechts hinter der Tür ein Geräusch.

Sie stieß meine Hand zurück und eilte erschrocken, ohne ihren Satz zu beenden, die Treppe hinauf.

Ich traf die ganze Gesellschaft, das heißt den Onkel, Bachtschejew und Misintschikow hinten im Hof bei den Pferdeställen. Man hatte vor Bachtschejews Wagen frische Pferde gespannt. Alles war zur Abfahrt bereit; sie hatten nur noch auf mich gewartet.

»Da ist er ja!« rief der Onkel, als ich erschien. »Hast du's gehört, mein Junge?« setzte er mit einem eigentümlichen Gesichtsausdruck hinzu.

Schrecken, Kopflosigkeit, aber auch etwas wie Hoffnung lag in seinen Blicken, in seiner Stimme, in allen seinen Bewegungen. Es war ihm zum Bewußtsein gekommen, daß sich eine gewaltige Wandlung in seinem Schicksal vollzogen hatte.

Ich wurde sogleich in alle Einzelheiten eingeweiht. Herr Bachtschejew hatte eine schlechte Nacht verbracht und war vor Tagesgrauen von zu Hause weggefahren, um rechtzeitig zur Frühmesse im Kloster zu sein, das einige fünf Werst von seinem Gut entfernt lag. Gerade dort, wo der Weg zum

Kloster von der großen Landstraße abbiegt, hatte er plötzlich einen Reisewagen in rasender Geschwindigkeit vorbeisausen sehen und im Wagen Tatjana Iwanowna und Obnoskin erblickt. Tatjana Iwanowna sei verweint und ängstlich gewesen, habe aufgeschrien und beide Hände, als wenn sie ihn um Hilfe anflehen wollte, nach Herrn Bachtschejew ausgestreckt – so ging es wenigstens aus seiner Erzählung hervor. »Und dieser Halunke mit dem Spitzbärtchen«, fügte er hinzu, »saß halbtot vor Schreck daneben und wollte sich vor mir verstecken. Da schneidest du dich aber, mein Bester, das wird dir nicht gelingen!«

Ohne sich lange zu besinnen, hatte Stepan Alexejewitsch seinen Wagen wieder auf die Landstraße fahren lassen, war mit verhängten Zügeln nach Stepantschikowo gefahren und hatte hier den Onkel, Misintschikow und endlich auch mich aus dem Schlaf getrommelt. Man war sich sofort darüber einig, daß die Flüchtlinge verfolgt werden mußten.

»Dieser Obnoskin, dieser Obnoskin ...« sagte der Onkel und sah mich unverwandt an, als wollte er gleichzeitig noch etwas ganz anderes sagen. »Wer hätte das gedacht!«

»Bei diesem elenden Menschen konnte man auf jede Gemeinheit gefaßt sein«, rief Misintschikow energisch und in höchster Empörung aus, wandte sich dann aber gleich wieder ab, um meinem Blick zu entgehen.

»Was wird denn nun, fahren wir ab oder nicht? Oder wollen wir bis zum Abend hier stehen bleiben und uns Märchen erzählen?« rief Herr Bachtschejew dazwischen und stieg in den Wagen ein.

»Abfahren, abfahren!« stimmte der Onkel bei.

»Eine glückliche Wendung, Onkel«, flüsterte ich ihm zu. »Sehen Sie, wie ausgezeichnet sich jetzt alles ganz von selbst macht!«

»Halt, mein Junge, berufe es nicht ... Ach, mein Lieber, jetzt wird man ganz einfach *sie* aus dem Haus jagen, zur Strafe dafür, daß ihnen ihr Plan nicht geglückt ist, verstehst du? Mir schwant etwas ganz Entsetzliches!«

»Na, Jegor Iljitsch, wollen Sie hier noch weiter tuscheln, oder wollen wir abfahren?« rief Bachtschejew noch einmal dazwischen. »Sonst können wir ja auch die Pferde wieder ausspannen lassen und erst einmal in aller Ruhe frühstücken. Ganz wie Sie denken: vielleicht trinken wir erst noch ein Gläschen?«

Diese Worte waren mit so scharfer Ironie gesprochen, daß es ganz unmöglich war, Herrn Bachtschejew noch länger warten zu lassen. Unverzüglich stiegen wir alle ein, und die Pferde zogen an.

Eine Zeitlang schwiegen wir alle. Der Onkel sah mich bedeutsam an, wollte aber in Gegenwart der anderen nicht mit mir sprechen. Er war bald in Gedanken verloren, bald wieder fuhr er plötzlich auf und sah sich aufgeregt um. Misintschikow war anscheinend ganz ruhig, rauchte eine Zigarre und blickte mit der Würde eines zu Unrecht gekränkten Menschen drein. Dafür ereiferte sich Bachtschejew für alle zusammen. Er brummte immer etwas vor sich hin, blickte auf alle und jeden mit unverhohlener Empörung, hatte einen roten Kopf, fauchte, spuckte ununterbrochen aus dem Wagen und konnte sich überhaupt nicht beruhigen.

»Glauben Sie auch wirklich, Stepan Alexejewitsch, daß die beiden nach Mischino gefahren sind?« fragte plötzlich der Onkel. »Das ist nämlich ein kleines Gut von ungefähr dreißig Seelen, etwa zwanzig Werst von hier entfernt«, setzte er hinzu und wandte sich an mich. »Ein ehemaliger Gouvernementsbeamter hat es erst vor kurzem den früheren Besitzern abgekauft. Ein ganz geriebener Kunde soll das sein, wie es in der Welt keinen zweiten gibt. So heißt es wenigstens von ihm, ich weiß nicht, ob es stimmt. Stepan Alexejewitsch behauptet nun, Obnoskin sei gerade dorthin gefahren, damit ihm dieser Beamte behilflich sei.«

»Das glaubst du nicht?« schrie Bachtschejew und fuhr hoch. »Ich sage dir: sie sind nach Mischino gefahren! Allerdings wäre es möglich, daß in Mischino jetzt keine Katze mehr etwas weiß von eurem Obnoskin, da wir drei geschlagene Stunden auf dem Hof unnütz verschwatzt haben!«

»Nur ruhig Blut«, warf Misintschikow ein. »Wir werden sie schon noch antreffen!«

»Jawohl, prosit Mahlzeit, noch antreffen! Der wird wohl gerade dort auf dich warten! Er hat die Schatulle in den Händen, und nun heisa hopp!«

»Beruhige dich, Stepan Alexejewitsch, beruhige dich«, sagte der Onkel, »wir werden sie schon erwischen. Sie haben ja noch gar nichts unternehmen können. Du wirst sehen, daß es so ist.«

»Noch nichts unternehmen können?« wiederholte Herr Bachtschejew boshaft. »Was kann die nicht schon alles unternommen haben, obgleich sie so ein stiller, unschuldsvoller Engel ist! ,Sie ist so still und harmlos', heißt es immer, ,so still und harmlos!' fügte er mit einem ganz feinen Stimmchen, als wollte er jemanden nachäffen, hinzu. ,Sie hat soviel Schweres durchgemacht!' Und nun ist sie auch noch durchgebrannt, die arme Dulderin. Jetzt kann man in aller Herrgottsfrühe auf der Landstraße hinter ihr herjagen, bis einem die Zunge heraushängt! Nicht einmal beten kann man mehr am heiligen Feiertag! Pfui!«

»Sie ist doch nicht mehr minderjährig«, warf ich ein, »und steht nicht mehr unter Vormundschaft. Man kann sie doch nicht zwingen umzukehren, wenn sie es selber nicht will. Was wollen wir dann aber machen?«

»Selbstverständlich«, erwiderte der Onkel, »aber sie wird wollen, das versichere ich dir. Das hat sie jetzt nur so getan ... Wenn sie uns sieht, wird sie gleich umkehren – dafür stehe ich ein. Man kann sie doch nicht so der Willkür preisgeben, gewissermaßen dem Schicksal zum Opfer; es ist doch unsere Pflicht sozusagen ...«

»Sie steht nicht unter Vormundschaft?« rief Bachtschejew erbost und fiel nun über mich her. »Eine dumme Gans ist sie, mein Bester, nichts weiter als eine dumme Gans, und darauf kommt es an, nicht, ob sie unter Vormundschaft steht oder nicht. Ich wollte gestern mit Ihnen gar nicht von ihr reden, weil ich nämlich gerade kurz vorher aus Versehen in ihr Zimmer hineingeplatzt war und gesehen hatte, wie sie da mutterseelenallein vor dem Spiegel stand, die Hände in die Seiten gestemmt, und eine Ekossaise tanzte. Und wie sie sich dazu aufgetakelt hatte: das reinste Modejournal. Ich spuckte aus und machte, daß ich fortkam. Schon damals habe ich das alles vorausgesehen, ganz als hätte ich es schon schwarz auf weiß in den Händen gehabt.«

»Warum ihr alle Schuld beimessen?« warf ich etwas schüchtern ein. »Das weiß doch jeder, daß Tatjana Iwanowna ... nicht ganz ... gesund ist ... oder, besser gesagt, daß sie eine gewisse Manie hat ... Meiner Ansicht nach ist nur allein Obnoskin schuld, aber nicht sie.«

»Daß sie nicht ganz gesund ist? Na, nun schlagt euch aber mal herum!« fuhr der Dicke, hochrot vor Zorn, dazwischen. »Der scheint sich ja geschworen zu haben, einen ganz toll zu machen! Schon gestern hat er es darauf angelegt. Eine dumme Gans ist sie, mein Bester, ich wiederhole es noch einmal, eine bodenlos dumme Gans! Das kann man von ihr behaupten, nicht aber, daß sie nicht ganz gesund ist! Schon als Kind ist sie so mannstoll gewesen, und nun hat Kupido sie glücklich bis zum Äußersten gebracht! Na, und den Halunken mit dem Spitzbart da, den wollen wir lieber gar nicht erwähnen! Na, der wird jetzt das Geld für drei zum Fenster hinauswerfen, da braucht ihr keine Angst zu haben! Der wird mit dem Gold klimpern und sich ins Fäustchen lachen!«

»Und glauben Sie wirklich, daß er sie gleich wieder sitzenlassen wird?«

»Was denn sonst? Soll er etwa ein solches Kleinod mit sich herumschleppen? Was soll er denn anfangen mit ihr? Ausplündern wird er sie und irgendwo am Weg unter einem Busch sitzen lassen und dann auf Nimmerwiedersehen verschwinden. Und da kann sie dann seinetwegen ruhig unter dem Busch sitzen und an den Blümchen riechen.«

»Nein, du gehst zu weit, Stepan, das wird er nicht tun!« rief der Onkel aus. »Aber warum ärgerst du dich eigentlich so? Ich wundere mich über dich, Stepan, was hast du nur?«

»Ja, bin ich denn nicht auch ein Mensch? Da kann einem doch wahrlich die Galle überlaufen, auch wenn man als Fremder dazukommt. Vielleicht rede ich auch nur so, weil ich womöglich auch in sie verschossen bin ... Ach, mag die ganze Welt versauern! Warum bin ich eigentlich hierhergefahren? Warum bin ich unterwegs umgekehrt? Was kümmert mich die ganze Geschichte? Geht mich denn das etwas an?«

So schimpfte Herr Bachtschejew vor sich hin, ich hörte aber schon lange nicht mehr auf ihn, sondern beschäftigte mich in Gedanken ganz mit jener, die wir jetzt verfolgten, mit Tatjana Iwanowna. Ein kurzer Abriß ihrer Lebensgeschichte, wie ich ihn mir in der Folge nach den glaubwürdigsten Quellen zusammengestellt habe, dürfte zur Erklärung dieses ihres Abenteuers unumgänglich notwendig sein.

Als armes Waisenkind, in einem fremden, ungastlichen Haus aufgewachsen, später als armes junges Mädchen und schließlich als arme alte Jungfer hatte Tatjana Iwanowna ihr ganzes armseliges Leben den bis zum Rand gefüllten Kelch des Leides, der Verlassenheit und der Vorwürfe bis auf den Grund geleert und allen Kummer erfahren, den fremdes Brot mit sich bringt. Von Natur mit einem heiteren, äußerst empfänglichen und fast leichtsinnigen Charakter bedacht, ertrug sie anfänglich ihr bitteres Los noch leidlich und konnte sogar mitunter heiter und sorglos lachen. Aber die Jahre vergingen und forderten ihren Tribut. Mit der Zeit wurde Tatjana Iwanowna gelb und mager, gereizt, krankhaft empfindlich und versank schließlich in räumlich und zeitlich unbegrenzte, phantastische Träumereien, die nur ab und zu von hysterischen Tränenergüssen und krampfhaftem Schluchzen unterbrochen wurden. Je weniger irdische Güter ihr das Schicksal in Wirklichkeit in den Schoß warf, um so mehr erfreute und tröstete sie sich mit ihren Phantasien; je endgültiger und unwiederbringlicher endlich auch ihre letzten noch vorhandenen Hoffnungen schwanden und schließlich ganz erloschen, um so berauschender wurden ihre Träume, die nichts mit der Wirklichkeit gemein hatten. Unerschöpflicher Reichtum, unverwelkbare Schönheit, elegante, reiche, vornehme Freier, lauter Fürsten oder Söhne von Generalen, die nur ihretwegen ihre Herzen in jungfräulicher Reinheit bewahrt hatten und vor grenzenloser Liebe zu ihren Füßen starben, und endlich *er – er,* ein Ideal an Schönheit, der alle nur denkbaren Vollkommenheiten in sich vereinte und sie leidenschaftlich liebte, der Künstler, Dichter, Generalssohn, alles in einer Person oder auch nur abwechselnd bald das eine, bald das andere war – all das schwebte ihr bald nicht nur im Traum vor, sondern beinahe in greifbarer Wirklichkeit. Ihr Verstand fing an schwächer zu werden und hielt die fortwährende Zufuhr von Opium in Gestalt dieser heimlichen, ununterbrochenen Träumereien nicht aus . . . Und plötzlich erlaubte sich das Schicksal noch einen letzten Scherz mit ihr. Auf der allertiefsten Stufe der Erniedrigung, inmitten einer trostlosen, herzbedrückenden Wirklichkeit, als Gesellschafterin einer alten, zahnlosen Dame, der mürrischsten Person der ganzen Welt, die alle Schuld immer nur ihr in die Schuhe schob, ihr jedes Stückchen Brot und jedes abgelegte Kleid zum Vorwurf machte, den Beleidigungen eines jeden, der nur Lust dazu verspürte, ausgesetzt und von niemandem beschützt, durch soviel bitteres Leid erschöpft und dabei im geheimen immer nur in einem Wonnerausch sinnlosester und glühendster Phantasien schwelgend – erhielt sie eines Tages die Nachricht von dem Tod eines entfernten Verwandten, der schon vor längerer Zeit (sie war der Sache aber in ihrem Leichtsinn niemals nachgegangen) alle seine übrigen ihm näherstehenden Verwandten durch den Tod verloren hatte. Er war ein Sonderling gewesen, der wie ein Einsiedler irgendwo am Ende der Welt in einem abgeschiedenen Nest einsam, mürrisch und still nur für sich gelebt und sich mit Kraniologie und Wuchergeschäften befaßt hatte. Und nun plötzlich hatte sich wie durch ein Wunder der Himmel aufgetan und diesen gewaltigen Reichtum wie einen goldenen Regen Tatjana Iwanowna zu Füßen gelegt. Es stellte sich heraus, daß sie die einzige Erbin des verstorbenen Alten war. Mit einem Schlag fielen ihr mehrere hunderttausend Rubel in den Schoß. Dieser Hohn des Schicksals brachte sie nun noch vollends um den Verstand. Wie sollte ihr ohnehin schon geschwächter Verstand nun nicht alle ihre Träume für Wahrheit halten, wenn diese tatsächlich anfingen, sich in die Wirklichkeit umzusetzen? Und so erlosch in dem armen Wesen endgültig der letzte Funke eines gesunden Menschenverstandes, der ihr noch geblieben war. Trunken vor Glück, versank sie nun unrettbar in die bezaubernde Welt ihrer unmöglichen Phantasien und verführerischen Wahngebilde. Verschwunden waren alle Bedenken, alle Zweifel, alle Hemmungen der Wirklichkeit nebst ihren unerschütterlichen Gesetzen – auch wenn sie klar waren, wie zweimal zwei vier ist. Ein Lebensalter von fünfunddreißig Jahren und der Traum von der eigenen blendenden Schönheit, ein trauriger, kalter Lebensherbst und die ganze Maienseligkeit einer nie endenden Liebeswonne hausten friedlich in ihrer Seele nebeneinander, ohne auch nur jemals in Konflikt zu geraten. Schon einmal in ihrem Leben waren ihre Träume Wirklichkeit geworden, warum sollten nun nicht alle in Erfüllung gehen? Warum sollte *er* nun nicht auch erscheinen? Tatjana Iwanowna überlegte nicht, sie glaubte. Und während sie nun auf ihn, den Herrlichsten von allen, wartete, sah sie nur noch Kavaliere mit bunten Ordenssternen oder auch ohne solche, Offiziere oder Staatsbeamte, Infanteristen oder Kavalleristen, große Herren oder einfache Dichter, Leute, die in Paris, aber auch solche, die nur in Moskau gewesen waren, Männer mit und ohne Bart, Kavaliere mit Spitzbärtchen oder auch ohne ein solches, Spanier und Nichtspanier, hauptsächlich aber Spanier – und bildete sich ein, Tag und Nacht von einem wahren Schwarm von Anbetern und Freiern umringt zu sein, was bei ihrer Umgebung ernsthafte Befürchtungen erweckte; es fehlte nur noch ein Schritt bis ins Irrenhaus. Wie ein glänzender, liebestrunkener Reigen umgaukelten sie diese herrlichen Truggebilde. Und auch in Wirklichkeit, im täglichen Leben sah sie die Dinge in derselben phantastischen Weise.

Wer ihr nur unter die Augen kam, war sofort in sie verliebt; wer nur an ihr vorüberging, war nichts weniger als ein Spanier; wer auch immer starb, dem hatte unbedingt die Liebe zu ihr das Herz gebrochen. Und wie mit Absicht wurden all diese Phantasien in ihren Augen noch dadurch bestärkt, daß Männer, wie zum Beispiel Obnoskin, Misintschikow und noch viele andere mit den gleichen Zielen, nun tatsächlich anfingen, hinter ihr herzulaufen. Alle fingen plötzlich an, ihr gefällig zu sein, sie zu verwöhnen, zu umschmeicheln. Die arme Tatjana Iwanowna wollte nicht einmal nur den Verdacht aufkommen lassen, daß alles nur ihres Geldes wegen geschah. Sie war völlig davon überzeugt, daß sich auf irgend jemandes Wink hin alle Leute auf einmal gebessert hatten und alle bis auf den letzten Mann heiter, liebenswürdig, freundlich und gutmütig geworden waren. *Er* war allerdings noch nicht erschienen; da es aber durchaus keinem Zweifel unterlag, daß er noch erscheinen werde, und das gegenwärtige Leben ohnehin nicht übel war, sondern sogar recht verlokkend und voll Zerstreuungen und Lustbarkeiten, konnte man ganz gut noch ein Weilchen warten. Inzwischen knabberte Tatjana Iwanowna Konfekt, pflückte alle Blumen des Wohllebens und las Romane. Die Romane entfachten ihre Phantasie nur noch mehr und wurden gewöhnlich schon nach der zweiten Seite wieder beiseite geworfen. Sie brachte es einfach nicht fertig weiterzulesen, da sie gleich bei den ersten Zeilen, bei der geringfügigsten Andeutung irgendeiner Liebesgeschichte, ja manchmal sogar bei der bloßen Beschreibung irgendeines Ortes, eines Zimmers oder einer Toilette von ihren Träumereien fortgerissen wurde. Ununterbrochen wurden ihr neue Kleider, Spitzen, Hüte, Putz, Bänder, Muster, Schnittbogen, Entwürfe, Konfekt, Blumen und Schoßhündchen ins Haus gebracht. In der Gesindestube saßen drei Mädchen tagelang und nähten, das gnädige Fräulein aber probierte vom frühen Morgen bis zum späten Abend und manchmal sogar auch noch in der Nacht ihre Taillen und Faltenröcke und drehte und wendete sich vor dem Spiegel. Sie war sogar ordentlich jünger und hübscher geworden nach der Erbschaft. Wie sie aber mit dem verstorbenen General Krachotkin verwandt war, habe ich bis jetzt noch nicht herausbekommen können. Ich war immer davon überzeugt, daß nur die Generalin allein sich diese Verwandtschaft ausgedacht hatte, um sich Tatjana Iwanownas ganz zu bemächtigen und den

Onkel um jeden Preis mit ihrem Geld zu verheiraten. Herr Bachtschejew hatte recht, wenn er behauptete, daß Kupido sie um den letzten Verstand gebracht hatte, und andererseits war es von meinem Onkel auch das allervernünftigste, daß er, nachdem er von ihrer Flucht mit Obnoskin gehört hatte, ihr sogleich nachgefahren war, um sie zurückzuholen, nötigenfalls unter Anwendung von Gewalt. Das arme Mädchen war nicht imstande, ohne Bevormundung zu leben, und würde sicherlich bald dem Elend preisgegeben sein, wenn sie schlechten Menschen in die Hände fiel.

Es war gegen neun Uhr, als wir nach Mischino kamen. Das war ein kleines, erbärmliches Gut, das drei Werst von der Landstraße entfernt wie in einer Vertiefung eingebettet lag. Sechs oder sieben windschiefe und verräucherte Bauernhäuser, die nur spärlich mit schwarz gewordenem Stroh bedeckt waren, schauten den Vorübergehenden finster und unfreundlich an. Kein Gärtchen, kein Strauch war rings im Umkreis einer Viertelwerst zu sehen. Nur ein einziger alter Weidenbaum ließ träumerisch seine Zweige auf einen grünen Tümpel, Teich genannt, herabfallen. Ein solcher Wohnsitz konnte auf Tatjana Iwanowna keinen erquickenden Eindruck machen. Der Herrensitz bestand aus einem neuen, langen und schmalen Holzgebäude, das sechs Fenster Front hatte und vorläufig mit Stroh gedeckt war. Der frühere Beamte, dem das Gut jetzt gehörte, hatte eben erst angefangen, sich der Wirtschaft anzunehmen. Nicht einmal der Hof war mit einem Zaun umgeben, nur an der einen Seite hatte man angefangen, einen neuen Flechtzaun zu errichten, an dessen Stangen noch die vertrockneten Nußbaumblätter hingen. Neben diesem Zaun stand Obnoskins Reisewagen. Wir kamen den beiden Sündern völlig unerwartet, wie ein Blitz aus heiterem Himmel. Aus einem offenen Fenster hörte man Geschrei und Weinen.

Im Hausflur trafen wir einen barfüßigen Jungen, der Hals über Kopf davonlief, als er uns sah. Gleich im ersten Zimmer saß auf einem langen »türkischen« Diwan mit Kattunüberzug und ohne Lehne Tatjana Iwanowna mit verweinten Augen. Als sie uns erblickte, schrie sie auf und verbarg das Gesicht in den Händen. Neben ihr stand Obnoskin, der so erschrocken und verwirrt war, daß er einem leid tun konnte. Er war dermaßen kopflos, daß er auf uns zueilte, um uns die Hand zu drücken, als freute er sich außerordentlich über unser Kommen. Durch die etwas geöffnete Tür des Nebenzimmers war der Schimmer eines Frauenkleides zu sehen: irgend jemand horchte und spähte durch eine für uns nicht sichtbare Ritze. Der Hausherr und die Hausfrau zeigten sich nicht; sie schienen gar nicht zu Hause zu sein, oder sie hatten sich irgendwo versteckt.

»Da ist sie ja, unsere Reisende! Nun versteckt sie sich auch noch hinter den Händen!« rief Herr Bachtschejew aus, der sich als letzter ins Zimmer wälzte.

»Halten Sie mit Ihrem Entzücken zurück, Stepan Alexejewitsch! Das gehört durchaus nicht hierher. Jetzt hat nur Jegor Iljitsch allein das Recht zu sprechen, wir anderen aber sind hier nur Statisten«, bemerkte Misintschikow scharf.

Der Onkel warf Herrn Bachtschejew einen strengen Blick zu, schenkte Obnoskin, der mit ausgestreckter Hand auf ihn zueilen wollte, scheinbar überhaupt keine Beachtung, trat auf Tatjana Iwanowna zu, die das Gesicht immer noch in den Händen versteckt hielt, und sagte mit sanftester Stimme und aufrichtigster Teilnahme zu ihr: »Tatjana Iwanowna! Wir alle lieben und achten Sie so sehr, daß wir selber hierhergekommen sind, um Sie über Ihre Absichten zu befragen. Wollen Sie nicht lieber mit uns nach Stepantschikowo zurückfahren? Iljuscha hat heute seinen Namenstag. Mamachen erwartet Sie ungeduldig, und Saschurka und Nastja haben wahrscheinlich den ganzen Morgen schon vor Sehnsucht nach Ihnen Tränen vergossen . . .«

Tatjana Iwanowna hob schüchtern den Kopf, sah durch die Finger hindurch zu ihm auf und warf sich ihm plötzlich tränenüberströmt an den Hals.

»Ach, bringen Sie mich schleunigst von hier weg«, sagte sie schluchzend. »Schnell, so bald wie irgend möglich!«

»Da hat sie sich nun vergaloppiert und kriegt es jetzt mit der Angst zu tun«, flüsterte mir Bachtschejew zu und versetzte mir einen Puff.

»Nun, dann ist ja alles erledigt«, sagte der Onkel trocken und an Obnoskin gewandt, sah ihn dabei aber kaum an. »Ich bitte um Ihren Arm, Tatjana Iwanowna. Wir wollen gehen.«

Hinter der Tür hörte man das Rascheln eines Kleides; die Tür knarrte, und der Spalt wurde größer.

»Trotz alledem, wenn man die Sache von einem anderen Gesichtspunkt aus betrachtet«, bemerkte Obnoskin und schielte unruhig nach der geöffneten Tür, »so müssen Sie doch selber sagen, Jegor Iljitsch ... Ihr Benehmen hier in meinem Haus ... und dann, ich begrüße Sie, und Sie wollen mich nicht einmal wiedergrüßen, Jegor Iljitsch ...«

»Sie haben sich in *meinem* Haus übel benommen, mein Herr«, antwortete der Onkel und sah Obnoskin streng an, »und dieses hier ist nicht einmal Ihr eigenes Haus. Sie haben es ja selber gehört: Tatjana Iwanowna will keine Minute länger hier bleiben. Was wollen Sie denn nun noch? Kein Wort – hören Sie, kein Wort weiter, das bitte ich mir aus! Ich lege außerordentlichen Wert darauf, alle weiteren Erklärungen zu vermeiden, und auch für Sie würde das vorteilhafter sein.«

Aber Obnoskin war so aus der Fassung geraten, daß er ganz unerwartet den größten Unsinn zusammenfaselte.

»Verachten Sie mich nicht, Jegor Iljitsch«, fing er halb flüsternd, halb weinend vor Scham an und schielte fortwährend nach der Tür, wahrscheinlich aus Angst, daß man ihn dort hören könnte, »ich bin es ja gar nicht gewesen, sondern Mama ganz allein. Ich habe es auch nicht aus Berechnung getan, Jegor Iljitsch, ich habe es nur so getan ... Natürlich habe ich auch gerechnet dabei, Jegor Iljitsch ... aber ich habe es in edler Absicht getan, Jegor Iljitsch, ich wollte das Kapital nützlich verwenden ... wollte den Armen helfen. Ich wollte auch die gegenwärtige Aufklärungsbewegung unterstützen und dachte sogar daran, ein Stipendium für die Universität zu stiften ... Auf diese Weise hätte ich meinen Reichtum verwendet, Jegor Iljitsch, und nicht irgendwie anders, Jegor Iljitsch ...«

Wir alle schämten uns plötzlich außerordentlich. Sogar Misintschikow errötete und wandte sich ab, der Onkel aber wurde so verlegen, daß er gar nicht mehr wußte, was er sagen sollte.

»Na, schon gut, schon gut«, sagte er endlich. »Beruhigen Sie sich nur, Pawel Semjonytsch. Was ist da zu machen? Das kann jedem passieren ... Wenn Sie wollen, kommen Sie mit zum Mittagessen, lieber Freund, ich bin nur froh, daß ...«

Aber Herr Bachtschejew ging anders vor.

»Ein Stipendium stiften!« brüllte er voller Ingrimm. »Der sieht ganz so aus, als wenn er ein Stipendium stiften würde! Ist ja selber froh, wenn er einen trifft, den er ordentlich ausnehmen kann ... Keine ganze Hose auf dem Leib – und faselt von Stipendienstiften! Ach, der Lump, der Lumpenkerl! Da hat er nun ein zärtliches Herz erobert! Aber wo ist denn sie, die hochwerte Frau Mama? Hat sie sich vielleicht versteckt? Ich möchte Gift drauf nehmen, daß sie dort irgendwo hinter dem Wandschirm hockt oder gar vor Angst unters Bett gekrochen ist . . .«

»Stepan, Stepan! . . .« rief der Onkel.

Obnoskin schoß das Blut ins Gesicht, und er wollte etwas erwidern, aber ehe er noch den Mund auftun konnte, wurde die Tür aufgerissen, und Anfisa Petrowna selber stürzte mit funkelnden Augen, außer sich und hochrot vor Zorn, ins Zimmer.

»Was bedeutet das?« schrie sie. »Was geht hier vor? Sie, Jegor Iljitsch, dringen hier mit Ihrer Horde in ein ehrbares Haus ein, erschrecken alle Damen und spielen sich als den Herrn auf . . . Ist so etwas je dagewesen? Ich habe aber meinen Verstand Gott sei Dank noch nicht vor Altersschwäche eingebüßt, Jegor Iljitsch! Und du, Tölpel«, fuhr sie, sich auf den Sohn stürzend, kreischend fort, »stehst dabei und fängst vor denen noch an zu flennen! Man beleidigt deine Mutter in ihrem eigenen Haus, und du stehst da und hältst Maulaffen feil! Und dabei willst du noch ein Mann sein? Ein Waschlappen bist du, kein Mann!«

Die ganze Ziererei von gestern, ihr nach der letzten Mode zugeschnittenes Gebaren, das kokette Spiel mit der Lorgnette – alles war mit einem Schlag bei Anfisa Petrowna verschwunden. Es blieb nur noch die Furie übrig, eine leibhaftige Furie, der man die Maske vom Gesicht gerissen hatte.

Der Onkel hatte sie kaum erblickt, als er Tatjana Iwanowna auch schon schleunigst seinen Arm bot und fluchtartig das Zimmer verlassen wollte; doch Anfisa Petrowna versperrte ihm den Weg.

»So kommen Sie nicht aus diesem Zimmer hinaus, Jegor Iljitsch!« fing sie wieder an zu keifen. »Mit welchem Recht wollen Sie Tatjana Iwanowna gewaltsam entführen? Sie ärgern sich nur, daß sie den tückischen Netzen entschlüpft ist, mit denen Sie und Ihre Mutter und dieser Einfaltspinsel, der Foma Fomitsch, sie umgarnen wollten. Sie selber hätten sie gar zu gern geheiratet aus niedriger Berechnung! Sie werden entschuldigen, aber hier denkt man vornehmer. Tatjana Iwanowna hat sich selber, als sie sah, was man bei Ihnen gegen sie im Schild führte, um sie zugrunde zu richten, meinem Sohn Pawluscha anvertraut. Sie selber hat ihn darum gebeten, sie sozusagen aus Ihren Netzen zu befreien, und Ihretwegen mußte sie in der Nacht davonlaufen – so verhält sich die Sache! So weit haben Sie die Arme glücklich gebracht! Ist es nicht so, Tatjana Iwanowna? Wenn es aber so ist, wie können Sie es dann wagen, mit einer ganzen Bande in ein ehrbares, vornehmes Haus einzudringen und ein ehrenwertes Mädchen trotz ihrem Geschrei und ihren Tränen mit Gewalt zu entführen? Das lasse ich nicht zu! Das werde ich niemals zulassen! Ich bin völlig Herr meiner Sinne. Tatjana Iwanowna wird hier bleiben, denn das ist ihr freier Wille. Kommen Sie, Tatjana Iwanowna, hören Sie nicht auf jene, es sind Ihre Feinde und nicht Ihre Freunde! Haben Sie keine Angst, kommen Sie! Die werde ich bald hinausbefördern.«

»Nein, nein!« rief die verängstigte Tatjana Iwanowna aus. »Ich will nicht, ich will nicht! Was ist denn das für ein Mann? Ich will Ihren Sohn nicht heiraten. Was für ein Mann würde er denn für mich sein?«

»Sie wollen nicht?« fauchte Anfisa Petrowna wutschnaubend. »Sie wollen nicht? Sie sind mit hierhergekommen und wollen nun nicht? Wenn es so steht, wie konnten Sie es da wagen, uns so zu betrügen? Wenn es so steht, wie konnten Sie sich erdreisten, ihm Ihre Zusage zu geben, nachts mit ihm davonzulaufen, sich selber ihm an den Hals zu werfen und uns in Unannehmlichkeiten und Kosten zu stürzen? Ihretwegen hat sich mein Sohn möglicherweise eine glänzende Partie verscherzt ... Ihretwegen ist er womöglich einer Mitgift von vielen Zehntausenden verlustig gegangen ... Aber nein! Das werden Sie bezahlen, das müssen Sie uns bezahlen! Wir haben Beweise: Sie sind in der Nacht mit ihm davongelaufen ...«

Aber wir hörten ihrem Zetergeschrei nicht länger zu. Wir scharten uns alle dicht um den Onkel, rückten geschlossen vor, gerade auf Anfisa Petrowna zu, und gelangten so glücklich bis vor die Tür. Unser Wagen fuhr auch sogleich vor.

»So können nur ehrlose Menschen, nur Schufte handeln!« schrie uns Anfisa Petrowna in höchster Wut von der Treppe aus nach. »Ich werde meine Ansprüche gerichtlich geltend machen! Sie müssen zahlen ... Sie fahren in ein ehrloses Haus, Tatjana Iwanowna! Sie können diesen Jegor Iljitsch doch nicht heiraten: der hält sich ja vor Ihrer Nase die Gouvernante seiner Kinder als Mätresse ...«

Der Onkel fing an zu zittern, wurde leichenblaß, biß sich auf die Lippen und half schleunigst Tatjana Iwanowna beim

Einsteigen. Ich ging auf die andere Seite des Wagens hinüber und wartete, bis die Reihe, Platz zu nehmen, an mich käme, als plötzlich Obnoskin neben mir stand und nach meiner Hand faßte.

»Erlauben Sie mir wenigstens, daß ich Sie um Ihre Freundschaft bitte«, sagte er und drückte mir mit einem beinahe verzweifelten Ausdruck die Hand.

»Freundschaft? Wieso denn?« fragte ich, indem ich den Fuß auf das Trittbrett setzte.

»Gewiß! Ich habe Sie schon gestern als einen hochgebildeten Menschen schätzen gelernt. Verurteilen Sie mich nicht ... Zu alledem hat mich eigentlich nur meine Mama verleitet, ich bin fast unbeteiligt daran. Ich neige viel mehr zur Literatur, kann ich Ihnen versichern. Dies alles hat bloß Mama ...«

»Ich glaube es schon, ich glaube es schon«, sagte ich. »Leben Sie wohl!«

Wir nahmen Platz, und die Pferde zogen an. Das Geschrei und die Verwünschungen Anfisa Petrownas schallten uns noch lange nach, und in jedem Fenster des Hauses erschien auf einmal ein unbekanntes Gesicht und schaute uns mit unbezähmbarer Neugier nach.

Wir saßen jetzt zu fünft im Wagen, aber Misintschikow hatte sich auf den Bock gesetzt und seinen früheren Platz Herrn Bachtschejew überlassen, der somit Tatjana Iwanowna gerade gegenüber zu sitzen kam. Tatjana Iwanowna war sehr zufrieden damit, daß wir sie zurückgeholt hatten, aber sie weinte immer noch. Der Onkel tröstete sie, so gut er konnte. Aber er war selber trübsinnig und nachdenklich, man sah, daß die wütenden Worte Anfisa Petrownas über Nastenka tief und schmerzlich in seinem Herzen nachklangen. Übrigens wäre unsere Rückfahrt ohne jeden Zwischenfall verlaufen, wenn nicht Herr Bachtschejew dabeigewesen wäre.

Seitdem er Tatjana Iwanowna gegenübersaß, schien er sich kaum noch beherrschen zu können. Er war nicht mehr imstande, gleichgültig dreinzuschauen, rutschte unruhig auf seinem Platz hin und her, wurde rot wie ein gesottener Krebs und verdrehte beängstigend die Augen. Hauptsächlich als der Onkel anfing, Tatjana Iwanowna zu trösten, geriet der Dicke einfach außer sich und knurrte wie eine Bulldogge, die geneckt wird. Der Onkel blickte beunruhigt zu ihm hinüber. Endlich bemerkte auch Tatjana Iwanowna den auffallenden Gemütszustand ihres Nachbars und betrachtete ihn aufmerksam. Dann sah sie uns an, lächelte, ergriff plötzlich ihren Sonnenschirm und tippte damit anmutig Herrn Bachtschejew auf die Schulter.

»Sie närrischer Kauz!« sagte sie mit der bezauberndsten Koketterie und versteckte sogleich das Gesicht hinter ihrem Fächer.

Das war der Tropfen, der das Gefäß zum Überlaufen brachte.

»Wa–a–s?« brüllte der Dicke. »Was soll das heißen, Madame? Jetzt haben Sie wohl gar ein Auge auf mich geworfen?«

»Sie närrischer Kauz, Sie närrischer Kauz!« wiederholte Tatjana Iwanowna, fing auf einmal laut an zu lachen und klatschte in die Hände.

»Halt!« schrie Bachtschejew dem Kutscher zu. »Halt!«

Die Pferde standen still. Bachtschejew öffnete den Schlag und kletterte schleunigst aus dem Wagen.

»Aber was hast du denn, Stepan Alexejewitsch? Wo willst du denn hin?« rief der Onkel erstaunt.

»Nein, ich habe nun genug!« erwiderte der Dicke, zitternd vor Entrüstung. »Mag die ganze Welt in Sauerbrei zerfließen! Ich bin zu alt, Madame, für Ihre Schäferspiele! Lieber will ich hier auf der Landstraße elendiglich zugrunde gehen, meine Beste. Leben Sie wohl, Madame, Kommang wu porteh-wu!«

Und er ging wirklich zu Fuß weiter. Der Wagen fuhr im Schritt hinter ihm her.

»Stepan Alexejewitsch!« rief der Onkel, der nun endlich anfing, die Geduld zu verlieren. »Mach doch keine Dummheiten, es ist gut, steig ein! Es ist die höchste Zeit, daß wir nach Hause kommen!«

»Fahrt zum Teufel alle miteinander!« brummte Stepan Alexejewitsch, dem von diesem Marsch bereits der Atem auszugehen drohte, da er sich, seines behäbigen Umfangs wegen, das Laufen schon fast ganz abgewöhnt hatte.

»Fahr los, was die Pferde laufen können!« schrie Misintschikow dem Kutscher zu.

»Was fällt dir ein, was fällt dir ein? So warte doch . . .« rief der Onkel, aber der Wagen raste schon davon. Misintschikow hatte sich nicht getäuscht: der gewünschte Erfolg trat augenblicklich ein.

»Halt! Halt!« erscholl hinter uns ein verzweifeltes Gebrüll. »Halt an, du Erzgauner! Halt an, du Seelenmörder, du verfluchter!«

Endlich kam der Dicke, müde, halb erstickt, mit Schweißtropfen auf der Stirn, aufgebundener Krawatte und der Mütze in der Hand wieder zum Vorschein. Finster und schweigend kletterte er in den Wagen. Diesmal aber mußte ich ihm meinen Platz abtreten. So saß er wenigstens Tatjana Iwanowna nicht gegenüber, die sich während dieses ganzen Auftritts vor Lachen geschüttelt hatte, in die Hände klatschte und den ganzen Rest des Weges Stepan Alexejewitsch nicht mehr ruhig ansehen konnte. Er dagegen sprach, bis wir nach Hause kamen, kein einziges Wort mehr und richtete sein ganzes Augenmerk hartnäckig darauf, wie sich das eine Hinterrad am Wagen drehte.

Es war schon Mittag, als wir nach Stepantschikowo zurückkamen. Ich begab mich schnurstracks in mein Sommerhäuschen, wohin mir auch der alte Gawrila sogleich den Tee brachte. Ich wollte den Alten gerade noch einiges fragen, als unmittelbar hinter ihm mein Onkel ins Zimmer trat und ihn sogleich hinausschickte.

2

Neuigkeiten

»Ich komme nur auf einen Sprung zu dir, mein Junge«, fing er eilig an, »ich wollte dir nur ganz schnell mitteilen ... Ich habe schon alles ausgekundschaftet. Kein Mensch ist heute zur Frühmesse gefahren außer Iljuscha, Sascha und Nastenka. Mamachen soll Krämpfe gehabt haben. Man hat sie durch Reiben wieder zu sich gebracht, nur mit Mühe und Not und allein durch Reiben. Jetzt ist beschlossen worden, daß sich alle bei Foma versammeln sollen, und auch mich haben sie dazu rufen lassen. Ich weiß nur nicht, soll man nun Foma zum Geburtstag gratulieren oder nicht – das ist die große Frage. Und dann, wie werden sie überhaupt dieses ganze Intermezzo aufnehmen? Entsetzlich, Serjoscha, ich ahne schon ...«

»Ganz im Gegenteil, Onkel«, fing ich nun meinerseits eifrig und hastig an, »nun wird sich alles vorzüglich abwickeln. Sehen Sie, nun können Sie Tatjana Iwanowna unmöglich noch heiraten – das allein ist schon viel wert. Das wollte ich Ihnen unterwegs schon sagen.«

»Gewiß, gewiß, mein Junge. Aber das ist es ja nicht

allein. Natürlich ist das ein Fingerzeig Gottes, wie du sagst, aber nicht davon wollte ich ... Die arme Tatjana Iwanowna! Was der für Sachen passieren! Ein Schuft ist doch dieser Obnoskin, wirklich ein Schuft! Aber wie kann ich übrigens sagen, daß er ein Schuft ist? Würde ich denn nicht ganz dasselbe getan haben, wenn ich sie geheiratet hätte? Übrigens, davon wollte ich doch gar nicht ... Hast du gehört, was diese nichtswürdige Anfisa uns vorhin über Nastasja nachgeschrien hat?«

»Ja, Onkel. Sehen Sie nun ein, daß Sie keine Zeit mehr verlieren dürfen?«

»Unbedingt, koste es, was es wolle!« erwiderte der Onkel. »Der große Augenblick ist gekommen. Aber siehst du, mein Junge, eines haben wir uns beide gestern nicht überlegt, und ich habe dann die ganze Nacht darüber nachgedacht: Wird sie mich auch nehmen wollen? Siehst du, das ist die Frage.«

»Aber ich bitte Sie, Onkel! Wenn sie doch selber sagt, daß sie Sie liebt ...«

»Aber siehst du, mein Junge, sie hat doch auch gleich hinzugefügt, daß sie mich um keinen Preis heiraten werde.«

»Aber Onkel! Das hat sie doch nur so gesagt, und dann liegen doch die Dinge heute schon wieder ganz anders.«

»Glaubst du? Nein, Sergej, die Sache muß zart, schrecklich zart angefaßt werden. Hm ... Aber weißt du, obgleich ich so in Sorge bin, fühlte ich doch die ganze Nacht ein gewisses Glücksgefühl in meinem Herzen aufkeimen ... Na, leb wohl, ich eile dorthin. Sie warten auf mich; ich habe mich ohnehin schon verspätet. Ich bin nur in aller Eile noch einmal herübergelaufen, um noch ein paar Worte mit dir sprechen zu können. Ach, mein Gott!« rief er aus und kehrte noch einmal um. »Die Hauptsache habe ich ja vergessen! Weißt du: ich habe doch an ihn geschrieben, an Foma!«

»Wann denn?«

»In der Nacht. Und heute morgen, noch vor Tagesgrauen, habe ich ihm diesen Brief durch Widopljasow zugesandt. Ich habe ihm alles auseinandergesetzt, mein Junge, zwei ganze Seiten lang, habe ihm alles offen und ehrlich erzählt – mit einem Wort, daß es meine Pflicht, meine unumgängliche Pflicht sei, Nastenka einen Antrag zu machen, verstehst du? Ich habe ihn angefleht, von unserer Begegnung im Garten nichts verlauten zu lassen, und habe an seine ganze hochherzige Gesinnung appelliert, damit er mir bei Mamachen helfen möge. Gut war der Brief natürlich nicht abgefaßt, mein Junge, aber ich habe ihn so recht von Herzen geschrieben, habe ihn sozusagen mit meinen Tränen benetzt ...«

»Nun und? Keine Antwort?«

»Vorläufig noch nicht. Aber vorhin, als wir uns zu dieser Verfolgung aufmachten, traf ich ihn im Hausflur. Er war noch im Nachtgewand, in Pantoffeln und Zipfelmütze – er schläft nämlich immer mit einer Zipfelmütze – und ging irgendwohin. Er sagte kein Wort und schaute mich nicht einmal an. Ich sah ihm ins Gesicht so von unten her – er verzog keine Miene.«

»Hoffen Sie nicht auf ihn, Onkel, er wird Ihnen sicherlich eins auswischen wollen.«

»Nein, nein, mein Junge, sage das nicht!« rief der Onkel und machte eine abwehrende Handbewegung. »Ich glaube an ihn. Und außerdem ist das ja auch meine letzte Hoffnung. Er wird mich verstehen, wird alles richtig auffassen. Er ist mürrisch und launenhaft – das gebe ich zu; wenn es sich aber um etwas Hohes handelt, was den höchsten Seelenadel betrifft, so strahlt er wie eine Perle, ja, geradeso wie eine Perle. Und du sagst das nur deshalb, Sergej, weil du ihn noch nie im Glanz seines Seelenadels gesehen hast ... Aber Gott steh mir bei! Wenn er das Geheimnis von gestern wirklich nicht für sich behalten kann, dann ... Ich weiß wirklich nicht, was dann geschehen würde, Sergej! Woran in aller Welt kann man dann noch glauben? Doch nein, ein solcher Schuft kann er nicht sein! Ich bin nicht einmal wert, daß sein Fuß die Schwelle meines Hauses berührt! Schüttle nicht den Kopf, mein Junge: es ist so, ich bin es nicht wert!«

»Jegor Iljitsch! Ihre Frau Mama beunruhigt sich Ihretwegen«, ertönte plötzlich von unten her die unangenehme Stimme Fräulein Perepelizynas, das wahrscheinlich unser ganzes Gespräch durch das offene Fenster glücklich erlauscht hatte. »Man sucht Sie überall im ganzen Haus, und Sie sind nirgends zu finden!«

»Großer Gott, ich habe mich verspätet! So eine dumme Geschichte!« rief der Onkel in größter Unruhe aus. »Um Christi willen, mein Junge, zieh dich schleunigst an, und komm mit. Deshalb war ich ja nur schnell zu dir gelaufen, damit wir zusammen gehen könnten ... Ich komme, Anna Nilowna, ich komme, ich komme!«

Als ich allein zurückgeblieben war, fiel mir meine Begegnung mit Nastenka vorhin ein, und ich war froh, daß ich dem Onkel nichts davon erzählt hatte; ich hätte ihn nur noch in größere Aufregung versetzt. Ich sah einen großen Sturm voraus und konnte mir nicht vorstellen, wie der Onkel die Angelegenheit ins reine bringen und Nastenka einen Heiratsantrag machen wollte. Ich kann nur wiederholen, daß ich bei all meinem Glauben an seine edlen Absichten doch unwillkürlich an ihrem Erfolg zweifelte.

Aber ich mußte mich ja beeilen. Ich hielt es für meine Pflicht, ihm beizustehen, und machte mich deshalb gleich daran, mich umzukleiden. Doch da ich mich sorgfältig ankleiden und überdies noch beeilen wollte, dauerte es gerade recht lange. Da trat Misintschikow herein.

»Ich komme, um Sie zu holen«, sagte er. »Jegor Iljitsch läßt Sie unverzüglich bitten.«

»Gehen wir.«

Ich war jetzt fertig angekleidet. Wir gingen.

»Was gibt es Neues dort?« fragte ich unterwegs.

»Wir sind alle bei Foma versammelt«, antwortete Misintschikow. »Foma ist heute nicht launenhaft, sondern nachdenklich, er spricht wenig und brummt nur vor sich hin. Er hat sogar Iljuscha einen Kuß gegeben, was natürlich Jegor Iljitsch in höchste Begeisterung versetzte. Eben vorhin hat er durch die Perepelizyna verkünden lassen: man möchte ihm nicht zum Geburtstag gratulieren, er habe nur alle auf die Probe stellen wollen ... Die Alte hat, weil auch Foma ruhig ist, sich vollständig zufriedengegeben, obgleich sie wittert, was in der Luft liegt ... Die ganze Fluchtgeschichte ist mit keinem Wort erwähnt worden, als hätte sie überhaupt nicht stattgefunden. Jedermann schweigt, weil auch Foma sich in Stillschweigen hüllt. Den ganzen Morgen hat er keine Menschenseele zu sich hereingelassen, obgleich ihn die Alte vorhin erst bei allen Heiligen anflehte, doch zu einer Beratung zu ihr zu kommen; sie klopfte sogar selber an seiner Tür. Aber er hat sich eingeschlossen und geantwortet, er bete für die Menschheit, oder so etwas Ähnliches. Er scheint etwas im Schild zu führen, das sieht man ihm am Gesicht an. Da aber Jegor Iljitsch nicht imstande ist, in Gesichtern zu lesen, ist er augenblicklich über Foma Fomitschs Sanftmut aufs höchste entzückt: ein richtiges Kind! Iljuscha hat irgendein Verschen gelernt, das er jetzt aufsagen soll, und ich wurde abgesandt, um Sie zu holen.«

»Und Tatjana Iwanowna?«

»Was ist mit Tatjana Iwanowna?«

»Wo ist sie denn? Mit den anderen zusammen?«

»Nein, sie ist auf ihrem Zimmer«, antwortete Misintschikow trocken. »Sie ruht sich aus und weint. Vielleicht schämt sie sich auch ein bißchen. Ich glaube, diese ... Gouvernante ist jetzt oben bei ihr. Aber was ist denn das? Da scheint sich ja ein Gewitter zusammenzuziehen. Sehen Sie sich doch nur den Himmel an!«

»Das scheint allerdings ein Gewitter zu sein«, entgegnete ich und schaute nach der schwarzen Wolke am Horizont.

In diesem Augenblick stiegen wir zur Terrasse hinauf.

»Aber was sagen Sie zu diesem Obnoskin, wie?« fuhr ich fort, da es mich reizte, Misintschikow über diesen Punkt auszufragen.

»Sprechen Sie mir nicht von ihm! Erinnern Sie mich nicht an diesen Schuft!« rief er plötzlich aus, blieb stehen, bekam einen roten Kopf und stampfte mit dem Fuß auf. »Ein Schafskopf ist er, ein vollendeter Schafskopf! Eine so feine Sache, einen solch glänzenden Gedanken so zu verpfuschen! Hören Sie: ich bin natürlich auch ein Esel, daß ich seine Schliche nicht durchschaut habe – das gestehe ich Ihnen feierlichst ein, und vielleicht wollten Sie auch nur dieses Geständnis von mir hören. Aber ich schwöre Ihnen: hätte er es verstanden, alles so durchzuführen, wie es sein mußte, so hätte ich ihm vielleicht alles verziehen. Aber so ein Einfaltspinsel! So ein Tölpel! Und solche Leute erträgt, solche Leute duldet man noch in der Gesellschaft! Warum schickt man sie nicht nach Sibirien zur Ansiedlung oder zur Zwangsarbeit? Aber die irren sich. Die sollen mich nicht überlisten! Jetzt bin ich wenigstens um eine Erfahrung reicher, und wir werden schon noch einmal einen Handel miteinander auszufechten haben. Ich werde mir jetzt einen neuen Plan ausdenken ... Das müssen Sie doch selber zugeben: soll ich vielleicht all das, was mir dieser mein eigener Gedanke eingebracht hätte, verlieren, nur deshalb, weil ein fremder Einfaltspinsel mir meinen Plan gestohlen und nicht verstanden hat, die Sache anzufassen? Das wäre doch ungerecht! Und schließlich – diese Tatjana Iwanowna muß doch nun unbedingt einmal heiraten, das ist doch ihre Bestimmung. Und wenn sie bisher noch keiner in eine Irrenanstalt gesteckt hat, so geschah das eben nur aus dem Grund, weil man sie immer noch heiraten konnte. Ich will Ihnen jetzt meinen neuen Plan mitteilen ...«

»Später, später«, antwortete ich ihm, »denn jetzt sind wir ja hier angelangt.«

»Gut, gut, dann später«, erwiderte Misintschikow, und sein Mund verzog sich zu einem krampfhaften Lächeln. »Jetzt aber . . . Wohin gehen Sie denn? Ich sagte Ihnen doch: geradewegs zu Foma Fomitsch! Lassen Sie mich vorangehen; Sie sind noch nicht dort gewesen. Nun werden Sie eine neue Komödie zu sehen bekommen . . . Denn die Sache ist wirklich nun schon zur Komödie geworden . . .«

3

Iljuschas Namenstag

Foma bewohnte zwei schöne große Zimmer; sie waren sogar besser eingerichtet als alle anderen Räume des Hauses. Aller Komfort umgab den großen Mann. Die schönen, neuen Tapeten an den Wänden, die buntseidenen Vorhänge an den Fenstern, die Teppiche, das Trumeau, der Kamin, die weichen, eleganten Polstermöbel – alles zeugte von der zarten Aufmerksamkeit der Gastgeber Foma Fomitsch gegenüber. Blumentöpfe standen in den Fenstern und auf den runden Marmortischchen davor. Mitten im Arbeitszimmer stand ein großer Tisch, der mit rotem Tuch bespannt und mit Büchern und Schriftstücken ganz beladen war. Ein prächtiges Bronzetintenfaß und ein ganzer Haufe von Federn, für die Widopljasow stets zu sorgen hatte, sollten von der schweren geistigen Arbeit Foma Fomitschs Zeugnis ablegen. Nebenbei bemerkt, hatte aber Foma volle acht Jahre hier gesessen, ohne nur irgend etwas Gescheites zuwege gebracht zu haben. Später, als er dann in ein besseres Jenseits hinübergegangen war, durchsuchten wir seine hinterlassenen Schriften, und es stellte sich heraus, daß es weiter nichts als Blödsinn war. Wir fanden zum Beispiel den Anfang eines historischen Romans, der in Nowgorod spielte, und zwar im siebten Jahrhundert. Ferner ein ungeheuerliches Gedicht »Der Einsiedler auf dem Friedhof«, das in reimlosen Versen geschrieben war. Dann eine geistlose Abhandlung über die Bedeutung und die Eigenschaften des russischen Bauern und darüber, wie man ihn behandeln müsse, und schließlich eine Novelle aus der vornehmen Welt: »Gräfin Wlonskaja«, die ebenfalls unbeendet war.

Mehr hinterließ er nicht. Und dabei mußte mein Onkel jährlich ein Unmenge Geld für Bücher und Zeitschriften zahlen, die Foma zu seinen »Arbeiten« brauchte. Viele von ihnen fanden wir noch unaufgeschnitten vor. Hingegen ertappte ich Foma später öfter bei der Lektüre von Paul de Kock, Bücher, die er vor allen Leuten natürlich so weit wie möglich versteckte. An der Rückwand des Zimmers befand sich eine Glastür, die auf den Hof hinaus führte.

Wir wurden schon erwartet. Foma Fomitsch saß auf einem bequemen Ruhesessel in einem langen, bis auf die Fersen herabreichenden Überrock, hatte aber immer noch keine Krawatte umgebunden. Und wirklich, er war schweigsam und nachdenklich. Als wir eintraten, hob er leicht die Brauen und sah mich prüfend an. Ich verbeugte mich, er dankte mit einem leichten, übrigens ziemlich höflichen Gruß. Als die Generalin sah, daß Foma Fomitsch mich gnädig behandelte, nickte auch sie mir lächelnd zu. Die Arme! sie hatte heute morgen nicht erwartet, daß ihr Abgott die Nachricht von der »Geschichte« mit Tatjana Iwanowna so ruhig hinnehmen würde, und war nun außerordentlich heiter, obgleich sie soeben tatsächlich in Ohnmacht und Krämpfen gelegen hatte. Hinter ihrem Stuhl stand wie gewöhnlich Fräulein Perepelizyna, preßte die Lippen zusammen, daß sie so dünn wie Zwirnsfäden erschienen, lächelte boshaft und säuerlich und rieb sich die knochigen Hände. Neben der Generalin hatten zwei arme, adlige alte Damen Platz genommen, die ebenfalls von ihr unterhalten wurden und nie ein Wort sprachen. Dann war noch eine erst heute morgen angekommene Nonne da und eine schon ältere, ebenfalls schweigsame Gutsbesitzerin aus der Nachbarschaft, die nach der Frühmesse gekommen war und der Generalin zum Festtag Glück wünschen wollte. Tante Praskowja Iljinitschna hatte sich in irgendeiner Ecke unsichtbar gemacht und beobachtete ängstlich Foma Fomitsch und Mamachen. Der Onkel saß in einem Lehnstuhl, und seine Augen strahlten in außerordentlicher Freude. Vor ihm stand Iljuscha, festlich in roter Hemdbluse, den Kopf voll gewickelter Locken, schön wie ein Engelchen. Sascha und Nastenka hatten ihm ganz heimlich ein Verschen beigebracht, damit er seinem Vater an diesem Tag durch seine Fortschritte auf geistigem Gebiet eine Freude bereite. Der Onkel weinte beinahe vor Glückseligkeit. Die unerwartete Sanftmut Fomas, die Heiterkeit der Generalin, Iljuschas Namenstag, das Verschen, das er aufsagen sollte – alles hatte ihn in wahres Entzücken versetzt, und er hatte feierlich darum gebeten, mich holen zu lassen, damit auch ich so schnell wie möglich an dem allgemeinen Glück teilnehmen und die Verse mit anhören sollte.

Sascha und Nastenka, die gleich hinter uns eingetreten waren, standen dicht neben Iljuscha. Sascha lachte und kicherte fortwährend und war in diesem Augenblick glücklich wie ein Kind. Nastenka fing, wenn sie sie ansah, ebenfalls an zu lächeln, obleich sie soeben bei ihrem Eintritt noch blaß und niedergeschlagen gewesen war. Sie allein war zu Tatjana Iwanowna, nachdem diese von ihrer Reise zurückgekehrt war, hineingegangen, hatte sie beruhigt und war bis jetzt oben bei ihr gewesen. Iljuscha, der ausgelassene Strick, konnte sich kaum vor Lachen halten, wenn er seine Lehrerinnen ansah. Es schien, als hätten sie alle drei einen witzigen Streich ausgeheckt, den sie auch sogleich ausführen wollten ...

Beinahe hätte ich noch Herrn Bachtschejew vergessen. Er saß etwas abseits auf einem Stuhl, immer noch verärgert und mit rotem Kopf, schwieg, brummte, schnaubte durch die Nase und spielte überhaupt eine recht trübselige Rolle bei diesem Familienfest. Neben ihm trippelte auch Jeschewikin hin und her, der bald hier, bald dort herumschwärmte, bald der Generalin, bald den neuangekommenen Damen die Hand küßte, Fräulein Perepelizyna etwas ins Ohr flüsterte oder Foma Fomitsch den Hof machte – kurz, er war nirgends und überall. Auch er wartete mit großer Anteilnahme auf Iljuschas Gedicht und stürzte, als ich eintrat, sogleich dienernd auf mich zu, um mir seine größte Hochachtung und Ergebenheit zu bezeigen. Man merkte ihm durchaus nicht an, daß er hierhergekommen war, um seine Tochter zu beschützen und ganz aus Stepantschikowo fortzunehmen.

»Da ist er ja!« rief der Onkel erfreut aus, als er mich sah. »Iljuscha hat nämlich ein Gedicht auswendig gelernt, mein Junge. So eine unerwartete Freude, eine richtige Überraschung. Ich war ganz verdutzt, mein Junge, und habe extra zu dir geschickt und mit dem Gedicht so lange warten lassen, bis du da wärest ... Also setz dich her, hier neben mich! Nun wollen wir zuhören. Foma Fomitsch, gestehe es nur ein, lieber Freund, du hast sie sicherlich alle erst auf den Gedanken gebracht, um mir altem Knaben eine Freude zu bereiten. Ich möchte wetten, daß es so ist.«

Wenn der Onkel in diesem Ton und mit solcher Stimme in

Fomas Zimmer zu sprechen wagte, hätte man annehmen können, daß seine Sache vorzüglich stand. Aber das war eben das Unglück, daß der Onkel nicht imstande war, in den Gesichtern der anderen zu lesen, wie sich Misintschikow soeben ausgedrückt hatte; und als ich Foma anblickte, mußte ich unwillkürlich zugeben, daß Misintschikow recht hatte und man sich auf irgend etwas gefaßt machen mußte ...

»Beunruhigen Sie sich nicht meinetwegen«, entgegnete Foma mit schwacher Stimme, mit der Stimme eines Menschen, der seinen Feinden verziehen hat. »Diese Überraschung kann ich allerdings nur loben: sie bringt den Zartsinn und die Sittsamkeit Ihrer Kinder zum Ausdruck. Und Verse sind immer segensreich, schon wegen der Aussprache ... Aber nicht mit Versen habe ich mich diesen Morgen abgeben können, Jegor Iljitsch: ich habe gebetet ... das wissen Sie ja wohl ... Übrigens bin ich bereit, auch Verse anzuhören.«

Ich hatte unterdessen Iljuscha beglückwünscht und geküßt.

»Richtig, Foma, entschuldige nur! Ich dachte nicht daran ... trotzdem bin ich von deiner Freundschaft überzeugt, Foma! Na, gib ihm nur noch einen Kuß, Serjoscha! Sieh nur, was das für ein strammer Bengel ist! Na, Iljuscha, fang an! Von was handelt es denn? Wahrscheinlich eine feierliche Ode, wohl gar irgend etwas von Lomonosow?«

Und der Onkel setzte eine würdige Miene auf. Aber vor Ungeduld und Freude konnte er kaum ruhig auf seinem Platz sitzen bleiben.

»Nein, Papachen, von Lomonosow ist das nicht«, sagte Saschenka, die kaum das Lachen verbeißen konnte. »Da Sie Soldat gewesen sind und sogar vor dem Feind gestanden haben, hat Iljuscha etwas Kriegerisches auswendig gelernt ... ‚Die Belagerung von Pamba', Papachen.«

»Die Belagerung von Pamba? Ah! Ich kann mich nicht erinnern ... Was ist das für ein Pamba, weißt du das, Serjoscha? Sicherlich irgendeine große Heldentat.«

Und wieder setzte der Onkel die würdevolle Miene auf.

»Los, Iljuscha!« kommandierte Saschenjka.

»Itzo sind es schon neun Jahre«,

fing Iljuscha mit seinem kleinen eintönigen, hellen Stimmchen an, ohne Kommata und Punkte, wie kleine Kinder gewöhnlich auswendig gelernte Verse herzusagen pflegen:

»Itzo sind es schon neun Jahre,
Daß Don Pedro von Kastilien
Vor der Feste Pamba liegt,
Nur von Milch allein sich nährend.
Und das ganze Heer Don Pedros,
An neuntausend Kastilianer,
Alle schwuren sie den Schwur:
Bis die Feste sie genommen,
Nichts zu essen, nichts zu trinken
Nichts als Milch und wieder Milch!«

»Wie? Was? Was ist denn das für Milch?« rief der Onkel dazwischen und sah mich erstaunt an.

»Weiter, Iljuscha, weiter!« rief Saschenka.

»Täglich klagt und weint Don Pedro
Über seines Leibes Ohnmacht
Und verhüllt sein Angesicht.
Doch die bösen, bösen Mauern
Triumphieren, und das zehnte
Jahr bricht unaufhaltsam an.
Von dem stolzen Heer Don Pedros
Blieben ihm allein noch übrig
Ganze neunzehn, neunzehn Mann ...«

»Aber das ist ja Unsinn«, rief der Onkel beunruhigt dazwischen. »Das ist doch ein Ding der Unmöglichkeit! Neunzehn Mann sollen von dem ganzen Heer noch übriggeblieben sein, das vorher sogar eine recht ansehnliche Kriegsschar gewesen ist? Was soll denn das heißen, mein Junge?«

Da konnte sich Sascha nicht mehr halten und brach in ein herzliches, kindliches Gelächter aus, und obgleich es eigentlich gar nichts zu lachen gab, war es doch bei ihrem Anblick unmöglich, nicht mitzulachen.

»Aber das ist doch ein Scherzgedicht, Papachen!« rief sie aus und freute sich königlich über ihren kindlichen Einfall. »Das ist doch mit Absicht so gemacht, vom Verfasser selber, damit es recht komisch sein soll, Papachen!«

»Ach so, ein Scherzgedicht!« rief der Onkel mit strahlendem Gesicht. »Also etwas Lustiges! Ja, ja, ich sehe schon ... Richtig, richtig, ganz recht, ein Scherzgedicht! Es ist wirklich komisch: Einer ganzen Armee nur Milch zu geben und sie so verhungern zu lassen, nur um irgendein Gelübde zu erfüllen!

Ein sehr zweckmäßiges Gelübde, in der Tat! Das hat er schlau gemacht – nicht wahr, Foma? Sehen Sie, Mamachen, das ist so ein humoristisches Gedicht, wie es die Dichter ab und zu einmal schreiben. Nicht wahr, Sergej, so etwas schreiben sie doch bisweilen? Wirklich außerordentlich komisch! Na, wie geht es denn weiter, Iljuscha?«

»Ganze neunzehn, neunzehn Mann!
Sie versammelte Don Pedro
Und hub an: ‚Ihr, meine Neunzehn,
Lasset hoch das Banner wehn!
Laßt die Feldposaunen dröhnen
Und mit Pauken und Trompeten
Uns von Pamba heimwärts ziehn!
Denn wenn wir die stolze Feste
Auch nicht eingenommen haben,
Können wir doch wahrlich schwören,
Kühn, auf Ehre und Gewissen,
Daß wir nie den Eid gebrochen,
Den wir einst geschworen haben,
Und neun Jahre nichts gegessen,
Nichts getrunken, nichts genossen,
Nichts als Milch und immer wieder Milch!‘«

»So ein einfältiger Tropf! Damit tröstet er sich nun«, unterbrach ihn der Onkel wieder, »daß er neun Jahre lang nichts wie Milch getrunken hat! Soll das etwa eine tugendhafte Handlung sein? Hätte er doch lieber täglich einen ganzen Hammel gegessen und seine Leute nicht vor Hunger umkommen lassen. Das ist ja ausgezeichnet, ausgezeichnet! Ich sehe schon, ja, ich sehe jetzt: es ist eine Satire oder ... wie nennt man es doch gleich? Eine Allegorie, nicht wahr? Und vielleicht gar auf irgendeinen ausländischen Heerführer gemünzt«, setzte der Onkel hinzu und wandte sich, indem er die Augenbrauen hochzog und mir vielsagend zublinzelte, an mich. »Nicht? Wie denkst du darüber? Aber selbstverständlich ist es eine harmlose, anständige Satire, die keinen verletzen kann. Ausgezeichnet! Ausgezeichnet! Und was die Hauptsache ist, der Ton bleibt immer vornehm! Na, Iljuscha, fahre fort! Und ihr beiden Schelme da!« fügte er gerührt hinzu und sah Sascha und ganz verstohlen auch Nastenka an, die über und über rot wurde und lächelte.

»Neuen Mut gab diese Rede
Unsern neunzehn Kastilianern,
Daß, in ihren Sätteln schwankend,
Sie mit matter Stimme riefen:
,Sancto Jago Compostello!
Ruhm und Ehre für Don Pedro!
Heil dem Löwen von Kastilien!'
Aber sein Kaplan Diego
Knurrte brummig vor sich hin:
,Wär ich Feldherr hier gewesen,
Schwur ich einen andern Eid:
Jeden Tag pro Mann 'nen Ochsen
Und dazu ein Fäßchen Wein!'«

»Na, da haben wir's ja! Hab ich's nicht gleich gesagt?« rief der Onkel und freute sich außerordentlich. »In der ganzen Armee gibt es nur einen einzigen vernünftigen Menschen, und das ist irgend so ein Kaplan! Was ist denn das für eine Charge, Sergej? Wohl so etwas wie ein Hauptmann, was?«

»Das ist ein Mönch, ein Geistlicher, Onkel.«

»Ach ja, freilich! Kaplan oder Kapellan? Ich weiß, ich weiß, ich entsinne mich. Ich habe derlei erst kürzlich in den Radcliffschen Romanen gelesen. Es gibt da verschiedene Orden, nicht wahr? Benediktiner zum Beispiel ... Die gibt es doch, Benediktiner, nicht wahr?«

»Gewiß, Onkel.«

»Hm! Das dachte ich mir schon. Na, Iljuscha, wie geht's denn nun weiter? Ausgezeichnet, ganz vorzüglich!«

»Und Don Pedro, der dies hörte,
Rief und lachte, daß es dröhnte:
,Bratet ihm schnell einen Hammel,
Denn sein Rat ist gar nicht schlecht!'«

»Als wenn es jetzt an der Zeit wäre, noch darüber zu lachen! So ein einfältiger Tropf! Nun kommt ihm die ganze Sache am Ende selber lächerlich vor. Einen Hammel! Also sind doch Hammel dagewesen, warum hat er denn selber keinen gegessen? Na, weiter, Iljuscha! Ausgezeichnet, vorzüglich! Eine glänzende Satire!«

»Aber es ist doch zu Ende, Papachen!«

»Ach so! Es ist zu Ende! Nun in der Tat, was blieb ihm

denn auch noch zu tun übrig, nicht wahr, Sergej? Ausgezeichnet, Iljuscha! Wunderhübsch! Gib mir einen Kuß, mein Herzchen! Ach, du mein lieber Junge! Wer hat ihn denn eigentlich auf diese Idee gebracht? Du, Sascha?«

»Nein, Nastenka. Wir hatten es vor kurzem einmal gelesen. Sie las es mir vor und sagte gleich: ‚So ein komisches Gedicht! Nun ist bald Iljuschas Namenstag, da wollen wir es ihn auswendig lernen und vortragen lassen. Das wird zu lachen geben.‘«

»Also Nastenka ist es gewesen? Nun, ich danke, ich danke euch«, murmelte der Onkel und wurde plötzlich rot wie ein Schuljunge. »Gib mir noch einen Kuß, Iljuscha! Und auch du, ausgelassenes Hühnchen«, sagte er, umarmte Saschenka und sah ihr gerührt in die Augen.

»Na, warte nur, Saschurka, wenn du erst deinen Namenstag haben wirst«, fügte er hinzu und wußte offenbar nicht mehr, was er vor lauter Freude sagen sollte.

Ich wandte mich an Nastenka und fragte sie, von wem das Gedicht sei.

»Ja, richtig, von wem ist es denn?« fiel der Onkel eifrig ein. »Das muß ein geistreicher Dichter gewesen sein, der es geschrieben hat, nicht wahr, Foma?«

»Hm!« brummte Foma vor sich hin.

Während der ganzen Zeit, da das Gedicht aufgesagt wurde, war ein beißendes, spöttisches Lächeln nicht von seinen Lippen gewichen.

»Ich habe es wirklich vergessen«, antwortete Nastenka und sah scheu auf Foma Fomitsch.

»Das hat ein Herr Kusma Prutkow geschrieben, Papachen. Es war im ‚Zeitgenossen‘ abgedruckt«, sprang Saschenka ein.

»Kusma Prutkow? Den kenne ich nicht«, sagte der Onkel nachdenklich. »Den Puschkin, den kenne ich! ... Übrigens, man sieht gleich, daß es ein talentvoller Dichter ist. Nicht wahr, Sergej? Und überdies noch ein Mensch mit vornehmen Charaktereigenschaften, das ist so klar, wie zweimal zwei vier ist. Womöglich gar ein Offizier ... Das lobe ich mir! Überhaupt ein vorzügliches Blatt, dieser ‚Zeitgenosse‘! Man muß ihn unbedingt abonnieren, wenn lauter solche Dichter darin ihre Werke veröffentlichen ... Ich liebe die Dichter. Es sind famose Kerle. Alles drücken sie in Versen aus. Weißt du noch, Sergej, bei dir in Petersburg habe ich doch einmal einen solchen Literaten gesehen. Er hatte noch so eine ganz absonderliche Nase ... wirklich! ... Was sagst du, Foma?«

Foma, der kaum noch mit seiner Kritik zurückhalten konnte, fing ganz laut an zu kichern.

»Nein ... nur so ... gar nichts ...« sagte er, als wenn er nur mit Mühe das Lachen verbeißen könnte. »Fahren Sie nur fort, Jegor Iljitsch, fahren Sie nur fort! Ich habe nachher noch ein Wörtchen zu sagen ... Auch Stepan Alexejewitsch wird mit großem Vergnügen von Ihrer Bekanntschaft mit Petersburger Literaten erzählen hören ...«

Stepan Alexejewitsch, der die ganze Zeit über wie in Gedanken versunken abseits gesessen hatte, hob plötzlich den Kopf, wurde rot und drehte sich wütend in seinem Sessel um.

»Du, Foma, fang nicht wieder an mit mir, sondern laß mich in Ruhe«, sagte er und sah Foma mit seinen kleinen blutunterlaufenen Augen zornig an. »Was schert mich deine Literatur? Wenn Gott mir nur meine Gesundheit läßt«, brummte er vor sich hin, »dann können sie meinetwegen alle ... und alle Schriftsteller und Dichter noch obendrein ... Das sind doch alles nur Voltairianer und weiter nichts!«

»Die Schriftsteller Voltairianer?« wiederholte Jeschewikin, der augenblicklich wieder neben Herrn Bachtschejew auftauchte. »Da haben Sie sehr wahr gesprochen, Stepan Alexejewitsch. Genauso hat sich auch Walentin Ignatjitsch kürzlich erst auszudrücken beliebt. Sogar mich hat er einen Voltairianer genannt – bei Gott, das hat er! Und ich habe, das wissen doch alle, so gut wie gar nichts geschrieben ... Aber so geht es eben: wenn einer alten Frau die Milch im Topf sauer wird – alles wird dem Herrn Voltaire in die Schuhe geschoben! So sind sie nun einmal bei uns, einer wie der andere!«

»Aber nein«, bemerkte der Onkel wichtig. »Das ist doch eine Verwechslung! Voltaire war doch nur ein geistreicher Schriftsteller; er machte sich über allerlei Vorurteile lustig; ein Voltairianer aber ist er niemals gewesen! Das haben alles nur seine Feinde unter die Leute gebracht. Warum sie nur auf einmal alle über ihn herfallen, über so einen armen Menschen? ...«

Wieder war das giftige Kichern Foma Fomitschs vernehmbar. Der Onkel blickte unruhig zu ihm hin und wurde sichtlich verlegen.

»Nein, siehst du, Foma, ich wollte doch nur von unseren Zeitschriften reden«, sagte er verwirrt, gleichsam um die Scharte wieder auszuwetzen. »Du hattest ganz recht, lieber

Foma, als du neulich die Äußerung fallen ließest, wir müßten uns unbedingt noch mehr Zeitschriften halten. Jetzt sehe ich es selber ein, daß es notwendig ist. Hm ... warum auch nicht, sie tragen doch wirklich zur allgemeinen Aufklärung bei! Was wäre man für ein ‚Sohn des Vaterlandes', wenn man ihn sich nicht hielte? Nicht wahr, Sergej? Hm ... Ja ... Da haben wir zum Beispiel gleich den ‚Zeitgenossen' ... Aber, weißt du, Serjoscha, die bedeutendsten, wissenschaftlichsten Aufsätze stehen doch meiner Meinung nach immer in diesem dicken Heft ... wie heißt das Ding nur gleich? Es hat so einen gelben Umschlag ...«

»‚Vaterländische Aufzeichnungen', Papachen!«

»Ach, richtig, die ‚Vaterländischen Aufzeichnungen'! Ein trefflicher Titel, nicht wahr, Sergej? Das ganze Vaterland sitzt sozusagen da und macht für diese Zeitschrift seine Aufzeichnungen ... Ein edles Ziel! Wirklich, ein nützliches Blatt. Und wie dick es ist! Versuch's nur mal und gib ein solches Monstrum heraus! Und diese wissenschaftlichen Aufsätze, da sperrst du Mund und Nase auf ... Kürzlich komme ich – liegt da so ein Heft auf dem Tisch. Ich nehme es nur so aus Neugierde in die Hand und schlage es auf und lese und lese, drei Seiten hintereinander, ohne es wieder aus der Hand zu legen! Wirklich, Freund, mir blieb der Mund offenstehen! Und weißt du, was da erörtert wurde? Da wurde auseinandergesetzt, was zum Beispiel das Wort Besen, Schaufel, Kochlöffel, Ofengabel bedeutet. Meiner Ansicht nach ist doch ein Besen eben ein Besen und eine Ofengabel eine Ofengabel. Aber nein, mein Bester, warte! Vom wissenschaftlichen Standpunkt aus ist eine Ofengabel keine Ofengabel, sondern ein Sinnbild oder etwas Mythologisches oder irgend so etwas, ich weiß wirklich schon nicht mehr, was es eigentlich war, aber so etwas Ähnliches kam dabei heraus ... War das merkwürdig! Sie gehen eben allem auf den Grund.«

Ich weiß nicht, was Foma nach dieser neuen Entgleisung meines Onkels gerade tun wollte, jedenfalls erschien in diesem Augenblick Gawrila und blieb mit gesenktem Kopf an der Tür stehen.

Foma Fomitsch sah ihn bedeutsam an.

»Ist alles bereit, Gawrila?« fragte er mit matter, aber entschlossener Stimme.

»Jawohl«, antwortete Gawrila traurig und seufzte.

»Hast du mein Bündel auf den Wagen gelegt?«

»Jawohl.«

»Nun, dann bin auch ich bereit«, sagte Foma und erhob sich langsam aus seinem Armstuhl. Der Onkel sah ihn voller Staunen an. Die Generalin sprang von ihrem Platz auf und blickte unruhig um sich.

»Gestatten Sie mir jetzt, Oberst«, begann Foma mit Würde, »daß ich Sie bitte, Ihr interessantes Gespräch über die Ofengabeln in der Literatur einen Augenblick lang zu unterbrechen; Sie können es auch ohne mich fortsetzen. Denn ich möchte, *da ich nun auf ewig von Ihnen Abschied nehme,* Ihnen noch ein paar letzte Worte sagen . . .«

Alle Anwesenden waren vor Schreck und Verwunderung wie gelähmt.

»Foma! Foma! Was ist denn mit dir? Wo willst du denn hin?« rief der Onkel endlich aus.

»Ich schicke mich an, Ihr Haus zu verlassen«, fuhr Foma ganz ruhig fort. »Ich habe beschlossen fortzugehen, wohin es auch immer sei, und mir zu diesem Zweck für mein eigenes Geld einen einfachen Bauernwagen gemietet. Dort liegt bereits mein Reisebündel. Es ist nicht groß: ein paar Lieblingsbücher, etwas Wäsche zum Wechseln – weiter nichts! Ich bin arm, Jegor Iljitsch, aber nicht um alles in der Welt würde ich jetzt Ihr Gold annehmen, das ich schon gestern zurückgewiesen habe.«

»Aber um Gottes willen, Foma, was soll denn das bedeuten?« rief der Onkel und wurde bleich wie ein Leinentuch.

Die Generalin kreischte auf, sah Foma Fomitsch an und streckte verzweifelt die Arme nach ihm aus. Fräulein Perepelizyna eilte auf sie zu, um sie zu stützen. Die armen Schützlinge saßen wie versteinert auf ihren Plätzen. Herr Bachtschejew erhob sich schwerfällig von seinem Stuhl.

»Na, jetzt geht die Geschichte los«, flüsterte mir Misintschikow zu. In diesem Augenblick erdröhnte ein ferner Donnerschlag: das Gewitter war heraufgezogen.

4

Hinausgejagt

»Sie stellten, glaube ich, soeben die Frage, Oberst, was das zu bedeuten habe«, fing Foma feierlich an, der sich an der allgemeinen Bestürzung zu weiden schien. »Diese Frage nimmt mich wunder. Erklären Sie mir lieber Ihrerseits, wie Sie es fertigbringen, mir jetzt noch offen ins Auge zu schauen. Erklären Sie mir noch dieses letzte psychologische Rätsel menschlicher Schamlosigkeit, dann werde ich wenigstens um eine Erfahrung reicher von hier fortgehen, um eine Erfahrung reicher auf dem Gebiet der Verderbtheit des Menschengeschlechtes.«

Aber der Onkel war nicht imstande, eine Antwort zu geben. Erschrocken und wie vernichtet starrte er Foma an, öffnete den Mund und riß die Augen auf.

»Großer Gott! Wie entsetzlich!« stöhnte Fräulein Perepelizyna.

»Sehen Sie denn nicht ein, Oberst«, fuhr Foma fort, »daß Sie mich jetzt wortlos und ohne jede weitere Auseinandersetzung ziehen lassen müssen? In Ihrem Haus fange sogar ich, ein reifer und besonnener Mensch, bereits an, um die Reinheit meiner Sitten ernstlich besorgt zu sein. Glauben Sie mir, Ihre Fragen führen zu weiter nichts als zu Ihrer eigenen Beschämung.«

»Foma! Foma!« rief der Onkel aus, und der kalte Schweiß stand ihm auf der Stirn.

»Und deshalb gestatten Sie mir, Ihnen ohne alle weiteren Erklärungen vor meiner Abreise noch ein paar belehrende Abschiedsworte zu sagen, meine letzten Worte in Ihrem Hause, Jegor Iljitsch! Was geschehen ist, ist geschehen und kann nicht wieder aus der Welt geschafft werden. Ich hoffe, Sie werden verstehen, was ich meine. Aber auf den Knien flehe ich Sie an, wenn in Ihrem Herzen nur noch ein Funke sittlichen Gefühles übriggeblieben ist, zügeln Sie den Trieb Ihrer Leidenschaften! Und wenn die verderbenbringende Glut noch nicht das ganze Gebäude erfaßt hat, so löschen Sie die Feuersbrunst, solange es noch möglich ist.«

»Foma, ich versichere dich, daß du im Irrtum bist«, rief der Onkel, der langsam wieder zu sich kam und voller Entsetzen ahnte, worauf er hinauswollte.

»Mäßigen Sie Ihre Leidenschaften!« fuhr Foma in demselben feierlichen Ton fort, als hätte er den Zwischenruf meines Onkels gar nicht gehört. »Besiegen Sie sich selbst! Willst du die ganze Welt besiegen – so besiege dich selbst! Das ist mein Grundsatz für immer. Sie sind Gutsbesitzer, Sie sollten wie ein Edelstein auf Ihren Besitzungen strahlen, und was für ein schmähliches Beispiel geben Sie hier Ihren Untergebenen!

Ganze Nächte habe ich für Sie gebetet und gezittert und versucht, für Sie einen Weg zum Glück ausfindig zu machen. Ich habe ihn nicht gefunden, denn nur in der Tugend allein liegt das Glück begründet ...«

»Aber das ist doch unmöglich, Foma«, unterbrach ihn der Onkel von neuem. »Du hast es nicht richtig aufgefaßt und sprichst durchaus nicht ...«

»Und somit, seien Sie dessen eingedenk, daß Sie Gutsherr sind!« fuhr Foma fort, den Zwischenruf meines Onkels abermals überhörend. »Glauben Sie nicht, daß Nichtstun und geile Wollust die Vorrechte des Gutsherrnstandes seien! Das wäre ein verderblicher Gedanke! Nein, nicht auf die faule Haut sich legen, sondern Pflichten erfüllen, Pflichten gegen Gott, gegen den Zaren, gegen das Vaterland! Arbeiten, arbeiten soll der Gutsbesitzer, arbeiten, wie der letzte seiner Bauern.«

»Was? Ich soll wohl gar noch für meine Bauern pflügen?« brummte Bachtschejew. »Ich bin doch auch Gutsbesitzer ...«

»Und nun wende ich mich an euch, ihr Leute«, fuhr Foma fort und wandte sich an Gawrila und Falalej, der soeben auch an der Tür erschienen war. »Liebt eure Herrschaft und führt ihre Befehle in Ehrfurcht und Bescheidenheit aus. Damit werdet ihr euch die Zuneigung eurer Herrschaft erwerben. Und Sie, Oberst, seien Sie ihnen gegenüber gerecht und barmherzig. Es sind auch Menschen, Gottes Ebenbilder, unmündige Kinder sozusagen, die Ihnen der Zar und das Vaterland anvertraut haben. Groß ist die Pflicht, groß ist aber auch Ihr Verdienst.«

»Foma Fomitsch! Bester Freund! Was hast du dir in den Kopf gesetzt?« stieß die Generalin in heller Verzweiflung hervor und machte wieder Anstalten, vor Entsetzen in Ohnmacht zu fallen.

»So, das wird genügen, denke ich«, schloß Foma und schenkte nicht einmal der Generalin irgendwelche Beachtung. »Nun noch ein paar Einzelheiten; gewiß, sie sind von geringer Bedeutung, und doch sind sie notwendig, Jegor Iljitsch. Auf der Einödswiese bei Charinskoje ist das Heu noch nicht gemäht. Schieben Sie das nicht allzu lange hinaus. Lassen Sie es mähen, und zwar sobald wie möglich. Dies ist mein Rat ...«

»Aber, Foma ...«

»Sie hatten die Absicht, ich weiß es wohl, einen Teil des Waldes von Syrianowo abholzen zu lassen. Tun Sie das nicht – dies ist mein zweiter Rat. Schonen Sie die Wälder, denn die Wälder bewahren die Feuchtigkeit auf der Oberfläche der Erde ... Ein Jammer, daß Sie das Sommerkorn so spät gesät haben, ganz erstaunlich, wie spät Sie es gesät haben ...«

»Aber, Foma ...«

»Aber genug nun! Alles kann ich Ihnen ja doch nicht sagen, dazu fehlt es an Zeit! Ich werde Ihnen eine schriftliche Anweisung schicken, in einem eigens dazu angelegten Heft. So leben Sie denn wohl, leben Sie alle wohl! Gott sei mit euch, und der Herr segne euch! Und auch dich, mein Kind, segne ich«, fuhr er, an Iljuscha gewandt, fort. »Der Herr behüte dich vor dem verderbenbringenden Gift deiner künftigen Leidenschaften! Ich segne auch dich, Falalej, vergiß die Komarinskaja! Und euch alle, alle segne ich ... Bewahret Foma ein Andenken in eurem Herzen! Nun, so laß uns gehen, Gawrila! Hilf mir beim Einsteigen, guter Alter!«

Und Foma ging auf die Tür zu. Die Generalin kreischte auf und stürzte ihm nach.

»Nein, Foma! So lasse ich dich nicht fort«, rief der Onkel, holte ihn ein und faßte seine Hand.

»Soll das etwa heißen, daß Sie Gewalt anwenden wollen?« fragte Foma hochmütig.

»Ja, Foma ... auch Gewalt!« erwiderte der Onkel, während er vor Erregung zitterte. »Du hast zuviel gesagt und bist mir eine Erklärung schuldig. Du hast meinen Brief falsch ausgelegt, Foma ...«

»Ihren Brief!« kreischte Foma plötzlich wutentbrannt, als hätte er nur auf diesen Augenblick gewartet, um in die Luft zu gehen. »Ihren Brief? Da ist er, Ihr Brief! Hier! Hier! Ich zerreiße diesen Brief, ich spucke auf diesen Brief! Ich trete Ihren Brief mit Füßen und erfülle damit die heiligste Pflicht gegen die Menschheit. Das tue ich, wenn Sie mich mit Gewalt zu Erklärungen zwingen! Sehen Sie! Sehen Sie! Sehen Sie!« Und die Papierfetzen flogen durchs Zimmer.

»Ich wiederhole dir, Foma, du hast mich nicht verstanden!« schrie der Onkel und wurde immer bleicher und bleicher. »Ich werde um ihre Hand anhalten, Foma, ich suche mein Glück ...«

»Um ihre Hand anhalten! Sie haben dieses Mädchen verführt, und nun wollen Sie mir vormachen, Sie wollten um ihre Hand anhalten, nachdem ich Sie gestern nacht mit ihr zusammen im Garten unter den Büschen gesehen habe?«

Die Generalin schrie auf und sank ohnmächtig auf einen Sessel. Ein entsetzliches Durcheinander entstand. Die arme Nastenka saß bleich wie eine Tote da. Saschenka hatte erschrocken ihren Arm um Iljuscha geschlungen und zitterte wie im Fieber.

»Foma!« schrie der Onkel wie ein Rasender. »Wenn du dieses Geheimnis verrätst, begehst du die größte Schurkentat in der Welt!«

»Ich verrate dieses Geheimnis«, kreischte Foma, »und vollbringe damit die edelste Tat, die es gibt. Gott selber hat mich herniedergesandt, um aller Gemeinheit in der Welt die Larve vom Gesicht zu reißen! Ich bin bereit, auf das Strohdach eines Bauernhauses zu steigen und von dort aus allen Gutsbesitzern im Umkreis und allen Vorüberfahrenden Ihre Schandtat zuzuschreien ... Ja, alle, alle sollen es erfahren, daß ich ihn gestern nacht mit diesem jungen Mädchen da mit der Unschuldsmiene im Garten unter den Büschen überrascht habe ...«

»Oh, welche Schande!« piepte Fräulein Perepelizyna.

»Foma! Richte dich nicht selber zugrunde«, schrie der Onkel mit geballten Fäusten und blitzenden Augen.

»Er aber«, kreischte Foma, »er, erschrocken darüber, daß ich ihn gesehen habe, hat es gewagt, durch einen ganz verlogenen Brief mich, einen ehrenhaften, geradsinnigen Menschen, zur Nachsicht seinem Verbrechen gegenüber überreden zu wollen – ja, seinem Verbrechen gegenüber! Denn aus diesem bisher unschuldigsten Mädchen der Welt haben Sie eine ...«

»Noch ein beleidigendes Wort über sie, Foma, und ich schlage dich tot! Das schwöre ich dir!«

»Und ich spreche es aus, dieses Wort: denn aus diesem bisher unschuldigsten Mädchen der Welt haben Sie eines der sittenlosesten gemacht!«

Aber kaum hatte Foma diese letzten Worte ausgesprochen, als ihn der Onkel auch schon an den Schultern packte, ihn wie einen Strohhalm herumdrehte und mit aller Gewalt gegen die Glastür schleuderte, die von dem Arbeitszimmer auf den Hof hinaus führte. Der Anprall war so mächtig, daß die geschlossene Tür sperrangelweit aufsprang und Foma wie ein Kreisel alle die sieben steinernen Stufen hinunterkollerte und auf dem Hof seiner ganzen Länge nach liegen blieb. Die zerbrochenen Fensterscheiben flogen klirrend auf die Stufen der Außentreppe.

»Gawrila, heb ihn auf!« rief der Onkel, bleich wie ein Toter. »Setze ihn in den Wagen, damit in zwei Minuten kein Hauch mehr von ihm in Stepantschikowo zu spüren ist!«

Was auch Foma sich ausgedacht haben mochte, einen solchen Ausgang hatte er sicher nicht erwartet.

Ich unternehme es nicht, das, was in den ersten Augenblicken nach diesem Vorfall geschah, zu schildern. Das herzzerreißende Wehgeschrei der Generalin, die sich auf ihrem Sessel hin und her warf, das starre Entsetzen Fräulein Perepelizynas über die unerwartete Handlungsweise meines bisher immer so fügsamen Onkels, das Ach und Weh der armen Schützlinge, Nastenka, die vor Schreck beinahe in Ohnmacht gefallen war und um die nun ihr Vater besorgt herumtrippelte, Saschenka, die vor Angst ganz den Kopf verloren hatte, der Onkel, der in unsagbarer Erregung im Zimmer auf und ab ging und wartete, daß die Mutter wieder zu sich käme, und zu guter Letzt das laute Geheul Falalejs, dem der Jammer seiner Herrschaft zu Herzen ging – alles ergab ein Bild, das jeder Beschreibung spottete. Es kam noch dazu, daß sich gerade in diesem Augenblick ein mächtiges Gewitter entlud, die Donnerschläge erdröhnten immer öfter und öfter, und der Regen prasselte in Strömen gegen die Scheiben.

»Und das soll nun ein Festtag sein«, knurrte Herr Bachtschejew, ließ den Kopf sinken und machte eine wütende Handbewegung.

»Eine schlimme Geschichte!« flüsterte ich ihm, ebenfalls ganz außer mir vor Aufregung, zu. »Aber wenigstens ist dieser Foma nun hinausgeworfen und wird wohl niemals wieder zurückgerufen werden.«

»Mamachen! Sind Sie wieder zu sich gekommen? Fühlen Sie sich jetzt wohler? Können Sie mich endlich anhören?« fragte der Onkel und blieb vor dem Sessel der Alten stehen.

Diese hob den Kopf, faltete die Hände und sah den Sohn, den sie noch niemals in ihrem Leben so zornig gesehen hatte, mit flehentlichen Blicken an.

»Mamachen!« fuhr er fort. »Der Kelch war zum Überlaufen voll, Sie haben es selber gesehen. Nicht so wollte ich diese Angelegenheit zum Austrag bringen, aber die Stunde hat geschlagen, es läßt sich nicht länger hinausschieben. Sie haben soeben die Verleumdung gehört, hören Sie nun auch meine Rechtfertigung. Mamachen, ich liebe dieses edle, dieses hochherzige Mädchen, liebe sie schon lange und werde nie aufhören, sie zu lieben. Sie wird meine Kinder glücklich machen und Ihnen eine ehrerbietige Tochter sein, und deshalb lege ich jetzt feierlich in Ihrer Gegenwart und in Anwesenheit meiner Verwandten und Freunde ihr meinen Antrag zu Füßen und bitte sie inständig, mir die unendliche Ehre zu erweisen und einzuwilligen, meine Frau zu werden!«

Nastenka erbebte, wurde über und über rot und sprang von ihrem Stuhl auf. Die Generalin starrte ihren Sohn einige Augenblicke an, als verstünde sie nicht, was er da zu ihr sagte, und warf sich dann plötzlich mit durchdringendem Wehgeschrei vor ihm auf die Knie.

»Jegoruschka, mein lieber Sohn, hole Foma Fomitsch zurück!« schrie sie. »Hole ihn augenblicklich zurück! Ohne ihn sterbe ich noch heute abend.«

Der Onkel war vor Schreck erstarrt, als er seine alte Mutter, die sonst so eigensinnig und launenhaft war, vor sich auf den Knien liegen sah. Eine schmerzliche Empfindung spiegelte sich auf seinem Antlitz wider. Endlich kam er zu sich, beeilte sich, ihr aufzuhelfen, und setzte sie wieder in ihren Lehnstuhl.

»Hole Foma Fomitsch zurück!« jammerte die Alte wieder. »Hol ihn zurück, mein lieber Sohn! Ich kann nicht ohne ihn leben!«

»Mamachen!« rief der Onkel bekümmert aus. »Haben Sie denn gar nicht gehört, was ich soeben zu Ihnen gesagt habe? Ich kann Foma nicht zurückholen – das müssen Sie doch einsehen! Ich kann es nicht und habe kein Recht dazu, nachdem er diesen Engel an Tugend und Ehre so niederträchtig und gemein verleumdet hat. Begreifen Sie denn nicht, Mamachen, daß es meine Pflicht ist, daß es meine Ehre mir befiehlt, für ihre Tugend einzutreten? Sie haben ja gehört: ich bitte um die Hand dieses Mädchens und flehe Sie an, unsern Bund zu segnen!«

Wieder riß sich die Generalin von ihrem Sessel hoch und warf sich vor Nastenka auf die Knie.

»Mein liebes Kind, das ich wie eine eigene Tochter liebe«, begann sie winselnd. »Heirate ihn nicht! Heirate ihn nicht, sondern bitte ihn, mein Herzchen, daß er Foma Fomitsch wieder zurückholt. Du mein Engelchen, Nastasja Jewgrafowna! Alles will ich dir schenken, alles zum Opfer bringen – nur heirate ihn nicht! Ich arme alte Frau habe noch nicht alles verzehrt, habe noch ein bißchen Vermögen von meinem seligen Mann her. Alles soll dein sein, mein Herzenskind, alles,

alles schenke ich dir, und auch Jegoruschka wird dich noch beschenken, nur bringe mich nicht lebendig ins Grab, und bitte ihn, daß er Foma Fomitsch zurückholt ...«

Und die Alte hätte sicher noch lange geheult und gejammert, wenn nicht die Perepelizyna und alle armen Schützlinge sich mit Gekreisch und Zetergeschrei auf sie gestürzt hätten, um sie aufzuheben, empört darüber, daß sie vor einer bezahlten Gouvernante auf den Knien lag. Nastenka konnte sich vor Schrecken kaum mehr auf den Füßen halten, und Fräulein Perepelizyna fing vor Wut an zu heulen.

»Sie bringen Ihre Mutter ins Grab!« schrie sie dem Onkel zu. »Ins Grab bringen Sie sie! Und Sie, Nastasja Jewgrafowna, sollten doch nicht einen Sohn mit seiner Mutter entzweien. Das ist gegen die Gebote unseres Herrgotts ...«

»Anna Nilowna, hüten Sie Ihre Zunge!« rief der Onkel aus. »Ich habe genug erduldet!«

»Und ich habe genug von Ihnen erduldet! Wie können Sie mir meine Verwaistheit vorwerfen? Wollen Sie mich, eine arme Waise, noch lange beleidigen? Ich bin doch nicht Ihre Sklavin! Ich bin selber eine Oberstleutnantstochter. Keinen Fuß werde ich mehr über Ihre Schwelle setzen, keinen Fuß ... heute noch fahre ich ab!«

Aber der Onkel hörte nicht auf sie. Er trat auf Nastenka zu und ergriff ehrfurchtsvoll ihre Hand.

»Nastasja Jewgrafowna! Haben Sie meinen Antrag gehört?« fragte er, indem er sie voller Kummer, ja fast in Verzweiflung anblickte.

»Nein, Jegor Iljitsch, nein! Lassen wir es lieber«, erwiderte Nastenka, die nun ihrerseits allen Mut verloren hatte. »Das hat alles keinen Sinn«, fuhr sie fort, drückte ihm die Hand und brach in Tränen aus. »Das sagen Sie ja alles nur wegen gestern ... aber es kann ja nicht sein, das sehen Sie ja selber. Wir haben einen Irrtum begangen, Jegor Iljitsch ... Ich aber werde immer an Sie als an meinen Wohltäter zurückdenken ... und ewig, ewig für Sie beten ...«

Tränen erstickten ihre Stimme. Der arme Onkel hatte allem Anschein nach diese Antwort schon geahnt; er dachte nicht einmal daran, etwas zu erwidern, darauf zu bestehen ... Zu ihr herabgebeugt, hörte er schweigend und vernichtet zu und hielt ihre Hand immer noch in der seinen. Tränen traten ihm in die Augen.

»Ich sagte Ihnen ja schon gestern«, fuhr Nastasja fort,

»daß ich niemals Ihre Frau werden kann. Sie sehen: die Ihrigen wollen mich auch gar nicht ... und das habe ich schon lange, schon früher vorausgefühlt. Ihre Mutter wird uns ihren Segen niemals geben ... und die anderen ebenfalls nicht. Und wenn Sie selber es später auch nicht bereuen würden, denn Sie sind ja ein hochherziger Mensch, würden Sie doch durch mich unglücklich werden ... bei Ihrem gutmütigen Charakter ...«

»Ja, ja, eben durch diesen gutmütigen Charakter! Nur aus Gutherzigkeit! So ist es, Nastasja, so ist es«, pflichtete ihr alter Vater bei, der auf der anderen Seite neben ihrem Stuhl stand. »Ganz recht, da hast du wirklich etwas gesagt, was durchaus richtig ist.«

»Ich möchte nicht, daß meinetwegen Unfrieden in Ihr Haus käme«, fuhr Nastasja fort. »Und meinetwegen brauchen Sie sich keine Sorge zu machen, Jegor Iljitsch, mich wird keiner anrühren, keiner beleidigen ... ich gehe zu meinem Vater ... heute noch ... Es ist schon besser, wenn wir voneinander Abschied nehmen, Jegor Iljitsch ...«

Und die arme Nastasja brach abermals in Tränen aus.

»Nastasja Jewgrafowna! Ist das wirklich Ihr letztes Wort?« stammelte der Onkel und sah sie in unsagbarer Verzweiflung an. »Sagen Sie mir nur ein Wort – und ich opfere Ihnen alles.«

»Ihr letztes Wort, Jegor Iljitsch, ihr letztes«, mischte sich wieder Jeschewikin ein, »und sie hat es Ihnen so gut erklärt, wie ich es sogar, ich muß gestehen, kaum erwartet hatte. Sie sind wirklich ein zu gutherziger Mensch, Jegor Iljitsch, wirklich über alle Maßen gutherzig, und haben uns zuviel Ehre erwiesen! Zuviel Ehre, zuviel Ehre! Und wir stehen doch nicht auf einer Stufe mit Ihnen, Jegor Iljitsch! Sie müßten eine Braut haben, Jegor Iljitsch, die reich ist und vornehm und schön, eine gewichtige Stimme hat und mit Brillanten und Straußenfedern durch Ihre Zimmer schwebt ... Dann würde vielleicht auch Foma Fomitsch Zugeständnisse machen ... und seinen Segen dazu geben. Aber Foma Fomitsch müssen Sie zurückholen! Umsonst haben Sie ihn beleidigt, ganz umsonst. Er hat doch nur aus Tugendhaftigkeit, nur aus Übereifer so gesprochen ... Das werden Sie später selber zugeben, daß er es nur aus Tugendhaftigkeit getan hat – Sie werden sehen! Er ist doch der ehrwürdigste Mensch, den es überhaupt gibt. Und nun wird er auch noch ganz naß bei dem Regen. Sie sollten ihn doch lieber gleich zurückholen ... denn einmal werden Sie es doch wohl tun müssen ...«

»Hol ihn zurück! Hol ihn zurück!« rief die Generalin. »Er sagt dir ja nur die Wahrheit, mein Herzenssohn ...«

»Ja«, fuhr Jeschewikin fort, »sehen Sie, auch Ihre Mutter geruht, vor Kummer zu vergehen – und das ohne allen Grund ... Holen Sie ihn nur zurück! Wir aber, Nastasja und ich, werden uns inzwischen auf den Weg machen ...«

»Warte, Jewgraf Larionytsch!« rief der Onkel. »Ich flehe dich an. Nur noch ein einziges Wort, Jewgraf, ein Wort nur noch ...«

Mit diesen Worten wandte er sich ab, setzte sich auf einen Lehnstuhl in der Ecke, senkte den Kopf und drückte die Hände auf die Augen, als wollte er über etwas nachdenken.

In diesem Augenblick erdröhnte ein furchtbarer Donnerschlag fast unmittelbar über dem Haus. Das ganze Gebäude erbebte. Die Generalin schrie auf, Fräulein Perepelizyna ebenfalls; die armen Schützlinge, blöde vor Schreck, bekreuzigten sich; dasselbe tat auch Herr Bachtschejew.

»Heiliger Elias, Vater und Prophet!« flüsterten gleich fünf oder sechs Stimmen auf einmal.

Auf diesen Donnerschlag erfolgte ein so entsetzlicher Wolkenbruch, daß es den Anschein hatte, als wollte plötzlich sich ein ganzer See über Stepantschikowo ergießen.

»Und Foma Fomitsch jetzt auf freiem Feld, was wird aus ihm werden?« kreischte Fräulein Perepelizyna.

»Jegoruschka, hole ihn zurück!« schrie die Generalin mit verzweifelter Stimme und stürzte wie eine Rasende auf die Tür zu. Die armen Schützlinge hielten sie zurück, umringten sie, trösteten sie, schluchzten und wimmerten. Das fürchterlichste Chaos entstand.

»Und nur im Überrock ist er fortgegangen; wenn er doch wenigstens seinen Mantel mitgenommen hätte«, fuhr die Perepelizyna fort. »Und einen Schirm hat er auch nicht! Nun wird ihn der Blitz erschlagen ...«

»Ganz sicher!« stimmte Bachtschejew bei. »Und dann wird er auch noch vom Regen bis auf die Haut naß werden.«

»Aber so schweigen Sie doch!« flüsterte ich ihm zu.

»Ist er etwa kein Mensch, was?« entgegnete mir Bachtschejew grimmig. »Er ist doch kein Hund! Sie selber möchten jetzt auch nicht auf die Straße hinausgehen, nicht? Oder probieren Sie's doch mal zum Vergnügen.«

Da ich ahnte, wie die Sache enden würde, und voller Besorgnis war, trat ich auf den Onkel zu, der wie erstarrt in seinem Lehnstuhl saß.

»Onkel«, sagte ich und beugte mich dicht an sein Ohr, »könnten Sie denn wirklich einwilligen, Foma Fomitsch zurückzurufen? Sehen Sie denn nicht ein, daß das im höchsten Grad unpassend wäre, wenigstens solange Nastasja Jewgrafowna noch hier ist?«

»Mein Junge«, antwortete der Onkel, hob den Kopf und sah mir mit entschlossener Miene ins Auge, »ich habe hier soeben über mich zu Gericht gesessen und weiß jetzt, was ich zu tun habe. Sei ganz ruhig, Nastasja wird nicht beleidigt werden – ich werde es so einrichten ...«

Er stand von seinem Platz auf und trat auf seine Mutter zu.

»Mamachen!« sagte er. »Beunruhigen Sie sich nicht, ich werde Foma Fomitsch zurückbringen, ich werde ihn einholen, er kann noch nicht weit gekommen sein. Aber das schwöre ich: nur unter der einzigen Bedingung wird er hierher zurückkehren, daß er öffentlich, hier im Kreis aller Zeugen seine Beleidigung, seine Schuld eingesteht und dieses edle Mädchen feierlich um Verzeihung bittet. Das verlange ich. Dazu werde ich ihn zwingen! Sonst wird er keinen Fuß wieder über die Schwelle dieses Hauses setzen. Und ebenfalls schwöre ich Ihnen feierlich, Mamachen: wenn er selber damit einverstanden ist, aus freien Stücken, so bin ich bereit, mich ihm zu Füßen zu werfen und ihm alles, alles zu geben, was ich ihm nur geben kann, ohne meine Kinder zu berauben. Ich selber aber werde mich von heute ab von allem zurückziehen. Der Stern meines Glückes ist untergegangen. Ich werde Stepantschikowo verlassen. Möget ihr alle glücklich und in Frieden hier leben! Ich trete wieder ins Regiment ein – und in den Stürmen des Kampfes, auf dem Schlachtfeld werde ich mein verzweifeltes Schicksal beschließen ... Genug! Ich fahre!«

In diesem Augenblick wurde die Tür aufgerissen, und Gawrila erschien, bis auf die Haut durchnäßt und über und über mit Schmutz bedeckt, vor der bestürzten Gesellschaft.

»Was ist los? Wo kommst du her? Wo ist Foma?« rief der Onkel und eilte auf Gawrila zu.

Und alle anderen stürzten ihm nach und umringten in brennender Neugier den alten Mann, von dem das schmutzige Wasser buchstäblich in Strömen herabfloß. Gekreisch, Ach- und Wehrufe, Aufschreie begleiteten jedes Wort Gawrilas.

»Bei dem Birkenwäldchen sind Foma Fomitsch zurückgeblieben, anderthalb Werst von hier«, fing er mit weinerlicher Stimme an. »Das Pferd erschrak über einen Blitz und rannte in den Graben.«

»Nun?« rief der Onkel aus.

»Der Wagen schlug um ...«

»Nun ... und Foma?«

»Fielen in den Graben.«

»Und was weiter? So erzähle doch, und spanne uns nicht auf die Folter!«

»Hatten sich die Seite aufgeschlagen und fingen an zu weinen. Ich spannte das Pferd aus und ritt hierher zurück, um es zu melden.«

»Und Foma blieb dort zurück?«

»Hatten sich erhoben und gingen allein mit dem Wanderstab weiter«, schloß Gawrila, seufzte und ließ den Kopf hängen.

Das Weinen und Schluchzen der weiblichen Heerschar war unbeschreiblich.

»Den Polkan!« rief der Onkel und stürzte aus dem Zimmer. Polkan wurde gebracht, der Onkel schwang sich auf das ungesattelte Pferd, und einen Augenblick darauf verkündeten uns Hufschläge, daß die Verfolgung Foma Fomitschs begonnen hatte. Sogar ohne Mütze war der Onkel fortgesprengt.

Die Damen stürzten an die Fenster. Zwischen Ach- und Wehgeschrei wurden auch gute Ratschläge vernehmbar. Ein sofortiges heißes Bad wurde vorgeschlagen, dann wieder eine Einreibung mit Spiritus oder ein Brusttee, und schließlich wurde erörtert, daß Foma Fomitsch ja seit dem frühen Morgen noch keinen Bissen im Leib habe und alles mit nüchternem Magen erleben müsse. Fräulein Perepelizyna fand zufällig seine Brille im Futteral, die er vergessen hatte, und dieser Fund hatte eine außerordentliche Wirkung. Die Generalin stürzte mit Tränen und Wehklagen auf die Brille zu und hastete dann schleunigst, ohne sie aus der Hand zu lassen, wieder ans Fenster zurück, um den Weg entlang zu schauen. Die Erwartung hatte schließlich den denkbar höchsten Grad der Spannung erreicht ... In einer anderen Ecke versuchte Saschenka Nastasja zu trösten, sie hielten sich eng umschlungen und weinten. Nastasja hielt Iljuscha an der Hand, nahm Abschied von ihrem kleinen Schüler und küßte ihn immer wieder.

Iljuscha heulte und schluchzte, ohne selber zu wissen warum. Jeschewikin und Misintschikow standen etwas abseits und besprachen irgend etwas. Es kam mir vor, als wenn Bachtschejew, der die jungen Mädchen beobachtete, beinahe selber mit zu schluchzen anfangen wollte. Ich ging zu ihm hin.

»Nein, mein Bester«, sagte er zu mir, »es wäre ja möglich gewesen, daß Foma Fomitsch wirklich von hier fortgewollt hätte, aber seine Zeit war noch nicht gekommen: noch hat man ihm keine Ochsen mit goldenen Hörnern vor seinen Wagen gespannt. Aber seien Sie unbesorgt, mein Lieber, der wird noch die Herrschaft aus dem Haus jagen und selber hierbleiben.«

Das Gewitter war vorbeigezogen, und somit hatte Herr Bachtschejew anscheinend seine Meinung geändert.

Plötzlich hörte man: »Sie bringen ihn! Sie bringen ihn!« und die Damen stürzten kreischend an die Tür. Es waren noch keine zehn Minuten vergangen, seitdem der Onkel weggeritten war: es schien unmöglich, daß er Foma Fomitsch in so kurzer Zeit zurückgeholt hatte. Aber das Rätsel sollte später eine ganz einfache Lösung finden. Foma Fomitsch war, nachdem er Gawrila entlassen hatte, wirklich »allein an seinem Wanderstab weitergegangen«; als er sich aber dann mitten in Sturm, Gewitter und Wolkenbruch ganz verlassen sah, hatte er es hundsjämmerlich mit der Angst zu tun bekommen, hatte schleunigst auf Stepantschikowo zu kehrt gemacht und war spornstreichs dem alten Gawrila nachgelaufen. Der Onkel hatte ihn bereits im Dorf angetroffen. Man hatte gleich einen vorüberfahrenden Bauernwagen angehalten und mit Hilfe von ein paar neugierig herbeigelaufenen Bauern den ganz kleinlaut gewordenen Foma Fomitsch hineingesetzt. So wurde er geradewegs in die offenen Arme der Generalin befördert, die vor Entsetzen beinahe den Verstand verlor, als sie sah, in welcher Verfassung er sich befand. Er war noch nasser und schmutziger als Gawrila. Ein furchtbarer Wirrwarr entstand: man wollte ihn gleich nach oben schleppen, damit er die Wäsche wechseln könne. Man schrie nach Fliedertee und anderen Stärkungsmitteln. Alle rannten kopflos hin und her, alle redeten zu gleicher Zeit ... Doch Foma Fomitsch schien nichts und niemanden zu bemerken. Man führte ihn, an beiden Armen gestützt. Als er seinen Armsessel erreicht hatte, ließ er sich schwerfällig hineinsinken und schloß die Augen. Jemand schrie auf: »Er stirbt!« Ein entsetzliches Wehklagen brach los. Am meisten aber von allen brüllte Falalej, der sich die größte Mühe gab, die Mauer der Damen zu durchbrechen, um Foma untertänigst die Hand zu küssen …

5

Foma Fomitsch legt den Grundstein zum Glück des ganzen Hauses

»Wohin hat man mich gebracht?« fragte Foma endlich mit der Stimme eines für Recht und Wahrheit sterbenden Menschen.

»So ein verdammter Scheinheiliger!« flüsterte Misintschikow neben mir. »Als ob er nicht sähe, wohin man ihn gebracht hat. Jetzt wird er uns gleich wieder eine Szene vormimen.«

»Du bist bei uns, Foma, im Kreis der Deinen«, rief der Onkel.

»Komm zu dir, beruhige dich! Und wirklich, du solltest dich gleich umziehen, Foma, sonst wirst du noch krank … Willst du vielleicht erst etwas Stärkendes zu dir nehmen? Was? So irgend etwas … vielleicht ein kleines Schnäpschen, um dich zu erwärmen? …«

»Ein Glas Malaga möchte ich trinken«, stöhnte Foma und schloß wieder die Augen.

»Malaga? Den werden wir wohl kaum dahaben«, sagte der Onkel und sah sich ängstlich nach Praskowja Iljinitschna um.

»Als wenn wir den nicht hätten!« fiel Praskowja Iljinitschna ein. »Ganze vier Flaschen sind noch davon da.« Und mit den Schlüsseln klirrend eilte sie sogleich fort, um den Malaga zu holen, begleitet von dem Geschrei aller Damen, die an Foma festklebten wie die Fliegen am Honigtopf. Nur Herr Bachtschejew war im höchsten Grad empört.

»Malaga will er haben!« knurrte er recht vernehmbar. »Einen Wein verlangt er, den kein Mensch trinkt! Wer trinkt denn sonst hier Malaga außer so einem Schuft, wie er einer ist? Pfui noch einmal! Na, wozu stehe ich eigentlich noch hier? Worauf warte ich denn noch?«

»Foma«, fing der Onkel wieder an, kam aber bei jedem Satz ins Stocken, »siehst du nun … wenn du dich erholt hast und wieder mit uns zusammen bist … das heißt …

ich wollte sagen, Foma ... ich sehe ja ein, daß du vorhin, als du das unschuldigste aller Geschöpfe beleidigt hast ...«

»Wo, wo ist sie, meine Unschuld?« griff Foma das Wort auf, als spräche er irr wie im Fieber. »Wo sind diese goldenen Tage meines Lebens? Wo bist du, goldene Kindheit, als ich unschuldig und schön dem ersten Frühlingsschmetterling über die Felder nachsprang? Wo, wo ist diese Zeit? Gebt sie mir wieder, meine Unschuld, gebt sie mir zurück!«

Und Foma streckte die Arme aus und wandte sich der Reihe nach an alle, als ob einer von uns seine Unschuld in der Tasche hätte. Bachtschejew platzte beinahe vor Wut.

»Was will er da schon wieder?« fauchte er ingrimmig. »So gebt sie ihm doch wieder, seine Unschuld. Vielleicht will er ihr einen Kuß geben? Als ob der nicht schon als kleiner Knirps genauso ein Taugenichts gewesen wäre wie jetzt! Ich schwöre jeden Eid, daß er schon ganz so gewesen ist.«

»Foma ...« wollte der Onkel soeben wieder anfangen.

»Wo, wo sind sie, jene Tage, als ich noch an die Liebe glaubte und die Menschen noch achten konnte?« rief Foma. »Als ich jeden Menschenbruder in meine Arme schloß und mich an seiner Brust ausweinte? Und jetzt – wo bin ich, wo bin ich?«

»Du bist bei uns, Foma, beruhige dich«, rief der Onkel. »Und was ich dir noch sagen wollte, Foma ...«

»Wenn Sie doch wenigstens jetzt schweigen wollten!« zischte die Perepelizyna und funkelte ihn mit ihren Schlangenaugen böse an.

»Wo bin ich?« fuhr Foma fort. »Wer ist um mich herum? Das sind ja Büffel und Stiere, die ihre Hörner auf mich richten. Leben, was bist du? Leb nur, leb nur, laß dich entehren, beschimpfen, deine Verdienste schmälern und zu Boden schlagen; wenn sie dein Grab mit Sand zuschütten werden, dann werden sie schon zur Besinnung kommen und deine armen Gebeine mit einem Denkmal erdrücken.«

»Großer Gott, jetzt fängt er schon von seinem Grabdenkmal an«, flüsterte Jeschewikin und schlug die Hände zusammen.

»Oh, lasset mir kein Denkmal errichten!« rief Foma. »Setzt mir kein Denkmal! Ich brauche kein Denkmal! In eurem Herzen errichtet mir ein Denkmal, weiter brauche ich nichts, nichts nichts!«

»Foma«, unterbrach ihn der Onkel, »laß es doch gut sein!

Beruhige dich doch! Hier ist ja von einem Denkmal gar nicht die Rede. Du sollst mich nur einmal anhören ... Siehst du, Foma, ich sehe ja ein, daß du vielleicht sozusagen in heiligem Feuer entbrannt warst, als du mir vorhin die Vorwürfe machtest, aber du hast dich hinreißen lassen, Foma, bist über die Grenze des Erlaubten hinausgeschossen – ich versichere dir, du warst im Irrtum, Foma ...«

»Aber hören Sie denn nun noch nicht auf?« zischte wieder die Perepelizyna. »Sie wollen wohl einen unglücklichen Menschen zu Tode quälen, weil er jetzt in Ihre Hände gegeben ist?«

Dem Beispiel der Perepelizyna folgend, fuhr nun auch die Generalin hoch und nach ihr das ganze Gefolge: sie alle winkten dem Onkel zu, daß er aufhören solle.

»Anna Nilowna, halten Sie lieber selber Ihren Mund! ich weiß, was ich zu sagen habe«, erwiderte der Onkel in festem Ton. »Die Sache ist mir heilig. Es geht um Ehre und Gerechtigkeit – Foma! Du bist ein vernünftiger Mensch. Du mußt augenblicklich dieses edelste Mädchen, das du beleidigt hast, um Verzeihung bitten!«

»Welches Mädchen? Was für ein Mädchen habe ich denn beleidigt?« sagte Foma und ließ seine Augen verständnislos über alle hinschweifen, als hätte er alles Vorgefallene vergessen und begriffe nicht, worum es sich handle.

»Ja, Foma, wenn du jetzt selber aus freien Stücken edelmütig deine Schuld eingestehst, dann, Foma, das schwöre ich, werde ich vor dir auf die Knie fallen und ...«

»Wen habe ich beleidigt?« brüllte Foma. »Welches Mädchen? Wo ist sie? Wo ist dieses Mädchen? So erinnert mich doch irgendwie an dieses Mädchen!«

In diesem Augenblick trat Nastasja verwirrt und erschrocken an Jegor Iljitsch heran und zupfte ihn am Ärmel.

»Nein, Jegor Iljitsch, lassen Sie ihn. Es bedarf keiner Entschuldigung. Wozu das alles?« sagte sie mit flehender Stimme. »Bestehen Sie nicht darauf!«

»Ah, jetzt entsinne ich mich!« rief Foma aus. »Großer Gott! Jetzt entsinne ich mich! Oh, helft meinem Gedächtnis nach!« flehte er, anscheinend in schrecklicher Erregung. »Sagt, ist es wahr, daß man mich hier fortgejagt hat wie den räudigsten aller Hunde? Ist es wahr, daß ich vom Blitz getroffen wurde? Ist es wahr, daß man mich hier die Treppe hinuntergeworfen hat? Ist das wahr? Ist das alles wahr?«

Das Weinen und Wehklagen bei der ganzen versammelten Weiblichkeit gab eine beredte Antwort auf Foma Fomitschs Frage.

»Richtig! Richtig!« fuhr er fort. »Ich entsinne mich ... Ich entsinne mich jetzt, daß ich, nachdem der Blitz mich getroffen hatte und ich zu Boden gestürzt war, hierherlief, verfolgt vom Grollen des Donners, um meine Pflicht zu erfüllen und dann auf immer zu verschwinden. Helft mir, mich von meinem Platz zu erheben! Wie schwach ich auch immer bin, meine Pflicht muß ich erfüllen.«

Sogleich wurde er aus seinem Sessel gehoben. Er stand da in der Pose eines Redners und streckte die Hand aus.

»Oberst!« rief er aus. »Jetzt bin ich wieder ganz zu mir gekommen, der Donner hat meine geistigen Fähigkeiten nicht erschlagen können; es ist ja allerdings noch eine vorübergehende Taubheit im rechten Ohr zurückgeblieben, die aber möglicherweise mehr vom Sturz die Treppe hinab als vom Donner herrührt ... Aber was tut das? Wer fragt hier nach Foma Fomitschs rechtem Ohr?«

In diese letzten Worte legte Foma so viel bittere Ironie und begleitete sie mit einem so wehmütigen Lächeln, daß das Stöhnen der gerührten Damenwelt abermals vernehmbar wurde. Sie alle sahen den Onkel vorwurfsvoll, manche sogar mit giftiger Herausforderung an, so daß dieser schon anfing, sich ganz vernichtet zu fühlen vor einer so einstimmigen Kundgabe der allgemeinen Meinung. Misintschikow spuckte aus und trat ans Fenster. Bachtschejew stieß mich immer heftiger und heftiger mit dem Ellenbogen an, er konnte sich auf seinem Platz kaum noch ruhig verhalten.

»So hört denn jetzt meine Beichte!« begann Foma feierlich und ließ einen stolzen und entschlossenen Blick über alle Anwesenden gleiten, »und fällt zugleich euren Schiedsspruch über den unglücklichen Foma Opiskin. Jegor Iljitsch! Schon lange habe ich Sie beobachtet, habe Sie mit angsterfülltem Herzen beobachtet und alles gesehen, als Sie noch nicht einmal ahnten, daß meine Augen über Ihnen wachten. Oberst! Vielleicht habe ich mich geirrt, aber ich kannte Ihren Egoismus, Ihre grenzenlose Eigenliebe, Ihre ungezähmte Sinnlichkeit, und wer darf deshalb einen Stein auf mich werfen, wenn ich unwillkürlich zu zittern begann für die Ehre dieses unschuldigsten aller Geschöpfe?«

»Foma! Foma! Geh doch nicht näher darauf ein, Foma!«

rief der Onkel voller Unruhe aus, da er den gequälten Ausdruck auf Nastasjas Gesicht bemerkt hatte.

»Nicht so sehr die Unschuld und Vertrauensseligkeit dieses lieben Geschöpfes riefen meine Besorgnis hervor als hauptsächlich auch ihre Unerfahrenheit«, fuhr Foma fort, als hätte er die Warnung des Onkels gar nicht gehört. »Ich sah, wie ein zärtliches Gefühl in ihrem Herzen aufblühte wie eine Frühlingsrose, und mußte unwillkürlich an die Worte Petrarcas denken, daß Unschuld oft nur um Haaresbreite vom Verderben entfernt ist. Ich seufzte und stöhnte, und wenn ich auch für dieses Mädchen, das so rein war wie eine Perle, bereitwilligst mein Blut verpfändet hätte, wer aber konnte mir für Sie Bürgschaft leisten, Jegor Iljitsch? Ich kannte den zügellosen Trieb Ihrer Leidenschaften, wußte, daß Sie für einen Augenblick ihrer Befriedigung alles zu opfern bereit waren, und da versank ich in einen wahren Abgrund des Entsetzens und der Angst um das Schicksal dieses edelsten aller Mädchen ...«

»Foma? Konntest du wirklich so etwas denken?« rief der Onkel aus.

»Mit tödlicher Herzensangst verfolgte ich jeden Ihrer Schritte. Wollen Sie erfahren, wie ich gelitten habe, so fragen Sie Shakespeare: in seinem Hamlet wird er Ihnen meinen Seelenzustand schildern. Ich wurde mißtrauisch und unleidlich. In meiner Unruhe und meinem Unwillen sah ich alles in den schwärzesten Farben, und das war nicht etwa jenes ideale Schwarz, wie es in der bekannten Romanze besungen wird – das können Sie mir glauben! Daraus entsprang, wie Sie gesehen haben, auch mein damaliger Wunsch, das edle Mädchen aus diesem Haus zu entfernen: ich wollte sie retten! Deshalb haben Sie mich auch in letzter Zeit immer so gereizt und auf das ganze Menschengeschlecht erbost gesehen! Oh, wer wird mich jetzt wieder mit der Menschheit versöhnen? Ich fühle, daß ich Ihren Gästen gegenüber, gegen Ihren Neffen und auch gegen Herrn Bachtschejew, indem ich Kenntnisse in der Astronomie von ihm verlangte, vielleicht anmaßend und ungerecht gewesen bin, wer aber kann mich bei meinem damaligen Gemütszustand dafür verantwortlich machen? Ich verweise nochmals auf Shakespeare und sage, daß mir die Zukunft wie ein finsterer Abgrund von ungeahnter Tiefe erschien, auf dessen Grund ein Krokodil lag. Ich fühlte, daß es meine Pflicht war, das Unglück zu verhüten, daß ich eigens dazu auf diesen Posten gestellt worden war – und was geschah? Sie hatten kein Verständnis für die so überaus edlen Beweggründe in meiner Seele und zahlten sie mir während dieser ganzen Zeit mit Bosheit, Undank, Spott und Demütigungen heim ...«

»Foma! Wenn es so ist ... ich fühle allerdings ...« rief der Onkel in unbeschreiblicher Aufregung dazwischen.

»Wenn Sie wirklich einen Funken Gefühl im Leib haben, Oberst, so haben Sie die Güte, mich bis zu Ende anzuhören, und unterbrechen Sie mich nicht! Ich fahre fort. Meine ganze Schuld bestand folglich darin, daß mir das Schicksal und das Glück dieses Kindes gar zu sehr am Herzen lagen, denn ein Kind ist sie ja noch im Vergleich mit Ihnen. Die höchste Liebe zur Menschheit machte in dieser Zeit einen wahren Dämon des Zorns und Argwohns aus mir. Ich war bereit, mich auf die Menschen zu stürzen und sie in Stücke zu reißen. Und wissen Sie auch, Jegor Iljitsch, daß alle Ihre Schritte jeden Augenblick wie absichtlich mein Mißtrauen bestärkten und alle meine Verdachtsgründe bekräftigten? Wissen Sie, daß mir gestern, als Sie mich mit Ihrem Gold überschütteten, um mich aus Ihrem Haus zu entfernen, der Gedanke durch den Kopf schoß: Er will mit meiner Person sein eigenes Gewissen entfernen, um bequemer dem Laster frönen zu können!«

»Foma! Foma! Ist's möglich? Das hast du gestern gedacht?« rief der Onkel entsetzt aus. »Großer Gott! Das habe ich nicht geahnt.«

»Der Himmel selbst hat mir diesen Argwohn eingeflößt«, fuhr Foma fort. »Entscheiden Sie selber: was mußte ich denken, als nun ein blinder Zufall mich an jenem Abend an dieser Schicksalsbank im Garten vorüberführte? Was für Gefühle mußten in diesem Augenblick meine Seele durchfluten, als ich endlich – großer Gott! – mit meinen eignen Augen sah, daß all mein Argwohn plötzlich gerechtfertigt, in glänzendster Weise gerechtfertigt war? Und doch blieb mir noch eine Hoffnung, eine schwache freilich, aber immerhin eine Hoffnung – was aber geschah? Heute morgen haben Sie auch die in Schutt und Trümmer geschlagen. Sie sandten mir Ihren Brief. Sie sprachen die Absicht aus, sie zu heiraten. Sie flehten mich an, nichts laut werden zu lassen ... Warum aber, dachte ich, warum aber schreibt er mir erst jetzt, nachdem ich ihn soeben überrascht habe, und nicht schon früher? Warum ist er nicht schon früher zu mir geeilt, glücklich und verklärt – denn

Liebe verschönt das Gesicht –, warum hat er sich nicht schon früher in meine Arme gestürzt, an meiner Brust Tränen grenzenlosen Glücks geweint und mir alles, alles anvertraut? Bin ich denn ein Krokodil, das Sie verschlungen hätte, statt Ihnen einen nützlichen Rat zu erteilen? Bin ich etwa ein widerlicher Käfer, der, statt Ihnen zum Glück zu verhelfen, Sie nur gebissen hätte? Bin ich wirklich ein Freund, oder ein ganz erbärmliches Insekt? das war die Frage, die ich mir heute morgen vorgelegt habe. Und wozu schließlich, dachte ich, wozu hat er sich seinen Neffen aus der Hauptstadt verschrieben und ihn mit diesem Mädchen verlobt, wenn nicht aus dem Grund, um uns und diesen leichtsinnigen Neffen zu hintergehen und inzwischen im geheimen seine äußerst verbrecherischen Absichten weiterzuverfolgen? Nein, Oberst, wenn irgend jemand mich in der Ansicht bestärkt hat, daß Ihre geheime Liebe eine verbrecherische sei, so waren Sie es selber, nur Sie allein! Und das ist es nicht allein: auch vor diesem Mädchen sind Sie ein Verbrecher, denn Sie haben sie, die Reine, Edle, durch Ihre Ungeschicklichkeit und durch Ihr selbstsüchtiges Fürsichbehalten Verleumdungen und einem schweren Argwohn ausgesetzt.«

Der Onkel schwieg und senkte den Kopf. Die Beredsamkeit Fomas hatte offenbar über alles, was er hätte erwidern können, den Sieg davongetragen, und er sah bereits ein, daß er ein richtiger Verbrecher war. Die Generalin und ihr Gefolge hörten Foma stumm und andächtig zu, Fräulein Perepelizyna aber musterte die arme Nastasja mit schadenfrohem Triumph.

»Erschüttert, gequält und niedergeschlagen«, fuhr Foma fort, »schloß ich mich heute ein und betete, daß Gott mir den rechten Gedanken eingeben möge. Endlich faßte ich den Entschluß, Sie zum letztenmal und öffentlich auf die Probe zu stellen. Vielleicht bin ich zu hitzig vorgegangen, vielleicht habe ich mich meinem Unwillen zu sehr hingegeben, aber zum Dank für meine edlen Absichten haben Sie mich zur Tür hinausgeworfen! Als ich da durch die Scheiben flog, dachte ich bei mir: So pflegt die Tugend auf Erden belohnt zu werden! Dann schlug ich auf den Boden auf, und was weiter mit mir geschah, ist meinem Gedächtnis entschwunden.«

Bei dieser tragischen Erinnerung wurde Foma abermals durch Weinen und Stöhnen unterbrochen. Die Generalin wollte sich auf ihn stürzen, die Flasche Malaga in der Hand, die sie der soeben zurückgekehrten Praskowja Iljinitschna aus der Hand gerissen hatte, aber Foma wies mit erhabener Gebärde sowohl den Malaga als auch die Generalin zurück.

»Halt!« rief er aus. »Lassen Sie mich zu Ende sprechen! Was nach meinem Fall geschah – ich weiß es nicht. Ich weiß nur das eine, daß ich jetzt durchnäßt und der Gefahr ausgesetzt, das Fieber zu bekommen, hier stehe, um Ihr beiderseitiges Glück zu begründen. Oberst! Aus mancherlei Anzeichen, die ich hier nicht einzeln erörtern kann, bin ich endlich zu der Überzeugung gelangt, daß Ihre Liebe edel, ja sogar ideal und dennoch zu gleicher Zeit durch ihr verstocktes Geheimhalten verbrecherisch war. Zerschlagen, erniedrigt, in den Verdacht gebracht, dieses Mädchen beleidigt zu haben, für dessen Ehre ich wie ein Ritter im Mittelalter bereit gewesen wäre mein Blut bis auf den letzten Tropfen zu vergießen – habe ich jetzt den Entschluß gefaßt, Ihnen zu zeigen, wie Foma Opiskin sich für solche Beleidigungen rächt! Geben Sie mir Ihre Hand, Oberst!«

»Aber mit Vergnügen, Foma«, rief der Onkel. »Da du jetzt diesem ehrenwerten jungen Mädchen gegenüber eine vollständige Ehrenerklärung abgelegt hast, so ... versteht es sich doch von selbst ... hier ist meine Hand, Foma, und gleichzeitig ... meine Reue ...«

Und der Onkel reichte ihm eifrig die Hand hin, ohne noch zu ahnen, was weiter daraus werden sollte.

»Und nun geben auch Sie mir Ihre Hand«, fuhr Foma mit schwacher Stimme fort und wandte sich, den Kreis der Damen, die ihn umdrängten, durchbrechend, an Nastenka.

Nastenka wurde verlegen, lächelte und sah Foma schüchtern an.

»Kommen Sie nur, kommen Sie nur, mein liebes Kind! Das ist für Ihr Glück unumgänglich«, setzte Foma freundlich hinzu und hielt die Hand des Onkels noch immer in der seinen.

»Was er sich wohl da wieder für ein Stückchen ausgedacht hat?« flüsterte Misintschikow.

Zitternd und erschrocken trat Nastja zögernd auf Foma zu und reichte ihm schüchtern ihre Hand.

Foma nahm dieses Händchen und legte sie in die Hand des Onkels.

»Ich vereinige und segne euch«, sagte er in höchst feierlichem Ton. »Und wenn der Segen eines von Kummer niedergedrückten Dulders euch Nutzen bringen kann, so werdet glücklich! Seht, so rächt sich Foma Opiskin! Hurra!«

Das allgemeine Staunen war grenzenlos. Diese Lösung kam so unerwartet, daß sie allen förmlich in die Glieder fuhr. Die Generalin blieb so, wie sie war, den Mund halb geöffnet und die Malagaflasche in der einen Hand, wie angewurzelt stehen. Fräulein Perepelizyna wurde leichenblaß und zitterte vor Wut. Die armen Schützlinge schlugen die Hände zusammen und blieben dann wie versteinert sitzen. Der Onkel fing an zu zittern, wollte etwas sagen und brachte kein Wort hervor. Nastja war bleich wie eine Tote und flüsterte schüchtern: »Das geht doch nicht ...« aber schon war es zu spät. Bachtschejew stimmte als erster – diese Gerechtigkeit muß man ihm widerfahren lassen – in das Hurra Foma Fomitschs ein, dann fiel ich ein, nach mir, so laut sie nur konnte, Saschenka mit ihrem hellen Stimmchen, indem sie gleich auf den Vater zustürzte und ihn umarmte, dann Iljuscha, dann Jeschewikin und endlich nach allen anderen auch Misintschikow.

»Hurra!« schrie Foma zum zweitenmal. »Hurra! Und nun auf die Knie, ihr Kinder meines Herzens, auf die Knie vor der zärtlichsten aller Mütter! Bittet sie um ihren Segen, und wenn es nötig ist, werde auch ich zusammen mit euch meine Knie vor ihr beugen ...«

Der Onkel und Nastja, die einander noch nicht angeblickt hatten, fielen ganz erschrocken und scheinbar, ohne recht zu begreifen, was mit ihnen geschah, vor der Generalin auf die Knie. Alle drängten sich um sie herum. Aber die Generalin stand da wie betäubt und wußte nicht, was sie tun sollte. Doch Foma überwand auch dieses Hindernis; er warf sich vor seiner Gönnerin selber auf die Knie. Das machte mit einem Schlag alle ihre Bedenken zunichte. Sie brach in Tränen aus und gab endlich ihre Einwilligung. Der Onkel sprang auf und schloß Foma fest in seine Arme.

»Foma! Foma!« stammelte er, aber die Stimme versagte ihm, er konnte nicht weitersprechen.

»Champagner!« brüllte Stepan Alexejewitsch. »Hurra!«

»Nein, nicht Champagner«, warf Fräulein Perepelizyna ein, die sich inzwischen gefaßt, die Umstände in Erwägung gezogen und ihre Folgen berechnet hatte. »Wir wollen lieber dem Herrgott eine Kerze anzünden, vor dem Heiligenbild beten und Segen auf das Brautpaar herniederflehen, wie das alle gottesfürchtigen Leute tun ...«

Alle stürzten sogleich, diesen vernünftigen Rat zur Ausführung zu bringen; ein entsetzlicher Wirrwarr entstand. Vor allem mußte Licht angezündet werden. Stepan Alexejewitsch schleppte einen Stuhl herbei und kletterte hinauf, um die Kerze vor dem Heiligenbild aufzustellen. Aber im selben Augenblick krachte auch schon der Stuhl, schwerfällig sprang er wieder herab und konnte sich gerade noch glücklich auf den Beinen halten. Er ärgerte sich nicht einmal darüber, sondern trat seinen Platz ehrerbietig an Fräulein Perepelizyna ab. Die schmächtige Perepelizyna erledigte die Sache denn auch im Handumdrehen: die Kerze brannte. Die Nonne und die armen Schützlinge fingen an, sich zu bekreuzigen und bis zur Erde herab zu verbeugen. Das Bild des Heilands wurde herabgenommen und zur Generalin hingebracht. Der Onkel und Nastja knieten noch einmal vor ihr nieder, und die heilige Handlung vollzog sich nach den gottesfürchtigen Anweisungen der Perepelizyna, die alle Augenblicke ihre Befehle erteilte: »Verbeugen Sie sich bis auf die Erde! Küssen Sie das Heiligenbild! Küssen Sie Ihrer Mama die Hand!« Nachdem der Bräutigam und die Braut das Heiligenbild geküßt hatten, hielt es auch Herr Bachtschejew für seine Pflicht, dasselbe zu tun, worauf er auch der Generalin-Mutter das Händchen küßte. Er befand sich in einer unbeschreiblichen Begeisterung.

»Hurra!« rief er abermals aus. »Nun wollen wir aber den Champagner trinken!«

Übrigens waren auch alle anderen ganz begeistert. Die Generalin weinte, diesmal aber waren es Tränen der Freude. Nachdem dieses Bündnis durch Foma gesegnet worden war, erschien es in ihren Augen nicht nur passend, sondern auch geheiligt zu sein – aber die Hauptsache war doch: sie fühlte, daß sich Foma mit Ruhm bedeckt hatte und nun auf immer und ewig bei ihr bleiben werde. Auch die armen Schützlinge nahmen an der allgemeinen Begeisterung teil, sie taten wenigstens so. Der Onkel fiel bald vor seiner Mutter auf die Knie, um ihr die Hand zu küssen, bald eilte er auf uns zu, um mich, Bachtschejew, Misintschikow und Jeschewikin in seine Arme zu schließen. Iljuscha hätte er beinahe in seiner Umarmung erstickt. Sascha umarmte und küßte Nastenka immer wieder. Praskowja Iljinitschna schwamm in Tränen. Herr Bachtschejew hatte das bemerkt und trat auf sie zu, um ihr die Hand zu küssen. Der alte Jeschewikin floß über vor Gefühl und weinte in einer Ecke, wobei er sich mit seinem gewürfelten Schnupftuch von gestern die Augen wischte. In einer anderen Ecke schluchzte Gawrila und schaute andachtsvoll zu

Foma Fomitsch hinüber, während Falalej aus vollem Hals brüllte, zu allen hinging und allen die Hand küßte. Alle waren von ihren Gefühlen überwältigt. Keiner fing an zu sprechen; keiner dachte an Erklärungen; es schien alles schon gesagt zu sein; man hörte nur freudige Ausrufe. Niemand konnte noch recht begreifen, wie sich das alles so plötzlich und so schnell hatte entwickeln können. Man wußte nur das eine, daß Foma Fomitsch dies alles zustande gebracht hatte und daß es nun eine ausgemachte, unwiderrufliche Tatsache war.

Aber es waren noch keine fünf Minuten nach diesem allgemeinen Glücksrausch vergangen, als plötzlich Tatjana Iwanowna unter uns auftauchte. Wie und durch welchen Instinkt hatte sie nur, während sie oben auf ihrem Zimmer saß, so schnell diese Liebesgeschichte und Verlobung in Erfahrung bringen können? Mit strahlendem Gesicht und Freudetränen in den Augen, in verführerisch schöner, eleganter Toilette (sie hatte sich während dieser Zeit oben in Muße umgezogen) kam sie hereingeflattert, stürzte mit lautem Freudenschrei auf Nastenka zu und umarmte sie stürmisch.

»Nastenka! Nastenka! Du liebtest ihn, und ich habe es nicht einmal gewußt«, rief sie aus. »Mein Gott! Sie liebten einander und litten heimlich im verborgenen. Sie wurden verfolgt. Was für ein Roman! Nastja, mein Engel, sage mir die volle Wahrheit: liebst du diesen närrischen Kauz wirklich?«

Statt einer Antwort schloß Nastja sie in ihre Arme und küßte sie. »Großer Gott, was für ein entzückender Roman!« und Tatjana Iwanowna klatschte in die Hände. »Höre, Nastja, höre, mein Engel: alle diese Männer, vom ersten bis zum letzten, sind undankbar. Ungeheuer sind es, die unserer Liebe gar nicht wert sind. Er ist vielleicht noch der beste von ihnen. Komm einmal her zu mir, du närrischer Kauz!« rief sie, sich an den Onkel wendend, und nahm ihn an der Hand. »Bist du auch wirklich verliebt? Bist du denn überhaupt fähig zu lieben? Sieh mich einmal an: ich möchte dir tief in die Augen schauen, um zu sehen, ob diese Augen lügen oder nicht? Nein! Nein! Sie lügen nicht: aus ihnen strahlt reine Liebe. Oh, wie glücklich bin ich! Nastenka, meine Liebe, höre mich an: du bist nicht reich, ich schenke dir dreißigtausend Rubel. Nimm sie, um Gottes willen! Ich brauche sie nicht, ich brauche sie nicht, mir bleibt noch mehr als genug! Nein! Nein! Nein!« rief sie und winkte mit der Hand ab, als sie sah, daß Nastja sich weigern wollte. »Und auch Sie sollen schweigen,

Jegor Iljitsch, das geht Sie gar nichts an. Nein, Nastja, ich habe mir nun einmal vorgenommen, dir dies Geschenk zu machen; ich wollte es dir schon lange schenken, habe nur auf deine erste Liebe gewartet ... Ich werde Zeuge eures Glücks sein. Du beleidigst mich, wenn du es nicht annimmst. Dann weine ich, Nastja ... Nein, nein, nein und abermals nein!«

Tatjana Iwanowna war in einem solchen Freudenrausch, daß es wenigstens in diesem Augenblick unmöglich war, ihr etwas zu entgegnen, sie hätte einem auch leid getan. Darum konnte man sich auch nicht dazu entschließen, sondern verschob es auf ein andermal. Sie küßte die Generalin ab, die Perepelizyna – uns alle. Bachtschejew drängte sich in ehrerbietigster Weise an sie heran und bat, ihr die Hand küssen zu dürfen.

»Verehrteste, liebwerteste Freundin! Verzeihen Sie mir Dummkopf wegen vorhin, aber ich kannte ja Ihr goldenes Herzchen noch gar nicht!«

»Sie närrischer Kauz! Ich kenne Sie doch schon lange«, flüsterte ihm Tatjana Iwanowna in verzückter Koketterie zu, schlug Stepan Alexejewitsch mit ihrem Handschuh auf die Nase und schwebte wie eine Elfe an ihm vorbei, wobei sie ihn mit ihrem prächtigen Gewand streifte.

Der Dicke trat ehrerbietig zur Seite.

»Ein sehr ehrenwertes Mädchen«, sagte er gerührt. »Und dem Deutschen haben sie die Nase auch wieder angeklebt«, flüsterte er mir vertraulich zu und sah mich freudestrahlend an.

»Was für eine Nase? Welchem Deutschen?« fragte ich verständnislos.

»Na, diesem da, den ich mir aus der Hauptstadt verschrieben habe, der seiner Dame die Hand küßt, worauf sich diese mit dem Schnupftuch eine Träne aus dem Auge wischt. Mein Jewdokim hat ihn noch gestern wieder ganz gemacht; und vorhin, als wir von der Jagd zurückkamen, habe ich einen reitenden Boten hingeschickt ... Der wird das Ding gleich anbringen. Ein famoses Spielzeug!«

»Foma!« rief der Onkel in maßlosem Entzücken. »Du bist der Urheber unseres Glücks! Womit kann ich dir das je vergelten?«

»Mit nichts, Oberst«, erwiderte Foma mit der Miene eines gekränkten Heiligen. »Fahren Sie fort, mir keine Beachtung zu schenken, und seien Sie glücklich ohne Foma!«

Er war sichtlich pikiert darüber, daß man ihn inmitten der allgemeinen Gefühlsergüsse ganz vergessen zu haben schien.

»Das war doch nur aus Begeisterung, Foma!« rief der Onkel aus. »Ich weiß ja, lieber Freund, kaum mehr, wo ich mich befinde. Höre, Foma, ich habe dich beleidigt. Mein ganzes Leben, all mein Blut reicht nicht hin, um diese Beleidigung wiedergutzumachen, und deshalb schweige ich und versuche nicht einmal, mich zu entschuldigen. Wenn du aber einmal meinen Kopf, mein Leben nötig haben solltest, wenn du einen brauchst, der sich für dich in den offenen Abgrund stürzt, dann befiehl, und du wirst sehen ... Mehr sage ich nicht, Foma!«

Und der Onkel machte eine Handbewegung, völlig überzeugt, daß es unmöglich war, noch etwas hinzuzufügen, was seine Gedanken noch stärker hätte zum Ausdruck bringen können. Er sah Foma nur mit dankbaren, tränenerfüllten Augen an.

»Da könnt ihr sehen, was für ein Engel er ist«, lispelte Fräulein Perepelizyna nun ihrerseits zu Fomas Lob.

»Ja, ja!« stimmte Saschenka bei. »Ich wußte gar nicht, daß Sie ein so guter Mensch sind, Foma Fomitsch, und war so unehrerbietig gegen Sie. Verzeihen Sie mir, Foma Fomitsch, und seien Sie überzeugt, daß ich Sie von ganzem Herzen lieben werde. Wenn Sie wüßten, wie hoch ich Sie jetzt achte.«

»Ja, Foma«, fiel nun Bachtschejew ein, »verzeihe du auch mir Dummkopf. Ich kannte dich nicht, kannte dich gar nicht. Du bist nicht nur ein Gelehrter, Foma Fomitsch, du bist einfach – ein Held! Mein ganzes Haus steht dir zur Verfügung. Das beste wäre, du kämst gleich übermorgen zu mir, lieber Freund, vielleicht zusammen mit der Generalin-Mutter und natürlich auch mit dem Bräutigam und der Braut – aber was sage ich da! Das ganze Haus muß zu mir kommen! Das soll ein Mittagessen werden! Ich will mich zwar nicht vorher loben, aber eines kann ich dir sagen: da wird nichts auf dem Tisch fehlen, ausgenommen vielleicht – Vogelmilch! Das schwöre ich dir hoch und heilig!«

Mitten in diesem Gefühlserguß trat auch Nastenka auf Foma zu, umarmte ihn, ohne viel Worte zu machen, herzlich und küßte ihn.

»Foma Fomitsch!« sagte sie. »Sie sind unser Wohltäter. Sie haben so viel für uns getan, daß ich gar nicht weiß, womit ich Ihnen das je vergelten soll. Ich weiß nur, daß ich Ihnen stets die zärtlichste, ehrerbietigste Schwester sein werde ...«

Sie konnte nicht ausreden, Tränen erstickten ihre Stimme. Foma küßte sie auf die Stirn, auch ihm kamen beinahe die Tränen.

»Meine Kinder, meine Herzenskinder!« sagte er. »Lebt, blüht und gedeiht und denkt in den Augenblicken des Glücks auch einmal an den armen Verstoßenen! Was mich anbetrifft, so kann ich nur sagen, daß das Unglück vielleicht die Mutter der Tugend ist. Das hat, glaube ich, Gogol einmal gesagt, ein leichtfertiger Schriftsteller, der immerhin doch manchmal ganz kernige Gedanken gehabt hat. Vertrieben zu werden ist ein hartes Los. Heimatlos werde ich jetzt an meinem Stab durch die Welt wandern, und wer weiß? vielleicht werde ich durch all mein Leid noch tugendhafter! Dieser Gedanke ist der einzige Trost, der mir noch verblieben ist.«

»Aber ... wo willst du denn hingehen, Foma?« rief der Onkel entsetzt aus.

Alle waren aufgefahren und starrten Foma unverwandt an.

»Kann ich denn in Ihrem Haus bleiben, nachdem Sie so an mir gehandelt haben, Oberst?« fragte Foma mit außerordentlicher Würde.

Aber man ließ ihn gar nicht ausreden: ein allgemeines Geschrei verschlang seine Worte. Man setzte ihn in seinen Lehnstuhl, bestürmte ihn mit Bitten, vergoß bittere Tränen, und ich weiß nicht, was man noch alles mit ihm anfing. Natürlich dachte er gar nicht daran, »dieses Haus« zu verlassen, genauso wenig, wie er vorhin und gestern und damals, als er den Gemüsegarten umgegraben hatte, daran gedacht hatte. Er wußte, daß man ihn jetzt mit frommer Andacht zurückhalten und sich an ihn klammern würde, zumal er doch alle glücklich gemacht hatte, wußte, daß nun alle wieder an ihn glaubten, alle bereit waren, ihn auf Händen zu tragen, und das für eine Ehre, für ein Glück hielten. Wahrscheinlich war es seine kleinmütige Rückkehr von vorhin, als ihm das Gewitter einen solchen Schrecken eingejagt hatte, die seinen Ehrgeiz immer wieder aufstachelte und ihn zwang, sich noch ein Weilchen als Held aufzuspielen. Die Hauptsache aber war: es bot sich ihm ein so verführerischer Anlaß, sich in die Brust zu werfen, schöne Reden zu führen, Bilder zu gebrauchen, vom Hundertsten ins Tausendste zu kommen und sich selber ein Loblied zu singen, daß es ganz unmöglich für ihn war, dieser

Versuchung zu widerstehen. Und er widerstand ihr nicht. Er riß sich aus den Händen, die ihn festhielten, los, verlangte nach seinem Wanderstab, bat, man solle ihm die Freiheit wiedergeben, damit ihn das Schicksal in alle vier Winde verwehe. Er sei »in diesem Haus« entehrt und zu Tode gemartert worden, sei nur zurückgekehrt, um den Grundstein zum allgemeinen Glück zu legen. Könne er denn überhaupt »in diesem Haus des Undanks bleiben und eine Kohlsuppe essen, die zwar satt mache, aber mit Prügeln gewürzt sei«? Endlich hörte er auf, sich loszureißen. Man setzte ihn wieder in den Lehnstuhl; aber seine schönen Reden flossen unaufhaltsam weiter. »Bin ich etwa hier nicht beleidigt worden?« rief er aus. »Hat man mir etwa nicht die Zunge herausgesteckt? Haben Sie nicht selber, Oberst, Sie selber, ganz wie die flegelhaften Gassenbuben auf den Straßen der Stadt, mir täglich, stündlich mit Ohrfeigen gedroht? Ja, Oberst! Ich bestehe auf diesem Vergleich, denn wenn Sie mir auch keine physischen Ohrfeigen verabreicht haben, so ist das doch ganz dasselbe: es waren moralische Ohrfeigen. Und moralische Ohrfeigen sind manchmal noch beleidigender als physische. Von den übrigen Mißhandlungen will ich schon gar nicht reden ...«

»Foma! Foma!« rief der Onkel. »Töte mich nicht durch diese Erinnerung. Ich sagte dir ja schon, daß all mein Blut nicht hinreichen würde, um diese Beleidigung wieder wegzuwaschen. Sei großzügig! Vergiß, verzeih, bleibe hier, und freue dich an unserem Glück. Dir haben wir es zu danken, Foma ...«

»Ich möchte ihn lieben, lieben, den Menschen«, rief Foma aus, »aber man gibt ihn mir nicht, man verbietet mir, ihn zu lieben, man nimmt mir den Menschen weg. Gebt, gebt mir einen Menschen, damit ich ihn lieben kann. Wo ist dieser Mensch? Wo hält sich dieser Mensch verborgen? Wie Diogenes mit der Laterne suche ich ihn mein ganzes Leben lang und kann ihn nicht finden, und ehe ich diesen Menschen nicht gefunden habe, kann ich niemanden anderes lieben. Wehe demjenigen, der mich zum Menschenhasser gemacht hat! Ich rufe: Gebt mir einen Menschen, damit ich ihn lieben kann! und man schiebt mir Falalej zu. Werde ich denn einen Falalej jemals lieben? Möchte ich Falalej lieben? Und endlich: könnte ich denn überhaupt Falalej lieben, auch wenn ich es wollte? Nein! Und warum nicht? Weil er Falalej ist. Und warum liebe ich die ganze Menschheit nicht? Weil alles, was auf der Welt kreucht und fleugt – Falalej ist oder wenigstens Ähnlichkeit mit ihm hat. Ich aber will keinen Falalej, ich hasse Falalej, ich verachte Falalej, ich zertrete Falalej mit meinen Füßen, und wenn ich wählen müßte, so würde ich eher Asmodi, den Fürsten der Dämonen, lieben als Falalej. Komm her, komm einmal her, du mein ewiger Peiniger!« rief er und wandte sich plötzlich an Falalej, der in der allerunschuldigsten Art und Weise der Welt auf den Fußspitzen über die Foma Fomitsch umdrängende Schar hinwegspähte. »Komm einmal her! Ich werde Ihnen beweisen, Oberst«, rief Foma und zog den vor Schreck fast besinnungslosen Falalej mit der Hand zu sich heran, »ich werde Ihnen beweisen, Oberst, wie begründet meine Worte von den ewigen Verhöhnungen und moralischen Ohrfeigen gewesen sind. Sprich, Falalej, und sag die Wahrheit: Was hast du heute nacht im Traum gesehen? Sie werden sehen, Oberst, gleich werden Sie die Früchte Ihrer Erziehung sehen! Nun, Falalej, sprich!«

Zitternd vor Furcht, warf der arme Bursche einen verzweifelten Blick ringsum, als suchte er jemanden, der ihn retten könne, aber alle zitterten ebenfalls und warteten voller Angst auf seine Antwort.

»Nun, Falalej, ich warte!«

Statt einer Antwort zog Falalej die Stirne kraus, riß den Mund auf und fing an zu brüllen wie ein Kalb.

»Oberst! Sehen Sie diese Verstocktheit? Ist das etwas Natürliches? Zum letztenmal wende ich mich jetzt an dich, Falalej, sprich: Wovon hast du heute geträumt?«

»Von . . .«

»Sag doch, daß du von mir geträumt hättest«, flüsterte ihm Bachtschejew zu.

»Von Ihren Tugenden!« raunte ihm Jeschewikin ins andere Ohr.

Falalej sah sich nur um.

»Von . . . von Ihren Tu . . . vom weißen Ochsen!« brüllte er endlich und brach in einen Strom bitterster Tränen aus.

Alle stöhnten.

Foma Fomitsch aber hatte eine Anwandlung noch nie dagewesener Großmut.

»Daran erkenne ich wenigstens deine Aufrichtigkeit, Falalej«, sagte er, »eine Aufrichtigkeit, die ich an anderen nicht beobachtet habe. Gott sei mit dir! Solltest du mich aber absichtlich vielleicht auf Einflüsterungen anderer mit diesem Traum verhöhnen wollen, so wird Gott dies sowohl dir als auch den anderen einst vergelten. Ist dies aber nicht der Fall, so achte ich deine Aufrichtigkeit, denn auch in einer so niedrigen Kreatur, wie du es bist, bin ich gewohnt, Gottes Geschöpf und Ebenbild zu erkennen ... Ich verzeihe dir, Falalej! Meine Kinder, umarmt mich, ich bleibe hier.«

»Er bleibt«, schrien alle begeistert.

»Ich bleibe und verzeihe. Oberst, schenken Sie Falalej Zukker zur Belohnung: er soll an einem Tag der allgemeinen Glückseligkeit keine Träne vergießen.«

Eine solche Großmut fand man natürlich einfach wunderbar. Diese Fürsorge in einem solchen Augenblick – und für wen? Für Falalej!

Der Onkel beeilte sich, den Befehl betreffs des Zuckers auszuführen. Praskowja Iljinitschna hatte auch sofort – Gott weiß woher – die silberne Zuckerdose bei der Hand. Der Onkel wollte mit zitternder Hand erst zwei und dann drei Stückchen herausnehmen, aber sie fielen wieder hinein, und schließlich sah er ein, daß er es vor lauter Aufregung gar nicht zustande brachte.

»Da!« rief er aus. »Zur Feier eines solchen Tages! Halt auf, Falalej!« und schüttete ihm den Inhalt der ganzen Zukkerdose in die Bluse. »Das ist für deine Aufrichtigkeit«, fügte er als sittliche Belehrung noch hinzu.

»Herr Korowkin!« meldete plötzlich Widopljasow an der Tür.

Eine gewisse Verlegenheit entstand. Der Besuch Korowkins kam offenbar nicht recht gelegen. Alle Blicke richteten sich fragend auf den Onkel.

»Korowkin?« rief der Onkel in ziemlicher Verlegenheit. »Natürlich, ich freue mich ...« setzte er hinzu und sah Foma schüchtern an, »aber ich weiß wirklich nicht, soll man ihn jetzt hereinbitten – in diesem Augenblick. Wie denkst du darüber, Foma?«

»Meinetwegen, meinetwegen«, sagte Foma wohlwollend, »bitten Sie auch Korowkin herein; mag er an dem allgemeinen Glück teilnehmen!«

Kurz, Foma war von einer geradezu engelhaften Güte.

»Wage untertänigst zu melden«, bemerkte Widopljasow, »daß Herr Korowkin sich nicht ganz in normalem Zustand zu befinden geruhen.«

»Nicht in normalem Zustand? Wieso denn? Was faselst du da zusammen?« rief der Onkel aus.

»Gewiß, es ist so; Herr Korowkin befinden sich nicht in nüchternem Zustand . . .«

Aber noch ehe der Onkel den Mund auftun, erröten, erschrecken und im höchsten Grad verlegen werden konnte, erfolgte schon des Rätsels Lösung. In der Tür zeigte sich Korowkin selber, schob Widopljasow mit der Hand beiseite und erschien so vor dem erstaunten Publikum. Es war ein ungefähr vierzigjähriger Herr von kleiner, aber stämmiger Figur, mit dunklen, schon ins Grau hinüberspielenden, kurzgeschnittenen Haaren, einem blauroten, runden Gesicht und kleinen blutunterlaufenen Augen. Er trug eine gewaltige, rauhhaarige Krawatte, die hinten mit einer Schnalle geschlossen war, einen äußerst abgetragenen Frack, an dem noch Heuhalme und Federchen klebten und der unter den Armen ganz zerrissen war, dazu ein Paar ganz unmögliche Hosen und eine Mütze, die über und über fettig und schmierig war und die er in der ausgestreckten Hand hielt. Dieser Herr war völlig betrunken. Nachdem er bis in die Mitte des Zimmers gestolpert war, schwankte er, streckte die Nase vor und blieb mit der Beschaulichkeit eines Betrunkenen stehen, dann verzog sich sein Gesicht langsam zu einem breiten Lächeln.

»Entschuldigen Sie, meine Herren«, lallte er, »ich habe . . . glaube ich . . . hier . . .« – dabei nestelte er an seinem Kragen – ». . . einen hinter die Binde gegossen!«

Die Generalin nahm unverzüglich die Miene gekränkter Würde an. Foma, in seinen Armstuhl zurückgelehnt, maß den abenteuerlichen Gast mit ironischen Blicken. Bachtschejew musterte ihn voller Verwunderung, die aber immerhin ein gewisses Mitgefühl durchblicken ließ. Die Verlegenheit des Onkels war unbeschreiblich; er litt die größten Seelenqualen für Korowkin.

»Korowkin!« fing er an. »Hören Sie . . .«

»Attendez!« unterbrach ihn Korowkin. »Sie erlauben doch, daß ich mich vorstelle: ich bin ein Kind der Natur . . . Aber, was sehe ich da? Hier sind ja auch Damen . . . Warum hast du mir das denn nicht gesagt, du Halunke, daß du Damen bei dir hast?« setzte er hinzu und sah den Onkel mit verschmitztem Lächeln an. »Tut nichts. Ich bin nicht schüchtern: Stellen wir uns also auch dem schönen Geschlecht vor . . . Meine rei–eizenden Damen!« fing er an, konnte aber nur mit Mühe die Zunge bewegen und blieb bei jedem Wort stekken. »Sie sehen vor sich einen Unglücklichen, welcher . . . na, und so weiter und so weiter ... das übrige will ich gar nicht erst aussprechen ... Musikanten! Eine Polka!«

»Wollen Sie nicht lieber erst ein bißchen schlafen?« fragte Misintschikow und trat ruhig auf Korowkin zu.

»Schlafen! Sie wollen mich wohl beleidigen?«

»Durchaus nicht. Aber wissen Sie, nach der Reise ist das doch ganz zweckmäßig ...«

»Niemals!« antwortete Korowkin empört. »Du denkst wohl, ich bin betrunken? Nicht daran zu denken ... Aber, übrigens ... wo kann man denn hier bei euch schlafen?«

»Kommen Sie nur, ich werde Sie gleich hinführen.«

»Wohin? In die Scheune? Nein, Bruder, mich prellst du nicht! Dort habe ich schon die letzte Nacht verbracht ... Aber übrigens, geh nur mal voran ... Warum soll man mit einem guten Menschen nicht mitgehen? ... Ein Kissen ist nicht nötig; ein Soldat braucht kein Kissen. Aber einen kleinen Diwan könntest du mir zurechtmachen, Bruderherz ... Und höre«, fügte er hinzu und blieb stehen, »du bist, wie ich sehe, eine Seele von einem Menschen; brau mir doch schnell noch einen zusammen ... du verstehst mich doch? Nur eine Kleinigkeit, um die Kehle anzufeuchten ... ja, nur um die Kehle anzufeuchten ... das heißt ... ich meine, nur noch ein Gläschen.«

»Schön, schön!« erwiderte Misintschikow.

»Schön ... Aber warte, ich muß mich doch erst verabschieden. Adieu, mes dames et mes demoiselles ... Sie haben mich ja, wie man sagt, beinahe mit Ihren Blicken durchbohrt ... Na, macht auch nichts. Darüber können wir uns ja später aussprechen ... Aber wecken Sie mich nur, wenn es anfängt ... oder lieber fünf Minuten vorher ... und fangen Sie ja nicht ohne mich an! Hören Sie wohl? Daß Sie ohne mich nicht anfangen!«

Und der fidele Herr trottete hinter Misintschikow her und verschwand.

Alle schwiegen. Die allgemeine Verblüffung hielt noch an. Endlich fing Foma leise und kaum hörbar zu kichern an. Dieses Kichern verstärkte sich immer mehr und mehr bis zu einem lauten Gelächter. Als die Generalin dies sah, wurde auch sie heiter, obgleich ihr Gesicht immer noch den Ausdruck gekränkter Würde wahrte. Unwillkürlich erhob sich nun das Gelächter von allen Seiten. Der Onkel stand da wie vom Blitz getroffen, wurde so rot, daß ihm fast die Tränen kamen, und konnte eine Zeitlang kein Wort hervorbringen.

»Großer Gott!« stammelte er endlich. »Wer hätte das gedacht? Aber schließlich kann das ja ... kann das ja jedem einmal passieren. Foma, ich versichere dir, daß das ein höchst ehrenwerter, edler und sogar außerordentlich belesener Mensch ist, Foma ... Du wirst selber sehen ...«

»Das sehe ich schon, das sehe ich schon!« erwiderte Foma, fast vor Lachen erstickend. »Ein außerordentlich belesener Mensch, wirklich, ungemein belesen.«

»Und wie er über das Eisenbahnwesen zu sprechen versteht!« bemerkte Jeschewikin halblaut.

»Foma!« rief der Onkel aus, aber das allgemeine Gelächter verschlang seine Worte. Foma Fomitsch wälzte sich beinahe vor Lachen. Und auch der Onkel stimmte mit ein, als er alle um sich herum lachen sah.

»Na, lassen wir ihn, wie er ist«, sagte der Onkel in glücklichster Stimmung. »Du bist hochherzig, Foma, du hast ein großmütiges Herz. Hast du mein Glück begründet ... wirst du auch Korowkin verzeihen können.«

Nur Nastenka lachte nicht. Voller Liebe hielt sie die Augen auf ihren Verlobten gerichtet, als wollte sie sagen: Was für ein herrlicher, guter, edler Mensch bist du doch, und wie lieb ich dich habe!

6

Schluß

Fomas Triumph war grenzenlos und unerschütterlich. Und in der Tat: ohne ihn wäre diese Verlobung niemals zustande gekommen, und die vollendete Tatsache hob alle Zweifel und Einwände auf. Die Dankbarkeit der Beglückten war unbeschreiblich. Der Onkel und Nastenka winkten mir nur mit der Hand ab, als ich versuchen wollte, leise anzudeuten, auf welche Weise man die Einwilligung Fomas zu ihrer Vermählung herbeigeführt hatte. Saschenka rief nur immer: »Der gute, gute Foma Fomitsch, ich werde ihm ein Kissen aus Kamelgarn sticken«, und warf mir sogar meine Hartherzigkeit ihm gegenüber vor. Stepan Alexejewitsch war wie umgewandelt und würde mich, glaube ich, erwürgt haben, wenn es mir etwa eingefallen wäre, in seiner Gegenwart etwas Unehrerbietiges über Foma Fomitsch zu sagen. Er lief jetzt wie ein Hündchen hinter Foma her, sah andächtig zu ihm auf und sagte auf jedes Wort, das dieser zu ihm sprach: »Du bist ein riesig edler Mensch, Foma! Du bist ein Gelehrter, Foma!« Was aber Jeschewikin anbelangt, so hatte er den höchsten Grad der Begeisterung erreicht. Der gute Alte hatte ja schon lange, lange bemerkt, daß Nastenka Jegor Iljitsch den Kopf verdreht hatte, und hatte seit der Zeit Tag und Nacht nur immer davon geträumt, wie er seine Tochter mit ihm verheiraten könne. Darum hatte er sein Kommen so lange wie möglich hinausgezogen und immer wieder abgesagt, wo er eigentlich schon gar nicht mehr hätte absagen dürfen. Nun hatte Foma die Sache durchgesetzt! Trotz all seiner Begeisterung durchschaute der Alte Foma natürlich völlig. Es war ganz klar, daß sich Foma nun auf ewig zum Beherrscher dieses Hauses gemacht hatte und daß seine Tyrannei nun keine Grenzen mehr haben würde. Bekanntlich werden ja auch die allerunangenehmsten, launenhaftesten Menschen wenigstens eine Zeitlang besänftigt, wenn man ihre Wünsche erfüllt. Foma Fomitsch aber wurde ganz im Gegenteil durch seine Erfolge immer alberner und trug die Nase immer höher und höher.

Nachdem er die Wäsche gewechselt und sich umgezogen hatte, setzte er sich in seinen Armstuhl, ließ den Onkel rufen und hielt ihm ausgerechnet vor dem Mittagessen vor versammelter Familie eine neue Predigt.

»Oberst!« fing er an. »Sie schicken sich an, in den Bund der heiligen Ehe zu treten. Sind Sie sich aber auch jener Pflichten bewußt . . .«

Und so weiter und so weiter! Man stelle sich zehn engbedruckte Seiten im Format des »Journal des Débats« vor, voll des tollsten Blödsinns, die einfach nichts, rein gar nichts von jenen Pflichten enthielten, sondern nur in höchst schamloser Weise auf Foma Fomitschs eigenen Verstand, seine Sanftmut, Großmut, Männlichkeit und seine Uneigennützigkeit ein Loblied sangen. Alle waren hungrig und freuten sich auf das Mittagessen, und doch wagte keiner zu widersprechen, und andachtsvoll hörten alle die ganze Litanei bis zu Ende an. Sogar Bachtschejew, den der Hunger fast umbrachte, saß, ohne mit der Wimper zu zucken, dabei und hörte mit größter Ehrfurcht zu. Befriedigt durch seine eigene Beredsamkeit, wurde Foma Fomitsch zu guter Letzt recht aufgeräumt, sprach bei Tisch den Getränken ziemlich eifrig zu und brachte die sonderbarsten Toaste aus. Er ließ sich sogar herbei, Witze zu machen und zu scherzen, natürlich auf Kosten des Brautpaars. Alle lachten und spendeten ihm Beifall. Einige seiner Späße aber waren so schlüpfrig und unzweideutig, daß sogar Bachtschejew rot wurde. Schließlich sprang Nastenka auf und lief hinaus. Das versetzte Foma in unbeschreibliches Entzücken, aber er fand sich gleich in die Lage hinein: in kurzen, aber kernigen Worten schilderte er Nastenkas Wert und Wesen und brachte zum Schluß ein Hoch auf die Gesundheit der Abwesenden aus. Der Onkel, der soeben noch verlegen gewesen war und Höllenqualen ausgestanden hatte, wäre nun Foma Fomitsch am liebsten um den Hals gefallen. Überhaupt schienen die Braut und der Bräutigam sich voreinander und auch ihres Glücks zu schämen. Ich hatte sogar beobachtet, daß sie, seitdem sie den Segen empfangen hatten, noch kein Wort zusammen gesprochen, ja es sogar vermieden hatten, sich gegenseitig anzusehen.

Als man vom Tisch aufstand, war der Onkel plötzlich verschwunden, und niemand wußte wohin. Auf der Suche nach ihm trat ich zufällig auf die Terrasse hinaus. Hier saß Foma Fomitsch in einem bequemen Stuhl beim Kaffee und hielt, ermuntert durch all seine Erfolge, eine neue Rede. Um ihn herum saßen nur Jeschewikin, Bachtschejew und Misintschikow. Ich blieb stehen, um zuzuhören.

»Warum«, rief Foma aus, »warum bin ich bereit, augenblicklich für meine Überzeugungen den Scheiterhaufen zu besteigen? Und warum ist keiner von Ihnen bereit, den Scheiterhaufen zu besteigen? Warum, frage ich, warum?«

»Aber das wäre doch auch ganz überflüssig, Foma Fomitsch, mit diesem Scheiterhaufen da«, warf Jeschewikin ein, der ihn zum besten hielt. »Was hätte denn das für einen Sinn? Erstens einmal soll das doch recht weh tun, und zweitens verbrennt man doch – was bleibt denn da von einem übrig?«

»Was übrigbleibt? Eine edle Asche bleibt übrig. Aber wie könntest du mich auch verstehen, wie könntest du meinen Wert zu schätzen wissen? Für euch gibt es eben keine großen Männer außer Julius Cäsar und jenem Alexander von Mazedonien! Was hat aber euer Cäsar eigentlich getan? Wen hat er glücklich gemacht? Und was hat dein berühmter Alexander von Mazedonien getan? Die ganze Welt erobert? Nun, gib mir ein ebensolches Kriegsheer, und ich werde sie auch erobern, und du wirst sie ebenfalls erobern und andere desgleichen. Und dazu hat er noch den tugendhaften Clitus umgebracht. Ich aber habe keinen tugendhaften Clitus umgebracht. Ein dummer Junge, ein Leuteschinder ist er gewesen, weiter nichts! Die Rute hätte man ihm geben, aber nicht, ihn in der Weltgeschichte unsterblich machen sollen ... und genauso ist es mit Cäsar auch.«

»Aber mit Julius Cäsar sollten Sie doch wenigstens eine Ausnahme machen, Foma Fomitsch!«

»Ich werde mit diesem Dummkopf keine Ausnahme machen!« schrie Foma.

»Nein, mach keine Ausnahme mit ihm!« pflichtete Stepan Alexejewitsch eifrig bei, der ebenfalls ein bißchen zuviel getrunken hatte. »Wozu soll man sie noch in Schutz nehmen? Das sind doch alles nur solche Laffen, am liebsten drehten sie sich immer nur auf einem Bein vor einem herum! Solche Hanswurste! Da wollte einer vorhin sogar ein Stipendium stiften! Was ist denn das überhaupt, ein Stipendium? Weiß der Teufel, was das eigentlich bedeutet. Ich möchte wetten, daß das wieder irgend so eine neue Schweinerei ist. Und dann wieder der andere Kerl da vorhin, kommt in eine anständige Gesellschaft hinein, kann sich kaum auf den Beinen halten und verlangt immer noch ein Gläschen. Meinetwegen, warum soll er denn nicht trinken? Trinkt nur, trinkt, aber man muß auch einmal einen Punkt machen können. Nachher kann man ja meinetwegen wieder von vorn anfangen ... Nein, so etwas darf man nicht in Schutz nehmen. Das sind alles Halunken! Nur du allein bist ein Gelehrter, Foma!«

Denn wenn sich Bachtschejew einmal jemandem hingab, so tat er es mit Leib und Seele, ohne eine Bedingung zu stellen oder Kritik zu üben.

Ich fand den Onkel an der abgelegensten Stelle im Garten, ganz hinten am Teich. Nastenka war bei ihm. Als sie mich sah, entschlüpfte sie in die Büsche, ganz als ob sie sich schuldig fühlte. Der Onkel kam mit strahlendem Gesicht auf mich zu; in seinen Augen schimmerten Freudentränen. Er ergriff meine beiden Hände und drückte sie mir herzlich.

»Mein Junge!« sagte er. »Bis zu diesem Augenblick kann ich noch kaum an mein Glück glauben ... Und Nastja ebenfalls nicht. Wir wundern uns nur immer und preisen den Allerhöchsten. Sie hat soeben geweint. Glaube mir, ich bin bis jetzt noch gar nicht wieder zur Besinnung gekommen, ich habe ganz den Kopf verloren: ich glaube es und glaube es auch wieder nicht! Und womit habe ich das verdient? Womit? Was habe ich getan? Wodurch habe ich ein solches Glück verdient?«

»Wenn es irgend jemand verdient hat, so sind Sie es gewesen, Onkel«, sagte ich begeistert. »Ich habe noch nie einen so ehrlichen, prächtigen, gutmütigen Menschen gesehen, wie Sie es sind.«

»Nein, Serjoscha, nein, das ist zuviel,« sagte er fast mit Bedauern. »Das ist ja eben das schlimme, daß wir nur dann gut sind – das heißt, ich rede nur von mir allein –, wenn es uns selber gut geht; geht es uns aber schlecht, dann zehn Schritte vom Leib! Davon haben wir soeben auch gesprochen, Nastja und ich. Und wie hat Foma heute wieder vor mir geglänzt! Aber kannst du das für möglich halten? Bis auf den heutigen Tag habe ich vielleicht doch nicht so recht an ihn geglaubt, obgleich ich selber dich von seiner Vollkommenheit zu überzeugen versuchte, habe sogar gestern noch nicht recht an ihn geglaubt, als er ein solches Geschenk zurückwies. Das muß ich zu meiner Schande gestehen! Das Herz krampft sich mir zusammen bei der Erinnerung an vorhin! Ich hatte mich eben nicht in der Gewalt ... Als er vorhin so von Nastja sprach, war es mir, als hätte mich jemand im innersten Herzen verwundet. Ich verstand nichts mehr und benahm mich wie ein wildes Tier ...«

»Nicht doch, Onkel; das war doch nur natürlich.«

Der Onkel machte eine abwehrende Handbewegung.

»Nein, nein, mein Junge, sage das nicht! Das kommt alles nur ganz einfach von der Verderbtheit meines Charakters, weil ich ein finsterer, sinnlicher Egoist bin und mich zügellos meinen Leidenschaften hingebe. Dasselbe sagt Foma auch.« Was sollte ich ihm darauf antworten? »Du weißt gar nicht, Serjoscha«, fuhr er mit tiefer Empfindung fort, »wie oft ich gereizt, hartherzig, ungerecht und hochmütig gewesen bin – und nicht nur Foma gegenüber. Das ist mir plötzlich jetzt alles wieder eingefallen, und ich schäme mich fast, daß ich bisher noch gar nichts getan habe, um eines solchen Glückes würdig zu werden. Dasselbe hat Nastja auch eben gesagt, obgleich ich wirklich nicht weiß, was sie für Sünden auf dem Gewissen haben soll, denn sie ist doch ein Engel und kein Mensch! Sie sagte zu mir, daß wir nun dem lieben Gott sehr, sehr viel schuldig seien und daß wir uns nun bemühen müßten, besser zu werden und nur Gutes zu tun ... Du hättest nur hören sollen, wie eifrig, wie schön sie das alles sagte! Großer Gott, was das für ein Mädchen ist!«

Er hielt in großer Erregung inne. Gleich darauf fuhr er fort:

»Wir haben beschlossen, mein Junge, sie alle auf Händen zu tragen, hauptsächlich Foma Fomitsch, Mamachen und Tatjana Iwanowna. Und diese Tatjana Iwanowna! Was für ein edles Geschöpf! Oh, wie schuldig fühle ich mich vor allen! Auch dir gegenüber ... Aber wenn sich jetzt noch einer unterstehen sollte, Tatjana Iwanowna zu beleidigen, oh, dann ... Na, das versteht sich ja alles von selbst. Auch für Misintschikow muß etwas getan werden.«

»Ja, Onkel, jetzt habe ich meine Ansicht über Tatjana Iwanowna auch geändert. Man muß ihr unbedingt Achtung zollen und Mitleid mit ihr haben.«

»Richtig, richtig, ganz recht!« pflichtete der Onkel eifrig bei. »Man muß ihr Achtung zollen. Na, und dann dieser Korowkin, zum Beispiel, du hast gewiß über ihn gelacht«, fügte er hinzu und sah mir schüchtern ins Gesicht, »wir haben ja vorhin alle über ihn gelacht. Aber siehe, vielleicht war das unverzeihlich von uns ... Vielleicht ist er der vorzüglichste, beste Mensch auf der ganzen Welt, das Schicksal aber ... vielleicht hat er viel Unglück erfahren ... Du glaubst es nicht, aber vielleicht ist es doch wirklich so.«

»Aber, Onkel, warum sollte ich es denn nicht glauben?«

Und mit Feuereifer begann ich davon zu reden, daß selbst die am tiefsten gesunkenen Geschöpfe sich noch die höchsten menschlichen Gefühle bewahrt haben können, daß die Tiefe der Menschenseele unermeßlich ist und daß man die Gefallenen niemals verachten dürfe. Ganz im Gegenteil, man müsse ihnen entgegenkommen und sie wiederaufrichten, der allgemeine Maßstab für Gut und Böse in der Moral sei nicht immer richtig, und so weiter und so weiter – kurz, ich geriet in Begeisterung und erzählte ihm sogar von der naturalistischen Schule. Zum Schluß zitierte ich noch die Verse:

»Wenn aus des Irrtums dunkler Nacht ...«

Der Onkel geriet in helle Begeisterung.

»Junge, lieber Junge!« sagte er ganz gerührt. »Du verstehst mich vollkommen und kannst das alles viel besser sagen, als ich es selber ausdrücken kann. So ist es, genau so! Großer Gott! Warum ist nur der Mensch so schlecht? Warum bin ich selber oft so schlecht, wo es doch so schön, so herrlich ist, gut zu sein? Dasselbe hat Nastja auch eben gesagt ... Und sieh dich nur einmal um, was für ein herrliches Fleckchen Erde das hier ist«, fügte er hinzu und ließ den Blick ringsum schweifen. »Wie schön ist doch die Natur! Was für ein Bild! Sieh nur diesen Baum! Kaum daß ihn ein Mensch noch umspannen kann! Und dieser Saft, diese strotzenden Blätter! Und dazu die Sonne! Wie nach dem Gewitter jetzt alles wieder aufatmet und blank und sauber gewaschen ist! ... Man könnte glauben, daß auch die Bäume ein eigenes Bewußtsein und Gefühl haben, daß auch sie das Leben genießen ... Wäre das möglich – was? Wie denkst du darüber?«

»Das kann sehr wohl sein, Onkel. Auf ihre Art, natürlich.«

»Na ja, selbstverständlich, nur auf ihre Art ... Wunderbarer, wunderbarer Schöpfer! ... Aber du mußt dich noch gut auf den ganzen Garten besinnen können, Serjoscha, wie du hier herumgelaufen bist und drin gespielt hast, als du noch ein kleiner Junge warst. Ich weiß es noch ganz genau, wie du so ein kleiner Kerl warst«, fügte er hinzu und sah mich mit einem Ausdruck unsäglicher Liebe und unbeschreiblichen Glücks an. »Nur an den Teich durftest du nicht allein gehen. Und weißt du noch, einmal abends rief dich meine selige Katja zu sich heran und streichelte dich ... Und du warst vorher im Garten herumgelaufen und hattest ganz rote Bäckchen und dazu das helle, lockige Haar ... Sie spielte mit deinen Löckchen und sagte zu mir: ‚Das ist gut, daß du den Waisenknaben zu uns ins Haus genommen hast!' Erinnerst du dich noch daran?«

»Wohl kaum, Onkel.«

»Und es war schon gegen Abend damals, aber die Sonne schien noch so hell auf euch beide, und ich saß in einer Ecke, rauchte meine Pfeife und sah nur immer zu euch hin ... Jeden Monat fahre ich in die Stadt an ihr Grab, Serjoscha«, setzte er mit leiser Stimme, die von verhaltenen Tränen zitterte, hinzu. »Ich habe auch eben mit Nastja darüber gesprochen. Sie sagte, daß wir nun beide zusammen zu ihr hinfahren werden ...«

Der Onkel schwieg und bemühte sich, seine Erregung niederzukämpfen.

In diesem Augenblick eilte Widopljasow auf uns zu.

»Widopljasow!« rief der Onkel erschrocken aus. »Kommst du von Foma Fomitsch?«

»Nein, ich komme mehr in eigenen Angelegenheiten.«

»Na, das ist ja herrlich! Da werden wir gleich etwas über Korowkin erfahren. Ich wollte doch auch wirklich schon vorhin nach ihm fragen ... Ich habe ihm nämlich den Auftrag gegeben, ihn zu beobachten, diesen Korowkin. Nun, was gibt's, Widopljasow?«

»Ich erlaube mir, in Erinnerung zu bringen«, sagte Widopljasow, »daß der Herr gestern beliebten zu versprechen, meine Bitte in Erwägung ziehen zu wollen, und mir allerhöchsten Schutz gegen die täglichen Beleidigungen zuzusichern geruhten.«

»Kommst du etwa schon wieder wegen deines Familiennamens?« rief der Onkel ganz entsetzt aus.

»Was soll ich tun? Die stündlichen Beleidigungen ...«

»Ach, Widopljasow, Widopljasow. Was soll ich nur mit dir machen?« sagte der Onkel bekümmert. »Was können denn das für Beleidigungen sein? Du verlierst ja noch ganz den Verstand darüber und wirst dein Leben im Irrenhaus beschließen müssen.«

»Mich deucht, daß ich mit meinem Verstand ...« fing Widopljasow an.

»Na ja, gewiß, gewiß«, unterbrach ihn der Onkel. »Ich sage das doch nicht etwa, um dich zu beleidigen, mein Lieber, sondern nur zu deinem Besten. Was sind denn das nun wieder für Beleidigungen? Ich möchte wetten, daß das alles wieder nur Unfug ist.«

»Man läßt mich nicht ruhig meines Weges ziehen.«

»Wer denn?«

»Alle, insbesondere aber diese Matronja. Durch sie ist mein Leben zu einem Dornenpfad geworden. Es ist bekannt, daß alle hervorragenden Leute, die mich schon als zartes Knäblein kannten, gesagt haben, ich sähe ganz wie ein Ausländer aus, insbesondere was die Züge meines Antlitzes anbeträfe. Und was tun sie nun, gnädiger Herr? Aus diesem Grund lassen sie mich nun nicht mehr ruhig meines Weges ziehen! Wenn ich nur vorübergehe, rufen sie mir sämtlich allerlei garstige Worte nach, sogar die kleinen Kinder, denen man doch vor allem die Rute geben müßte, auch die rufen mir solche Worte nach ... Und sogar jetzt eben, als ich hierherkam, haben sie mir wieder etwas nachgerufen ... Ich kann es nicht mehr aushalten. Beschirmen Sie mich, gnädiger Herr, lassen Sie mir Schutz angedeihen!«

»Ach, Widopljasow! ... Na, was haben sie dir denn nachgerufen? Sicher irgendwelchen Unsinn, dem man gar keine Beachtung schenken sollte.«

»Es wäre unfein, es auszusprechen.«

»Was war es denn nur?«

»Es ist widerwärtig zu sagen.«

»Aber so sprich doch!«

»Grischka, die holländsche Pflanze, fraß eine Pomeranze.«

»Weiter nichts? Na, du bist mir aber einer! Und ich dachte, Gott weiß was sie dir nachgerufen hätten! So spuck doch einfach aus, und geh deiner Wege!«

»Ausgespuckt habe ich, aber dann schreien sie nur noch mehr.«

»Hören Sie, Onkel«, sagte ich, »er beklagt sich doch darüber, daß er hier im Haus seines Lebens nicht froh wird. Schicken Sie ihn doch einmal auf einige Zeit nach Moskau zu jenem Schreiber. Sie sagten mir doch, daß er früher dort bei einem Schreiber gelebt habe.«

»Aber, mein Junge, der hat doch ebenfalls ein tragisches Ende genommen.«

»Wieso denn?«

»Hatten das Unglück«, antwortete Widopljasow, »sich fremdes Eigentum anzueignen, wurden dafür ohne Rücksicht auf all ihr Talent ins Gefängnis geworfen, wo sie elendiglich zugrunde gegangen sind.«

»Schön, schön, Widopljasow. Beruhige dich jetzt nur. Ich werde alles untersuchen und in Ordnung bringen«, sagte der Onkel, »das verspreche ich dir. Aber was macht denn Korowkin? Schläft er noch?«

»Durchaus nicht, geruhten soeben abzufahren. Darum bin ich auch gekommen, um dies zu melden.«

»Wieso denn abzufahren? Was sagst du da? Wie konntest du denn das zulassen?« rief der Onkel aus.

»Nur aus der Gutmütigkeit meines Herzens heraus; es war mitleiderregend anzuschauen. Als sie erwachten und sich an das Vergangene erinnerten, schlugen sie sich alsobald vor den Kopf und fingen an Zeter und Mordio zu schreien ...«

»Zeter und Mordio?«

»Um mich ehrerbietiger auszudrücken: sie geruhten, die verschiedenartigsten Wehlaute auszustoßen. Riefen: ‚Wie könnte ich jetzt wieder vor das schöne Geschlecht hintreten?' Und fügten dann hinzu: ‚Bin unwürdig des ganzen Menschengeschlechts!' Und sprachen immer nur so mitleiderregend und in so schönen, gewählten Ausdrücken.«

»Ein äußerst zartbesaiteter Mensch! Ich sagte es dir doch, Sergej ... Aber wie konntest du das nur zulassen, Widopljasow, ich hatte dir doch befohlen, ihn zu bewachen? Ach, mein Gott, mein Gott!«

»Ich habe es mehr aus inniglichem Mitleiden heraus getan. Sie baten mich darum, zu schweigen. Der Kutscher hatte die Pferde inzwischen mit Nahrung versorgt und wieder angeschirrt. Und für die vor drei Tagen eingehändigte Summe befahlen sie mir, untertänigst zu danken und zu sagen, daß sie die Schuld mit der ersten Post zurücksenden würden.«

»Was ist denn das für eine Summe, Onkel?«

»Sie sprachen von fünfundzwanzig Rubel«, sagte Widopljasow.

»Ach, die hatte ich ihm damals geliehen, mein Junge, auf der Station; er hatte nicht genug Geld bei sich. Selbstverständlich wird er mir die mit der ersten Post zurückschicken ... Ach, Gott, wie leid mir das tut! Soll ich ihm nicht nachsetzen und ihn wieder zurückholen lassen, Serjoscha?«

»Nein, Onkel, lassen Sie ihn lieber nicht zurückholen.«

»Das denke ich selber auch. Siehst du, Serjoscha, ich bin zwar kein Philosoph, aber ich denke immer im stillen bei mir, daß in jedem Menschen unendlich viel mehr Gutes verborgen liegt, als es so von außen her den Anschein hat. So ist es auch bei Korowkin: er hat die Schande nicht ertragen können ... Aber komm, wir wollen endlich zu Foma gehen. Wir haben uns sowieso zu lange aufgehalten. Er könnte sich durch diese Undankbarkeit und Unaufmerksamkeit beleidigt fühlen ... Komm, Komm! Ach, dieser Korowkin, dieser Korowkin!«

Der Roman ist zu Ende. Die Liebenden sind vereint, und der Genius alles Guten und Schönen – in Gestalt Foma Fomitschs – hat den Thron im Haus ein für allemal bestiegen. Man könnte ja hier noch mancherlei passende Erörterungen anschließen, aber im Grund genommen sind all diese Erörterungen jetzt vollständig überflüssig. Wenigstens meiner Meinung nach. An Stelle dieser Erörterungen möchte ich lieber noch ein paar Worte über das weitere Schicksal aller Helden meiner Erzählung hinzufügen. Anders schließt nun einmal kein Roman, wie jeder weiß; das ist mit ehernen Gesetzen vorgeschrieben.

Die Hochzeit der »Beglückten« wurde genau sechs Wochen nach all diesen Begebenheiten gefeiert, die meine Feder soeben geschildert hat. Sie fand in aller Stille und im engsten Familienkreis statt, ohne allen Pomp und ohne überflüssige Gäste. Ich war Nastenkas Hochzeitsmarschall, Misintschikow der des Onkels. Übrigens waren doch einige Gäste da. Die Hauptperson aber, die gefeiertste von allen, war natürlich Foma Fomitsch. Alle machten ihm den Hof, alle trugen ihn auf Händen. Aber das Unglück wollte es, daß er einmal beim Herumreichen des Champagners übergangen wurde. Gleich ging die alte Geschichte von neuem los: eine wahre Flut von Vorwürfen, Wehklagen und erregten Worten folgte. Er lief in sein Zimmer, schloß sich ein, schrie, daß man ihm keine Achtung zolle, daß er jetzt, wo sich »neue Menschen in die Familie eingedrängt hätten«, nichts mehr gelte, nicht mehr wie ein Holzspan, den man achtlos beiseite werfe. Der Onkel war in Verzweiflung; Nastenka weinte; die Generalin bekam wie gewöhnlich einen Anfall ... Das Hochzeitsessen glich mit einemmal einer Begräbnisfeier. Und ganze sieben Jahre eines solchen Zusammenlebens mit ihrem Wohltäter Foma Fomitsch sollten meinem armen Onkel und der armen Nastenka noch vom Schicksal beschieden sein! Bis zu seiner letzten Stunde – Foma ist im vorigen Jahre gestorben – machte er immer eine saure Miene, nahm alles übel, warf sich in die Brust, ärgerte sich und putzte alles herunter, aber die Verehrung, die ihm die »Beglückten« entgegenbrachten, wurde dadurch nicht etwa geringer, nein, sie wuchs sogar noch von Tag zu Tag im gleichen Maß wie seine Launen. Jegor Iljitsch und Nastenka waren so glücklich miteinander, daß sie sogar für ihr Glück fürchteten. Sie meinten, Gott habe ihnen zuviel des Glücks gesandt, sie hätten eine solche Gnade gar nicht verdient, und glaubten, daß es ihnen nun vielleicht späterhin beschieden sein würde, ihr Glück durch Kreuz und Kummer zu bezahlen. Es ist klar, daß Foma Fomitsch in diesem friedlichen Haus alles tun und lassen konnte, was ihm nur in den Sinn kam. Und was, was hat er sich nicht alles in diesen sieben Jahren geleistet! Man kann sich kaum eine Vorstellung davon machen, in welch zügellosen Phantasien sich manchmal sein übersättigter, müßiger Geist erging bei der Erfindung immer neuer spitzfindiger, geistesschlemmerhafter Launen. Drei Jahre nach der Hochzeit des Onkels starb die Generalin. Der verwaiste Foma war der Verzweiflung nahe. Noch heute spricht man im Haus des Onkels voller Entsetzen von seinem damaligen Zustand. Als man das Grab zuzuschütten begann, wollte er sich durchaus hinabstürzen und schrie, man solle auch ihn begraben. Vier Wochen lang gab man ihm weder ein Messer noch eine Gabel in die Hand, und einmal mußten ihm vier Mann mit Gewalt den Mund öffnen, um eine Stecknadel wieder herauszuholen, die er durchaus verschlukken wollte. Ein unbeteiligter Zeuge dieses Kampfes hatte zwar die Bemerkung nicht unterdrücken können, daß Foma während der ganzen Zeit des Kampfes die Stecknadel doch tausendmal hätte verschlingen können – es aber doch nicht getan hätte. Doch diese Behauptung wurde nur mit ausgesprochenem Unwillen aufgenommen, und man machte dem, der dies beobachtet haben wollte, den Vorwurf der Herzensroheit und Unschicklichkeit. Nur Nastenka schwieg still und lächelte kaum merkbar, worauf sie der Onkel mit einer gewissen Unruhe anblickte. Überhaupt muß gesagt werden, daß Foma zwar nach wie vor seinen Kopf aufsetzte und das ganze Haus nach seinen Launen tanzen ließ, doch solche despotischen, unverschämten Moralpredigten, wie er sie früher meinem Onkel gehalten hatte, nahm er sich jetzt nicht mehr heraus. Er beklagte sich wohl, weinte, tadelte, machte Vorwürfe und beschämte ihn auch einmal, aber er putzte ihn doch nicht mehr so herunter wie früher. Solche Szenen wie anläßlich des Titels Exzellenz gab es jetzt nicht mehr, und das war, glaube ich, Nastenkas Werk. Fast unmerklich zwang sie Foma, ab und zu nachzugeben und sich in mancherlei zu fügen. Sie wollte nicht die Demütigungen ihres Mannes mit ansehen und setzte auch ihren Willen durch. Foma sah bald deutlich ein, daß sie ihn fast durchschaute. Ich sage »fast«, weil Nastenka Foma ebenfalls auf Händen trug und jedesmal ihrem Mann eifrig beipflichtete, wenn er ein begeistertes Loblied auf seinen Weisen anstimmte. Sie wollte alle zwingen, ihren Mann zu achten, und rechtfertigte deshalb seine Anhänglichkeit an Foma Fomitsch immer vor anderen. Ich bin fest überzeugt, daß Nastenkas goldenes Herz alle früheren Beleidigungen vergessen hatte; sie hatte Foma in dem Augenblick, als er sie mit dem Onkel vereinigte, alles verziehen und war außerdem, glaube ich, auch ernsthaft und mit ganzer Seele auf den Gedanken meines Onkels eingegangen, daß man von diesem »Dulder« und ehemaligen Possenreißer nicht zuviel verlangen dürfe, sondern im Gegenteil sein Herz zu heilen suchen müsse. Die arme Nastenka war ja selber eine von den Erniedrigten, hatte ja selber so viel gelitten und vergaß dies nicht. Vier Wochen später wurde Foma auf einmal ganz still, ja sogar freundlich und sanftmütig, dafür bekam er nun aber auf einmal ganz andere, unerwartete Anfälle: er verfiel zuweilen in eine Art magnetischen Schlafes und jagte dadurch allen einen außerordentlichen Schrecken ein. Wenn zum Beispiel dieser Dulder bisweilen irgend etwas sagte oder auch lachte, erstarrte er plötzlich zu Stein, und zwar gerade in der Stellung, in der er sich im letzten Augenblick vor dem Anfall befunden hatte. Hatte er zum Beispiel gelacht, so erstarrte er mit einem Lächeln auf den Lippen, hatte er irgend etwas, meinetwegen eine Gabel, in der Hand gehalten, so verharrte er in dieser Stellung mit ausgestrecktem Arm, die Gabel in der Luft. Natürlich ließ er nach einiger Zeit den Arm wieder sinken, aber er fühlte nicht, wußte nicht, daß er herabsank. Dann saß er da, starrte vor sich hin, zuckte mit den Augen, sagte aber kein Wort, hörte nichts und verstand nichts. Und das dauerte manchmal eine ganze Stunde lang. Natürlich kamen dann immer alle im Haus um vor Angst, hielten den Atem an, schlichen auf den Zehenspitzen umher und weinten. Endlich kam dann Foma wieder zu sich, fühlte eine schreckliche Mattigkeit in allen Gliedern und versicherte, daß er die ganze Zeit über nichts, rein gar nichts gehört und gesehen habe. Es war für diesen Menschen geradezu ein Lebensbedürfnis, sich bis zu einem solchen Grad aufzuspielen, allen diese Komödie vorzumachen und sich ganze Stunden lang freiwillige Qualen aufzuerlegen, nur um dann sagen zu können: »Seht mich an, mein Gefühlsleben ist doch viel zarter und empfindlicher als das eure!« Schließlich verfluchte Foma Fomitsch den Onkel wegen »der stündlichen Beleidigungen und Unehrerbietigkeiten« endgültig und siedelte zu Herrn Bachtschejew über. Stepan Alexejewitsch, der sich nach der Hochzeit des Onkels noch oft mit Foma Fomitsch gezankt, ihn zu guter Letzt aber immer wieder selber um Verzeihung gebeten hatte, nahm sich diesmal der Sache mit einem wahren Feuereifer an. Er bereitete Foma einen begeisterten Empfang, fütterte ihn bis zum Platzen, beschloß augenblicklich, ganz formell alle Verbindungen mit dem Onkel abzubrechen, ja sogar eine Klage gegen ihn einzureichen. Sie hatten da irgendwo ein strittiges Stückchen Land, was übrigens niemals zu irgendwelchen Streitereien zwischen ihnen Veranlassung gegeben hatte, da es mein Onkel ohne allen Zank und Streit restlos an Stepan Alexejewitsch abgetreten hatte. Ohne ein Wort darüber zu verlieren, ließ Bachtschejew seinen Wagen anspannen, fuhr schleunigst in die Stadt, schmierte da eine Klage zusammen und reichte sie ein, worin er das Gericht bat, ihm in formeller Weise das Stück Land zuzusprechen, unter Vergütung der Gerichtskosten und sonstigen Spesen, um dadurch das eigenmächtige Vorgehen und die Räuberei des Beklagten zu bestrafen. Unterdessen war es Foma schon am nächsten Tag bei Herrn Bachtschejew langweilig geworden, er hatte dem Onkel, der ihm nachgefahren war, um sich zu entschuldigen, alles verziehen und war wieder nach Stepantschikowo zurückgekehrt. Als nun Herr Bachtschejew aus der Stadt heimkehrte und Foma nicht mehr vorfand, kannte seine Wut keine Grenzen. Doch schon nach drei Tagen erschien er wieder in Stepantschikowo, um seine Schuld einzugestehen, bat den Onkel mit Tränen in den Augen um Verzeihung und zog seine Klage zurück. Noch am selben Tag versöhnte ihn der Onkel auch mit Foma Fomitsch. Stepan Alexejewitsch lief wieder wie ein Hündchen hinter Foma her und sagte wieder ganz wie früher zu jedem seiner Worte: »Wie klug du bist, Foma! Du bist ein Gelehrter, Foma!«

Foma Fomitsch ruht jetzt im Grab neben der Generalin. Über ihm erhebt sich ein kostbares Denkmal aus weißem Marmor, das nur durch die zahllosen Trauerinschriften und Lobpreisungen einen bunten Anstrich erhält. Bisweilen treten Jegor Iljitsch und Nastenka, wenn sie einen Spaziergang machen, andächtig in den Friedhof, um Foma Fomitschs zu gedenken. Auch jetzt noch können sie nicht ohne eine gewisse Rührung von ihm sprechen, sie erinnern sich an jedes seiner Worte, seiner Lieblingsgerichte, seiner sonstigen Passionen. Seine Sachen bewahren sie wie Reliquien auf. Als sich der Onkel und Nastenka nun gänzlich verwaist fühlten, schlossen sie sich noch enger aneinander an. Kinder schenkte ihnen Gott nicht, sie sind sehr bekümmert darüber, wagen aber nicht zu murren. Saschenka hat schon vor längerer Zeit einen prächtigen jungen Mann geheiratet. Iljuscha studiert jetzt in Moskau. So sind denn der Onkel und Nastenka ganz allein zurückgeblieben und sehen sich gegenseitig alles an den Augen ab. Ihre Besorgtheit füreinander grenzt beinahe ans Krankhafte. Nastja betet viel. Ich glaube, wenn einer von ihnen sterben sollte, so würde ihn der andere nicht um eine Woche überleben können. Doch schenke ihnen Gott ein langes Leben! Voller Herzlichkeit empfangen sie alle, die zu ihnen kommen, und sind bereit, mit jedem Unglücklichen alles zu teilen, was sie nur besitzen. Nastenka liest gern in dem Leben der Heiligen und sagt dann immer ganz bekümmert, daß die gewöhnlichen guten Werke doch viel zu gering seien und daß man vielmehr alles, alles mit den Armen teilen und in aller Armut glücklich sein müsse. Und wenn der Onkel nicht für Iljuscha und Saschenka zu sorgen gehabt hätte, würde er das ganz sicherlich auch ausgeführt haben, denn er ist in allem völlig mit seiner Frau einverstanden. Mit ihnen zusammen lebt noch Praskowja Iljinitschna, tut ihnen mit Freuden jeden Willen und führt auch die ganze Wirtschaft. Herr Bachtschejew hatte ihr bald nach der Hochzeit des Onkels einen Antrag gemacht, den sie aber rundweg abgeschlagen hatte. Man hatte daraus geschlossen, daß sie die Absicht habe, in ein Kloster zu gehen, aber auch das tat sie nicht. Ihrer ganzen Natur lag eine bemerkenswerte Eigenschaft zugrunde: für alle, die sie liebte, vollständig aufzugehen, sich täglich, stündlich für sie zu opfern, ihnen alles an den Augen abzusehen, sich allen nur möglichen Launen unterzuordnen, sie zu hegen und zu pflegen und ihnen zu dienen. Jetzt, nach dem Tod ihrer Mutter, der Generalin, hielt sie es für ihre Pflicht, sich nicht von dem Bruder zu trennen und Nastenka alles zuliebe zu tun. Der alte Jeschewikin lebt immer noch und besucht in letzter Zeit seine Tochter immer häufiger. Anfangs brachte er den Onkel dadurch zur Verzweiflung, daß er sich und seine kleinen Krabben (so nannte er seine Kinder) ganz von Stepantschikowo fernhielt. Alle Aufforderungen des Onkels blieben ohne Erfolg: er war nicht nur sehr stolz, sondern auch überaus empfindlich und argwöhnisch. Sein mißtrauisches Ehrgefühl grenzte manchmal ans Krankhafte. Der Gedanke, daß man ihn, den armen Schlucker, nur aus Mitleid in diesem reichen Haus empfange und ihn im stillen als aufdringlich und lästig empfinden könne – dieser Gedanke brachte ihn fast um, und so wies er auch Nastenkas Hilfe manchmal zurück und nahm nur das Allernotwendigste an. Von meinem Onkel aber wollte er unter keinen Umständen etwas nehmen. Nastenka hatte sich in einem großen Irrtum befunden, als sie mir seinerzeit im Garten von ihrem Vater gesagt hatte, daß er sich ihretwegen zum Narren mache. Allerdings war es damals sein größter Wunsch gewesen, Nastenka mit dem Onkel zu verheiraten, aber den Narren spielt er doch aus einem inneren Bedürfnis heraus, um all der Wut, die sich in ihm angesammelt hatte, Luft zu machen. Das Bedürfnis, zu spotten und zu sticheln, war ihm in Fleisch und Blut übergegangen. Er machte aus sich eine Karikatur des gemeinsten Kriechers und Schmeichlers, zeigte dabei aber ganz deutlich, daß er das alles nur zum Schein tat; und je unterwürfiger seine Schmeicheleien waren, um so verletzender und offenkundiger schaute der Spott aus ihnen hervor. Das war nun einmal seine Art. Alle seine Kinder wurden schließlich in den besten Petersburger und Moskauer Erziehungsinstituten untergebracht, aber auch erst dann, als Nastenka ihm klipp und klar nachgewiesen hatte, daß sie das alles nur auf eigene Rechnung tat, das heißt, nur von den ihr allein gehörenden dreißigtausend Rubeln, die ihr Tatjana Iwanowna geschenkt hatte. Diese dreißigtausend Rubel hatte man zwar in Wirklichkeit nie von Tatjana Iwanowna angenommen, damit sie aber nicht traurig sein und sich beleidigt fühlen sollte, hatte man sie mit dem Versprechen beruhigt, daß man gleich ihre Hilfe anrufen werde, wenn die Familie einmal unerwarteterweise in Not geraten sollte. Und das hatte man denn auch getan: zum Schein hatte man von ihr zu verschiedenen Zeiten mehrere beträchtliche Summen entliehen. Da aber Tatjana Iwanowna schon vor drei Jahren starb, erhielt Nastja ihre dreißigtausend Rubel nun doch noch. Die arme Tatjana Iwanowna starb ganz plötzlich und unerwartet. Die ganze Familie wollte zu einem benachbarten Gutsbesitzer auf einen Ball fahren, und Tatjana Iwanowna hatte soeben ihr Ballkleid angezogen und sich einen entzückenden Kranz weißer Rosen auf den Kopf gesetzt, als sie sich plötzlich unwohl fühlte, sich auf einen Sessel sinken ließ und – starb. Mit diesem Rosenkranz wurde sie dann auch beerdigt. Nastja war in Verzweiflung. Man hatte Tatjana Iwanowna im ganzen Haus verwöhnt und verhätschelt wie ein kleines Kind. Durch ihr vernünftiges Testament setzte sie alle in Erstaunen: außer den dreißigtausend Rubeln, die sie Nastenka vermacht hatte, hatte sie alles übrige, an dreihunderttausend Rubel, dazu bestimmt, armen Waisenmädchen eine gute Erziehung und bei ihrem Austritt aus der Erziehungsanstalt eine kleine Aussteuersumme zu gewähren. In demselben Jahr, da Tatjana Iwanowna gestorben war, verheiratete sich auch Fräulein Perepelizyna, die nach dem Tod der Generalin, in der Hoffnung, sich bei Tatjana Iwanowna einschmeicheln zu können, im Haus meines Onkels geblieben war. Inzwischen war der frühere Beamte – jetzt Gutsbesitzer und Eigentümer von Mischino – Witwer geworden, der Besitzer ebenjenes kleinen Gutes und Dorfes, wo sich die Szene zwischen uns, Obnoskin und seiner Mutter wegen Tatjana Iwanowna abgespielt hatte. Dieser frühere Beamte war ein schrecklicher Intrigant und hatte von seiner ersten Frau sechs Kinder. Da er bei der Perepelizyna Geld vermutete, machte er sich gleich mit einem Antrag an sie heran, sie aber griff mit beiden Händen zu. Aber die Perepelizyna war arm wie eine Kirchenmaus: sie hatte nur dreihundert Rubel, und auch die hatte ihr Nastenka erst zur Hochzeit geschenkt. Jetzt zanken sich Mann und Frau vom frühen Morgen bis zum späten Abend. Sie zieht seine Kinder an den Haaren und traktiert sie mit Schlägen, und auch ihm zerkratzt sie das Gesicht (so heißt es wenigstens in der Umgegend) und wirft ihm alle Augenblicke vor, daß sie die Tochter eines Oberstleutnants sei. Auch Misintschikow hat sich ein neues Leben gezimmert. Vernünftigerweise gab er alle Hoffnungen auf Tatjana Iwanowna auf und fing allmählich an, die Landwirtschaft zu erlernen. Der Onkel empfahl ihn einem reichen Grafen, der Gutsbesitzer war, ungefähr achtzig Werst von Stepantschikowo dreitausend Seelen besaß und nur selten auf seine Güter kam. Auf diese Empfehlung hin hatte der Graf Misintschikow, als er bei ihm hinreichende Fähigkeiten festgestellt hatte, die Stelle eines Verwalters auf seinen Gütern angeboten, da er soeben seinen früheren Verwalter, einen Deutschen, weggejagt hatte, der trotz der vielgepriesenen deutschen Ehrlichkeit seinen Grafen wie ein Luchs bestohlen hatte. Nach fünf Jahren waren die Güter kaum mehr wiederzuerkennen: die Bauern waren reich geworden; eine genaue Buchführung gab über alles Aufschluß, was früher niemals möglich gewesen war. Die Einnahmen hatten sich fast verdoppelt – mit einem Wort, der neue Verwalter war ausgezeichnet, und seine vorzüglichen Eigenschaften wurden im ganzen Gouvernement gepriesen. Wie groß war aber das Erstaunen und der Kummer des Grafen, als Misintschikow nach genau fünf Jahren trotz allen Bitten und Gehaltszulagen seine Stellung mit aller Entschiedenheit aufsagte und in den Ruhestand trat. Anfänglich glaubte der Graf, daß vielleicht ein Gutsbesitzer aus der Nachbarschaft oder auch aus einem anderen Gouvernement ihm den Verwalter abspenstig gemacht hätte ... Aber wie staunten alle, als Iwan Iwanowitsch Misintschikow ungefähr zwei Monate, nachdem er seine Stellung aufgegeben hatte, plötzlich als Besitzer eines sehr schönen Gutes von hundert Seelen auftrat, das gerade vierzig Werst von den gräflichen Besitzungen entfernt lag und das er einem früheren Regimentskameraden, einem Husaren, der arg in Schulden geraten war, abgekauft hatte! Diese hundert Seelen verpfändete er auf der Stelle, und in einem Jahr besaß er noch weitere sechzig Seelen in der Nachbarschaft. Jetzt ist er selber Grundbesitzer, und seine Wirtschaft ist mustergültig. Alle wundern sich, wie er plötzlich zu so viel Geld gekommen ist. Andere wieder schütteln nur den Kopf. Doch Iwan Iwanowitsch ist völlig ruhig und fühlt sich ganz im Recht. Er hat seine Schwester aus Moskau kommen lassen, dieselbe, die ihm seinerzeit ihre letzten drei Rubel für Stiefel geschenkt hatte, als er sich zu Fuß nach Stepantschikowo begab. Sie ist ein sehr nettes Mädchen, nicht mehr ganz jung, sanftmütig, liebevoll und gebildet, aber außerordentlich verschüchtert. Sie hat nie eine Heimat gehabt und immer nur in Moskau als Gesellschaftsdame bei irgendeiner »Wohltäterin« gelebt. Sie vergöttert ihren Bruder, führt ihm die Wirtschaft, achtet seinen Willen einem Gesetz gleich und fühlt sich restlos glücklich. Der Bruder verwöhnt sie keineswegs und macht mit ihr nicht viel Geschichten, sie aber bemerkt es nicht einmal. In Stepantschikowo schwärmen alle sehr für sie, und man spricht davon, daß Herr Bachtschejew nicht ganz gleichgültig gegen sie wäre. Er hätte ihr auch einen Antrag gemacht, aber er fürchtet sich, einen Korb zu bekommen. Übrigens hoffe ich, von Herrn Bachtschejew ein anderes Mal, in einer anderen Erzählung, noch ausführlicher berichten zu können.

So, das wären, glaube ich, alle ... Nein! Drei habe ich noch vergessen. Der alte Gawrila ist recht alt geworden und hat das Französische wieder ganz und gar verlernt. Aus Falalej ist ein tüchtiger Kutscher geworden, der arme Widopljasow aber sitzt schon lange in einer Irrenanstalt und ist, wenn ich nicht irre, auch schon gestorben ... Ich fahre dieser Tage nach Stepantschikowo, da muß ich mich auf alle Fälle einmal bei meinem Onkel nach ihm erkundigen.

ANHANG

NACHWORT

Mit dem vorliegenden Roman, der parallel zu dem Kurzroman ›Onkelchens Traum‹ entstand, beginnt Dostojewskijs nachsibirische Schaffensperiode. ›Das Gut Stepantschikowo und seine Bewohner‹ erschien im November/Dezember 1859, als der Autor eben nach zehnjähriger Haft und Verbannung nach St. Petersburg zurückgekehrt war. Dostojewskij hatte seit seiner Entlassung aus dem Straflager in Omsk (1854) an dem Roman gearbeitet und setzte große Hoffnungen auf sein neues Werk. Unmittelbar vor dem Erscheinen schrieb er an seinen Bruder Michael: »Daß dies mein bestes Werk ist, davon bin ich überzeugt, ... auf ihm beruhen alle meine Hoffnungen.« (Brief vom 9. Mai 1859) Die Kritik nahm das Werk allerdings nicht zur Kenntnis. Erst die 1861 veröffentlichten ›Aufzeichnungen aus einem toten Haus‹ brachten Dostojewskij den ersehnten Erfolg.

Eine Anhäufung komischer Effekte, die Charakterzeichnung im Stile Gogols – viele der Bewohner Stepantschikowos könnten Gogols berühmter Komödie ›Der Revisor‹, oder seinem Roman ›Tote Seelen‹ entstiegen sein – und eine burleske Handlung, der die Problemgeladenheit der großen Romane Dostojewskijs noch fehlt, haben dazu beigetragen, daß die Literaturgeschichte in diesem Roman Dostojewskijs nur eine anspruchslose Humoreske sieht. Allein K. Nötzel hat ihn in seiner Studie ›Das Leben Dostojewskijs‹ (1925) »eines der originellsten Meisterwerke« des Dichters genannt. Diese hohe Bewertung wird von Thomas Mann geteilt, für den das ›Gut Stepantschikowo‹ »eine komische Kreation ersten Ranges« ist. In der Tat bietet dieser Roman dem Leser einen Einblick in einen Schaffensbereich Dostojewskijs, der in den bekannteren Werken des Dichters eine untergeordnete Rolle spielt und deshalb leicht übersehen wird, hier aber die Handlung von Anfang bis zum Ende beherrscht, nämlich Komik und Humor. Thomas Mann spricht von einer »Lustigkeit des Geistes« bei Dostojewskij und meint, »... unter anderem war dieser Gekreuzigte ein ganz großer Humorist.« (›Dostojewskij – mit Maßen‹, 1946). Der russische Literaturkritiker M. Bachtin wiederum führt in seiner Studie über ›Literatur und Karneval. Zur Romantheorie und Lachkultur‹ (dt. Ü. 1969) das ›Gut Stepantschikowo‹ als bestes

Beispiel für das »karnevalistische Weltempfinden« des Autors an.

Wie die meisten Werke Dostojewskijs ist auch dieser Roman einerseits der literarischen Tradition verpflichtet und hat andererseits seine Wurzeln im autobiographischen Bereich. Zunächst zu den literarischen Modellen: Der Typ des Schmarotzers, der sich im Hause eines wohlhabenden Aristokraten Liebkind macht, war bereits 1849 von Turgenjew in der Komödie ›Fremdes Brot‹ behandelt worden. Dostojewskij könnte sie bereits zur Zeit ihrer Entstehung kennengelernt haben, spätestens wohl aber bei ihrem Erscheinen im Jahr 1857. Die Parallelen zwischen den beiden Werken werden aber von den Ähnlichkeiten zwischen Dostojewskijs Roman und Molières Komödie ›Le Tartuffe ou L'Imposteur‹ übertroffen. Dostojewskijs Foma ist ein russischer Tartuffe, sein Gönner, der Oberst Rostanew, entspricht dem Molièreschen Orgon, dem Herrn des Hauses; Rostanews Mutter, die Generalswitwe, ist Madame Pernelle nachgebildet; die Erzieherin Nastja, die letzten Endes Rostanews Frau wird, hat in Orgons Frau Elmire ihr Vorbild, und Rostanews Neffe ist Damis, dem Sohn Orgons, nachempfunden. Herr Bachtschejew, der Erzfeind Fomas, entspricht Orgons Schwager Cléante, dem wichtigsten Gegenspieler des Tartuffe.

Doch nicht nur die Figurenkonfigurationen der beiden Werke zeigen frappante Ähnlichkeiten, auch im Aufbau scheint sich Dostojewskij an Molière orientiert zu haben. Bekanntlich erscheint Tartuffe erst in der zweiten Szene des zweiten Aktes auf der Bühne. Bis dahin existiert er nur in den Repliken der übrigen Figuren, die so sein Portrait vor dem Zuschauer entstehen lassen. Dostojewskij geht ähnlich vor. In der *Einleitung* des Romans wird die »unbegreifliche, unmenschlich despotische Macht Foma Fomitschs« (S. 11) vom Erzähler, dem Neffen des Oberst, umrissen und die Vorgeschichte kurz dargestellt. Die ersten fünf Kapitel führen den Leser schrittweise an die Hauptfigur Foma heran. Am Beginn steht die heftig ablehnende und eindeutig negative Bewertung durch Herrn Bachtschejew, im 2. Kapitel folgt der Bericht des rechtschaffenen alten Dieners Gawrila und die Klage der Bauern Rostanews. Gleichzeitig werden die wesentlichen Motive der Handlung dargelegt, so vor allem die Intrige der Generalswitwe und Fomas, die beide aus eigennützigen Absichten den Oberst mit der reichen, aber geistig verwirrten, mannstollen Tatjana Iwanowna verheiraten wollen und zu diesem Zweck die in den Oberst verliebte Nastja, die Erzieherin der Kinder des Oberst, aus dem Spiel bringen müssen. Im 4. und 5. Kapitel treten alle wichtigen Figuren des Romans auf – mit Ausnahme des Foma Fomitsch, der aber in den Reden und Gedanken aller anwesend ist. Am Ende des 5. Kapitels endlich geht die Tür auf, »und Foma Fomitsch erschien in höchsteigener Person vor dem bestürzten Publikum.« (S. 93) In diesem Moment höchster Spannung unterbricht Dostojewskij den Gang der Handlung und schiebt das Kapitel *Vom weißen Ochsen und der Komarinskaja* ein, in dem die Vorgeschichte zu Gawrilas und Falalejs Zusammenstößen mit Foma berichtet wird. Erst im 7. Kapitel läßt Dostojewskij seinen Helden unmittelbar vor den Leser treten.

Die Nähe zum Drama, wohl bedingt durch die Vorlagen Dostojewskijs, zeigt sich auch darin, daß die dramatischen Einheiten des Ortes und der Zeit eingehalten sind. Die Handlung spielt fast ausschließlich am Gutshof von Stepantschikowo und umfaßt – sieht man von Einleitung und Schluß ab – nur zwei Tage, die den beiden Teilen des Romans entsprechen. Es ist daher nicht erstaunlich, daß die große Nähe des Romans zur Komödie zu Dramatisierungen angeregt hat. K. S. Stanislawskij, Gründer des Moskauer Künstlertheaters und bedeutendster Dramaturg Rußlands um die Jahrhundertwende, stellte 1888 eine Bühnenfassung her, die drei Jahre später aufgeführt wurde. Stanislawskij selbst spielte den Rostanew. Seither ist ›Das Gut Stepantschikowo‹ fest im Theaterrepertoire verankert.

›Das Gut Stepantschikowo‹ ist der erste vollendete Roman Dostojewskijs. In ihm hat er erstmals ein Verfahren entwickelt, das für seine späteren großen Romane charakteristisch wurde und zu ihrer dramatischen Struktur beiträgt. Die Hauptpersonen der Handlung finden sich, sei es auf Einladung oder durch Zufall, in einem geschlossenen Raum zusammen, wodurch sich der Autor die Möglichkeit schafft, verschiedene Handlungsfäden zu verknoten, unerwartete Verwicklungen zu schaffen oder zu lösen und mittels Skandalszenen Figuren und Meinungen scharf zu kontrastieren. Der russische Dostojewskij-Forscher Leonid Grossmann hat für diese oft mehrere Kapitel umfassenden Massenszenen die Bezeichnung »Konklave« geprägt. Im ›Gut Stepantschikowo‹ hat Dostojewskij in jeden Teil je eine Konklaveszene eingebaut. Beide Szenen zusammen stellen allein die Hälfte des Romans! Die fünf Kapitel umfassende Konklaveszene des ersten Teils weist eine besonders dramatische Strukturierung auf. Drei aufeinanderfolgende Skandale führen zur Entlarvung und Demütigung Fomas. Zuerst protestiert Rostanews Tochter Sascha gegen seine Verherrlichung. Darauf reagiert die Generalin mit dem Hinauswurf des Erzählers. Als Foma schließlich selbst zur Tür hereinkommt und den Diener Gawrila examinieren möchte, protestiert dieser gegen seine Erniedrigung und nennt Foma einen »bösen Menschen« und »eine richtige Furie«. (S. 118) Dieser zweite Skandal findet unmittelbar darauf noch eine Steigerung, als der Erzähler Gawrila verteidigt und seinerseits Foma Trunkenheit vorwirft. Mit der Demütigung und dem Abtreten Fomas endet die Konklaveszene des ersten Teils. Sie findet im zweiten Teil eine Fortsetzung, als es Foma geglückt ist, seine Autorität wieder zu festigen. Nach der Heimholung der von Obnoskin entführten Tatjana Iwanowna beginnt die Namenstagsfeier für Iljuscha, die nach zwei einander folgenden Skandalszenen zu einem dramatischen Höhepunkt führt. Zuerst überrascht Foma die versammelte Gesellschaft mit seiner Ankündigung, daß er nun *»auf ewig«* (S. 215) Abschied nehme. Seine als Abschiedsrede konzipierten moralisierenden Ratschläge und Anweisungen gipfeln in der Beschuldigung Nastjas, sich gegenüber Rostanew unmoralisch verhalten zu haben. Dies nimmt Rostanew zum Anlaß, seinen Quälgeist die Stiege hinab- und aus dem Haus hinauszubefördern. Unmittelbar danach bittet Rostanew seine Mutter, einer Ehe mit Nastja zuzustimmen, was die Generalin aber heftig ablehnt. Selbst Nastja verweigert Rostanew ihr Jawort. Aus dieser ausweglosen Situation gelingt es dem zurückgekehrten Foma eine Lösung zu finden, die zugleich für ihn von größtem Vorteil ist. Er, der eben noch alles darangesetzt hatte, Rostanew im Sinne der Generalin von Nastja ab- und der Tatjana Iwanowna zuzuwenden, ist es nun, der Rostanew und Nastja einander zuführt, den Widerstand der Generalin überwindet und so als *deus ex machina* nicht nur Frieden und Harmonie herstellt, sondern auch seine eigene Position im Haus für alle Zeiten festigt.

Dostojewskij ist vorgeworfen worden, sich bei der Charakterisierung seiner Figuren allzusehr an Gogol angelehnt zu haben. Tatsächlich scheint er sich am Menschenbild Gogols orientiert zu haben. Fallen bei Gogol die Menschen jeweils einer irdischen, materiellen Leidenschaft zum Opfer und werden so zu Zerrbildern ihrer selbst, so gilt dies auch für die Mehrheit der Bewohner Stepantschikowos. Sie werden von Habgier, Neid und Ehrgeiz bestimmt. Selbst an sich positive Eigenschaften wie Güte und ästhetischer Sinn werden in den Worten und Handlungen des biederen Rostanew ins Lächerliche gezogen. Dostojewskij verdeutlicht sein Anliegen noch dadurch, daß er seinen Helden Karikaturen ihrer selbst an die Seite stellt. Oberst Rostanew, eine Weiterführung des von Dostojewskij bereits in den frühen Erzählungen geschilderten *guten* und *schwachen Herzens,* findet sein Zerrbild im Lakaien Widopljassow. Rostanews Naivität und Biedersinn, seine Hochachtung vor Bildung, Kunst und Literatur werden in der Person des Lakaien bis zur Absurdität karikiert. Foma Fomitsch ist das Zerrbild eines erfolglosen Autors und Moralpredigers. Seine ursprüngliche Rolle als Possenreißer hat er an Jeschewikin weitergegeben, der so den Leser an die einstige Funktion des jetzigen Despoten erinnert. Korowkin, der nur einen episodenhaften Auftritt hat, aber von Rostanew mehrfach erwähnt wird, karikiert Fomas Rolle als Moralprediger. Die eigensüchtige und berechnende Einstellung der Generalswitwe wird am Beispiel ihrer Freundinnen Perepelizyna und Obnoskina verdeutlicht. Die Selbstsucht des abgebrannten Husaren Misintschikow findet im jungen Obnoskin noch eine Steigerung, insofern dieser den Plan des Misintschikow übernimmt und mit Hilfe seiner Mutter die reiche Tatjana Iwanowna entführt. Deren üppige, sentimental-romantische Phantasie dient als Kontrast zur zarten Liebesbeziehung zwischen Rostanew und Nastja. Dostojewskijs Humor und Komik weiten sich so zu einer satirischen Darstellung menschlicher Beziehungen aus, in der es kaum einen Raum für positive Werte gibt, wie sie ohne viel Erfolg vom Erzähler und Neffen des Onkels, von der Tochter Sascha und der zukünftigen Frau Nastja – alle im Vergleich zu ihren Gegenspielern eher blass geraten – verteidigt werden.

Einige der Figuren aus dem ›Gut Stepantschikowo‹ erinnern an Gestalten der großen Romane Dostojewskijs. Rostanew ist Dostojewskijs erster Versuch einer Darstellung der

»schönen Seele« und steht damit in einer Reihe mit Fürst Myschkin (›Der Idiot‹) und dem Mönch Sossima (›Die Brüder Karamasow‹). Rostanew nimmt die Naivität Myschkins vorweg und ebenso dessen unerschütterlichen, sich von Rousseau herleitenden Glauben an das Gute im Menschen. Aber auch die große Schwäche Myschkins, seine Substitution ethischer Werte durch ästhetische, ist bereits im Charakter Rostanews angedeutet. Schönheit und Harmonie – wenngleich am Gutshof von Stepantschikowo kaum gegeben – sind Idealvorstellungen und Leitbilder Rostanews, der in ihrem Namen bereit ist, sich den Launen Fomas und der Generalin unterzuordnen. Das Bewußtsein seiner Schuldhaftigkeit – bei Rostanew allerdings weniger eine spontane Erkenntnis als ein von Foma genährter Komplex – nimmt Sossimas Glaubenssatz vorweg, daß jeder Mensch vor dem anderen schuldig sei. Damit ist Oberst Rostanew eine deutlich erkennbare Vorstufe zu den beiden großen positiven Gestalten Dostojewskijs, denen der Schriftsteller viel von seiner eigenen Philosophie mitgegeben hat. Jeschewikin erinnert an die Figur des weisen Narren Lebedev (›Der Idiot‹), der – Beamter wie Jeschewikin – die Gesellschaft mit seinen Späßen unterhält und zugleich manipuliert, der aber auch im Sinne Dostojewskijs die Bibel interpretiert. Widopljassow ist ein erster Entwurf des Lakaien Smerdjakow (›Die Brüder Karamasow‹), einige Züge der Tatjana Iwanowna sind auf Marja Lebjadkina (›Die Dämonen‹) übergegangen.

Doch nun zu den autobiographischen Aspekten des vorliegenden Werks. Berücksichtigt man die Tatsache, daß Dostojewskij für das »Verbrechen« sühnte, Belinskijs von der Zensur verbotenen offenen Brief an Gogol – eine vernichtende Kritik an Gogols überaus konservativem und moralisierendem Buch ›Ausgewählte Stellen aus einem Briefwechsel mit Freunden‹ (dt. Ü. ›Vermächtnis in Briefen‹) – dreimal öffentlich vorgelesen zu haben, sowie den Umstand, daß sich Dostojewskij nach eigenen Angaben im Todesjahr Gogols (1852) erstmals mit dem Sujet des Romans beschäftigte, bekommt die oft vertretene Ansicht, Foma Fomitsch sei eine Parodie auf den späten Gogol, immer größere Wahrscheinlichkeit. Als 1856–1857 die gesammelten Werke Gogols unter Einschluß seines Briefwechsels erschienen, wurden Gogols Werk und Bedeutung intensiv diskutiert. Dostojewskijs

Roman ›Das Gut Stepantschikowo‹ kann nicht zuletzt auch als parodistische Reaktion darauf verstanden werden.

Bekanntlich zeichnete sich Gogols Physiognomie durch eine übergroße, geschwungene Nase aus, deren sich der Dichter sehr bewußt war. Vladimir Nabokov spricht in seiner Gogolstudie sogar von einem »nasalen Leitmotiv« in Gogols Werk. Gogol selbst schrieb in einem Brief, daß seine Nase so spitz und lang sei, daß sie »persönlich ohne Mithilfe der Finger auch in die kleinste Schnupftabaksdose eindringen könne ...« So ist es auch nicht verwunderlich, daß er eine seiner fantastischsten Erzählungen einer Nase widmete, die sich in St. Petersburg verselbständigt und erst nach zweideutigen Abenteuern zu ihrem Träger zurückkehrt (›Die Nase‹). Im ›Gut Stepantschikowo‹ wird an fünf Stellen von Nasen gesprochen. Am Beginn des Romans steht der Verlust einer Nase – die Rede ist von Bachtschejews Geschenk für Iljuscha, eine Spielzeugfigur, deren Nase abgebrochen ist –, am Ende, als Foma seine Autorität endgültig gefestigt hat, erfährt der Leser, daß dieselbe Nase wieder fest an ihrem Platz klebt. Die Erzählung von Fomas Austreibung und Wiederkehr wird so in einen absichtsvollen Rahmen von Verlust und Wiedergewinn der Nase gesetzt, mit deren Träger – einer Spielzeugfigur, die einen Deutschen darstellt, der seiner Braut die Hand küßt, worauf diese sich mit dem Schnupftuch die Träne abwischt – unverkennbar auf die sentimental-romantische Liebesgeschichte zwischen Rostanew und Nastja angespielt wird. Die deutsche Nationalität der Spielzeugfigur findet eine Erklärung wohl darin, daß seit Lenskij in Puschkins ›Eugen Onegin‹ und Gogols ›Hans Küchelgarten‹ Deutschland als Heimat einer sentimentalen, idealistischen und weltfremden Romantik galt. Als Rostanew von einem Literaten in St. Petersburg erzählt, erwähnt er unter anderem: »Er hatte noch so eine ganz absonderliche Nase ... wirklich! ... Was sagst du, Foma?«. (S. 213)

Weitere Ähnlichkeiten zwischen Foma Fomitsch und dem späten Gogol fallen auf. Wenn sich Foma wie ein Tyrann benimmt und jedermann in seinem Geiste umerziehen möchte, so entspricht dies ganz dem Autor der ›Ausgewählten Stellen‹: »... meine Fragen müssen zu ihren Fragen und mein Verlangen zu ihrem Verlangen werden, jedes Wort und jeder Buchstabe muß sie unablässig verfolgen und so lange quälen, bis sie meine Bitten gerade in der Weise erfüllen, wie ich es will.« Diese Worte könnten ebensogut von Foma gesprochen werden. Mit Vorliebe schiebt Opiskin die Schuld an einem Mißverständnis jeweils dem anderen geschickt zu. Auch dieses Motiv finden wir bei Gogol: »Lesen sie meinen Brief fünf bis sechs mal«, schreibt Gogol, »denn alles in ihm ist sprunghaft, und es mangelt ihm an einem streng logischen Aufbau, woran sie übrigens selber schuld sind.« Die Lebensgewohnheiten Opiskins entsprechen denen Gogols. So berichtet ein Zeitgenosse von Gogols Besuchen in Moskau: »Bei irgendeinem von ihnen (gemeint sind Gogols Freunde) fand er bei seinen Moskauer Besuchen regelmäßig alles vor, was für ein ruhiges Leben voller Komfort von Nöten ist: Einen gedeckten Tisch mit den Speisen, die er besonders liebte, einen stillen, abgeschiedenen Raum und Dienstboten, die seine geringsten Launen prompt erfüllten ... sogar die besten Bekannten des Gastgebers hatten zu wissen, wie sie sich zu verhalten haben, wenn sie ihm begegnen und das Wort ergreifen.« Jurij Tynjanow hat in seinem Essay ›Dostojewskij und Gogol (Zur Theorie der Parodie)‹ die Ähnlichkeit Opiskins mit Gogol analysiert und belegt.

Die Belehrungen Fomas, die an Gogols Briefe erinnern, finden sich vor allem im 2. und 9. Kapitel des ersten Teils sowie im 4. Kapitel des zweiten Teils. Zur Illustration seien einige Beispiele hier angeführt. In Gogols Werk lesen wir: »Ich ordne an, mir kein Denkmal auf meinem Grab zu errichten und gar nicht erst an eine solche Lappalie zu denken ... Jene unter meinen Freunden, die mich wirklich schätzen, werden mir ein anderes Denkmal setzen ...« Dostojewskij läßt Foma ausrufen: »O, lasset mir kein Denkmal errichten! Setzt mir kein Denkmal! Ich brauche kein Denkmal! In eurem Herzen errichtet mir ein Denkmal ...« (S. 229) Bei Gogol heißt es: »Er (= Gott) hat befohlen, einander ständig zu belehren. Zaudere also nicht, belehre und erteile Ratschläge!« Foma sagt: »Ich beobachte nur, richte euch alles ein, gebe euch meine Anweisungen und Belehrungen ...« (S. 16) Gogol spricht zu seinen Lesern: »Ich habe Euch geliebt, habe Euch geliebt mit jener Liebe, von der man nicht spricht, die Gott mir eingegeben hat ...« Foma erklärt: »... aus mir spricht die Liebe zur Menschheit.« (S. 104) Der Name Foma (russisch für Thomas) findet seine Deutung möglicherweise darin, daß sich Gogol zur Zeit seiner Arbeit an den ›Ausgewählten Stellen‹ sehr für Thomas a Kempis und dessen ›Nachahmung Christi‹ interessierte, was dazu führte, daß ihn seine Zeitgenossen ironisch mit Thomas a Kempis bezeichneten. Der Name Opiskin leitet sich vom russischen Wort *opiska* her, das soviel wie »Schreibfehler« bedeutet. Er kann aber auch mit dem Wort *perepiska* (= Korrespondenz) in Verbindung gebracht und als Anspielung auf den »Schreibfehler« des »Briefwechsels« gedeutet werden. Schließlich könnte damit auch auf den konservativen Dramenautor Kukol'nik angespielt sein, dessen Pseudonym »perepischtschik« (= Kopist) lautete. (vgl. S. 109)

Wenn Dostojewskijs Roman auch den heutigen Leser noch anspricht, dann nicht zuletzt aufgrund der meisterhaften Darstellung der beiden Kontrahenten, von denen Dostojewskij im oben zitierten Brief vom Mai 1859 schrieb, daß sie »zwei hochbedeutsame Charaktertypen« wären, die »typisch russisch und trotzdem in der russischen Literatur bisher nur unzulänglich vertreten sind ...« Dem kann man aus heutiger Sicht hinzufügen, daß diese beiden Figuren in ihrem Vorkommen bei weitem nicht auf Rußland beschränkt sind. In einer Welt, in der ganze Gesellschaften im Namen politischer oder wirtschaftlicher Systeme von zweifelhaften Charakteren manipuliert werden, in denen sich das Böse allzu oft als das Gute ausgibt, sind Dostojewskijs biederer, gutmütiger Idealist und der ihn manipulierende Despot von exemplarischer Bedeutung. Trotz seiner aristokratischen Abkunft ist Rostanew die Verkörperung des Durchschnittsbürgers, der auf naive, unreflektierte Weise die idealistische, sentimental-romantische Bildung seiner Zeit aufgenommen hat, den Idealen des Guten, Wahren und Schönen zugetan ist, sich aber nie mit den konkreten Inhalten solcher Bildung kritisch auseinandersetzen konnte. Darauf zielt auch der Hinweis des Erzählers (s. S. 56), Rostanew sei ein zweiter Frol Silin, – nach Karamsins Erzählung ›Frol Silin, ein edelmütiger Mensch‹ (1791), in der die Wirklichkeit durch die sentimental-romantische und moralisierende Einstellung des Autors stark verzerrt wird. Es ist charakteristisch, daß Foma gerade dieses Werk Karamsins lobt als »erhabenes Epos! Das ist ein wahrhaft nationales Werk.« (S. 109) Von seinem Onkel sagt der Erzähler, er sei *äußerst gutmütig, außerordentlich zartfühlend, mitteilsam und heiter*, habe einen *edlen Charakter*, eine *erprobte Männlichkeit*, halte *alle Menschen für Engel*, habe ein *edles und keusches Herz* ... (s. S. 18) Ein idealistischer Glaube an das Gute im Menschen, eine sentimental-romantische Rührseligkeit haben in ihm jede Möglichkeit eines objektiven Erkenntnisgewinns verschüttet und machen jeglichen Widerstand dem Bösen gegenüber unmöglich. Der naive Idealist und Humanist möchte, »daß alle zufrieden und glücklich sind!« (S. 19) Diesem Ziel zuliebe läßt er sich von Foma und der Generalswitwe beliebig manipulieren. Selbst als im manipulativen Zugriff Fomas die wahre Ordnung auf den Kopf gestellt wird und sich das Böse als das Gute deklariert, bleibt Rostanew uneinsichtig, so daß Foma triumphieren kann: »Jetzt habe ich einen Funken des göttlichen Feuers in Ihre Seele getragen, der nun darin zu glimmen beginnt. Habe ich das göttliche Feuer in Ihnen entzündet oder nicht?« (S. 23) In der äußersten Schärfe der Formulierung tut sich das »karnevalistische Weltempfinden« Dostojewskijs kund, in dem die Werte dieser Welt auf den Kopf gestellt sind.

In der Vorgeschichte seines Romans gibt Dostojewskij aber auch die Genese des rücksichtslos manipulierenden Despoten. Der Erzähler spricht von einem »falsche(n), frühzeitig verirrte(n) Bewußtsein der eigenen Menschenwürde, die durch fremdes Joch, Armut, Schmutz und Geringschätzung schon früh vergewaltigt wurde.« (S. 15) Aus diesem sozialen Milieu, das den Slums und Armenvierteln der modernen Welt entspricht, gerät Foma in den Dienst des alten Generals, der als »Freigeist und Atheist alten Schlages« (S. 8) gekennzeichnet wird. In dieser Umgebung, in der ethische Normen kaum noch zählen, entwickelt er sich zu einem Parasiten und Speichellecker. Sein Nachfolger Jeschewikin nennt das Prinzip, nach dem Foma dort handelte: »Schmeicheln und immer wieder schmeicheln! . . . Etwas fällt dabei immer ab . . .« (S. 80) Als Possenreißer opfert Foma den Rest seiner Menschenwürde und versteht sich nun als Märtyrer, – diese Sicht seiner Person übernimmt die alte Generalin. Als der General stirbt, entfaltet der »Märtyrer« Foma seine ganze Autorität. Dahinter steht ein von Dostojewskij so formuliertes simples psychologisches Prinzip: »Ein niedriger Mensch wird immer, wenn er sich selber aus dem Joch befreit hat, die Knute über andere schwingen.« (S. 17) In einer Gesellschaft, die nur Herren und Knechte kennt, wird Foma nach dem Tod des Herrn selbst zum Herrn. Der Charakter dieses selbsternannten Despoten wird von Dostojewskijs Figuren dementsprechend eindeutig charakterisiert. Foma erscheint in ihrer Schilderung als »unnützer und widerlicher Mensch, der zu nichts zu gebrauchen, dabei aber grenzenlos eingebildet ist und nicht die geringste Begabung aufzuweisen hat.« (S. 14) Der Erzähler spricht von seiner »heimlichen Sinnlichkeit und Eigenliebe«. (S. 17) Rostanews Tochter nennt ihn einen »ganz ekelhafte(n) Kerl. Er ist dumm, launenhaft, unsauber, gemein und herzlos, ein Tyrann, ein Klatschfritze, ein Lügner.« (S. 90) Der Erzähler zieht das Resümee: »Seine Mitmenschen zu quälen war Foma ein Lebensbedürfnis. Er spielte mit seinem Opfer wie die Katze mit der Maus.« (S. 105) Fomas Ausspruch »Aber aus mir spricht die Liebe zur Menschheit« (S. 104), macht die Umkehrung der Werte nur allzu deutlich. Fomas Meisterschaft in der Manipulation seiner Umwelt zu seinem eigenen Nutzen zeigt sich vor allem dann, als er, bereits mit Brachialgewalt aus dem Haus entfernt, wieder zurückkehrt und sich in einer neuerlichen Umkehrung aller Werte die ganze Gesellschaft erneut untertan zu machen versteht. In diesem Sinne entspricht Foma anderen Bösewichtern in Dostojewskijs Romanen, wie etwa dem alten Fürsten Walkowskij und dessen Freund, einem gewissen Grafen N., für die gilt, was Fürst Walkowskij von sich und seinesgleichen sagt: »Alles in der Welt kann untergehen, wir allein werden nie untergehen. Uns gibt es seit der Zeit, da die Welt besteht. Die ganze Welt kann zugrunde gehen, wir aber schwimmen wieder obenauf.« (›Erniedrigte und Beleidigte‹).

In Oberst Rostanew findet Foma sein ideales Opfer. Wenn wir eine Parallele zwischen dem »Gut Stepantschikowo« und unserer Welt ziehen, so können wir sagen, daß die naiven und gutgläubigen Rostanews dieser Welt stets das willkommene Material für die Selbstverwirklichung der Fomas sind, – stets bereit, im Namen vorgespiegelter Ideale sich selbst zu verleugnen und als williges Opfer die Wünsche der Ideologen im Dienste ihrer Macht auszuführen. Darin liegt eine Thematik, die dem Werk Dostojewskijs Zeitlosigkeit verleiht.

Rudolf Neuhäuser

ZEITTAFEL

1821 Fjodor Michailowitsch Dostojewskij am 11. November als Sohn eines Armenarztes in Moskau geboren.

1837 Am 11. März Tod der Mutter durch Schwindsucht.

1838–43 Besuch der Ingenieurschule der Petersburger Militärakademie. Lektüre und erste dichterische Versuche; besondere Begeisterung für Schiller und Puschkin.

1839 Ermordung des Vaters durch Leibeigene auf seinem Landgut.

1842 Ernennung zum Leutnant.

1843 Anstellung als technischer Zeichner im Kriegsministerium.

1844 Entschluß, als freier Schriftsteller zu leben; Aufgabe der Stellung im Ministerium.

1845 Bekanntschaft mit den Dichtern Nekrassow und Turgenjew und dem Literaturkritiker Wissarion Belinskij.

1846 Dostojewskijs Erstling, der Briefroman *Bednye ljudi* (dt. *Arme Leute*), erscheint mit triumphalem Erfolg in Nekrassows *Petersburger Almanach*. Unter dem Einfluß Belinskijs erster Kontakt zu der revolutionären Geheimgesellschaft um Petraschewskij und Durow.

1847 Novelle *Die Wirtin*. Bruch mit Belinskij.

1848 Mehrere Erzählungen, darunter *Weiße Nächte*, *Das schwache Herz*, *Der ehrliche Dieb*.

1849 Am 5. Mai Verhaftung Dostojewskijs und aller anderen Mitglieder der Petraschewskij-Gruppe. Im September Prozeß mit Todesurteil, dessen Umwandlung zu vier Jahren Zwangsarbeit und vier Jahren Militärdienst in Sibirien erst auf dem Richtplatz verkündet wird. In der Untersuchungshaft Abfassung der Erzählung *Ein kleiner Held*.

1850–54 Strafhaft in der Festung Omsk (Sibiren). Dort Auftreten der ersten schweren epileptischen Anfälle.

1854–56 Militärdienst in Semipalatinsk in Sibirien.

1856 Beförderung vom Unteroffizier zum Fähnrich.

1857 Am 14. Februar Eheschließung mit Marja Dmitrijewna Isajewa.

1859 Rückkehr nach St. Petersburg. Der Roman *Das Gut Stepantschikowo und seine Bewohner* erscheint.

1861 Bekanntschaft mit Gontscharow, Tschernyschewskij, Dobroljubow, Ostrowskij und Saltykow-Schtschedrin. Beginn der leidenschaftlichen Liebe zu Apollinarija (»Polina«) Suslowa. Die *Aufzeichnungen aus einem toten Hause*, Darstellungen der sibirischen Wirklichkeit, und der Roman *Erniedrigte und Beleidigte* erscheinen.

1861–63 Mit seinem Bruder Michail Herausgeber der Zeitschrift *Wremja.* Zusammenarbeit mit Nikolai Strachow und Apollon Grigorjew.

1862 Erste Europareise: Berlin, Dresden, Paris, London, Genf, Florenz, Mailand, Venedig, Wien. In London Zusammentreffen mit dem exilierten russischen Publizisten und Revolutionär Alexander Herzen sowie mit Bakunin.

1863 Zweite Europareise, z. T. in Begleitung Polinas. In Wiesbaden erstmals am Roulett-Tisch. Große Spielverluste in Baden-Baden und Bad Homburg. Im April Verbot der *Wremja.* Veröffentlichung des Berichts über die erste Europareise: *Winterliche Aufzeichnungen über sommerliche Eindrücke.*

1864–65 Mit seinem Bruder Michail, später A. U. Poreckij, Herausgeber der Zeitschrift *Epoche.*

1864 Am 27. April Tod seiner Frau Marja Dmitrijewna. Am 22. Juli Tod des Bruders Michail. Die *Aufzeichnungen aus einem Kellerloch* erscheinen.

1865 Dritte Europareise (Wiesbaden, Kopenhagen). Erneutes Zusammensein mit Polina. Wieder große Spielverluste.

1866 Der Roman *Prestuplenie i nakasanie* (dt. *Schuld und Sühne, Rodion Raskolnikow*) erscheint in der Zeitschrift *Russkij westnik.* Der in 26 Tagen niedergeschriebene Roman *Der Spieler* erscheint im Verlag Stellowskij.

1867 Am 27. Februar Eheschließung mit Anna Grigorjewna Snitkina. Im April Flucht beider vor den Gläubigern ins Ausland.

1867–71 Dauernder Aufenthalt in Westeuropa – Deutschland, Schweiz, Italien. Unüberwindliche Spielsucht; ständige Verluste. In Baden-Baden Zusammenkunft mit Turgenjew; endgültiger Bruch.

1868 Am 5. März in Genf Geburt der Tochter Sonja; am 24. Mai Tod des Kindes. *Der Idiot* erscheint.

1869 Am 26. September in Dresden Geburt der Tochter Ljubow.

1871 Im Juli Rückkehr nach St. Petersburg, wo der Sohn Fjodor geboren wird. Der Roman *Besy* (dt. *Die Dämonen*) beginnt in der Zeitschrift *Russkij westnik* zu erscheinen. Neuer literarischer Ruhm.

1873 Dostojewskij übernimmt für 15 Monate die Schriftleitung der Zeitschrift *Grashdanin.*

1875 Geburt des zweiten Sohnes Aljoscha (gest. 1878). Wegen eines Lungenemphysems Kuraufenthalt in Bad Ems. Der Roman *Der Jüngling* erscheint in *Otetschestwennye Sapiski.*

1876–77 Herausgeber und alleiniger Autor der Monatsschrift *Tagebuch eines Schriftstellers.*

1877/78 Aufnahme in die Kaiserliche Akademie der Wissenschaften als korrespondierendes Mitglied.

1879–80 *Die Brüder Karamasow* erscheinen in der Zeitschrift *Russkij westnik*.

1880 Am 20. Juni Ansprache anläßlich der Enthüllung des Puschkin-Denkmals in Moskau (*Puschkin-Rede*).

1881 Dostojewskij stirbt am 9. Februar an den Folgen eines Blutsturzes in St. Petersburg. Beisetzung im Alexander-Newskij-Kloster.

1882–83 *Polnoe sobranie sotschinenij*, 14 Bde. (St. Petersburg).

1906–19 *Sämtliche Werke*, 22 Bde., übers. v. E. K. Rahsin (München).

(Die Daten der Zeittafel sind nach dem Kalender neuen Stils angegeben.)

LITERATURHINWEISE

BIBLIOGRAPHIEN

Muratova, K. D. (Hrsg.): Istorija russkoj literatury XIX veka. Bibliografičeskij ukazatel'. Moskau/Leningrad 1962.

Seduro, Vladimir: Dostoyevski in Russian Literary Criticism 1846–1956. New York 1957.

Ders.: Dostoevski's Image in Russia Today. Belmont, Massachusetts: Nordland 1975.

F. M Dostoevskij. Bibliografija proizvedenij F. M. Dostoevskogo i literatury o nem: 1917–1965. Hrsg. von A. A. Belkin, A. S. Dolinin, V. V. Kožinov. Moskau 1968.

Kampmann, Theoderich: Dostojewski in Deutschland. Münster 1931.

Setschkareff, V.: Dostojevskij in Deutschland. In: Zeitschrift für slavische Philologie, 22, 1954, S. 12–39.

Gerigk, Horst-Jürgen: Notes Concerning Dostoevskii Research in the German Language after 1945. In: Canadian-American Slavic Studies, VI, 1972, 2, S. 272–285.

Neuhäuser, Rudolf (Hrsg.): Bulletin of the International Dostoevsky Society, I–IX, 1972–1979. Vertrieb durch: M. Rice, University of Tennessee, Dept. of Germanic & Slavic, Knoxville, Tenn. 37916, USA. Ab 1980 neuer Titel: ›Dostoevsky Studies‹.

AUSGABEN

Selo Stepančikovo i ego obitateli. Iz zapisok neizvestnogo. In: Otečestvennye zapiski (= Vaterländische Annalen), Nr. 11 u. 12, 1859.

Dass. in: F. M. Dostoevskij: Polnoe sobranie sočinenij, Bd. II, St. Petersburg 1866.

Dass.: Novoe prosmotrennoe izdanie (= neu durchgesehene Ausgabe), St. Petersburg 1866.

Selo Stepančikovo i ego obitateli. In: F. M. Dostoevskij: Polnoe sobranie sočinenij v tridcati tomach, Bd. 3, Leningrad 1972.

Übersetzungen: Tollhaus oder Herrenhaus? Stepantschikowo und seine Bewohner. Übers. von L. A. Hauff. Berlin 1890. Das Gut Stepantschikowo und seine Bewohner. Humoristischer Roman. Übers. von E. K. Rahsin. München 1909, ^{3}1968. Das Gut Stepantschikowo und seine Bewohner. Übers. von Marianne Kegel. München 1963, ^{2}1970.

ZU LEBEN UND WERK

Dostoevskaja, Anna G.: Vospominanija, hrsg. von L. P. Grossman. Moskau, Leningrad 1925. Deutsch: Die Lebenserinnerungen der

Gattin Dostojewskijs, hrsg. von René Fülöp-Miller und Friedrich Eckstein. München 1925.
Fülöp-Miller, R./F. Eckstein: Dostoevskij am Roulette. München 1925.
Nötzel, Karl: Das Leben Dostojewskis. Leipzig 1925. Reprint Osnabrück 1967.
Dostoevskij, F. M.: Pis'ma [Briefe], 4 Bde. Hrsg. von A. S. Dolinin. Moskau/Leningrad 1928–1959. Deutsch in Auswahl: Dostojevskij: »Als schwanke der Boden unter mir«. Briefe 1837–1881. Übersetzt von Karl Nötzel, hrsg. von Wilhelm Lettenbauer. Wiesbaden 1954; sowie: Gesammelte Briefe 1833–1881. Übersetzt, herausgegeben und kommentiert von Friedrich Hitzer, unter Benutzung der Übertragung von Alexander Eliasberg. München 1966.
Carr, Erward Hallet: Dostoevsky. A new biography. London 1931. Neuaufl. 1949.
Dempf, A.: Die drei Laster. Dostoevskijs Tiefenpsychologie. München 1946.
Lauth, Reinhard: »Ich habe die Wahrheit gesehen«. Die Philosophie Dostojewskis in systematischer Darstellung. München 1950.
Doerne, Martin: Gott und Mensch in Dostojewskijs Werk. Göttingen 1957.
Grossman, L. P.: Dostoevskij-chudožnik. In: Tvorčestvo Dostoevskogo, hrsg. von N. L. Stepanov. Moskau 1959.
Onasch, Konrad: Dostojewski-Biographie. Zürich 1960.
Kovalevskaja, Sonja: V.: Vospominanija i pis'ma. Moskau 1961. Deutsch: Sonja Kowalewski: Jugenderinnerungen. Frankfurt a. Main 1968.
Onasch, Konrad: Dostojewskij als Verführer. Zürich 1961.
Magarshak, David: Dostoevsky. New York 1962. Reprint: Westport, Connecticut: Greenwood Press 1976.
Wellek, René (Hrsg.): Dostoevsky. A Collection of Critical Essays. Englewood Cliffs, New Jersey: Prentice Hall 1962.
Lavrin, Janko: Fjodor M. Dostojevskij. Reinbek b. Hamburg 1963.
Troyat, Henri: Dostojewski. Freiburg i. B. 1964.
Dolinin, A. S. (Hrsg.): F. M. Dostoevskij v vospominanijach sovremennikov. 2 Bde., Moskau 1964.
Fanger, Donald: Dostoevsky and Romantic Realism. Cambridge, Mass.: Harvard University Press 1965.
Jackson, Robert Louis: Dostoevsky's Quest for Form. A Study of his Philosophy of Art. New Haven/London 1966.
Bachtin, Michail: Problemy poetiki Dostoevskogo. 2. Aufl. Moskau 1963. Deutsch in: Michail Bachtin: Literatur und Karneval. Zur Romantheorie und Lachkultur. München 1969.
Holthusen, Johannes: Prinzipien der Komposition und des Erzählens bei Dostojevskij. Köln/Opladen 1969.

Thieß, Frank: Dostojewski. Realismus am Rande der Transzendenz. Stuttgart 1971.
Schmid, Wolf: Der Textaufbau in den Erzählungen Dostoevskijs. München 1973.
Braun, Maximilian: Dostojewskij. Das Gesamtwerk als Vielfalt und Einheit. Göttingen 1976.
Müller, Ludolf: Dostoevskij. Tübingen 1977 (= Skripten des Slavischen Seminars der Universität Tübingen, 11).
Neuhäuser, Rudolf: Das Frühwerk Dostoevskijs. Literarische Tradition und gesellschaftlicher Anspruch. Heidelberg 1979.

ZUM ROMAN

Tynjanov, Jurij: Dostoevskij i Gogol' (K teorii parodii). Petrograd/Opojaz 1921. Deutsch: Dostojewskij und Gogol. Zur Theorie der Parodie. In: J. Tynjanov: Die literarischen Kunstmittel und die Evolution der Literatur. Ausgewählt u. übersetzt von Alexander Kaempfe. Frankfurt a. Main 1967, S. 106–133.
Gerhardt, Dietrich: Gogol' und Dostojevskij in ihrem künstlerischen Verhältnis. (Diss. Halle 1940) Leipzig 1941, Reprint München 1970.
Fanger, Donald: Dostoevsky and Romantic Realism. A Study of Dostoevsky in Relation to Balzac, Dickens, and Gogol. Cambridge (Mass.) 1965, Chicago/London 1967.
Reizov, Boris G.: Dickens i Dostoevskij. ›Selo Stepančikovo i ego obitateli‹. In: B. G. Reizov: Iz istorii evropejskich literatur. Leningrad 1970.
Jackson, Robert-Louis: A Footnote to ›Selo Stepančikovo‹. Ricerche Slavistiche 17–19 (1970–1972), S. 247–257.

INHALT

ERSTER TEIL

1. Kapitel
Einführung 5
2. Kapitel
Herr Bachtschejew 28
3. Kapitel
Der Onkel 47
4. Kapitel
Beim Tee 65
5. Kapitel
Jeschewikin 77
6. Kapitel
Vom weißen Ochsen und von der Komarinskaja . . . 93
7. Kapitel
Foma Fomitsch 102
8. Kapitel
Die Liebeserklärung 120
9. Kapitel
»Euer Exzellenz« 126
10. Kapitel
Misintschikow 143
11. Kapitel
Wunder über Wunder 159
12. Kapitel
Die Katastrophe 175

ZWEITER UND LETZTER TEIL

1. Kapitel
Die Verfolgung 183
2. Kapitel
Neuigkeiten 200
3. Kapitel
Iljuschas Namenstag 205
4. Kapitel
Hinausgejagt 215

5. Kapitel
Foma Fomitsch legt den Grundstein zum Glück des ganzen Hauses 228
6. Kapitel
Schluß 247

ANHANG

Nachwort 267
Zeittafel 278
Literaturhinweise 281